El abogado del diablo

Steve Cavanagh nació y creció en Belfast. Con dieciocho años se fue a Dublín para estudiar Derecho y durante veinte años practicó derecho civil. Da conferencias sobre temas legales, pero en realidad solo le gusta contar chistes. Su serie de novelas protagonizadas por Eddie Flynn ha vendido más de cinco millones de ejemplares y ha sido traducida a más de veinte idiomas.

El abogado del diablo

Steve Cavanagh

Traducción de Ana Momplet Chico

rocabolsillo

Título original: *The Devil's Advocate*

Primera edición en Rocabolsillo: enero de 2025
Primera reimpresión: agosto de 2025

© 2021, Steve Cavanagh
© 2024, 2025, Roca Editorial de Libros, S.L.U.
Travessera de Gràcia, 47-49. 08021 Barcelona
© 2024, Ana Momplet Chico, por la traducción
Diseño de la cubierta: Adaptación de la cubierta original
de Orion Books / Penguin Random House Grupo Editorial
Imagen de la cubierta: © Shutterstock y Henry Steadman

Printed in Spain – Impreso en España

ISBN: 978-84-10197-14-5
Depósito legal: B-19.229-2024

Compuesto en Fotoletra, S.A.
Impreso en Liber Digital, S.L.
Casarrubuelos (Madrid)

RB 9 7 1 4 5

Para John, Matt y Alan.

Por su amistad

PRÓLOGO

Randal Korn llevaba cuatro largos años esperando este momento.

Estaba en la cámara de la muerte, contemplando la silla con los brazos cruzados. Era casi centenaria. Hecha de madera de caoba, llevaba una mano de pintura amarillo chillón que les había prestado la Oficina del Departamento Estatal de Carreteras, que estaba al lado de la cárcel. La llamaban Yellow Mama.

Ciento cuarenta y nueve personas se habían sentado en ella para nunca volver a levantarse.

El reloj digital de la pared marcaba las 23.45.

Casi era la hora. Salió de la habitación de ladrillo a un pasillo de hormigón sin pintar. Una puerta a su izquierda conducía a la sala de control de la silla, la caja caliente. Pasó por delante y fue directamente hacia el fondo del pasillo. Había dos sofás dispuestos uno enfrente del otro. En uno estaba un cura, y en el otro, el equipo de ejecuciones; cuatro funcionarios de prisiones formados para llevar al reo de su celda de ejecución a la silla y ponerle las correas, todo en menos de dos minutos.

Korn los saludó con la mano, y el jefe del equipo asintió. Al cura lo ignoró. Al otro lado de los sofás, un estrecho pasillo llevaba hacia la izquierda. Al final de este, pasada una pequeña celda con barrotes, estaba Darius Robinson sentado en el catre, viendo la televisión. Había terminado su última cena: filete de pollo frito, pan de maíz y una Pepsi. El cura ya le había administrado los últimos sacramentos. Tenía la cabeza y el gemelo izquierdo afeitados. Un hombre estaba de pie entre Darius y Yellow Mama.

Se llamaba Cody Warren.

9

Cody estaba fuera de la celda, pegado al teléfono de la pared. Korn sabía perfectamente lo que estaba haciendo. Hablaba con la oficina del gobernador, a la espera de que el gobernador Chris Patchett revisara los documentos que Cody había enviado solicitando que parase la ejecución. Como abogado defensor con experiencia en casos de asesinato punibles con la pena capital en Alabama, era el único capaz de convencer al gobernador de salvar la vida de su cliente.

Korn se quedó muy quieto. Era un hombre alto y delgado, sin apenas músculo y ni un gramo de grasa. Pero no porque intentara mantenerse en forma. Comía poco y era evidente. Sus altos pómulos podrían cortar un chuletón de carne. No se le veía ni una arruga. Algunos decían que tenía cara de muñeca de porcelana rara. Con la raya hecha a un lado y sus gafas de metal cuidadosamente colocadas sobre la punta de la nariz, parecía un hombre mucho mayor alojado en un cuerpo más joven. Sus ojos pequeños y oscuros siempre estaban cubiertos por el entrecejo, que ocultaba su mirada. Y la boca era como un tajo oscuro. Con sus dos metros de altura podría haberse dedicado a algún deporte, pero Korn prefería quedarse en interiores, en la sombra, leyendo, aprendiendo, pensando. Como una vieja araña, tejiendo una tela que solo ella puede ver.

Darius Robinson tenía veinticinco años y lo habían acusado de asesinato y condenado a muerte hacía cuatro. Las apelaciones no habían prosperado. La víctima fue un vendedor de coches usados que recibió un disparo en el pecho durante un robo. Un hombre llamado Porter lo mató mientras le robaba cinco mil dólares en efectivo. Robinson había llevado a Porter hasta el aparcamiento y lo ayudó a huir después del robo. Él aseguraba que no tenía conocimiento de que Porter fuera armado, que lo único que hizo fue llevarlo a recoger un coche nuevo. Porter fue abatido por la policía veinticuatro horas después del atraco. Robinson declaró ante el jurado que él no iba armado, que ni siquiera pisó el aparcamiento, que se quedó en el coche durante todo el suceso y que no sabía que Porter tuviera intención de robar a nadie hasta que oyó el disparo. También decía que, después del robo, Porter amenazó con matarlo si no se lo llevaba de la escena del crimen.

Nada de eso importó en el condado de Sunville. Randal Korn, fiscal del distrito, convenció al jurado de que Robinson era cómplice en el robo y sabía que Porter iba armado. De acuerdo con la ley de cooperación necesaria, eso bastó para enviar a Robinson al corredor de la muerte y tratarlo como si él hubiera disparado el arma. En Alabama, todas las ejecuciones se llevan a cabo en la cárcel de Holman, en Escambia, el condado vecino a Sunville.

Korn sabía que, siendo Porter el autor del disparo, era bastante probable que conmutaran la pena a Darius.

Cody era mayor que Korn y su rostro daba fe de cada uno de sus sesenta y tres años. Tenía la frente surcada por profundas arrugas y los ojos rodeados de patas de gallo, aunque llenos de luz y esperanza. Su chaqueta y su corbata estaban tiradas en el suelo de hormigón pintado. Se quitó el sudor de la frente y, pasándose la mano por el pelo cano, volvió a acercarse el teléfono a la oreja. Era un buen abogado, y creía que aún podía salvar la vida de Darius, aunque no darle la libertad.

—¿Alguna noticia de la oficina del gobernador? —preguntó Korn.

Cody se volvió, sacudió la cabeza y miró su reloj. Las doce menos diez. Solo diez minutos para que Darius Robinson diera sus últimos pasos hasta la silla. El teléfono de la pared tenía línea directa con el despacho del gobernador, pero la mayoría de los abogados debían esperar. Como Cody. Escuchando el angustioso silencio, mientras esperaba un gesto de clemencia.

—Me va a indultar, lo sé. Soy inocente —dijo una voz.

Korn se giró para mirar a Darius en su celda de ejecución. Estaba agarrado a los barrotes de hierro, bailando nervioso de un pie a otro, mordiéndose el labio inferior. Hacía frío en el pasillo, pero tenía el rostro cubierto de sudor. Esperar a que una llamada decida si vas a vivir o a morir puede destrozar a un hombre, y el desgaste mental era notorio.

Korn sacó el móvil de su chaqueta, pasó el dedo por la pantalla, le dio un golpecito y se lo llevó al oído.

—Vicegobernador Patchett —dijo Korn—, estoy aquí con Cody Warren y el hombre del momento, el señor Robinson. Creo que el señor Warren lleva un buen rato intentando hablar con su oficina.

El gobernador de Alabama se encontraba inmerso en un proceso de destitución, que se había tenido que posponer a causa de su enfermedad. Mientras se recuperaba en un hospital en Arkansas, fuera del estado, el vicegobernador había asumido el cargo.

Korn dio otro ligero toque en la pantalla para activar el altavoz, y que Cody y Darius pudieran oír la conversación.

—Aún estoy valorando la decisión. Quería pedirle su opinión —dijo Patchett.

—Por supuesto, deje que lo hable con el señor Warren. Lo pongo en espera.

Warren colgó el teléfono de la pared, indignado. Llevaba casi una hora esperando a que le contestaran, y Korn gozaba mostrándole que él podía hablar al instante con el gobernador. Esas pequeñas demostraciones de fuerza le ponían.

—Mire, Korn, diga lo que diga, Darius tuvo un papel menor en ese robo. No merece morir, y usted lo sabe. Es joven. Aún puede tener una vida y estoy convencido de que hay pruebas ahí fuera que limpiarán su nombre algún día. Por favor, dele una oportunidad —dijo Warren, con la voz rasgada y estridente. Llevaba cinco días trabajando a destajo para salvar a Darius de la silla eléctrica.

Korn seguía impasible, con esa inexpresiva cara de muñeca. No dijo una sola palabra mientras Warren lo miraba intensamente, en busca de una respuesta, algo de esperanza, conteniendo la respiración.

Nadie dijo nada. Nadie se atrevía a respirar. Korn era capaz de quedarse completamente inmóvil, era una de esas poses que a veces le hacían parecer inanimado. Lo envolvía un silencio portentoso, lleno de incertidumbre y miedo. Y él se regodeaba en esa ominosa tranquilidad como si estuviera bañándose mar adentro.

Y entonces se rompió el silencio. Darius respiró hondo. Inhaló profundamente. Como ese vacío momentáneo que se produce en el espacio cuando el núcleo de una estrella colapsa, arrastrándolo todo hacia su corazón roto, justo antes de estallar.

—¡Porter me apuntó con una pistola después del atraco! Si no llego a sacarlo de allí, me habría matado. Yo no sabía que iba a robar a alguien y menos aún matarlo. ¡Se lo juro! —exclamó Darius, colmando cada palabra de miedo y desesperación.

—Te creo —dijo Korn.

—¿Cómo? —balbució Warren.

—Le creo. Y el gobernador en funciones hará lo que yo le diga. Hablaré con él. Denme un segundo, todo acabará pronto —dijo Korn.

Las lágrimas empezaron a caer por las mejillas de Darius Robinson.

Cody Warren hundió los hombros, como si acabaran de quitarle de encima un peso de doscientos kilos. Miró al techo, susurró *gracias* al cielo y cerró los ojos. Había salvado la vida a un joven. En ese momento no había nada mejor que aquella sensación de alivio.

Fue hacia la celda de ejecución, metió los brazos entre los barrotes y cogió el rostro de su cliente.

—Todo va a ir bien —dijo.

Korn apretó el pulgar sobre la pantalla del móvil.

—Gobernador, ¿sigue ahí?

—Sí. Tenemos poco tiempo, Randal. Estoy dispuesto a conmutar la pena, vista la sumisión del señor Warren, pero tampoco quiero contradecir a mi fiscal. ¿Qué opinas?

Korn dio un paso atrás, contemplando la escena que tenía delante. Warren y Robinson estaban abrazados a través de los barrotes de la celda. Ambos estaban llorando.

—He hablado con el señor Warren. Es muy convincente. Sus argumentos para conmutar la pena de Robinson son sólidos. Y entiendo que usted también lo prefiere. No es fácil quitar una vida en nombre de la justicia —dijo Korn.

Warren y Robinson estaban sonriendo a pesar de las lágrimas, y reían. El inmenso e insoportable miedo que los había atenazado durante semanas había desaparecido, y el alivio era total.

—Y precisamente *por eso* tenemos que ejecutar la sentencia —dijo Korn.

Warren fue el primero en reaccionar a las palabras de Korn. Giró la cabeza al instante, y clavó los ojos en el fiscal.

—Un jurado condenó al señor Robinson a muerte por cometer un asesinato. Si dejamos que viva, estaremos deshonrando a ese jurado, y también a la víctima del señor Robinson. No, en mi opinión, Robinson debe morir esta noche.

Warren se abalanzó hacia Korn, pero dos guardias se interpusieron entre ellos. Agarraron a Warren y lo hicieron retroceder.

—Pues como he dicho, Randal, no pienso ir contra tus deseos. La ejecución sigue adelante, como estaba previsto. Apelación denegada —dijo Patchett.

Los empleados del Departamento Penitenciario habían ensayado durante varias semanas para este día, cerciorándose de que las correas estaban tensadas, que la esponja para la cabeza tenía suficiente solución salina y que los electrodos estaban bien fijados. En menos de dos minutos lo prepararon todo y salieron de la cámara de ejecución, dejando a Robinson atado a Yellow Mama con los ojos vendados.

La cámara era relativamente pequeña. La silla estaba en el centro de la habitación de ladrillo, mirando hacia una ventana de observación. Los controles de la corriente eléctrica se encontraban en otra sala. Korn vería la ejecución a través del cristal de la sala de control.

El uniforme azul de Robinson estaba distinto. Le habían recortado la pernera del pantalón por encima de la rodilla para colocarle un electrodo con gel conductor en el gemelo. Tenía ambas piernas atadas a la silla con gruesas correas de cuero y hebillas plateadas a la altura de los tobillos, y también en el estómago, el pecho, los brazos y la frente. La esponja con treinta mililitros exactos de solución salina estaba dispuesta en el electrodo que salía de lo que llamaban el «casco», y que transmitiría gran parte de la corriente al cuerpo de Robinson. Si la esponja tenía demasiada solución salina, el electrodo no pasaría suficiente corriente. Si tenía demasiado poca, la cabeza de Darius ardería.

El uniforme del reo tenía manchas de humedad bajo los brazos y en el pecho. Robinson estaba calándolo de sudor. A pesar de encontrarse bien atado, seguía temblando como una pistola en la mano de un niño.

Una palanca en la sala de control abrió la cortina en la cámara de ejecuciones, revelando el vidrio y la gente sentada en la sala de observación. Habría media docena de testigos. Ninguno de ellos conocía al vendedor de coches asesinado por Porter. No, todos era testigos profesionales y periodistas. Cody Warren no estaba entre ellos. Se lo habían llevado del edificio. Korn podía ver a los testigos, pero ellos a él, no. Su ventana de visualización era un vidrio espejo.

El reo dijo sus últimas palabras.

—Soy inocente y todo el mundo lo sabe.

Korn lo sabía. Y le daba igual. No se había hecho fiscal en un estado con pena capital para preocuparse por la culpabilidad o la inocencia de la gente. Lo que lo atraía era el sistema. La justicia no era más que una toga que se ponía para ocultar su verdadera naturaleza.

Todo estaba en silencio. Entonces oyó el ruido de la máquina encendiéndose.

Se oyó un suave zumbido, que se hizo más fuerte mientras el hombro izquierdo de Robinson daba una sacudida y golpeaba contra la silla.

Yellow Mama había empezado su primer ciclo.

Casi dos mil quinientos vatios estaban recorriendo el cuerpo de Robinson. Los ojos de Korn se abrieron de par en par, sus labios se separaron. Notaba un sabor metálico en la boca. El aire estaba cargado de electricidad estática.

Durante los primeros dos segundos fue como si una fuerza invisible clavara el hombro de Robinson contra el respaldo de la silla. Luego hubo un par de segundos en los que todo su cuerpo empezó a dar fuertes sacudidas, como si tuviera un martillo mecánico en el estómago. La primera descarga debía dejarlo inconsciente, pararle el corazón.

Pero no hizo ninguna de las dos cosas. El cráneo humano no es buen conductor.

Después de otros cinco segundos se apagó la corriente. Cuando volvió a encenderse, era mucho más suave, de solo setecientos voltios. Duraría treinta segundos y entonces la máquina se apagaría de forma automática. Si para entonces Robinson no estaba muerto, se repetiría el proceso desde el principio.

Korn se quedó de pie junto a la ventana, observando, sin quitar ojo a Robinson.

No apartó la mirada de él ni un segundo.

Ni siquiera cuando su piel empezó a humear. Ni cuando la corriente le fracturó la tibia de la pierna izquierda. Ni cuando comenzó a salir espuma con sangre de su boca.

Mientras lo contemplaba, Korn sentía como si la electricidad fluyera por sus venas. Una fuerza elemental lo recorría. Como fiscal del distrito tenía poder sobre la vida y la muerte en sus largas y retorcidas manos. Y eso le encantaba. Había ejecutado a este hombre con la misma certeza con la que le hubiera metido una bala en la cabeza, y la simple idea era embriagadora. Disparar o apuñalar a alguien no le producía la misma sensación. Era demasiado animal. Él usaba el poder de su cargo, de su mente, de su habilidad. Y eso le daba más placer del que pudiera haber imaginado nunca. Y mientras moría, deseaba que Robinson siguiera vivo, solo un poco más.

Que durara el sufrimiento.

Una vez concluida la ejecución, se formó una nube de humo sobre Yellow Mama, y Korn se quedó sin respiración.

Darius Robinson tardó nueve minutos en morir.

Y en esos nueve atroces minutos, Randal Korn se sintió verdaderamente vivo.

CINCO MESES DESPUÉS

SKYLAR EDWARDS

Skylar Edwards se refugió en un rincón de la cocina del Hogg's Bar para escribir un mensaje en su móvil. El ruido que oía cada vez que sus pulgares apretaban una letra no era más que un efecto del móvil que recordaba a un teclado viejo, pero incluso en ellos volcaba la rabia que llevaban sus palabras. Terminó de redactarlo, apretó a ENVIAR y se metió el teléfono en el bolsillo de los vaqueros antes de que el dueño viniera buscándola.

Era casi medianoche, la cocina llevaba horas cerrada y el cocinero, si es que así podía llamarse, se había marchado poco después de limpiar la parrilla con un trapo sucio. No había motivo para seguir allí, más allá de tener diez minutos de intimidad con su teléfono. La respuesta no se haría esperar. Su novio, Gary Stroud, nunca mandaba mensajes largos. Usaba emoticonos, o los GIF, para disfrazar su pésima ortografía. Pero ella tampoco podía esperar. Salió al pasillo empujando las puertas dobles, pasó por delante de los aseos y entró en el bar.

Solo quedaban tres clientes, todos vecinos de Buckstown. Seguía sonando rock suave por el altavoz en una esquina de la sala, pero ninguno lo escuchaba, sino que estaban viendo la televisión.

—Eh, Ryan, ¿puedes subirlo un poco? —dijo un hombre corpulento sentado al fondo de la barra. Después de cenar se había quedado casi toda la noche allí, trabajando y bebiendo refrescos y cerveza de jengibre. Ya lo había visto antes. Casi siempre venía cuando la cosa estaba tranquila a hacer papeleo mientras veía algún partido. No era un tipo guapo, pero tenía buena constitución y siempre dejaba buena propina.

—Claro, Tom —contestó Ryan mientras dejaba dos jarras de cerveza delante de los otros clientes.

Tom. Ese era su nombre. Skylar sabía que trabajaba en la oficina del fiscal del distrito. Lo había visto por la tele, e incluso habían hablado de uno de sus casos, hacía unos meses. El del hombre al que ejecutaron en el condado de Escambia. Tom era uno de los que habían conseguido que lo condenaran. Le habló un poco del caso, aunque tampoco es que hablase mucho. Ryan Hogg, el dueño del bar, siempre se mostraba especialmente amable con él.

Skylar miró la televisión mientras Ryan bajaba la música y subía el volumen de la pantalla plana que había sobre la barra. El nuevo gobernador, Patchett, salía en las noticias, hablando otra vez sobre la planta química:

«Haré lo que sea necesario para salvar esos empleos en Solant Chemicals…».

—¿Van a cerrar la planta? —preguntó Ryan.

—Llevan años diciendo que la cierran —contestó Tom—. Pero ahora que está metido el gobernador, parece que va en serio.

Skylar empezó a recoger vasos de las mesas, sin quitar la mirada de la televisión. Su padre, Francis, trabajaba en esa planta. Conducía camiones. Llevaba veinte años en el puesto y ganaba suficiente dinero como para ayudarla a costearse la universidad. Ella era inteligente, pero no había conseguido que le concedieran una beca, y su padre le pagaba la matrícula. Si perdía el empleo, tal vez tuviera que dejar de estudiar. Otra preocupación.

El teléfono vibró en su bolsillo. Lo sacó procurando que Ryan no la viera. Tampoco era mal jefe. Pagaba un poco mejor que la mayoría, y no racaneaba sus propinas. Sin embargo, aunque jamás le había dicho nada fuera de lugar ni le había puesto una mano encima, a veces lo sorprendía mirándola. Y no como lo hace un jefe que vigila a sus empleados para que no se pasen el tiempo escribiendo al novio. Solo eran miradas, pero le revolvían el estómago.

Skylar abrió el mensaje. Un emoticono de corazón y: «Ven pronto, porfa». La hermana de Gary, Tori, daba una fiesta esa noche y Gary le había pedido que llamara al trabajo para decir que estaba enferma y no podía ir. Se negó, y él se lo tomó mal, insistiendo en que saliera pronto y se uniera a ellos. Ahora no quería darle falsas esperanzas. Estaba cansada y no le apetecía salir. Pero Gary llevaba días hablando de la fiesta, así que escribió a Tori para preguntarle si la fiesta seguiría cuando terminara el turno.

—¿Es una conversación a dos pulgares? —dijo Andy.

Skylar conocía su voz y se volvió sonriendo. Andy tenía las manos llenas de jarras de cerveza vacías. Había limpiado el resto de las mesas mientras ella estaba distraída.

—¿Cómo que conversación a dos pulgares? —preguntó.

—Cuando Gary y tú reñís, escribes con los dos pulgares. A veces parece que vas a romper la pantalla de lo rápido que escribes —dijo él.

Skylar sonrió cariñosamente. Andy Dubois hacía que el trabajo en el Hogg's Bar fuera mucho más fácil de soportar. Era un poco más joven que ella. En septiembre empezaría la universidad. Un chico listo, de buen corazón. Más listo que Skylar, porque él sí había conseguido una beca completa. Tampoco le guardaba rencor, porque esa era la única forma de que Andy pudiera ir a la universidad. Solo tenía a su madre, y en Buckstown había gente blanca de clase media, como los padres de Skylar, que salían adelante y conseguían ahorrar algo de dinero, y luego las familias pobres negras e inmigrantes que vivían al otro lado del pueblo y parecían tenerlo más difícil que la mayoría. En cuanto se graduara, Skylar tenía intención de marcharse. Y sabía que Andy haría lo mismo, y se llevaría consigo a su madre.

Andy se volvió sonriendo y dejó los vasos sucios sobre la barra. Skylar vio que llevaba una novela de tapa blanda asomando por el bolsillo trasero de los vaqueros. En cuanto tenía un momento libre en el trabajo, se ponía a leer. No tenía móvil. Skylar pensaba que, si ella pasara tanto tiempo como él leyendo, tal vez hubiera conseguido la beca. Eso le recordó que el mes siguiente podía cambiar de móvil y quería darle el viejo a Andy, con un poco de crédito por gastar.

Skylar recogió el resto de los vasos y Ryan sugirió discretamente a los dos clientes aún sentados en sus taburetes que ya iba siendo hora de cerrar.

Eran tipos grandes. Uno alto, otro de estatura mediana, pero ambos tenían los brazos y las piernas bien musculados.

Eran policías, aunque los dos iban de paisano. Estaban fuera de servicio.

El más alto era el agente Leonard. Era pelirrojo, llevaba bigote y tenía una actitud hostil, especialmente hacia Andy. El otro era el agente Shipley. Tenía unos ojos pequeños y oscuros que parecían reflejar la luz en ángulos extraños, como si tuviera fueguecitos ardiendo detrás y pudieran verse de vez en cuando. No era tan impulsivo como Leonard, pero a ella le parecía más peligroso.

Eran clientes habituales y siempre se sentaban en los taburetes junto a la barra para no tener que dar propina a los camareros. Ryan no repartía las propinas de la barra. Lo que dejaban en las mesas era para Skylar y Andy, pero cualquier dólar que caía sobre la barra era suyo.

—Oye, Sky, ¿sigue trabajando tu padre en la planta? —pregunto Leonard.

La llamaba Sky. Nadie más lo hacía, pero ella sonrió y contestó, como siempre.

—Sí —dijo.

—Tiempos duros para mucha gente —dijo Shipley, y volvieron a su conversación.

Skylar cargó el lavaplatos mientras Tom recogía sus papeles, pagaba la cuenta y salía por la puerta del bar. Ryan empezó a apagar las luces, y Shipley y Leonard por fin captaron la indirecta y se marcharon. Limpiaron el bar, y Ryan dijo a Skylar y Andy que podían irse.

Sobre las doce y cuarto, salieron juntos. Hacía una noche cálida. Skylar se despidió de Andy y emprendió el largo paseo a casa. Su teléfono vibró. Un mensaje de texto.

Era la respuesta de Tori, diciendo: «*¿Qué fiesta?*».

Skylar se pasó los dedos por el pelo y maldijo. Hizo una captura de pantalla con el mensaje de Tori y estaba a punto de mandárselo a Gary, añadiendo «*¿Y esto? ¿Me has mentido sobre la fiesta?*», cuando su móvil sonó. Contestó.

—Ay, Dios, lo siento. Porfa, ven, la he cagado —dijo Tori, con música de rock muy alta sonando de fondo.

—¿Qué coño pasa? Gary lleva semanas pidiéndome que vaya a un fiestón en tu casa.

—Sí, tú ven —dijo Tori, con tono vacilante.

Skylar era amiga de Tori antes de que apareciera Gary. La conocía bien y sabía cuándo ocultaba algo.

—¿Qué está pasando? Dímelo ya o llamo a Gary y...

Tori la interrumpió.

—Estoy en el coche de Buddy. Gary está en mi casa. Solo. Tienes que ir…

—Dime qué demonios está pasando o…

—Ha comprado un anillo —dijo Tori.

Skylar se cubrió la boca con la mano mientras cogía una bocanada de aire y se la cerró con fuerza, como si no se atreviera a dejarlo escapar. Se quedó así un momento.

—Lo siento. La he cagado. Porfa, ve ahora mismo. Te está esperando para darte una sorpresa. Así que tú hazte la *sorprendida* y no le digas que te lo he contado.

—No me lo puedo creer…

—Lleva semanas planeándolo. Hace cinco años que lo conociste. En mi casa. Quería que fuera especial.

La voz de Tori se enterneció y Skylar notó que los ojos se le llenaban de lágrimas mientras la emoción subía por su estómago hasta casi atragantarla. Gary y ella celebraban su aniversario coincidiendo con su primera cita. Ella ni siquiera recordaba cuándo se conocieron, pero era un detallazo que él lo hiciera, y que se hubiera molestado tanto.

—Vamos a ser hermanas —dijo Skylar—. Hermanas de verdad.

—¡Eso significa que vas a decir que sí! —contestó Tori.

—Claro que lo voy a decir.

Siguieron hablando, y Skylar colgó. Tenía que ir a buscar a Gary y le costaba contener la emoción.

El Hogg's Bar estaba en Union Highway, junto a una gasolinera, a tres kilómetros de Buckstown.

Skylar se quedó parada junto a la carretera, pensando qué hacer.

Podía ir andando hasta el pueblo. No sería la primera vez. Pero esta noche hacía calor, y llevaba diez horas seguidas de pie. Por aquella carretera siempre pasaban coches y, al aproximarse a Buckstown, no iban a más de cincuenta. Seguro que alguien la acercaba. Ya lo había hecho antes. En el pueblo solo había una compañía de taxis. Las plataformas digitales de transporte aún no habían llegado a ese rincón de Alabama. Por allí la gente conducía aun cuando iba borracha.

Skylar se quedó en el arcén, esperando a que apareciera algún conductor amable y sobrio.

Empezó a escribir un mensaje de texto a su padre, para decirle que no la esperara despierto, cuando un camión pequeño frenó al llegar a su altura. Le dio una ráfaga de luces, se detuvo junto a ella y la puerta del copiloto se abrió. Skylar cogió el mango de la puerta y subió los escalones para asomarse a la oscura cabina.

El conductor llevaba gorra, y costaba verle la cara. Tenía una mano sobre el volante, la otra en el muslo.

—¿La llevo, señorita? —dijo.

Había algo raro en aquel hombre. Y un olor extraño en la cabina. El padre de Skylar era camionero, así que estaba acostumbrada al olor a sudor, tabaco de mascar y café. Pero esto era distinto. Apestaba.

Su padre odiaba que hiciera autostop. Se preocupaba mucho por Skylar. Decía que era demasiado confiada. Que tenía que ser más dura o los tíos la pisotearían, o algo peor. Skylar no le hacía caso, claro, pero en esos momentos pensó en que tal vez su padre tenía algo de razón. Se imaginó subiéndose al camión y que, en los pocos minutos de camino hasta el pueblo, una mano se deslizaba sobre el asiento hacia ella. Luego pensó que el camión no pararía en el pueblo, que no vería a Gary, nunca se prometería, y su cara aparecería en un cartón de leche. Aunque no estaba segura de si la gente de su edad acababa apareciendo en los cartones de leche. Quizá ya no hacían esas cosas, o solo lo hacían con niños.

Entonces le entró la vena analítica. Había pocas probabilidades de que le ocurriera algo en el corto trayecto con un desconocido. Muy pocas. Como una entre un millón. Tenía que dejar de preocuparse y subir a la maldita cabina.

El conductor estiró una mano para ayudarla a subir.

Tenía mugre incrustada en la piel, la palma de la mano sudorosa, y un ligero temblor, tal vez por la emoción de tener a una joven en su cabina. Y una joven guapa.

Algo en su interior gritó *¡NO!*

—¿Sabe qué? No hace falta. Perdone. Me acaba de escribir mi novio, viene a buscarme —dijo, bajándose de nuevo sobre el tartán a un lado de la carretera.

El camionero soltó un taco, pero Skylar no lo oyó bien y cerró la puerta de la cabina. Aceleró y siguió la marcha mientras ella intentaba calmar su respiración.

Entonces vio que otro vehículo se detenía en el mismo sitio

donde se había parado el camión. Se asomó al interior y vio al conductor.

Esto era distinto. No era un desconocido. Probablemente era la última persona que esperaba ver allí. Y no le daba ningún miedo subirse a su coche. Sabía quién era. Lo había oído hablando en el Hogg's Bar hacía menos de veinte minutos, mientras recogía los vasos sucios.

Y, por supuesto, él se ofreció a acercarla.

Skylar se subió al asiento del copiloto, dijo que solo iba hasta el pueblo, y empezó a escribir a su padre: «No me esperes despierto. Me acercará».

No terminó de escribir el mensaje.

El conductor le dio un puñetazo en la cara, el teléfono cayó en el hueco entre el asiento del copiloto y la consola central, y allí se quedó.

No tuvo tiempo de gritar ni de pensar ni de sentir nada.

Nunca llegaría a casa de Tori. Tampoco volvería a besar a Gary, ni escucharía su proposición de matrimonio, ni le ofrecería una respuesta y su corazón.

TRES MESES DESPUÉS

1
EDDIE

Yo no busco problemas. No me hace falta.

Ellos me encuentran solitos.

Si al menos trajeran dinero consigo, no estaría tan mal. Hay gente que se mete en la abogacía con la esperanza de hacerse rico. A ver, que no se me malinterprete: el dinero está bien. A mí me gusta tanto como a cualquiera tener un fajo de billetes en el bolsillo, pero también me gusta poder dormir por las noches. Cuanto más dinero tienes, y cuantos más cabrones devuelves a la calle, más cuesta dormir. La riqueza de un abogado penal puede medirse por su cuenta bancaria y por el peso que lleva sobre su alma. Hasta ese día, ese mágico día en que deja de importarte una mierda. A partir de ahí, solo existe el dinero y puedes disfrutarlo sin que tu conciencia interfiera.

Yo nunca he cogido ese camino. Conseguir la libertad para un cliente culpable iba contra las reglas. Contra mis reglas. Eso me convierte o bien en el peor abogado defensor del mundo o en el mejor, según cómo se mire. Aunque alguna vez me lo planteaba, si estaba muy mal de fondos, siempre podía irme un fin de semana a las mesas de Las Vegas para recuperarme. Mi antigua vida como timador resulta bastante útil cuando escasea el trabajo de abogado. Pero por ahora me iba bien. Mi nueva socia, Kate Brooks, estaba obrando milagros, especialmente contra bufetes y empresas importantes, con demandas colectivas por acoso sexual. Se le daba de maravilla. Nuestra investigadora, Bloch, que entró en el negocio con Kate, era la investigadora privada con más recursos que había conocido. Ella y Kate eran amigas desde crías y eso nos ayudó a romper el hielo. No hablaba mucho. Casi siempre lo hacía con Kate. Eso no quiere decir que fuera antipática, sino que solo abría la boca cuando tenía algo que decir, y merecía la pena escucharla.

Mi trabajo como abogado iba viento en popa. Harry Ford, juez de Nueva York ya jubilado, y ahora asesor mío, se reunía con clientes en el despacho mientras yo gastaba la suela de mis zapatos de cuero en Center Street y en el juzgado de Brooklyn. Harry prefería quedarse en la oficina para estar con su perro, Clarence, que se había convertido en la mascota del despacho.

Lo único que faltaba en nuestra nueva compañía era un buen secretario para coger el teléfono, redactar mensajes y organizarnos la vida. Tanto vale un abogado como su equipo administrativo, y casi siempre es la mitad de inteligente que ellos.

Kate había publicado un anuncio en internet en busca de un secretario y se estaba encargando de las solicitudes. Esta mañana entrevistaría a una candidata, y quería que estuviera presente. Éramos socios al cincuenta por ciento en todo, incluidas las decisiones, ya fueran buenas o malas. Eran casi las nueve y cuarto. Nuestra oficina estaba en Tribeca, encima de una tienda de tatuajes. Kate quería que nos instaláramos en una torre impresionante cerca de Wall Street, toda de vidrio, pino y cuero. Pero yo no podía trabajar en un sitio así, y al final se apiadó de mí y nos dejó alquilar este antro encima de un estudio llamado Tinta Apestosa.

Kate y Bloch estaban liadas con papeles en la fotocopiadora, y Harry, sentado en el sofá del recibidor con Clarence. Le había comprado un collar moderno con GPS. Llevaba diez minutos esforzándose por activar el chisme, sin éxito. Yo estaba intentando que la máquina de café hiciera algo que no me arrancara tres capas de piel del paladar, cuando sonó el telefonillo.

—¿Puedes ir tú, Eddie? Seguro que es Denise —dijo Kate.

—¿Quién?

—Denise Brown, para el puesto de secretaria. ¿No te has mirado su currículum?

—¿Me lo has dado?

—La semana pasada. Probablemente siga sobre tu mesa.

No recordaba haberlo mirado. Eso no quería decir que no me lo hubiera dado. La burocracia es mi punto débil.

Apreté el botón para abrir la puerta de abajo y esperé en lo alto de las escaleras.

Las fuertes pisadas me hicieron pensar que Denise llevaba botas. Me asomé por la barandilla. Y allí, subiendo las escaleras, estaba el último hombre al que querría ver en este mundo.

Se había calado un sombrero de fieltro y su gabardina gris vieja debía de ser regalo de su difunta esposa porque, de lo contrario, a nadie se le habría ocurrido ponérsela. Debajo llevaba un traje hecho a medida, y bajo el traje, ochenta y cinco kilos de problemas.

—A no ser que vengas por un curro de secretario, me temo que vas a tener que irte —dije.

Llegó al rellano, inclinó el sombrero y sonrió de un modo que me hizo pensar en un cocodrilo a punto de morderme el culo.

—Mis habilidades como secretario no son lo que eran —contestó.

—¿Sabes mecanografiar y hacer café? Si la respuesta es sí, el puesto es tuyo. El sueldo es una mierda, pero el trabajo es peor aún.

—Vengo por trabajo, Eddie. Pero no tiene nada que ver con mecanografiar. ¿Puedo pasar?

Se llamaba Alexander Berlin. La última vez que lo había visto trabajaba para el Departamento de Estado. Había oído que desde entonces había pasado por la CIA, la Agencia de Seguridad Nacional y el Departamento de Justicia. Se dedicaba a solucionar problemas, y estaba especializado en operaciones oscuras y en sortear las leyes para conseguir resultados para la rama del gobierno federal que lo tuviera contratado. Berlin sabía perfectamente dónde estaban escondidos todos los cadáveres del gobierno. Y si tenía un trabajo para mí, no me interesaba.

—No necesito trabajo. Sea lo que sea, la respuesta es *no*.

—Aún no te he dicho qué es. Déjame pasar diez minutos y dame una taza de café caliente. ¿Que no lo quieres? Vale, me iré sin problemas. Nada de resentimientos ni de rencor.

—Es demasiado pronto para decir que no me vas a guardar rencor: aún no has probado mi café y no te va a gustar mi respuesta. No me interesa, Berlin.

Había estado lloviendo. Tenía la gabardina empapada y estaba goteando sobre la moqueta. No habíamos tenido tiempo para que la limpiaran, y su impermeable empezaba a dejar un cerco limpio entre las manchas.

—Tú escucha lo que tengo que decir, Eddie. Por favor —dijo.

—Dame una buena razón para que te escuche.

Berlin se quitó el sombrero, me miró con ojos húmedos y cansados, y dijo:

—Porque, si no lo haces, van a matar a un chaval de diecinueve años.

—¿A matarlo? ¿Quién?

—Técnicamente, yo.

2
EDDIE

La gabardina de Berlin seguía goteando sobre el suelo de mi oficina mientras colgaba del perchero del rincón.

Sacó unas gafas del bolsillo y empezó a limpiarlas con la parte inferior de su corbata. Si la gabardina era un regalo que atesoraba de un ser querido, la corbata parecía el regalo de un enemigo a muerte. Dejé que se pusiera cómodo, cerré la carpeta que tenía abierta sobre la mesa y le presté toda mi atención.

—¿Quién es el chico y por qué vas a ser tú responsable de su muerte?

—Es una larga historia. ¿Sabes lo que estoy haciendo en el gobierno? —preguntó.

—No, la verdad es que no.

—Yo tampoco. No sin divulgar información clasificada y cometer un acto de traición. Lo único que puedo decirte es que voy de un ministerio a otro resolviendo problemas.

—Sabía que solucionabas problemas. Pero ¿qué tipo de problemas?

—Problemas como los que tienen las empresas de la lista de Fortune 500 con las políticas del gobierno. Como los de las fuerzas de seguridad cuando están maniatadas. Y como los que tuvimos hace un par de años.

Conocí a Berlin en el norte del estado de Nueva York, después de que mataran a un agente federal. Berlin nos ayudó a arreglar el desaguisado.

—¿Se os ha vuelto a ir de las manos un perro? —pregunté.

Berlin negó con la cabeza y contestó:

—Digamos que parte de mi papel es mantener el *statu quo*. Al gobierno no le gustan los cambios. Da igual quién esté en la Casa

Blanca, el trabajo diario de la policía y la justicia necesita orden y consistencia. Esto es a nivel estatal y federal. Lo abarca todo. Hay un fiscal llamado Randal Korn en el condado de Sunville, Alabama, y me dejaron claro que tenía que salir reelegido.

—¿Amañaste unas elecciones locales a la fiscalía del distrito?

Berlin puso los ojos en blanco.

—Por favor, Eddie. Hemos amañado elecciones generales en más países de los que puedo contar. Esto no fue nada. Hay empresas que financian a nuestros políticos, y siempre tienen mano en las elecciones locales. Alguien con credibilidad y dinero se presentaba contra Korn, y yo hice varias llamadas a los patrocinadores para que se guardasen la chequera. No hizo falta nada más. En Estados Unidos, las elecciones se ganan a base de dinero. Casi siempre gana el que más gasta.

—Vale, y entonces ¿qué?

—Pues me entró la curiosidad. Korn lleva diecisiete años de fiscal en Sunville. En ese tiempo ha conseguido bajar las estadísticas de delitos en el condado a niveles de récord. Por eso nos gustaba. Es bueno para los negocios, bueno para los precios inmobiliarios en la zona, bueno para los inversores. Hay que mantener el *statu quo*. Debería haberme olvidado después de las elecciones, pero había algo raro en ese tío. Indagué un poco, y lo que encontré era espantoso.

—¿Qué?

Antes de contestar, Berlin vaciló, distraído por el ruido fuera del despacho. Era el típico ajetreo de la oficina. Me levanté y abrí la puerta un poco para ver qué pasaba. Harry estaba insultando al nuevo collar digital que le había comprado a Clarence, porque no podía activar el GPS a través de su móvil, y su nerviosismo estaba alterando al perro, que ladraba cada vez que Harry soltaba un improperio. La fotocopiadora se había vuelto a atascar, y Bloch le daba golpes con el puño. El teléfono estaba sonando y Kate contestó, con un portátil en la otra mano y el móvil acunado entre la cara y el hombro. Un caos organizado. Cerré la puerta y me senté de nuevo. Hice un gesto a Berlin para que continuara.

—Estáis ocupados, ¿eh? —dijo.

Le costaba arrancar. Quería decir algo, pero era incapaz de hacerlo. Aún no.

—Va, cuéntamelo todo. Aquí estás protegido por la confidencialidad abogado-cliente. Es un lugar seguro.

Berlin miró rápidamente las fotos que tenía sobre la mesa. Mi hija, Amy, en un campamento de verano, remando en una canoa. Desde entonces había dejado de poner fotos de mi exmujer; ella estaba con otro hombre.

—Muy mona —dijo Berlin—. ¿Qué años tiene?

—Quince. Venga, ¿tienes ya bastante saliva para escupirlo?

Volvió a mirarme. Tenía los ojos rojos y cargados de preocupación. Sus ojeras parecían más pesadas de pronto.

—El condado de Sunville tiene la mayor tasa de penas de muerte del país. Hay varios pueblos grandes, pero ninguna ciudad. Randal Korn ha mandado al corredor de la muerte a más gente que ningún fiscal de la historia. Ahora mismo, uno de cada veinte condenados a muerte en todo Estados Unidos está ahí por Korn. Ciento quince condenas en diecisiete años.

No dije nada. Había oído hablar de los celosos fiscales del sur, que por encima de todo valoraban el matrimonio, la Iglesia, la familia, las armas de asalto y la pena de muerte. Aun así, esa cifra me parecía descabalada.

—La mayoría de las condenas a la pena capital se dictan entre el dos y el tres por ciento de los condados de Estados Unidos. Y Sunville está a la cabeza de todos. Cuando lo descubrí, pensé lo mismo que tú estás pensando en este instante: y una mierda. No puede ser. Eddie, la cifra es tal cual. Yo mismo comprobé los expedientes.

—Tiene que haber algún error.

—Mira, sabes perfectamente que los fiscales tienen una potestad enorme para convertir un delito grave en pena de muerte. Nunca se ha ganado una apelación contra Korn, y jamás ha perdido un caso.

—Pero ¿por qué va a por la pena de muerte en todos los casos? ¿Y por qué no se ha dado cuenta nadie hasta ahora?

—Uy, sí se han dado cuenta. Cuando estaba investigando a Korn, encontré miguitas que habían dejado investigaciones anteriores. Ninguna sacó nada en claro, porque Korn sigue siendo fiscal del distrito, gracias a mí. Me preguntas por qué este tipo quiere siempre la pena de muerte. ¿No te parece evidente?

—A mí no —dije.

—¿Por qué se alista la gente en el ejército? La mayoría dice que quiere servir a su país, muchos lo hacen por la familia, y más aún por el sueldo o el entrenamiento, pero luego hay un porcentaje mínimo, el dos por ciento, que se alista por una única razón: porque quieren matar a alguien.

—¿Me quieres decir que este tipo se hizo fiscal para poder matar?

—No, eso no es lo que digo *yo*, es lo que dice *él* constantemente. Es el rey del corredor de la muerte. Lo luce como si fuera una medalla. Mira, he tratado con gente mala. Pasado un tiempo, lo puedes ver en sus ojos. Korn es un asesino. Y lo está haciendo delante de mis narices.

—¿Cómo se llama el chico al que van a ejecutar?

—Andy Dubois. Tiene un juicio por asesinato dentro de una semana. Es inocente, y Korn solo quiere ver cómo lo fríen. Cuando descubrí lo de Korn, puse a alguien a vigilar sus casos. El chico está acusado de asesinar a una camarera de un bar de carretera. Andy es incapaz de matar a una mosca contra el culo de un perro. Yo ya no puedo hacer nada para librarme de Korn. Tuve mi oportunidad. Así que contraté a un abogado en Sunville para que representara a Andy. Se llama Cody Warren. Me mandó todos los documentos del caso. Los tengo en el coche ahora mismo. Hace una semana que no sé nada de él. Su secretaria denunció su desaparición hace tres días. Yo creo que está muerto.

—Caray, eso es ir un pelín lejos. ¿Desaparece un abogado y das por hecho que está muerto? ¿Qué? ¿Crees que lo ha matado Korn?

No sabía si era por el reflejo de la luz en las persianas de mi ventana, pero las facciones de Berlin se oscurecieron, y su voz se hizo más grave al decir:

—Korn lleva el pueblo más grande de Sunville, Buckstown. Y tiene una relación estrecha con el sheriff del condado. Es sanguinario, retorcido y despiadado. Era cuestión de tiempo que desapareciera un abogado defensor en su territorio. Si no lo hizo Korn, lo ayudaron. Puede que contratara a alguien para hacer desaparecer a Warren; lo haría sin pestañear.

—Pues llama al FBI —dije.

—Los federales inundarían el pueblo, se pasarían seis meses poniéndolo patas arriba y no sacarían nada. No necesito entrar con un mazo. Necesito a alguien lo bastante listo para enfrentarse a Korn en el juzgado y sacar en libertad al chaval. Si algo le ha pasado a Warren, no lo van a encontrar. Korn es demasiado cuidadoso.

Yo ya no puedo ayudar a Warren. Lo que quiero saber es si estás dispuesto a irte a Alabama y salvarle la vida a ese chico.

—No sé nada del caso. ¿Y si es culpable? No me mola la pena de muerte, pero no pienso conseguir que absuelvan a nadie solo para salvarle la vida. No si es culpable.

—¿No me has oído? Lo he comprobado. Creo que es inocente. Y me da que tú vas a pensar lo mismo. Lo tienen en la cárcel del condado. Aislado. Eddie, este es tu fuerte.

La cacofonía de ruidos al otro lado de la puerta se intensificó.

—Tengo que pensarlo, pero quiero saber por qué haces esto. El tipo de trabajo que realizas exige aparcar la conciencia cuando uno se mete en ello. Y no es por ofender.

Berlin se quedó mirando a la nada, con los ojos perdidos veinte años atrás, a miles de kilómetros de allí, cuando dijo:

—No sabía quién era Korn cuando me cargué a su adversario. Todos tenemos un límite. Cuando un sádico tiene poder sobre la vida y la muerte, y he sido yo quien le ha dado ese poder, pasa a ser responsabilidad mía. Yo hice un juramento. Hace mucho, cuando llevé una pistola por primera vez. Es culpa mía que esté en ese cargo, así que, hasta cierto punto, nuestro destino está ligado. Necesito pruebas, algo lo bastante jugoso para poder hacer las llamadas adecuadas y retirarlo discretamente.

—O sea, que es cuestión de supervivencia —dije.

—No es solo eso. Si tuviera tiempo, armaría un caso contra Korn. Despacio, sólido, ladrillo a ladrillo. Pero el reloj está en marcha. No puedo esperar. Tengo que hacer algo antes de que mande a ese chico al corredor de la muerte. Si puedo salvar una vida…

Berlin clavó los ojos en mí, directos, fijos.

Conocía aquella mirada.

La gente comete errores, y otros sufren las consecuencias. Llega un momento en que te das cuenta de que hace rato que te pasaste la salida, y ya no puedes echar los años para atrás, pero sí hacer todo lo que esté en tu mano para evitar que una sola persona más muera o sufra algún daño. Berlin tenía la conciencia tocada. Su trabajo tiene un precio, y había llegado la hora de cobrar. Al final, todo el mundo busca redimirse. Eso dice la canción. Yo ya llevaba un tiempo cantándola.

—Tengo que hablarlo con mi socia y con el resto del despacho —dije.

—Esperaré —contestó Berlin.

No estaba dispuesto a marcharse y volver después. Quería una respuesta ya. Tal vez había visto que me tenía contra las cuerdas y no quería arriesgarse a perder la ventaja. Me levanté, fui a abrir la puerta, y me detuve. Algo no cuadraba. Por un instante no sabía qué era, pero entonces caí.

No se oía nada en la oficina. Ni gritos ni golpes. Ni tacos ni ladridos.

Abrí la puerta, esperando encontrar la oficina vacía.

Clarence tenía el collar nuevo puesto y Harry miraba alegremente su móvil. La fotocopiadora zumbaba mientras escupía papeles sin problema, con Bloch sonriendo junto a ella. Kate estaba sentada tranquilamente en su despacho tecleando en su portátil, y una señora a la que no conocía se encontraba tras la mesa que usábamos como recepción. Tendría cuarenta y pico años, pelo corto y rubio, y sonreía mientras ordenaba papeles sobre la mesa y miraba la pantalla que tenía delante.

Clarence se acercó a ella, que se agachó y le dijo:

—Me encanta tu collar nuevo. ¿Necesita más ayuda con la app, Harry?

Harry dijo:

—No, señora, gracias. Por hoy, ya ha obrado suficientes milagros para mí. Ah, Eddie, esta es Denise. Trabaja aquí.

Denise apartó la mirada de Clarence, se levantó y se acercó a mí. Me tendió la mano y yo la estreché.

—Denise. Me encanta su oficina.

—A mí también empieza a gustarme —contesté, viendo que Kate venía hacia nosotros.

—Eddie, sé que dijimos que hablaríamos de los candidatos al puesto, pero Denise…

—Deja que adivine. Ha activado el collar de Clarence, ha arreglado la fotocopiadora y te ha ordenado todos los papeles del caso.

—Y he arreglado la cafetera —añadió Denise alegremente.

Me tomé un segundo para ver la cara de los presentes. Por primera vez desde que nos habíamos instalado en el edificio, todo el mundo estaba tranquilo y contento.

—Denise —dije—, no solo estás contratada, sino que tienes terminantemente prohibido abandonar la oficina.

—A partir de ahora, las cosas van a ir como la seda —señaló Kate.

—Pues supongo que es buen momento para comentar que estoy pensando en irme un tiempo. Hay un posible caso fuera del estado. Asesinato punible con pena capital. Y puede que necesite ayuda.

—La semana que viene tengo el juicio gordo de divorcio —dijo Kate.

—No te preocupes, Harry y yo podemos apañarnos.

—¿De qué trata el caso? —preguntó Harry.

—Un chico que está a punto de ir al corredor de la muerte por un asesinato que no cometió. Lo haremos *pro bono*, pero un amigo cubrirá los gastos.

—¿Conoces al chico? —dijo Kate.

—No lo visto en la vida.

—O sea, ¿que te vas del estado a un juicio por asesinato con posible pena capital, gratis, para defender a un chico a quien ni siquiera conoces? —preguntó Bloch desde la cocina.

—Sí. Este trabajo no va de ayudar a gente conocida, sino a gente a la que no conoces.

—Hazlo; aquí lo tenemos todo bajo control —dijo Kate.

Miré a Denise y dije:

—Eso parece, sí. A ver, una cosa más: el abogado del chico ha desaparecido. Puede que esto sea peligroso.

—Si no lo fuera, no sería tu caso —añadió Harry—. Solo hay un problema, Eddie. No tienes licencia para ejercer fuera de Nueva York.

Berlin salió por fin de mi despacho, sacó un sobre marrón de su chaqueta y dijo:

—La tendrá a partir de las tres de esta tarde.

EL PRIMER DÍA

EL PRIMER DÍA

3
KORN

Eran las 9.01 de la mañana cuando Randal Korn entró cojeando
levemente en la oficina del fiscal del condado de Sunville y avanzó
entre las filas de mesas ocupadas por secretarios y ayudantes. Nada
de buenos días. Había trabajo que hacer. Además, tampoco hacía
falta que dijera nada.

Su presencia se notaba en el aire.

La puerta del despacho de Korn tenía al menos setenta años.
Los nombres de los respectivos fiscales del distrito de Sunville habían sido pintados, borrados y repintados en la parte superior de
vidrio según iban y venían sus mandatos. Cuando agarró el pomo,
uno de los ayudantes ya estaba detrás de él con un archivador de
documentos en la mano. Korn se dejó caer en su silla de cuero verde con tachuelas, detrás del ancho escritorio de caoba, y alzó la
mirada hacia el ayudante del fiscal, un treintañero con camisa de
manga corta abotonada y corbata azul. Tom Wingfield era su preferido. Le entregó el archivador.

—¿Es el índice del legajo del jurado para el caso Dubois?

Tom asintió.

—¿En qué punto estamos con Andy Dubois? —preguntó
Korn—. Y nada de tonterías, Tom; quiero saber cómo están las
cosas. Elegimos jurado en tres días.

Tom se apretó el nudo de la corbata. Últimamente había ganado
peso, atiborrándose a batidos de proteína a la mínima oportunidad.
No era un tipo precisamente menudo, pero ahora parecía tener los
brazos y los hombros llenos de helio. Cuando no se encontraba en
la oficina, estaba en el gimnasio levantando pesas. Su camisa era lo
bastante vieja como para recordar cuando estaba más delgado y las
mangas y los botones le apretaban menos.

—Las pruebas forenses están listas. Informes completos, testigos preparados. El fotógrafo va a ampliar las fotos de la víctima para que queden bien grandes, como pidió...

—¿Cómo de grandes?

—A tamaño natural, o casi. El jurado creerá que están viendo su verdadero cuerpo ahí mismo.

—También pedí que subiera un poco el color, recuérdaselo. Quiero que la sangre de la cara se vea muy roja. Estas fotos tienen que impactar al jurado. Es el primer paso, recuérdalo.

Tom asintió.

Korn se tomaba su tiempo para enseñar a su ayudante cómo se conseguía una condena a la pena capital. Escoger a un jurado y convencerlo de mandar a un hombre a morir no es fácil. El jurado intentaría preservar la vida, era el reflejo humano por defecto. Primero había que impresionarlo todo lo posible, preferiblemente con imágenes que quedaran grabadas en su mente para el resto de sus vidas. Cuanto más viscerales y sangrientas, mejor.

Luego había que darles alguien a quien odiar. Un acusado que fuera el causante de aquel desastre violento y espantoso. Para ello había que elevar a la víctima casi a la santidad. Pintarla como una persona real, una integrante de la comunidad, buena, honrada y temerosa de Dios. Hacer que la víctima se colara entre el jurado, que les resultara familiar y fácil de identificar como una esposa, un hijo o una madre.

Cuanto más se encariña el jurado con la víctima, más odian al acusado.

El último paso era el más difícil. Y había dos planteamientos. Cuanto más cristiano era el jurado, más se apoyaba en fragmentos escogidos de la Biblia que hablaban sobre el castigo y que tenía memorizados desde hacía años —ojo por ojo y todos los grandes éxitos—. Y, aparte de la Biblia, estaba lo personal. Hacer que el jurado creyera que su hijo, su esposa, su pareja o su padre serían los siguientes si no se tomaban medidas para proteger a la sociedad y enviar a aquel demonio al corredor de la muerte.

Llevar un caso de asesinato punible con la pena capital era un ejercicio de deshumanización del acusado: había que convertirlo en un monstruo que debían temer y ejecutar. Una vez convencidos de todo eso, demostrar la culpabilidad del acusado resultaba bastante sencillo. Si el jurado le tenía miedo, lo condenaría. El odio es un gran incentivo, pero no suficiente para que un jurado mate. El miedo es mucho mejor. Es un arma poderosa. Y Korn había aprendido a usarlo hacía mucho.

—¿Qué hay del abogado de Dubois, Cody Warren? ¿Algún rastro de él? —preguntó Korn.

—Ni idea. Su secretaria lleva días sin verlo. El juez Chandler dice que el juicio sigue adelante, se presente o no.

—Bien —dijo Korn.

—Una cosa más —dijo Tom. Dudó, se llevó el dedo índice a los labios y cerró los ojos. Parecía como si una fuerza invisible le impidiera hablar. Tal vez un sentido del deber. Esa era otra cosa que Korn debía quitarle.

—Anoche oí a varios alguaciles hablando en la sala del juez. Parece ser que han aprobado una certificación del colegio para un abogado invitado.

—¿Un abogado de otro estado en busca de demandas colectivas?

—No —contestó Tom—. Al menos, no lo creo. Por lo que oí, ese tío viene de Nueva York a defender a Andy Dubois.

—¿Cuándo te enteraste? —saltó Korn.

—Anoche. Los oí hablando al cerrar la oficina para irme a casa.

—¿Un abogado de Nueva York? ¿Quién?

—Un tal Eddie Flynn.

Un fuego se encendió en los ojos de Korn. Relamiéndose los labios, dijo:

—Averigua todo lo que puedas. Flynn es un jugador serio. He leído sobre varios casos suyos. Quiero saberlo todo. Tiene que haber alguna conexión entre Dubois y él. Dubois no tiene un centavo, no podría permitirse un abogado. Y la Unión de Libertades Civiles tampoco lo pagaría; enviarían a alguno de sus abogados. Puede que haya alguna relación con la oficina de Cody Warren, pero no parece probable. Vete a hablar con los alguaciles, con los jueces, con quien haga falta, pero averigua por qué viene Flynn a representar a un asesino de poca monta —dijo Korn, y volvió a hojear el archivador.

—Perfecto, averiguaré todo lo que pueda. ¿Quién es? No había oído hablar de él.

—Es una granada de mano, eso es lo que es. Corren rumores sobre él. Algunos dicen que era timador antes de hacerse abogado, y que desde entonces ha estado colándosela a los jurados de Manhattan.

Wingfield asintió, salió del despacho y dejó a Korn solo con sus pensamientos.

Era un despacho sencillo, con archivadores a un lado, y algunas fotos enmarcadas de Korn junto a alcaldes y políticos del estado en el otro. Hizo girar su silla para mirar las ciento quince fotos policiales que tenía enmarcadas y colgadas en la pared detrás de su escritorio. Hombres más o menos desaliñados, con los ojos abiertos por el miedo, o deprimidos y adormecidos. Ver aquel muro lo hinchaba de satisfacción, lo estimulaba. Aquel era su legado. La obra de su vida. Aquellos eran los hombres que había enviado al corredor de la muerte. Había visto morir a setenta y nueve de ellos. Pero no era suficiente, ni de lejos.

Su padre siempre estuvo obsesionado con el apellido familiar, hizo una fortuna en el mercado de valores y se lo dejó casi todo en el testamento. Pero a Korn no le interesaba su dinero. Ni el dinero de nadie. Siempre había estado rodeado de riqueza, así que no le fascinaba ni lo más mínimo. Y con treinta millones en la cuenta del banco, tampoco le preocupaba. Lo relevante para él era el discurso de su padre sobre el legado familiar. Eso era más importante.

«No importa cuánto dinero tengas cuando mueras, hijo. Un hombre no se mide por la cantidad de dólares que tenga en su caja fuerte, sino por la estela de cadáveres enemigos que deja a su paso. Así es como se calibra una vida. Cuando sigues en pie al final, y has derribado a todos tus adversarios, entonces sabes quién es el mejor».

Korn sacaba fuerzas de los rostros de los muertos y de los que había condenado a morir. Darius Robinson fue el último que le dio esa satisfacción. Y Andy Dubois sería la siguiente cara en el muro.

Cogió el teléfono, llamó a la Oficina del Sheriff y preguntó por el sheriff Lomax. Pasados unos segundos, le pasaron.

—Buenos días tenga usted —dijo Lomax, con un acento de campo y tono grave.

—Quería saber si se ha averiguado algo sobre al abogado desaparecido.

—Me temo que no. Seguiremos buscando y haciendo llamadas. Tengo a algunos de mis mejores agentes volcados con ello.

—Me alegro. Bueno, ¿qué tal el fin de semana pescando?

—Muy bien. Saqué un bagre que casi me rompe la caña.

—Seguid buscando a Warren, quiero que se me informe en cuanto lo encuentren. Dios quiera que regrese sano y salvo.

—Eso espero, Randal.

—Buen día, sheriff —dijo Korn, y luego colgó.

Diez minutos más tarde, Korn iba al volante de su Jaguar, maniobrando por las cerradas curvas de las carreteras a las afueras de Buckstown. Cogió una serie de caminos cada vez más estrechos, hasta adentrarse en una pista de tierra que no parecía llevar a ninguna parte. Otros diez minutos después, los gruesos árboles a ambos lados se abrían por unos momentos, y el camino giró hacia el río Luxahatchee. Buckstown se encontraba en el centro del condado de Sunville. Al norte estaba el extremo meridional del bosque de Talladega, mil quinientos kilómetros cuadrados de pinos. Por el sur lindaba con las marismas de las aguas del Luxahatchee. Al este de Buckstown había tierras de cultivo, y al oeste se encontraba la parte industrial del condado, ocupada por un molino de acero y una enorme planta química que siempre estaba a punto de cerrar.

Korn detuvo el coche, se bajó y avanzó a través de los árboles. Eran muy viejos y estaban cubiertos de musgo colgante. El Luxahatchee se estrechaba en este punto, antes de alcanzar su máximo caudal varios kilómetros más al sur. Sus aguas marrones corrían aceleradas rebosando la orilla. Korn se había criado en un piso del sur de Manhattan con vistas al East River. Cuando era un adolescente curioso, a menudo se quedaba mirando sus oscuras aguas desde la ventana de su dormitorio y se preguntaba qué secretos habría escondidos en el fondo del río. Le intrigaba saber cómo se había vuelto tan oscuro y embarrado. Y calculaba a cuántos hombres habría tirado su padre a sus gélidas profundidades desde lo alto del puente de Brooklyn.

El gorgoteo del cauce lo devolvió al presente, creando una base para el sonido de los grillos y las chicharras que seguían cantando con el sol de la primera mañana. Otro ruido se unió a la orquesta. Era un motor V8 rugiendo lentamente. Se apagó y, a continuación, se oyó una puerta que rechinó al abrirse y se cerró con un portazo. Unos pasos entre la maleza.

4
LOMAX

El sheriff Colt Lomax notó un hedor según se acercaba a la orilla. Había aparcado el coche patrulla en la pista de tierra e iba hacia el punto de encuentro. Korn le había preguntado sobre la pesca durante su llamada, una clave que significaba que lo esperaba allí. Si le hubiera preguntado qué tal tenía el brazo de jugar a los bolos, hubiera sido en el aparcamiento de la bolera. Tenían otros puntos de encuentro en el aparcamiento de la cafetería, el cobertizo de barcas del lago y el viejo molino. Pero la pesca significaba el río, y por eso había venido.

Korn era un hombre precavido.

A medida que se acercaba a través de los arbustos, el hedor se hizo más intenso, y pensó que no podía ser de la vegetación podrida por el calor y la humedad. Ese olor dulzón a putrefacción del musgo y el río es bastante agradable. Aquello era distinto. A veces creía que lo que olía era Korn, como si se estuviera pudriendo por dentro. Cuando eso ocurría, se decía que solo eran imaginaciones suyas: nadie podía oler tan mal, a menos que llevara días tirado en el río, muerto y llenándose de gases.

Por fin llegó a un pequeño claro en la orilla y vio la espigada silueta de Korn, refugiándose del sol bajo las ramas de un pino.

—Hace un calor infernal —dijo Korn.

Tenía una mezcla de acentos. A veces sonaba como la gente de Sunville, pero otras le salía el acento de Manhattan en alguna palabra suelta, lo suficiente para recordarle que no era de por allí. Se preguntaba si tal vez llevaba toda la vida poniendo acento de Sunville, si estaba interpretando un papel para un público invisible, y a veces, por un breve instante, caía el velo y revelaba al auténtico Korn.

El fiscal estaba pálido y sudoroso. No estaba gordo, ni mucho menos. Siempre tenía aspecto enfermizo y flaco. Pero permanentemente parecía tener una fina capa de sudor sobre su piel de porcelana. Prefería mantenerse alejado del sol en todo momento. Sacó un pañuelo de su bolsillo superior, se limpió el cuello y la frente.

—Ya deberías estar acostumbrado al calor —dijo Lomax.

—Lo odio. Siempre lo he odiado y siempre lo odiaré.

—¿Qué pasa? Ya te he dicho que Cody Warren está congelado. Nadie lo encontrará.

—No se trata de Warren. Bueno, no del todo.

Y ahí estaba otra vez ese olor, golpeando a Lomax como si una pared de ladrillo le cayera sobre la cabeza.

—No, se trata de su sustituto. He oído que viene un pez gordo de Nueva York a patearnos el culo con el caso Dubois.

—Yo no me preocuparía. Tenemos a Dubois bien cogido. Da igual lo bueno que sea ese chaval de ciudad; no conseguirá que lo absuelvan, no después de haber confesado.

—Eso no es lo que me preocupa. Dubois no tiene familia ni conexiones en Nueva York, su madre no tiene un centavo. Lo que me preocupa es cómo demonios han contratado a ese abogado. Hay algo que no sabemos. Algo que se nos escapa.

—¿Quiere que hable con Dubois?

—Sí. Que se entere de que lo último que necesita es a un abogado elegante empeorando las cosas. Y eso me recuerda que tengo que preparar para el juicio a su compañero de celda, Lawson.

—Con el testimonio de Lawson, y todo lo demás, debería bastarnos para convencer al jurado. No se preocupe por ese tipo de la ciudad.

Korn salió de la sombra a toda prisa y se acercó al sheriff. Lomax dio un paso atrás, con el corazón acelerado. Se movía rápido cuando quería, como una araña al notar que una mosca se posa en su tela. Así se sentía Lomax: como si acabara de provocar un temblor en una finísima red, despertando a una criatura hambrienta, capaz de devorarlo en cualquier momento. El sudor inundó su frente, y la boca se le quedó como si hubiera chupado una piedra seca.

Korn habló con una voz más grave, como si estuviera adiestrando a un perro.

—¿Crees que tengo miedo a *míster* Nueva York? Yo me crie allí, conozco a esa gente. Puedo ganarles cuando quiera en un juzgado. Ni se te ocurra pensar lo contrario, ni por un segundo.

—No pretendía ofenderlo, señor Korn —dijo Lomax, apartando la vista para no tener que mirar directamente a esos ojos muertos—. Solo quería decir que no hay por qué andar con prisas. Si desaparecen dos abogados que trabajaban en el mismo caso, el pueblo se llenará de agentes del FBI.

Korn asintió, y dijo:

—Ya, pero es que el FBI no encontrará nada. Como la otra vez. Si creo que Flynn tiene que ser despachado, tú me ayudarás, ¿verdad, sheriff? Ya lo hemos hablado. Cualquier enemigo de la justicia es enemigo *nuestro*. Ya ha visto lo que le hizo Dubois a Skylar Edwards. No podemos dejar que se salga con la suya. Y si alguien se interpone en nuestro camino…

Lomax asintió. Su mirada estaba muy lejos. Él fue el primero en llegar a la escena cuando encontraron el cadáver de la víctima. Había visto de primera mano lo que le hicieron a su cuerpo. No tardaron en detener a Andy Dubois, y Lomax le sacó una confesión enseguida. Entonces llegó el maldito informe del forense y Dubois ya no encajaba tanto con el caso. Pero ya era demasiado tarde. Ya estaba acusado y Korn había decidido que el asesino era él. Por un momento se habló de investigar a otros sospechosos, pero Korn ni siquiera se lo planteó. La confesión de Dubois debilitaría automáticamente los argumentos contra cualquier otro sospechoso.

—No vamos a dejar que nada nos impida conseguir la pena capital para Dubois. Hasta entonces, a ver qué puedes averiguar sobre Flynn. Llámame cuando esté. Ah, y una cosa más…

Lomax tragó saliva. Tenía la garganta seca y dolorida.

—Asegúrate de que Flynn tiene un cálido recibimiento cuando llegue al pueblo.

Dicho eso, Korn dio media vuelta y regresó a su coche. Lomax exhaló y el sudor que le caía del bigote formó una nubecilla húmeda en el aire. Se quitó el sombrero y vio que lo tenía calado.

Antes de irse, volvió a mirar el río. Ahí dentro no había nada más que cocodrilos, tortugas y cosas muertas. Una niebla baja colgaba sobre las marismas y los árboles cubiertos de musgo, como si las arañas hubieran hilado finas telas sobre la tierra.

El tufo a corrupción se fue disipando a medida que Korn se alejaba. Tomándose su tiempo, Lomax regresó al coche, abrió la puerta y se subió. Al girar la llave de arranque, la radio se encendió. Una cadena de rock clásico tenía una programación especial con canciones de los Rolling Stones. Lomax estiró el brazo derecho agarrando el asiento del copiloto, miró por la luna trasera y dio marcha atrás por el camino de tierra mientras Mick Jagger empezaba a presentarse de un modo sumamente educado.

Cuando iba marcha atrás por la pista de tierra hacia un lugar donde poder dar la vuelta, Lomax levantó el pie del acelerador. Olía a embrague quemado, pero eso no fue lo que le hizo parar en seco.

Fue un pensamiento.

Sacó las llaves del contacto y sus dedos rechonchos y rojizos juguetearon con ellas. Un llavero de una pata de conejo colgaba de la anilla. Fue un regalo de su mujer, Lucy, el día que empezó en el cargo de sheriff. Dijo que les traería suerte a los dos. Y sí, Lomax había regresado a casa todas las noches sano y salvo al terminar su turno. Sin embargo, no podía decir lo mismo de Lucy.

El tacto suave del pelo de conejo entre los dedos lo ayudaba a calmar la respiración y empezó a sosegarse. Introdujo de nuevo la llave en la ranura, arrancó el V8, y giró las ruedas para dar la vuelta. Había tomado un camino de un solo sentido. No podía parar. Ni tampoco dar marcha atrás.

Algunas cosas no se pueden deshacer.

En pocos minutos estaba ya en las afueras de Buckstown. Cogió la salida que había antes del primer semáforo del pueblo y fue hacia su casa. Era una vieja construcción colonial reformada en los últimos años. Habían cambiado y pintado hasta el último panel de madera. La casa era de postal, con cuatro dormitorios, de los cuales solo usaban uno. Aparcó en la entrada para coches, se bajó y vio a Lucy en el porche. Las nuevas pantallas la protegían bastante de los mosquitos. Estaba sentada en su mecedora Adirondack, con las agujas de tejer en el regazo y el patrón a sus pies junto a un ovillo nuevo de lana roja.

—¡Qué calor! Pasaba por aquí y se me ha ocurrido venir a por un poco de limonada —dijo.

Lucy tenía sesenta y pocos años y conocía demasiado bien a su marido. Le sonrió o, al menos, forzó una sonrisa al levantar la cabeza.

—Seguro, Colt... Anda, coge algo de la nevera. Tráeme una a mí también.

Lomax le puso una mano cariñosamente sobre el hombro, como si fuera de cristal, y dijo:

—¿Seguro que te apetece?

Ella asintió.

La cocina estaba igual que la había dejado esa mañana. El cuenco de avena de Lucy intacto sobre la mesa. El vaso de zumo de naranja aún lleno junto a sus pastillas. Algunas de las más pequeñas estaban sobre el plato, otras aplastadas y colocadas en cucharitas. La peluca que él le había peinado antes de irse seguía colgada en el respaldo de su silla. Sirvió dos vasos de limonada y volvió al calor del porche. Le dio uno a Lucy y se sentó junto a ella.

—No te has tomado las pastillas, cariño —dijo.

—No lo he hecho, no —contestó ella con voz suave.

Cada mañana, y cada noche, Lomax preparaba cuidadosamente las pastillas de Lucy. Doce en total. Algunas no las podía tragar. Las más grandes, las deshacía con dos cucharas o aplastándolas sobre la mesa con el filo de un cuchillo de cocina. Las otras se las cortaba por la mitad. Cada vez le costaba más tragar.

—Deberías tomarte las pastillas. Lucy, el médico ha dicho...

—Lo dijo hace seis meses, Colt. Eso fue hace seis meses. Ya he vivido lo que tenía que vivir —dijo ella, pasándose las manos por la cabeza. Aún le quedaba algún mechón sobre su pálido cráneo, aunque no ocultaba las venas azuladas que resaltaban sobre su piel como si fueran gusanos.

—Ya lo hemos hablado —dijo Lomax.

—Sí que lo hemos hecho. Es decisión mía. Probamos la quimio. No funcionó, y no voy a pasar por eso otra vez. Las pastillas me atontan y me dan más náuseas. Quiero tejer y no puedo con lo que me hacen temblar las pastillas. O estoy dando tumbos por la casa o estoy vomitando o durmiendo. El dolor no es para tanto. Me recuerda que sigo viva.

Estiró un brazo, y tocó con ternura la mano de él; estaba tan suave y fría que era como si la brisa se posara sobre su piel.

—Quiero volver a ser esposa. Al menos, por un tiempo.

—Pero siempre están saliendo nuevas medicaciones, nuevos tratamientos. Podríamos pedir otra opinión...

—No —le dijo Lucy, alzando la voz más de lo que había oído en mucho tiempo—. Ya hemos gastado demasiado dinero. Cientos de miles de dólares, y ¿para qué? Me muero, Colt. Ha llegado mi hora. Y va siendo también hora de que tú lo entiendas. Que lo aceptes. Hazlo por mí, por favor.

Lomax no oyó el vaso de limonada caer de su mano y hacerse añicos en el suelo del porche. Solo oía la delicada voz de su mujer, solo sentía su tacto. Quería llorar, pero no podía. No delante de ella. Había jurado no hacerlo. Jamás. Solo lo hacía más difícil para ella. Se tragó el sentimiento de pérdida que lo desbordaba.

Siempre supo que llegaría este día.

Sabía que esto era por todo lo malo que había hecho. Que Dios lo estaba castigando por sus pecados. Que las mentiras que había dicho en su trabajo, la gente a la que había hecho daño y el dinero que aceptó de Korn, con el que pagaron la casa, habían llevado a enfermar a Lucy. Luego había costeado su tratamiento, claro. No se trataba del karma; para Lomax eso era una gilipollez budista. No, era Dios mandándole un mensaje. Y lo odiaba por ello.

Desearía haberse ceñido a su camino. Haber usado la pata de conejo para volver a casa a salvo cada noche, como debería haber hecho. Y cuidar de su esposa en su vieja casa de Buckstown, en vez de aceptar un solo centavo de Randal Korn.

El viento empezó a soplar, y notó el olor a muerte en el aire. Pensó en Cody Warren. Lo hizo con una Smith y Wesson del calibre 22. Le puso el cañón contra el cráneo, vio la mirada aterrada en los ojos del abogado, apretó el gatillo y aquella expresión horrorizada quedó grabada en su mente para siempre. Era lo más difícil que había hecho en la vida. Vomitó. Y desde entonces no había vuelto a dormir bien.

Cuando Korn decidió presentar cargos contra Andy Dubois, se desencadenó una serie de acontecimientos. Cada uno era una consecuencia inevitable de lo anterior. Las pruebas forenses debilitaban la acusación contra Dubois, así que Korn modificó los informes. Lomax tampoco podía dejar en libertad a Dubois después de haberle hecho confesar a golpes. Y cuando Cody Warren empezó a acercarse demasiado a la verdad, tuvieron que encargarse de él.

A diferencia de otros casos, el asesinato de Skylar Edwards obsesionaba a Lomax. La brutalidad y la extravagancia del asesinato lo perturbaban. Por eso había ignorado la sugerencia de Korn de no buscar otros sospechosos aparte de Dubois. A espaldas del fiscal, Lomax había seguido investigando.

Sabía muy bien lo que habría pasado si hubiese enseñado a Korn los resultados de sus averiguaciones. El fiscal los habría enterrado, y a él probablemente también, por desobedecer sus órdenes. Tampoco podía arriesgarse a llevarlos a la oficina del fiscal general. Korn tenía suficiente mierda sobre él como para empapelarlo durante mucho tiempo. ¿Y quién cuidaría de Lucy entonces? Estaba atrapado en aquella mentira, y esa fue la causa de que hubiera acabado con la vida de un abogado. Andy Dubois pronto sería otro cadáver sobre su conciencia. Otra consecuencia de un simple encubrimiento. Porque eso es lo que pasa cuando transiges una vez. Nunca es por la primera vez que desaparece una prueba. Lo que hay que hacer para encubrir el pecado original es lo que corrompe tu alma del todo.

Lomax sabía que la culpa y la vergüenza de lo que había hecho acabarían disipándose. Igual que sucedió en la última ocasión, y en la ocasión anterior. Hasta entonces viviría con ello. No le quedaba otra elección que seguir por este camino. Aunque eso significara que otros abogados tuvieran que morir.

5
EDDIE

Odio volar.

Odio los aeropuertos. Es por el aire acondicionado, los precios desorbitados y el traqueteo de las ruedas de las maletas sobre las baldosas del suelo.

Era un vuelo de dos horas de LaGuardia a Charlotte, Carolina del Norte, una escala corta y luego otras dos horas hasta Mobile. Leí el caso entre un avión y otro. En cuanto las puertas se cerraron y comenzó la presurización de cabina, abrí los archivos y Harry empezó a cabecear. Para cuando despegamos, ya estaba roncando.

Berlin me dio todos los archivos que llevaba en el maletero de su coche. Harry los leyó ayer, mientras yo le pasaba varios casos a Kate para que les echara un vistazo en nuestra ausencia.

En total eran unas quinientas páginas. Había varias declaraciones y, a medida que las leía, me fui haciendo una idea de la figura de Andy Dubois en el condado de Sunville.

Andy era hijo de Patricia y Franco Dubois, pero no por mucho tiempo. Para cuando empezó a andar y a hablar, Franco ya había desaparecido de su vida; intentó atracar una gasolinera en Tucson y le cayeron un puñado de perdigones en el hombro y quince años en la cárcel estatal por las molestias. Las cosas no le fueron mejor allí dentro. Al año de ingresar, le encontraron parcialmente decapitado en el patio de ejercicio. Varios reclusos le habían puesto a *hacer pesas*. Cuatro tipos lo sujetaron en un banco de pesas, mientras otros dos, al menos, levantaron una haltera con ciento treinta kilos encima de él y la soltaron sobre su cuello.

El estado pagó su entierro en el cementerio de la prisión. Patricia se negó a llevarse su cuerpo. Había cortado cualquier lazo con él y no quería que el tipo le costara ni un centavo más. Creía que lo mejor que había hecho Franco por su hijo era dejarse matar. No quería que Andy creciera rodeado de alcohol, drogas y toda la mentira, la amargura y el dolor que traían consigo.

Desde el día que nació, Patricia supo que Andy sería un buen chico.

Mientras leía su declaración detallada, que había preparado el abogado de Andy, Cody Warren, supe que aquel caso me pasaría factura. Algunos casos se quedan con una parte de ti, algo que nunca recuperas. A veces es algo pequeño, otras veces, grande. Pero, cuanto más leía, más dispuesto estaba a pagar ese precio.

Patricia Dubois

A mi Andy no se le daba muy bien coger la pelota, ni tirarla, desde luego no tenía físico para hacer placajes, pero ¡cómo le gustaba leer! Leía todo lo que caía en sus manos desde muy prontito. Es un buen chico, mi gran caballero del sur. Un chico culto, como siempre le digo. Se ha leído hasta el último libro que hay en la biblioteca de Chapel Avenue, pero luego no es capaz de mirar a los dos lados cuando cruza la calle. No tiene sentido. Tiene la cabeza en las nubes, mi chico. Pero se esforzaba mucho en la escuela, se graduó segundo de su clase y sacó una beca para la universidad de Montevallo. Todavía no me creo que fuera a ir a la Universidad. Trabajaba mucho en ese bar, todos los días que podía, y ahorraba hasta el último céntimo. Y entonces pasa esto. Mi Andy no mató a esa chica. Él va a la iglesia todos los domingos a rezar, y nunca ha hecho daño a nadie. Nunca se ha metido en una pelea. Y le puedo decir otra cosa, Andy nunca, jamás le haría daño a una mujer.

Pasé varias hojas para saber más acerca de la víctima.

Se llamaba Skylar Edwards. Veinte años, alumna de la Universidad de Alabama. Estudiaba Ciencias Químicas e iba todos los días al campus desde el pueblo. Sus padres no eran ricos, y me preguntaba cómo le pagaban la matrícula, pues no se mencionaba ninguna beca y era muy difícil que el empleado de una fábrica pudiese mandar a un hijo a la universidad. Ella trabajaba media jornada en un bar. Y su padre conducía camiones de larga distancia.

La madre, Esther, era ama de casa. No había ninguna declaración suya. Francis describió la noche del 14 de mayo como sigue:

Francis Edwards

Skylar trabajaba en el Hogg's Bar. Es un bar de camioneros. Era camarera, servía cervezas y se guardaba las propinas para la universidad. Trabajaba cuatro noches a la semana. De siete a una de la madrugada. A veces hasta más tarde, si el bar estaba lleno. No se podía permitir un coche, así que cuando estaba a punto de terminar, me llamaba, y yo iba a buscarla. La traía a casa. Casi siempre me esperaba con aquel chico, Andy. Un par de veces que llovía lo acerqué a casa de su madre, pero es que nos quedaba un poco lejos; el chico no era problema mío, así que casi nunca me molesté. En fin, aquella noche, Skylar no llamaba. Era más de medianoche. Su madre, Esther, no duerme demasiado bien. Estaba despierta y nerviosa haciendo algo en la cocina. Me dijo que la llamara. Yo pensé que seguiría liada y le di más tiempo. ¡Dios, anda que no he pasado noches deseando haberla llamado cuando me lo dijo Esther! A lo mejor las cosas habrían sido distintas... Si le hubiera sonado el teléfono, quizá ese chico no le habría dado una paliza, ni la habría matado. Esther no me ha perdonado todavía. A la una y media cogí el coche y fui al bar, pero estaba cerrado. No había ni un alma por ahí. Llamé a Skylar, pero no me lo cogió. Y me puse a conducir por todo el pueblo, por si había hecho autostop hasta la calle principal para tomarse una copa. Aunque Skylar no hacía esas cosas. Siempre nos avisaba cuando salía a tomar algo. Esther llamó al sheriff. Yo me pasé todo el día buscándola. Y esa noche nos llamaron para decirnos que la habían encontrado.

No creo que le saque gran cosa a Esther. El médico la tuvo que sedar cuando ustedes le dieron la noticia; los de la Oficina del Sheriff, quiero decir. No hace más que llorar, llorar y llorar. Ha estado días sin salir del cuarto de Skylar. Verá, ella nunca ha trabajado. Skylar era toda su vida. Vivía por esa chiquilla. Ahora que no está, no sé qué va a hacer. ¿Cómo es posible que nos hayan quitado a nuestra chiquilla así? Asesinada. Ese chico, Andy... Espero que lo frían en la silla eléctrica por lo que le hizo a mi niña.

Pasé varias páginas y encontré la declaración de Ryan Hogg, el propietario del bar.

Ryan Hogg

Skylar trabajó tres años de camarera para mí. Era buena empleada. Siempre llegaba a su hora, era buena con los clientes, hasta con los bullangueros; sabía apañárselas, ¿sabe lo que le quiero decir? En fin, sobre las doce, eché el cierre. Ella limpió el bar con Andy y se fueron poco después de medianoche. Creo que se marcharon juntos. Solían hacerlo. A veces, el padre de Skylar lo llevaba a casa, cuando llovía. Pero casi siempre Andy se quedaba con ella esperando hasta que aparecía el padre. Aquella noche estaban discutiendo por algo antes de irse. No sé de qué. No tengo ni idea. No los oí. Pero Andy le levantó la voz, eso sí lo recuerdo. Y no solía hacerlo. Es un chico tranquilo. Siempre tenía la cabeza metida en algún libro cuando debería estar pasando la fregona. En fin, me dio la sensación de que Skylar estaba asustada. Se fueron juntos y ya no la volví a ver.

Skylar estuvo desaparecida veinticuatro horas hasta que se encontró su cadáver.

Se llamaba Ted Buxton. Era un camionero vecino del pueblo. La noche que desapareció Skylar, el 14 de mayo, aparcó su camión en el bar de Hogg, y lo dejó allí mientras libraba al día siguiente. Cuando volvió a por él la noche del 15 de mayo, vio algo en las marismas, al otro lado del aparcamiento.

Al principio creyó que era alguien moviéndose agachado entre la hierba alta. Cogió una linterna y se acercó a mirar. Fue entonces cuando encontró el cadáver de Skylar Edwards con un par de tortugas encima. De primeras no se dio cuenta que era Skylar. Lo único que vio fue las plantas de sus pies asomando del suelo. Llamó a la policía, y estos la sacaron.

Skylar había sido enterrada en vertical. La metieron de cabeza en un agujero estrecho y profundo. Sin embargo, no era lo bastante hondo ni ancho como para doblarle las piernas, y por eso le sobresalían los pies. La tierra estaba compactada alrededor de sus tobillos. La habían enterrado boca abajo.

Pasé directamente al informe de la autopsia. Las lesiones eran brutales. Tenía la cara, el torso y las piernas quemadas, pero solo la parte anterior, no la posterior. La señorita Price, forense encargada de redactar el informe, consideraba que eran quemaduras producidas por el sol. Price le encontró dos dedos rotos en la mano izquierda, heridas defensivas en los antebrazos y varias contusiones en la cara. Tenía señales de ataduras en muñecas y tobillos. Como conclusión, decía que la causa de la muerte fue estrangulamiento, incidiendo en la enorme fuerza utilizada, dados los daños infligidos en la garganta y los huesos del cuello.

Me cercioré de que nadie más en el avión pudiera ver las fotos del cadáver ensangrentado y quemado.

También había un registro de la escena del crimen, detallando la hora de llegada del primer agente, de la médico forense, del sheriff y de todos los agentes de policía que accedieron a ella hasta la hora en que se dio por cerrada. Era como un diario aproximado de la investigación. A las dos de la madrugada, el sheriff planteó la posibilidad de que la víctima fuera Skylar Edwards. Habían encontrado un bolso a poca distancia del cuerpo.

Bolso. Contenido del mismo:
Un juego de llaves (tres), cartera (cuarenta y nueve dólares y veinticinco centavos en efectivo. Tarjeta de débito del Banco de América, tarjeta de débito Wells Fargo, tarjeta de la biblioteca de Buckstown; todo ello a nombre de Skylar Edwards. Carnet de estudiante de la Universidad de Alabama a nombre de Skylar Edwards, carnet de conducir a nombre de Skylar Edwards), protector labial, espejo de mano, base de maquillaje, chicle.

Pocos enseres para el final de una vida. Pasé la página y encontré más fotos. Había una de Skylar en su baile de graduación. Pelo rubio recogido en una coleta apretada. Muy sonriente. Vestido azul de aspecto barato pero bonito. Parecía ilusionada, llena de vida y energía. Su pareja era Gary Stroud, quarterback del equipo de fútbol americano del instituto. Tenía pinta de haberse metido esteroides. El esmoquin le quedaba apretado con tanto músculo, tenía la cara llena de acné y sonreía al lado de Skylar. También había varias fotos de ella en casa, con su familia.

Noté un vacío en el pecho y de pronto me costaba tragar. Empezaron a venirme los mismos pensamientos de siempre. ¿Cómo era posible que un ser humano le hiciera algo así a una chica?

La Oficina del Sheriff del condado de Sunville no tardó en efectuar un arresto después de encontrar el cadáver. Probablemente, la declaración de Ryan Hogg en la que afirmaba que había visto a Skylar y Andy discutiendo la noche de su desaparición fue clave para que detuvieran a este. También había una breve declaración del novio, Gary, que esa misma noche iba a proponerle matrimonio. Skylar nunca llegó al lugar donde habían quedado.

Cerré la carpeta unos momentos para ordenar mi cabeza. Ahí

no había muchas pruebas en contra de Andy. En el mejor de los casos eran circunstanciales. Por ahora.

La volví a abrir y seguí leyendo.

Mierda.

Cerré la carpeta, recliné el asiento y cerré los ojos durante la última hora de vuelo.

Tenían más que suficiente para condenarlo.

Habían hallado su sangre en las uñas de Skylar. Una forense experta llamada Cheryl Banbury confirmó que el ADN coincidía. Su informe era breve y demoledor.

Doctora Cheryl Banbury, forense
Jefe analista. Departamento de Biología Forense

Fragmentos de uña extraídos de la mano derecha de la víctima, proporcionados por el sheriff del condado de Sunville, Colt Lomax, quien confirma que había suciedad y lo que parecía sangre presente bajo las uñas de la víctima. Se examinan los fragmentos aportados en una bolsa de pruebas cerrada y etiquetada como CL12, con los siguientes resultados:

Sangre, piel, detritus general, residuos de polvos.

Los residuos de polvo eran partículas de anticolinérgicos (cuatro partes), sertralina (una parte), sulfato de morfina (cuatro partes), fenotiacina (probablemente proclorperazina) (una parte).

El sheriff Lomax también aporta muestra de raspado bucal de ADN tomado del sospechoso Andy Dubois, y etiquetada como CL28.

Se realiza aislamiento de ADN en todas las muestras. Se determinan características genéticas a través de análisis PCR de locus único. Se llevan a cabo veintiuna comparaciones de PCR con ambas muestras, así como una prueba de control, aislada por otro lado. El análisis bioestadístico confirma que los marcadores de ADN de CL12 coinciden con el ADN de CL28 con una probabilidad del 99,9999 por ciento.

Los residuos de polvo no me preocupaban demasiado: la víctima estaba estudiando Ciencias Químicas, así que suponía que estaría en contacto con todo tipo de sustancias. El ADN era demoledor. No existe una coincidencia exacta del ADN, pero el informe decía que el ADN de la sangre bajo las uñas coincidía con el de Andy, en la medida en que la ciencia es capaz de analizarlos. Andy tenía un arañazo en el hombro que encajaba con ello. Era lo bastante profundo como para que le hicieran sangrar. Daba la impresión de que Skylar había arañado a su agresor, y de que ese agresor era Andy.

El 16 de mayo, un día después de hallarse el cuerpo de Skylar, Andy hizo una confesión detallada ante el sheriff Lomax. Me costó leer la mayoría de lo que decía. No parecían las palabras de un chaval, sino de un policía. Estaba seguro de que alguien había escrito la maldita confesión y luego había obligado a Andy a firmarla.

Sin embargo, esa no era la única confesión. Su compañero de celda iba a testificar que Andy confesó haber matado a Skylar porque no quería acostarse con él. Me entraron ganas de vomitar, pero, a la vez, me sentí extrañamente esperanzado.

En aquel caso había no una, sino dos confesiones endebles. Una redactada por un policía a las pocas horas de que detuvieran a Andy, la otra proporcionada por un soplón de la cárcel, supuestamente una semana después. ¿Por qué necesitaban dos confesiones?

Tenía que hablar con Andy. Ver cómo respiraba. Necesitaba verlo cara a cara. Debía asegurarme de que era inocente. Lo sabría en cuanto hablara con él.

Una cosa tenía clara: si decidía llevar su defensa, me enfrentaba al caso más difícil de mi vida.

6
EDDIE

Llegamos al aeropuerto de Mobile sobre las ocho, recogimos el equipaje y alquilé un coche con la tarjeta de crédito del despacho.

La compañía de alquiler de coches nos dejó al final de un inmenso aparcamiento cerca de un Prius que había visto tiempos mejores. Al bajarse del carrito de golf, Harry se quedó mirándolo como si fuera su hijo y acabara de dejar Harvard para hacerse cestero.

—Creía que íbamos a alquilar un coche —dijo.

—Esto es un coche —dije yo.

—No, no lo es. Es una batería con ruedas, y con un motor de juguete. Esto no tiene alma.

—Tú tampoco. Venga, metamos las cosas en el maletero y vayamos a Buckstown. Yo conduzco.

—No, lo llevo *yo*. Así tendré una excusa para quejarme del coche y tú para quejarte de cómo conduzco. Los dos contentos.

El navegador del coche parecía guiarse más por la astrología y la esperanza que por un sistema de GPS, pero, para cuando encontramos la autopista, quedaban pocos kilómetros para Buckstown. Harry no paraba de pisar el acelerador y decir que el coche estaba roto.

—No está roto, es híbrido.

—¿Híbrido de qué? ¿De coche y mula? Te digo que este bicho está roto.

El cartel de la salida de Buckstown tenía tres agujeros de bala, ya oxidados en los bordes. Todos ellos en la O de Buckstown. Nos incorporamos a un tramo de carretera en dos direcciones flanqueada por árboles. Estos dieron paso a una sucesión de campos abiertos cubiertos por una niebla baja que se movía, ondulando suavemente, como miles de fantasmas rodando sobre la tierra.

Solo que no era niebla. Jamás había visto algo así.

—Campos de algodón —dijo Harry—. Tienen un aspecto raro a la luz de la luna, ¿no crees?

—Dan miedo —dije.

—Mi bisabuelo recogía algodón en Alabama. Un trabajo demoledor. Aunque no era un trabajo. No le pagaban.

Su voz se hizo más suave y profunda al decir:

—En estas tierras se ha derramado demasiada sangre. Este lugar parece… envenenado. Mi padre predicaba por toda Alabama. Estuvimos aquí cinco años. La verdad es que nunca lo he echado de menos.

Sentí un escalofrío recorriéndome la espalda.

—En cuanto acabe este caso, nos largamos. Y no volveremos —dije.

Los campos se extendían kilómetros y kilómetros en todas las direcciones, hasta que pasamos la cima de una colina, y un bosque se abrió ante nosotros. El camino empezó a serpentear entre grandes robles y sauces cubiertos de musgo. Había viejas casas de madera salpicadas a los lados de la carretera. De una sola planta. Ninguna tenía un tejado decente y todas estaban medio derruidas. Parecían abandonadas, o al menos deberían estarlo. Aunque en algunas se veía luz. Varias de ellas ni siquiera tenían ventanas, solo papel alquitranado, que relucía de un modo extrañamente bello con la luz del interior.

—¿Has leído todos los documentos del caso? —preguntó Harry.

—Sí. ¿Qué te parece?

—Si el chico dice que es inocente, y puede que lo sea, esto va a ser como escalar el Everest. Tú ya has tenido casos difíciles, y yo también, pero nada como esto. Tenemos que impugnar dos confesiones antes de ponernos manos a la obra. Una ante un compañero de celda y la otra ante el sheriff —dijo Harry.

—Hay que hablar con él. Si Dubois dice que la policía le sacó esa confesión a la fuerza, necesitaremos pruebas. La otra confesión supuestamente se la hizo a un soplón de la cárcel. Eso puede ser más fácil de tumbar.

—Yo no creo que matara a esa pobre chica —dijo Harry, secamente.

—¿Por qué estás tan seguro? —pregunté.

—Hay algo en todo esto que no me cuadra. He visto policías tratando de apuntalar casos endebles manipulando pruebas, pero no así. Tienen sangre y ADN de Andy bajo las uñas de la víctima, y el chaval tenía un arañazo en el hombro. ¿Por qué iban a querer dos confesiones falsas además de eso? No tiene sentido.

—Lo que no tiene sentido es que dentro de unos días tengamos un juicio por asesinato punible con la pena capital, que no nos paguen, que estemos en medio de la nada y nuestro cliente haya confesado dos veces que cometió el crimen. ¿Qué sentido le ves?

—Ninguno. La clave del caso es la víctima. Debemos averiguarlo todo sobre ella. En esos documentos no hay gran cosa.

Una gasolinera señalaba la entrada del pueblo. Harry nos llevó por lo que el GPS decía era la calle principal. Aparte de un bar y un 7-Eleven, todo estaba cerrado. Luego había menos edificios. El último de la calle tenía tres coches patrulla aparcados en la puerta. Era la Oficina del Sheriff, un edificio largo de ladrillo con dos plantas que destacaba como un culo dolorido. La segunda planta estaba pintada de blanco, la inferior era de ladrillo visto. Hacia la mitad de la calle principal había un cruce. Buck Street corría perpendicular a ella como las rayas en la mira de un rifle. Había visto en internet que los únicos hoteles del pueblo estaban en esa calle. No tenían página web para reservar habitación y tampoco me habían cogido el teléfono cuando los llamé esa mañana. Habría que probar suerte.

A Harry le gustó el aspecto del primer hotel que vimos, el Chanterelle, y aparcó fuera.

Era del tamaño de una casa colonial, con la pintura blanca deslavada y un columpio en el porche. El cartel de la ventana decía HABITACIONES LIBRES.

Nada más entrar por la puerta, el clima de Alabama me salpicó la cara de sudor. Había un ochenta y nueve por ciento de humedad y el calor era abrasador. Yo estaba acostumbrado a la humedad y al calor de los veranos en Nueva York, pero aquello era otra cosa. Era espeso y empapaba, no corría ni una brizna de brisa. Como el aire dentro de una tumba podrida. Y había bichos por todas partes.

Seguí a Harry hasta un mostrador de recepción de caoba con una recepcionista de caoba a juego. Lucía un vestido azul con una etiqueta que decía «Clara», y en su momento debió de serlo, pero más de seis décadas de exposición al sol y cajetillas de Camel habían dejado su piel blanca del color del mobiliario. Eso sí, el mostrador parecía menos viejo y más limpio que ella.

—¿Nombres? —dijo con voz mortecina. Tenía el pelo rubio del flequillo abombado, como si intentara evitar su piel.

—Ford, Harry. Encantado de conocerla. Este es mi compañero, Eddie Flynn.

Clara le dio una calada a su Camel, soltó una nube de humo azul mirando al cartel de NO FUMAR, y con voz ronca dijo:

—Lo siento, caballeros. El hotel está completo.

Dicho eso, atornilló el cigarrillo en un cenicero y dirigió su cabeza hacia una copia del *Cosmopolitan*.

—Disculpe, señora. El cartel de ahí fuera dice que tienen habitaciones libres —insistió Harry.

—Ese cartel no vale —dijo, sin apartar los ojos de un artículo titulado «Biquinis esenciales».

Harry me lanzó una mirada de complicidad, como diciendo que ya lo entendía todo. Yo no sabía qué.

—Creo que sé lo que pasa. Señora, comprendemos que esto es un pueblo tradicional. Eddie y yo trabajamos juntos. No somos pareja. Aunque no hay nada de malo en eso, claro. En fin, queremos habitaciones separadas.

—Está completo —dijo ella.

—Vamos a probar en otro hotel —dije yo.

Tampoco me fascinaba la idea de alojarme en el Chanterelle. Salimos a la calle y Harry me dio un golpecito en el hombro.

—¿Crees que no nos ha dejado quedarnos porque piensa que somos gais?

Sacudí la cabeza y dije:

—No sé.

—Supondría todo un cambio que un hotel de Alabama se negara a darme habitación, pero no por ser negro —dijo.

—Sea como sea, no quiero quedarme en este hotel. Me da igual si es racismo u homofobia: está mal. Vamos a probar en el de enfrente. Esta vez pruebo yo. Soy católico irlandés.

Cruzamos la calle. No habíamos visto ni un solo coche desde que entramos en el pueblo. Hasta los semáforos parecían apagados. En los cuatro pasos que anduvimos, la camisa se me pegó a la espalda como si tuviera pegamento. Yo no estaba hecho para aquel clima. Harry se quedó esperando fuera mientras yo entraba en el New Hotel. Supongo que en su época sí sería nuevo. En los años cuarenta, probablemente. Un pequeño cartel de neón rojo grabó las palabras *habitaciones libres* en el culo de un mosquito que pasaba por ahí. Abrí la puerta de entrada y sonó una campanilla. Había alguien en el mostrador de recepción, igual que en el Chanterelle. En este caso, era un joven que parecía haberse pintado el pelo negro en la cabeza. Se levantó asintiendo y abrió el libro de registro.

—¿Me puede decir su nombre, por favor, caballero?

—Eddie Flynn —dije, cogiendo el bolígrafo que había en el pliegue del libro de registro.

Algo se iluminó en el fondo de sus pequeños ojos azules. Aspiró entre los dientes, cerró el libro delante de mis narices y dijo:

—Me temo que estamos al completo.

Me quedé allí en silencio, observando al chaval. No tendría más de veinte años. Se mordió el labio y empezó a dar golpecitos rápidos con el bolígrafo sobre la mesa.

—¿Hay alguna convención en el pueblo? —pregunté.

—Es verano. Temporada alta —contestó, con la cabeza apuntando al suelo.

No tenía sentido discutir. Volví afuera con Harry.

—Parece que tampoco les quedan habitaciones. Curioso, ¿no te parece? Creo que alguien sabía que veníamos.

—No seas ridículo. Mira, yo tampoco quiero alojarme en ninguno de estos antros. Regresemos a Mobile y cojamos un hotel de verdad —dijo Harry.

—Buena idea —contesté.

Volvimos por la calle desierta hasta el Prius. Harry abrió la puerta del conductor, metió una pierna y de pronto se quedó parado.

—¿Qué pasa? —dije.

Rodeé el coche y seguí su mirada hasta ver que teníamos pinchada la rueda delantera. Miré la de atrás. Estaba bien. Di la vuelta al coche y vi que la rueda trasera del otro lado también estaba pinchada. Me arrodillé a la luz del porche del Chanterelle y pasé el dedo por la goma del neumático. Tenía un agujero de un par de centímetros a cinco centímetros del borde. Un navajazo.

—Es mi nombre —dije—. Alguien sabe que veníamos y ha querido asegurarse de que teníamos una bienvenida como es debido.

Harry resopló y dijo:

—Odio este maldito pueblo.

7
EL PASTOR

El Pastor miró la sebosa luna de marfil que coronaba los tejados de Buckstown a través de la ventana de la buhardilla.

Oyó pasos en las escaleras.

Se volvió y escudriñó la habitación. Era un espacio diáfano. El piso que había encima de las oficinas de Buckstown Insurance Services apenas se utilizaba. Una hilera de archivadores cubría un lado de la sala. En el centro había siete sillas dispuestas en círculo sobre el parquet y, bajo la ventana, una mesa con varias tazas y un dispensador de café que el Pastor había rellenado en la pequeña cocina del fondo. Dos banderas eran la única decoración. La primera era la bandera confederada que colgaba de las vigas, y la segunda, una bandera antigua enmarcada y colgada en la pared opuesta a los archivadores. Los colores estaban desteñidos. El rojo vivo de fondo tenía un tono herrumbroso y en el centro había una flor blanca. Un viejo emblema sobre una tela desgastada por el tiempo. La flor era una camelia. Estaba amarillenta. Sus siete pétalos parecían manchados, ya fuera por los años o por la orina. Porque aquella era una bandera en la que mucha gente querría orinarse, y a lo mejor lo habían hecho. Solo quedaban tres de ellas. El Pastor había pagado cincuenta mil dólares por la suya en una subasta en el mercado negro; ningún anticuario respetable vendería esa bandera públicamente. Tenía historia. Su tela fina y deshilachada llevaba el peso de los pecados cometidos bajo su estandarte.

La puerta se abrió y un hombre calvo y achaparrado con chaqueta de tweed entró en la habitación. El profesor Gruber estaba sudando. Hacía un calor sofocante hasta de noche y Gruber llevaba su camisa azul ennegrecida por el sudor después de subir el tramo de escaleras con la chaqueta puesta. Detrás de él iba un hombre alto y delgado con pelo y barba pelirrojos, salpicados de canas. Llevaba camisa de cuadros y vaqueros azules. Hacían una pareja incongruente.

El Pastor había aprendido que las ideas y el pensamiento acercaban a todo tipo de personas.

—¿Es el padre? —preguntó el Pastor.

Gruber asintió.

El Pastor fue directo hacia el hombre vestido con ropa de trabajo y, tendiéndole la mano, dijo:

—Bienvenido.

El hombre miró su mano y aceptó el saludo. Tenía las palmas de las manos y los dedos ásperos y secos por el duro trabajo.

—Es un honor conocerlo, señor. Yo...

Pero antes de que pudiera decir nada más, el Pastor lo interrumpió.

—No usamos nombres en nuestras reuniones. Es por seguridad. Puede llamarme Pastor. Y al profesor ya lo conoce. Revisamos la sala a menudo por si hay micrófonos, y es bastante seguro, pero para no cometer errores por teléfono o en otras reuniones, evitamos usar nombres reales en las conversaciones. El FBI tiene oídos en todas partes.

El hombre asintió.

—Lamento mucho la muerte de su hija —dijo el Pastor—. Era una fuerza vital en esta comunidad. Todos sentimos profundamente su pérdida. Por supuesto, no se puede comparar con el dolor que usted y su esposa estarán viviendo. Por favor, siéntese.

El hombre era Francis Edwards. Soltó la mano del Pastor y se la pasó por la cara. El Pastor notó que tenía los ojos enrojecidos y húmedos. Y respiraba con dificultad, como si estuviera a punto de derrumbarse y cada segundo fuera una batalla para contener el dolor.

Tomó asiento en el círculo de sillas, y el Pastor y Gruber se sentaron enfrente.

—Quiero darle las gracias por venir. Me ha dicho el profesor que lo conoció la otra noche en Calhoon's. Que estaba bebiendo bastante. Lo entiendo. El alcohol puede ser un bálsamo, pero no tarda en convertirse en una muleta. Y una vez lo tiene cogido, cuesta dejarlo. Lo mejor que puede hacer es hablar de lo que siente.

—Me alegro de haber conocido al profesor Gru..., quiero decir, al *profesor* esa noche. Estuvimos... —dijo Francis, pero se detuvo antes de seguir. Agachó la cabeza. Su enorme nuez le subía y bajaba por el cuello sin parar. Se aclaró la garganta y tragó saliva tratando de evitar que la emoción lo desbordara.

Intentó calmarse frotándose las palmas de las manos una y otra vez, como si se las estuviera lavando en seco.

—Estuvimos hablando de Skylar. Era, eh…, era la primera vez que hablaba con alguien sobre ello. El sheriff dijo que debería hablar con un médico, o un psicólogo, pero a mí no me criaron así. ¿Sabe lo que le quiero decir?

El Pastor sonrió mientras asentía. Francis había usado el nombre de su hija, y eso lo irritó un poco, pero no iba a quejarse ante un padre desconsolado.

—Lo comprendo perfectamente. Es bueno que pudiera compartir sus sentimientos. Ayuda. Pero se puede hacer mucho más que hablar, ¿verdad, profesor? —dijo el Pastor.

Gruber asintió mientras se levantaba. Se acercó a uno de los archivadores, abrió un cajón y sacó un sobre marrón grande. Tendría unos diez centímetros de grosor y estaba cerrado. Le acercó el sobre a Francis.

—Tenemos entendido que no ha podido trabajar desde que su hija fue asesinada. Conduce usted camiones, ¿no es así? —dijo el Pastor.

Francis clavó la mirada en el sobre. Se llevó una mano a la frente, al deducir lo que contenía, y se echó a llorar desconsoladamente, con los hombros temblando como si le estuvieran sacando las lágrimas a presión.

—En ese sobre hay veinticinco mil. Lo hemos recaudado entre los seis. Sé que lo están pasando mal y queremos hacer todo lo que podamos. Pronto habrá más —dijo el Pastor.

—No, por favor, esto ya es demasiado…

—No sea ridículo. Mire, usted conoce al profesor. Y ahora me conoce a mí. Hay cuatro más en la iglesia. Todos tenemos conexiones con las autoridades, además de influencia y poder. Y la gente de este estado nos importa. Lo que le ocurrió a su hija en cierto modo era inevitable.

Francis se enjugó las lágrimas y miró al Pastor, perplejo.

—Sé lo especial que ella era para ustedes. Para todos los vecinos de este pueblo. Fue la reina del carnaval hace no mucho. Yo solía verla en la cafetería de Gus, tomando batidos y divirtiéndose con sus amigos. Créame cuando le digo que, de no haber sido ella, hubiera sido otra chica. Mire, ¿ve esa bandera? Es la bandera original de los Caballeros de la Camelia Blanca. Hace ciento cincuenta años colgaba en una iglesia de Luisiana. Los hombres y las mujeres que oraban bajo esa bandera sabían qué horrores amenazarían nuestra forma de vida si no manteníamos a raya a esa gente. ¿Comprende? Su hija no fue asesinada por un hombre blanco. Un hombre blanco no haría eso. Tenemos que cuidar de nuestras familias.

Francis se quedó mirando al Pastor con algo parecido a la incredulidad. Y a la confusión.

—No quiero ver a más padres blancos sentados donde está usted ahora, llorando porque han asesinado a su hijo. Vamos a ayudarlos, a usted y a su mujer, pero tiene que despertar y darse cuenta de que está enfrascado en una lucha por sobrevivir, como todo hombre blanco.

Francis no dijo nada.

—Ahora, váyase a casa. Hablaremos mañana. Sé que se acerca el juicio y hay mucho que discutir.

Tras un momento de silencio, Francis se levantó, dio las gracias a los dos y se fue.

Gruber y el Pastor esperaron hasta escuchar que se cerraba la puerta de abajo.

—No estoy seguro de él —dijo Gruber—. Queda menos de una semana para el castigo. No está preparado para esto. Deje que…

—Ya te he dicho que tiene que ser él. Y estará preparado. Tenemos seis días. Es tiempo más…

—No, hay demasiado en juego. Créame que no hay tiempo…

—Estás preocupado y lo entiendo. Confía en mí. ¿No estás seguro de él o de ti mismo? —preguntó el Pastor.

Gruber sacudió la cabeza.

El Pastor prosiguió:

—Ya lo hemos hablado. Es la única manera. Va a morir gente, mucha gente. Creía que ya lo habías asumido.

—Sí, ya sabe que sí.

—En seis días estaremos preparados. Tienes su correo electrónico, ¿no? Mándale algunos vídeos. De los de siempre: Breitbart, Fox News, One America. No tardará en convencerse.

—Si usted cree. Mañana me pasaré a verlos a él y a su mujer.

—Bien. Oye, ¿ha llegado ya Flynn al pueblo?

—No sé. He hecho que se corriera la voz.

—De acuerdo —dijo el Pastor.

Estuvieron otra hora hablando, revisando los preparativos. El Pastor y Gruber querían lo mismo, pero a veces tenían opiniones distintas sobre cómo conseguirlo. Gruber entendía y asumía que un sacrificio era necesario. Siempre y cuando él no fuera el que tuviera que hacerlo.

—Intentaré acompañarlo todos los días del juicio, pero puede que necesite a alguno de los otros para quedarse con él en algún momento —dijo Gruber.

—¿Tienes planes? —preguntó el Pastor.

—No, es que me agota su dolor. Me saca de quicio, llorando todo el rato sobre mi hombro.

—Los demás están ocupados. Ahora mismo no estás trabajando. Y parece justo que tú hagas lo más gordo. Al fin y al cabo le caes bien.

Cuando Gruber se marchó en su coche eran casi las dos de la madrugada y al Pastor le apetecía tomar el aire. Una vez se hubo ido, el Pastor se echó a las calles. Buckstown estaba tranquilo a esas horas. Si evitaba los bares, podía recorrer todo el pueblo sin cruzarse con nadie.

Disfrutaba del silencio. El calor de las farolas ardiendo sobre el asfalto húmedo. La temperatura no lo molestaba. Cuando aún era niño, su padre lo metía en la caja si no se terminaba el plato. Aquella caja era como un horno que dejaba entrar finos haces de luz a través de los espacios entre las tablas de pino. Lo bastante para leer su Biblia, pero nada más. Cualquier cosa podía hacer que lo mandara a la caja: levantar la voz, olvidar cepillarse los dientes o no rezar lo suficiente. Aquellas vivencias de niñez hacían que nunca se quejara del calor, porque no había nada peor que cocerse dentro de la caja.

Se crio en una granja a las afueras de Buckstown. No tenía recuerdos claros de sus primeros años de vida, solo la sensación de calor y protección. Su madre falleció cuando tenía seis años, y se quedó solo con su padre, que nunca se recuperó del fallecimiento de su esposa. El padre del Pastor le culpó de dicha muerte: por no ser lo bastante devoto, porque descuidó su devoción a Dios y desató así la ira divina contra la familia. Quitó todos los cuadros que había en la casa, todos los relojes y, en su lugar, puso tablones de madera con mensajes bíblicos tallados a mano. Iban a misa cada mañana, y los domingos, dos veces. Entre la caja y las palizas, el Pastor aprendió el poder de la palabra de Dios.

Al llegar a la esquina de Buck Street, se detuvo. Se veían los dos hoteles del pueblo, y un coche que no conocía aparcado fuera del Chanterelle. Siguió avanzando y vio que era un Toyota, y que había dos hombres durmiendo en su interior. Varios de los neumáticos estaban rajados, y no había sitio en los establecimientos para ellos. Reconoció a Eddie Flynn por las fotos que había visto en la red. Tenía aspecto desaliñado, durmiendo allí con la ropa de calle. El Pastor apretó la mandíbula. Aquel hombre tenía como única misión dejar suelto a Andy Dubois. Y eso no lo podía permitir.

No había nadie más en la calle. Tampoco cámaras. Ni coches. Nadie a la vista. Solo el tenue rumor del viento sobre un pino joven a su espalda. Uno de los muchos árboles nuevos de la calle.

Diez años en la granja de su padre le habían apretado lentamente los tornillos en la cabeza. Con el tiempo había aprendido a identificar los signos que precedían a uno de sus brotes. Y apretar la mandíbula era uno de ellos. Hizo una inspiración profunda y trató de calmar la respiración.

No funcionaba. Su corazón latía a golpes. Tenía los puños apretados.

Se inclinó hacia delante, acercando la cara a la ventanilla del copiloto. Su aliento empañaba el cristal con cada respiración: como un toro enorme con el morro pegado a la verja del rodeo, listo para salir.

Metió la mano en la chaqueta y sacó su pistola del calibre 22. Apuntó a la cabeza de Flynn, casi rozando la ventanilla con el cañón.

Si apretaba el gatillo, tendría que matar al hombre del otro asiento. Tampoco es que le supusiera ningún problema. Toda esa élite de Nueva York era igual. No entendían a la auténtica América. No eran patriotas; no como el Pastor. Él era capaz de matar por su país, por su causa. Dentro de seis días empezaría el castigo.

Su dedo tocó el gatillo.

Imaginó el disparo. El ruido estallando en la oscuridad, la calle silenciosa, la imagen de Flynn distorsionándose al hacerse añicos la ventanilla, dejando una tela de araña de vidrio rajado alrededor del agujero de la bala. Volvería a apuntar, le metería dos balazos al negro que estaba en el asiento del copiloto, y desaparecería por un callejón, engullido por la noche.

Una perla de sudor recorrió su mejilla.

Matar a Flynn atraería la atención. Y no necesitaba llamar más la atención.

Guardó la pistola, se agachó por debajo de la ventanilla y escondió los dientes, gritando en silencio.

Se apartó del coche y entonces oyó un chasquido.

Había pisado una rama seca caída de un árbol.

Le resultó familiar. Se volvió y se encaminó hacia su coche, pensando en la última vez que había oído aquel chasquido.

Era el mismo ruido que oyó mientras estrangulaba a Skylar Edwards, al romper los pequeños huesos de su cuello con los pulgares.

EL SEGUNDO DÍA

8
EDDIE

Apenas conozco el mundo a las seis y media de la mañana. La gente que me ha visto a esas horas dice que no soy mi mejor versión. Pero esta mañana me despertaron los ronquidos de Harry en el asiento del conductor. No tuvimos más opción que reclinar los asientos y dormir en el coche de alquiler. En él solo había un kit de reparación para pinchazos de neumático, y los del garaje más cercano habían dicho que tardarían seis horas en llegar adonde estábamos. Ocho horas más tarde aún no habían aparecido.

El sol me golpeó a través del parabrisas, como si agujerease mis párpados y entrara directo a mi cerebro. La espalda me estaba matando, me dolía la cabeza y sentía una especie de resaca no merecida. Harry despertó, se bajó del coche y empezó a estirar. Bebí un poco de agua y salí con él.

—Retiro lo dicho. Un coche muy cómodo —dijo Harry—. Qué mal aspecto tienes…

—Gracias. ¿No te duele todo?

—Estuve un mes durmiendo en una trinchera húmeda en una selva infestada de ratas a dos pasos de Saigón. Esta excusa de coche —dijo, dando unas palmaditas en el capó del Prius— es un lujo comparado con aquello.

Los dos recordábamos haber visto una cafetería en la calle principal. En mangas de camisa, con la corbata aflojada y los pantalones arrugados, fuimos hacia allí antes de que el sol decidiera ponerse las pilas. A la luz del día, el pueblo parecía más sucio. La mayoría de los edificios a ambos lados de la calle eran bajos, de uno o dos pisos. Algunos tenían marquesinas cutres y agujereadas. Otros lucían carteles de plástico amarillo chillón anunciando una venta en alguna ventana, sin indicar qué era exactamente lo que se vendía. Tomamos la calle principal y encontramos Gus's Diner. Era la clásica cafetería americana, con bancos corridos tapizados en cuero falso, mesas de plástico duro y una larga barra revestida de cromo con taburetes altos atornillados al suelo. Señalé una mesa en el rincón.

Viejas costumbres. Me gusta ver quién entra y quién sale, con la espalda siempre contra la pared. Secuelas de una vida de timador donde la supervivencia dependía de saber cómo y cuándo largarme. Ser abogado litigante era igual: la clave de un contrainterrogatorio estaba en saber el momento exacto de callarte y volver a poner el culo en la silla.

Nos sentamos, y Harry abrió la carta con dificultad. La combinación del papel laminado, una humedad desbocada y la grasa fría hacían que sonara como si alguien se estuviese arrancando cinta americana de la piel. No había mucha gente. Un par de tipos con camisa de cuadros, vaqueros y gorra ponían a prueba sus niveles de colesterol con pollo frito y gofres, un anciano leía el periódico en la caja y un tipo enorme de traje tomaba café en una esquina. Su volumen llamaba la atención, eso y el traje, que le quedaba demasiado apretado.

Un coche aparcó afuera. Lo que antes debía de ser rojo, ahora era básicamente óxido. Tenía un par de agujeros en el capó, pero quedaban bastante ocultos por la nube de humo negro que ondulaba sobre él al salir del tubo de escape. Una mujer con uniforme de camarera se bajó de él y entró corriendo en la cafetería. Se metió en la barra, se puso el mandil y cogió una libreta y un bolígrafo. Un tipo corpulento que estaba con la parrilla se giró y la mandó a nuestra mesa. Por la cara de ella, no se lo dijo de buenas maneras. Tenía el pelo oscuro, ojos azules y tristes, y olía a aceite de coche caliente. A pesar de todo, se acercó sonriente.

—Hola, soy Sandy, su camarera. ¿Qué les traigo, caballeros?

Los dos pedimos tortitas y café.

Vi que el tipo trajeado se levantaba, se abotonaba la chaqueta con algo de dificultad e iba hacia la barra. Llamó al tipo de la parrilla, que se limpió las manos sobre el delantal blanco de algodón y se inclinó sobre la barra. El hombre le susurró algo, ambos se giraron hacia nosotros y nos miraron directamente. Los saludé de forma amigable con la mano.

El de la parrilla dijo «Gracias, señor Wingfield», mientras el tipo grande trajeado salía de la cafetería.

El de la parrilla vino hacia nuestra mesa. Tenía brazos gruesos, nada de cuello y su cabeza calva rezumaba malos modos. Llevaba GUS escrito en el pecho de la camisa blanca. Supuse que era el dueño, pero, en fin, aquello era Alabama. Todo el mundo en esa cafetería podría llamarse Gus, incluidas las otras camareras. Gus se limpió las manos en el delantal.

—¿Son los abogados de Andy Dubois? —dijo.

Harry me miró.

—¿Y qué hay si lo somos? —pregunté.

—Pues que ya pueden largarse de mi restaurante. Aquí no damos de comer a gente que ayuda a escoria como él. Mató a esa chica y lo van a freír por ello. —Sin decir una sola palabra más, se alejó y empezó a gritar—: ¡Sandy! Esta gente no come aquí. Se marchan.

Sandy salió de detrás de la barra con una jarra de café. Parecía confundida y dijo:

—Pero no han hecho nada, ¿no?

—Son los abogados de Andy Dubois.

—¿Y qué? —preguntó ella.

—… Que estás despedida. A mí nadie me discute en mi local. Y es la tercera vez que lo haces esta semana. Coge tu mierda y lárgate.

Sandy dejó la jarra de café, se quitó el delantal y lo dejó antes de que el rubor de sus mejillas se transformara en lágrimas.

Harry y yo la seguimos de cerca.

Afuera, el sol había cobrado fuerza, y notaba que la nuca me empezaba a sudar.

—Maldito montón de mierda —dijo Sandy, dando una patada al panel trasero de su coche. Le hizo una abolladura y saltaron briznas de óxido como confeti.

—Harry, esa grúa no va a venir hasta aquí a por nosotros —señalé.

Fui hacia el coche medio oxidado y vi que tenía una chapa de Volkswagen en la parte posterior. La chapa podía estar cascada, pero un motor VW sigue vivo hasta el día del juicio final.

—Hola, Sandy. Siento lo que ha pasado ahí dentro —dije.

Protegiendo sus ojos del sol, Sandy dijo:

—Ah, no es culpa suya. Gus lleva semanas buscando una excusa para librarse de mí. Puede que sea lo mejor.

—Mira, necesitamos un coche. Y tú necesitas dinero. ¿Cuánto quieres por este… vehículo?

—Mil dólares —contestó, más rápido de lo que esperaba.

—Te costaría doscientos cincuenta desguazarlo. ¿Qué te parece cuatrocientos?

—Quinientos y es suyo —dijo, agitando las llaves. Cualquier posible prejuicio acerca de que la gente de pueblo del Sur es lenta se esfumó al instante. Tenía la sensación de que, si no cerraba el trato ahora mismo, acabaría perdiendo hasta la camisa.

Conté cinco billetes de cien dólares, los puse en su mano y cogí las llaves.

—¿Qué modelo de Volkswagen es? —pregunté.

Sandy ya estaba a tres metros, pero se volvió sonriendo y dijo:

—No es un VW. Lleva una *chapa* de VW muy bonita, pero no sé qué coche es. ¡Suerte!

Harry cogió las llaves, se subió al coche y arrancó. El motor se encendió sin problema, pero entonces se oyó una fuerte explosión y empezó a echar humo, aunque seguía en marcha.

—Necesito descansar de este pueblo. Voy a por algo de comer y a por un par de neumáticos para la mula. ¿Tú qué vas a hacer? —preguntó.

Miré calle abajo hacia la Oficina del Sheriff.

—Hablar con nuestro cliente —respondí.

9
EDDIE

Berlin me había dicho que Andy estaba en la cárcel del condado. No era lo habitual, ni siquiera en Alabama. Una vez presentados los cargos y después de que el acusado comparece ante el juez y se le deniega la libertad bajo fianza, van a la prisión estatal a esperar juicio como todo el mundo.

Todos menos Andy.

La cárcel del condado se encontraba en la Oficina del Sheriff y era poco más que una jaula. No tenía patio de ejercicio y muy poca luz, por decir algo. Andy estaba rodeado de borrachos, yonquis y policías haciendo todo lo posible por que lo ejecutasen.

Su situación no podía ser peor. Me preguntaba por qué se le habían negado las garantías procesales, y por qué su abogado anterior, Cody Warren, no había logrado sacarlo de allí.

Entonces recordé la cálida bienvenida que Harry y yo estábamos teniendo y dejé de hacerme preguntas. Berlin ya me había dicho que tuviera cuidado. Mientras caminaba hacia la Oficina del Sheriff, saqué el teléfono, escribí el nombre del pueblo en el buscador y apreté ENTER. La primera docena de artículos no eran muy alentadores. Todos trataban de una bomba que no había llegado a detonar en un auditorio de góspel a las afueras de la ciudad hacía un año. Era una iglesia mayoritariamente afroamericana, aunque, como en cualquier iglesia como debe ser, todo el mundo es bienvenido con independencia del color de su piel. El reverendo encontró el artefacto un domingo bajo una pila de biblias y revistas al fondo de la iglesia.

Alguien ahí arriba velaba por aquella iglesia, pero la noticia me dejó mal sabor de boca. Por ahora, todos los vecinos de Buckstown que había visto por la calle eran blancos. No albergaba demasiadas esperanzas de tener un jurado imparcial. El resto de los artículos trataban de los juicios contra varios individuos y su condena a muerte. Guardé el teléfono y me limpié el sudor de la frente.

Pasé por delante de un pequeño despacho con el nombre de CODY WARREN escrito sobre una placa en la puerta. Había una mujer de mediana edad sentada detrás de una mesa junto a la ventana. Decidí parar a hacerles una visita a la vuelta. Primero tenía que hablar con Andy Dubois.

Un tramo de escaleras conducía a la entrada del público a la Oficina del Sheriff. El interior estaba algo protegido del calor, pero no demasiado. Había dos grandes ventiladores de mesa en el mostrador de información, pero ninguno enfocado hacia la sala de espera. Un agente flaco y con un grueso bigote pelirrojo estaba detrás del alto mostrador, con ambos ventiladores enfocados a la cara. Su chapa decía que se llamaba Leonard. Aunque era delgado, los brazos y el pecho estaban hinchados en los sitios adecuados. El bigote ayudaba a suavizar la cruel expresión de su boca.

—¿Puedo ayudarlo? —preguntó educadamente, sonriéndome con el bigote.

—Me llamo Eddie Flynn. Soy abogado, estoy aquí para ver a Andy Dubois.

Al agente Leonard no pareció gustarle la noticia. Sin mediar palabra, fue hacia una habitación detrás de él, mirándome con suspicacia mientras se alejaba, como si fuera a robarles la campanilla del mostrador.

Un minuto después volvió y dijo:

—Andy Dubois no tiene ninguna visita programada. De todas formas, todavía no es hora de visitas.

Ya tenía la camisa pegada por el sudor. Aún no había tomado café, tampoco había desayunado, apenas había dormido y me empezaba a preguntar cómo le quedaría el bigote después de que le partiera la nariz.

—Mire, el abogado de Andy ha desaparecido. Estoy aquí para representarle, pero tengo que verlo antes. No me haga ir al juez a solicitar una orden judicial. Déjeme entrar.

—Por lo que veo, su abogado es Cody Warren. No pueden darle una orden judicial para ver a un hombre que no es su cliente.

Un tipo corpulento apareció detrás de Leonard. Le sobraban veinte kilos, tenía la cara muy roja y no parecía demasiado orgulloso de ello. Lucía una placa sobre la camisa azul oscura, y supuse que era el sheriff del lugar. Al fijarme confirmé mis sospechas. Era el sheriff Colt Lomax, el hombre que vio a Andy firmar la confesión, y quizá el mismo que la redactó.

Me tomé unos segundos para asimilar la situación. Sus sonrisas. Se cruzaron de brazos. Me volví y miré a la izquierda. Una puerta baja oscilante era lo único que me separaba de la oficina al otro lado. Allí había otro puñado de agentes paseándose por la sala diáfana. En el rincón de la izquierda estaba el despacho del sheriff, y en el centro de la pared del fondo, una puerta de acero abierta que daba a un pasillo que supuse era la entrada a las celdas de detención. Di un paso hacia la puertecilla para verlas mejor.

—¿Dónde cree que va? —dijo Leonard.

Lo ignoré, entornando los ojos. Habría media docena de celdas y algunas tenían la puerta abierta. Era una zona de detención relativamente pequeña. La mayoría de sus ocupantes solo pasarían unas horas allí antes de ser trasladados al juzgado.

—Dé un paso más y estará detenido —añadió Leonard.

Di un paso atrás, me giré y salí del edificio sin decir una sola palabra.

Me abrasé el cuello y los brazos en los ciento cincuenta metros que separaban la Oficina del Sheriff del despacho de Cody Warren. Necesitaba crema solar y una ducha. Pero lo que hice fue entrar en el despacho de Warren. El aire acondicionado de aquel lugar era lo mejor que me había pasado en todo el día.

La mujer de mediana edad se levantó de la mesa y se me acercó.

—Lo siento, ahora mismo no estamos cogiendo clientes nuevos —dijo.

—No soy cliente. Me llamo Eddie Flynn. Me envía Alexander Berlin.

La cara impostada de cortesía para la clientela, con la sonrisa pintada y los ojos brillantes, se deshizo en un gesto de preocupación.

—¿Lo han encontrado?

—No que yo sepa. Me envía para hacerme cargo de la defensa de Andy Dubois. Tengo que hablar con alguien del caso, y necesito averiguar qué ha sido del señor Warren.

De pronto la mujer se me abrazó y apretó como si fuera a caer por un precipicio. En ese momento me alegré de no haber desayunado, porque me lo habría sacado de golpe, junto con todo el aire que tenía en el cuerpo.

—¡Oh, gracias! —exclamó mientras me soltaba.

Me tomé un momento para recuperar el aire.

—Soy Betty Maguire, jefa de personal de la oficina del señor Warren, y su secretaria. Bueno, en realidad solo estamos Cody y yo, pero a él le gusta llamarme jefa. ¡Ay, Dios!, ¡me alegro tanto de poder hablar con alguien! El sheriff…, bueno, en el fondo se alegra de que Cody haya desaparecido. Nunca se han entendido, y en los últimos años, la cosa ha empeorado. Pero aquí estoy yo, cotorreando; siéntese, por favor. ¿Le apetece algo? ¿Un té? ¿Una limonada?

—Un poco de agua y un café estaría genial —dije.

Me mostró una silla y desapareció al fondo de la oficina, con el vestido de flores y el pelo castaño rizado rebotando con sus pasos.

Me fijé en el despacho. Tenían dos mesas. Una fila de archivadores en la pared de enfrente. Certificados y licencias de abogacía enmarcados, fotos de Cody y Betty con clientes mostrando lo que supuse eran sustanciales cheques de indemnización por daños. Cody era un hombre menudo, bastante más que Betty. Como ella llevaba el mismo vestido, asumí que la foto era reciente. Cody tenía el pelo canoso, ojos vivos y grandes, y una sonrisa agradable. Dicen que un abogado de pueblo solo necesita una bonita sonrisa y un número de teléfono fácil de recordar en un cartel de carretera.

Betty volvió con un vaso de agua y otro de té en una bandeja.

—Lo siento, Cody es el único que bebe café. Se nos acabó hace una semana.

—Con esto me va bien, gracias.

Me bebí el agua, y di un traguito al té, pero estaba demasiado dulce.

—¿Cuándo fue la última vez que vio al señor Warren?

—Hará casi una semana. Cody no suele marcharse sin decir adónde va. No tiene familia, nunca se ha casado; se dedica plenamente al trabajo. Y al arte. Colecciona cuadros. Esa es su vida. Pensé que quizá se había ido a ver a alguien, o que había perdido el móvil. Pero lleva más de una semana desaparecido. Lo último que supe de él fue en un mensaje. Me escribió preguntándome si me decían algo las letras «F C».

—¿Qué quieren decir?

—No sé; no me sonaban de nada. Aún no me dicen nada.

—¿Cody vive en el pueblo?

—Sí, y ya he ido a su casa. Cuando me pasé con el coche, vi que no estaba el suyo. No había nadie dentro. Lo llamé al móvil, y nada. Me asusté y llamé a la policía.

—¿Consiguieron localizar su móvil?

Betty frunció el ceño y dijo:

—Cielo, la Oficina del Sheriff no va a mover un dedo. Te sueltan sus discursos bonitos, pero luego no hacen una mierda, con perdón por la expresión.

Le empezó a temblar el labio inferior, respiró hondo y se secó las comisuras de los ojos delicadamente con sus largas uñas. Las llevaba pintadas de amarillo claro, con una piedra de un color distinto en el centro de cada uña, y un dibujo con piedrecitas más pequeñas alrededor.

—¿Cree que la desaparición de Cody está relacionada con el caso Dubois?

—No estoy segura. Cody no tenía enemigos. Los únicos que le tenían tirria eran la policía y el fiscal, claro. Menudo churro revenido, ese tío… Ay, perdón.

—No se preocupe —dije, y di otro trago al té. Notaba cómo iba descascarillando el esmalte de mis dientes.

—Haré lo que pueda para encontrar a Cody. Pero necesito ponerme al día con el caso Dubois. ¿Tenía alguna teoría Cody?, ¿trabajo preparatorio que pueda ojear?

—Las carpetas del caso estaban en el maletero de su coche. Siempre se las llevaba a casa para trabajar por la noche. Lo único que puede que tenga aquí es el informe de nuestro experto.

—¿Cody había llamado a un experto?

—Solo a uno, un forense independiente.

—No es muy habitual.

—Para Cody, sí. El doctor Farnesworth era el forense del condado de al lado, pero ya se ha jubilado. Cody le pedía una autopsia de la víctima en todos los casos. Farnesworth es un hombre honrado; no puedo decir lo mismo de la forense del condado.

—¿Por?

—Porque a la forense del condado a veces se le escapan cosillas. Cosas que podrían ser útiles para la defensa. No he podido contactar con el doctor Farnesworth. Sé que Cody intentó hablar con él, pero no sé si lo consiguió antes de desaparecer. Tengo una copia de nuestra autopsia en el correo electrónico. Puedo imprimirle una copia.

—De hecho, tengo que ir a un sitio y no quiero llevarme documentos importantes. Gracias por el té, Betty. ¿Le molesta si más tarde mi compañero Harry se pasa a buscar esa copia? —dije levantándome.

—Claro, cielo —contestó—. Pero ¿adónde vas tan de repente?

—A que me detengan —dije.

Al salir a la calle parecía como si el diablo hubiera prendido fuego a miles de almas. Me ceñí a los edificios, abrazando hasta la última sombra que pude mientras volvía a la Oficina del Sheriff. Cuando estaba a tres metros de la entrada, me detuve y llamé a Harry.

—Llevo sándwiches de huevo frito y café. Y están poniendo las ruedas —dijo.

—No te molestes. Debo ver a Andy y no me dejan entrar. Voy a tener que hacerlo por las malas. Necesito que me hagas dos favores. Cuando vuelvas al pueblo, recoge un informe del despacho de Cody Warren. He hablado con su jefa de personal, Betty. Es muy servicial. Y otra cosa, ¿te dicen algo las letras F y C?

—Así de primeras, no. ¿Por?

—Antes de que desapareciera, Cody Warren envió un mensaje a Betty preguntándole si le decían algo esas letras. Y ella dice que no le suenan. Por ahora no te preocupes, el otro favor que necesito es muy importante: pase lo que pase, *no* vengas corriendo a sacarme de la cárcel. Dame unas horas.

—¿Sacarte? Eddie, sé que todavía no has tomado café, pero ¿qué demonios estás…?

Colgué, abrí de par en par las puertas de la Oficina del Sheriff, atravesé la sala de espera desoyendo la advertencia de Leonard de no pasar de ahí, y empujé la puertecilla oscilante.

La puerta debía de tener un timbre para avisar a los policías cuando alguien entraba. Había tres agentes en la oficina, todos sentados a su mesa, y todos me miraron embobados mientras avanzaba hacia las celdas entre las mesas hacinadas.

—¡He dicho que pare, joder! —exclamó Leonard. Se plantó delante de mí y me puso ambas manos sobre los hombros. Iba a sacarme a la calle a empujones.

No me caía bien el tal Leonard. No era nada personal. Simplemente se estaba interponiendo entre mi cliente y yo. Y eso no puede ser.

Cerré el puño derecho y lo lancé contra él. Un golpe bajo, demasiado bajo. Nadie lo vería venir. Y menos Leonard. Ahora estaba a diez centímetros de mi cara. Y mi puño avanzó quince. Es una de las claves para darle potencia a un puñetazo. Hay que apuntar cinco centímetros más allá del objetivo.

La clave de los puñetazos en las pelotas es que tienen efecto retardado.

Sientes el impacto, la sensación de que algo entra en contacto con esa zona blanda, y entonces hay un segundo en que no crees que duela tanto. No hay dolor. Ha sido un golpe de refilón. Has sorteado a la muerte.

Y entonces, te recorre una ola de agonía abrasadora que te corta la respiración y caes desplomado. Como le pasó a Leonard.

Pasé por encima de él.

En ese momento noté que algo punzante me golpeaba la pierna. Luego vi una porra delante de mi cara y caí boca abajo sobre la moqueta.

Me pitaban los oídos.

10
EDDIE

Vi un montón de botas a mi alrededor y unas manos fuertes me esposaron por detrás. El sheriff me clavó una rodilla en la espalda, y sentí todo su peso sobre mí mientras me cacheaban. Me quitaron el teléfono móvil y la cartera. Una vez en pie, me leyeron mis derechos sin que yo prestara ninguna atención. Algo húmedo me goteaba por la mejilla. Supuse que era sangre, por el golpe con la porra. Ellos eran dos. El sheriff Lomax y un agente rechoncho, peludo y sin cuello que parecía hecho de músculo y sebo.

Me quitó las cadenas del cuello, una medalla de san Cristóbal y la cruz de una persona a la que perdí recientemente. Alguien muy especial. Luego me quitaron el cinturón y los zapatos, y me sentaron. Lomax cogió una silla y tomó asiento delante de mí. Tanto él como Bola de Sebo tenían la respiración acelerada. Leonard seguía retorciéndose en el suelo, con ambas manos en la entrepierna.

—Eso ha sido una estupidez, Flynn —dijo Lomax.

—Yo no he hecho nada. Iba a hablar con mi cliente cuando el agente del mostrador se me ha tirado encima. Espero que esté bien —dije—. Porque lo voy a denunciar, y a usted también, por agresión y detención ilegal.

Lomax soltó una carcajada silbante que sonó como un saco de gatitos mojados.

—Mire, esto es lo que va a pasar. Primero se va a tranquilizar, luego vamos a presentar cargos contra usted y esta tarde lo llevaremos al juzgado. Si nos da un solo problema más… —Agitó la porra.

—¿Me está amenazando, sheriff?

—Pues sí. No sé si se ha dado cuenta, pero ahora está muy lejos de Nueva York. Aquí hacemos las cosas de otro modo. Debería pensar en qué le dirá al juez. Venga, le pondremos en una celda bien tranquilita. Ahí es donde quería ir, ¿no?

Bola de Sebo vino por detrás y me levantó tirándome de los brazos. Me llevó a través de la puerta de acero hacia el estrecho pasillo con una pared de ladrillo a un lado y barrotes en la otra, hasta llegar al fondo. Un aplique de luz brillaba en la pared enfrente de cada celda. Miré hacia delante. Había cinco celdas en total. Cinco lámparas. La primera tenía inquilino. Solo uno, un hombre de pelo largo, grasiento y canoso, que dormía sobre el catre. Estaba descalzo. Tenía las perneras rasgadas y las plantas de los pies sucias, rojas y llenas de ampollas.

Las siguientes dos celdas estaban vacías, por las puertas de hierro abiertas. La última se hallaba cerrada. Era la celda de Andy Dubois.

Lomax pasó delante de mí. En el cinto de cuero llevaba una Glock, dos enganches de sobra y un par de juegos de llaves. Cogió uno, abrió la puerta de la celda y se apartó. Bola de Sebo estaba detrás de mí, con una mano sobre mi hombro. Al moverse sonaba como un cascabel de llaves. Su cinto era más ancho que el del sheriff. Se movía y tintineaba a cada paso y con cada movimiento de su barriga. Señaló la puerta abierta de la celda. Me quedé en el umbral y por un instante intenté retroceder. En parte fue por instinto; ningún ser humano se deja encerrar voluntariamente. Pero también lo hice a propósito. Y su respuesta fue la esperable. Me dio un empujón tremendo en la espalda, y supe que iba a caer de bruces, porque seguía con las manos esposadas a la espalda. Giré hacia la derecha y me dejé caer sobre el catre. Caí mal, pero al menos amortigüé el golpe en el fino colchón cubierto con una sábana y una manta marrón. Me agarré a la manta para levantarme, haciéndola un gurruño, y volví a soltarla sobre la cama.

Lomax cerró de un portazo y echó la llave.

—Acérquese y dese la vuelta —dijo.

Había una abertura por debajo de la altura de mi cintura. Me acerqué a los barrotes, me di la vuelta y estiré los brazos. Lomax me quitó las esposas. Me froté las muñecas. Estaban rojas y se me había levantado la piel, pero podría haber sido peor.

Bola de Sebo regresó a la oficina mientras Lomax se quedó rezagado y, en vez de dirigirse hacia la salida, fue hasta el final del pasillo. Empezó a hablar en voz baja. No era un susurro, pero tampoco hablaba lo bastante alto como para mantener una conversación. Las paredes amplificaban el sonido y oí hasta la última palabra.

—Andy, ni se te ocurra hablar con nadie aquí dentro. Acabamos de meter a un pirado en otra celda. No lo escuches. ¿Me oyes, chico?

—Sí, señor —dijo Andy.

Lomax pasó por delante de mi celda sin mirarme, siguió avanzando por el pasillo y se marchó. Oí rechinar la puerta de acero y vi cómo el haz de luz que entraba de la oficina se ensanchaba sobre el suelo de hormigón. El sheriff debía de haberla dejado más abierta para oír si hablaba con Andy.

Eran sobre las nueve y media de la mañana. Primer día en Buckstown.

El colchón apestaba. Arranqué un trozo de sábana y la usé para taponarme el corte de la cabeza. Por suerte estaba justo en la raíz del pelo. Me tumbé en el suelo, apoyé la espalda contra el muro y me puse a esperar.

Pasó una hora. Oía el ruido lejano de la oficina al otro lado del pasillo, y supuse que la cosa se había calmado y recobrado la normalidad. El hombre de la celda de al lado empezó a hacer ruido. Oía los muelles de su colchón protestando al moverse.

Me acerqué a los barrotes, y ciñéndome todo lo que pude a su celda, susurré:

—Eh, amigo, ¿quieres sacarte cien pavos?

Se llamaba Seamus Cohan. Segunda generación de americano irlandés. Nació en Boston. Era alcohólico con un problema de música: tenía que tocar la guitarra en la calle para sacar dinero para alcohol, pero cuanto más bebía, menos le apetecía tocar. Seamus no quería cien pavos.

Dudaba que la música fuera una salida profesional para Seamus. Su voz sonaba como si estuviera pidiendo socorro a aullidos desde el fondo de una mina. Pero a él no parecía importarle. Después de destrozar «The fields of Athenry», de hundir «The Irish Rover» y de hacer volver varias veces a Paddy Reilly de Ballyjamesduff, la Oficina del Sheriff del condado de Sunville alcanzó el límite de su apreciación musical.

—¡Calla de una puta vez! —gritó una voz, y la puerta de acero se cerró de un portazo.

—Sigue así, Seamus. Pero más alto —dije yo.

Mientras Seamus proseguía con «Dirty old town», me acerqué al catre y desdoblé la manta donde había escondido las llaves de Bola de Sebo. Se las había quitado del cinto mientras me empujaba a la celda. El truco del encontronazo. El golpe de mi cuerpo contra el suyo disfrazó la maniobra. Afortunadamente logré darme la vuelta para esconderlas en la manta de la cama antes de que se dieran cuenta. Busqué la llave que parecía encajar con la cerradura. Me costó abrirla: la muñeca me abrasaba de dolor. Por fin, oí un clic. Abrí la puerta muy despacio y con sigilo, fui hasta el final del pasillo y metí la llave en la cerradura de la celda de Andy.

Estaba tumbado sobre el catre. Llevaba una camiseta blanca sucia, unos vaqueros y unas pantuflas de plástico. No había nada en su celda. Ni un libro. Ni televisión. Ni un periódico. Ni siquiera mudas de ropa. Parecía como si acabara de llegar a la celda hacía diez minutos. Alzó la vista hacia mí, y sus ojos se abrieron aterrados. Se incorporó en la cama mientras yo giraba la llave en la cerradura, se tapó hasta la barbilla con la manta y empezó a temblar de forma violenta.

Entré en la celda, me volví y metí la llave en la cerradura desde fuera, a través de los barrotes.

Cuando me di la vuelta, Andy se encontraba agazapado en un rincón. El suelo estaba mojado y el rastro iba hasta la cama. Le había podido el miedo. Estaba hecho un ovillo en la esquina, con la mano izquierda sobre el hombro derecho, dándose golpecitos, mientras oscilaba rítmicamente hacia delante y hacia atrás.

—Andy, me llamo Eddie Flynn. Soy abogado y vengo de Nueva York. Tu abogado, Cody Warren, ha desaparecido, y he venido a sustituirle hasta que vuelva. No tengas miedo, estoy aquí para ayudarte.

Me alejé un poco de él para proporcionarle espacio. Acercándome al rincón opuesto de la celda, deslicé la espalda por la pared y me arrodillé. Luego me senté, estiré las piernas y me toqué la cabeza. Estaba sangrando otra vez.

A Andy le temblaban las piernas, y seguía meciéndose rítmicamente, sin dejar de darse golpecitos a un son que yo no podía oír.

—No voy a hacerte daño. No te pasará nada por hablar conmigo —dije.

—Sí —dijo Andy.

—¿Sí qué?

—Que sí que me pasará algo si hablo con usted. El sh-sh-sheriff me lo ha dicho. Ha dicho que no lo haga. No quiero líos.

Comencé a respirar hondo y despacio. Seguí haciéndolo hasta que Andy empezó a imitarme. A pesar de que tenía el torso envuelto en una manta, era evidente que estaba flaco. Estiró la pierna en el suelo y el vaquero se le subió. Podría agarrarle el gemelo con una mano. Tenía ojos grandes, amables y llenos de miedo, y sus labios estaban secos y cubiertos por una fina película blanca, con un corte en el superior. Los rehenes recién rescatados de zonas de guerra que se veían en los noticiarios mostraban mejor aspecto que él. Pasados unos minutos, lo vi más tranquilo y respiraba con normalidad. Continuaba dándose palmaditas sobre el hombro, pero ya no se mecía.

—He tenido que hacer que me detengan para poder hablar contigo. El sheriff no quería dejarme entrar.

Andy no dijo nada. Seguía muy asustado.

—No creo que mataras a Skylar Edwards. El sheriff dice que fuiste tú, pero yo no lo creo.

—Yo no lo hice. Nos despedimos y me fui a casa andando. Yo nunca… —dijo, pero entonces paró y se tapó la boca con una mano. El terror volvió a inundarlo.

—Andy, el sheriff quiere que se te declare culpable de asesinato ante un tribunal y que te ejecuten. Él no es tu amigo.

—Me dijo que no lo haría —dijo Andy, apartando la mano lo suficiente para escupir la frase, y tapársela otra vez.

Preferí contenerme. Corría el riesgo de interrumpir cualquier intercambio con aquel chaval. Era listo. Tenía una excelente nota media, jugaba al ajedrez y se había leído la biblioteca del colegio entera. Un joven brillante enfilado a la universidad. Sin embargo, la inteligencia no cuenta tanto cuando estás en la trena por un asesinato que no has cometido. Daría igual que Andy tuviera el coeficiente de Albert Einstein: el miedo es capaz de anular el intelecto.

Le costaba mucho hablar. Ladeé la cabeza y, frunciendo el ceño, le pregunté:

—¿Qué te dijo el sheriff?

Mordió el anzuelo.

—Dijo que iré un tiempo a la cárcel. Que no me harán más daño y que cuidará de mi madre.

—¿Te ha hecho daño? —pregunté.

Se quitó la manta y levantó su camiseta. Solo le veía el lado izquierdo, pero tenía varias marcas de color vivo en las costillas y a la altura de los riñones. Al menos tres. Eran rectas, con los bordes bien definidos, lineales y paralelas. Parecían cardenales recientes. No tenían más de un par de días.

Porrazos.

—Me pegó hasta que me desmayé. Lo ha hecho un par de veces. No quiero que nadie le haga daño a mi madre. Haré lo que me digan. Cody Warren se equivocaba. Lo mejor que puedo hacer es declararme culpable.

11
EDDIE

No quería llevar las cosas demasiado lejos con Andy. No en nuestro primer encuentro. Y menos estando yo detenido, después de colarme en su celda. Mañana se elegiría al jurado. Andy había accedido a que ejerciera su defensa hasta que volviera Cody Warren. Por ahora bastaría con eso. Y tampoco podía empezar a discutir los detalles del caso, aún no. Andy estaba demasiado asustado. Primero necesitaba sacarlo de allí.

Dejé su celda, lo encerré de nuevo, regresé a la mía y cerré la puerta con llave. Le dije a Seamus que bajara la voz, pero ya no había quién lo callara. Después de escuchar «The rising of the moon» y «Some say the Devil is dead», yo mismo empecé a golpear los barrotes de la celda.

Lomax entró con Bola de Sebo a su estela. Este fue a coger sus llaves para abrir la puerta, pero no las encontró en el cinto. Lomax suspiró, cogió las suyas y abrió mi celda.

—No hace falta que le pongamos las esposas, ¿verdad? —dijo.

—Quiero disculparme por cualquier malentendido —repliqué yo.

—Dígale eso al juez —dijo Lomax.

Los seguí por el pasillo hasta la oficina y, al pasar junto a una de las mesas, dejé las llaves de la celda, rápido y sin que nadie me viera; las saqué del bolsillo de la cintura y las solté por la espalda.

En vez de salir por delante, Lomax me condujo por una puerta lateral a una pequeña sala de procesamiento. Me tomaron las huellas dactilares, posé para la foto policial y me sacaron por otra puerta lateral donde un coche estaba esperando.

—Para esto sí que vamos a tener que esposarlo —dijo Lomax.

Me pusieron las esposas, me metieron en el asiento trasero de un coche patrulla y me llevaron a un alto y majestuoso edificio a las afueras de la ciudad. Los juzgados del condado de Sunville estaban pintados de blanco y parecían una vieja iglesia, con su torre con chapitel y su reloj. Como muchos viejos juzgados, no había puerta lateral para introducir a los detenidos. Accedimos por la entrada principal y luego seguimos por un pasillo lateral hasta los calabozos. Solo había un juzgado. Los casos penales tenían preferencia, y los juicios familiares y civiles se iban acoplando.

No estuve mucho tiempo en los calabozos.

Un agente me condujo hasta el juzgado por una puerta lateral. Parecía sacada de *Matar a un ruiseñor*. La película de Gregory Peck, no el libro. Dos grandes ventiladores de techo zumbaban sobre mi cabeza. Una galería envolvía la enorme sala en forma de U, con una vidriera central de colores en la base de la curva, que no dejaba pasar demasiada luz. La iluminación provenía de una preciosa lámpara de araña colgada entre los ventiladores. El público se sentaba en unos bancos de iglesia hechos de madera de nogal, seis a cada lado, separados de la parte de la sala donde se desarrollaba la acción por una barandilla divisoria, con una puerta oscilante en el centro. Las *boiseries* eran artesanales, pero, en vez de mostrar escenas de la constitución o máximas legales, o incluso insignias judiciales, lucían escenas del Antiguo Testamento.

Había dos largas mesas dispuestas en paralelo a los bancos, una para la defensa y otra para la acusación. El estrado del juez estaba enfrente de las mesas, con la tribuna del jurado a la derecha y el estrado para los testigos a la izquierda. Una bandera americana pendía sin gracia de un asta detrás de la silla vacía del juez. Tras ella y colgada de la pared había otra pieza de madera tallada; un enorme panel de pino coronado por la balanza de la justicia y, debajo, los diez mandamientos tallados en la madera.

Aquello ya no era Kansas.

El simbolismo religioso no está permitido en los juzgados. Lo prohíbe la Constitución. Y, sin embargo, me daba la sensación de que, si cualquier acusado o abogado defensor se quejaba de ello, no sería muy bienvenido. Aquello no era un juzgado, sino un feudo personal.

De repente entró el tipo grandote con el traje apretado, que había visto en la cafetería aquella mañana, siguiendo a un hombre alto y pálido que llevaba un maletón. Tomé asiento en la mesa de la defensa con las manos aún esposadas por delante.

—Mi nombre es Randal Korn. Soy fiscal del distrito del condado de Sunville. Este es mi ayudante, Tom Wingfield. Le daría la mano, pero me temo que sigue luciendo sus joyas —dijo el tipo alto.

Ni siquiera me miraba al hablar, y se limitó a sacar documentos de su maletín y disponerlos sobre la mesa de la acusación. En ese momento me vino un tufo. Algo olía mal, pero no sabía qué.

—De todas formas, no le daría la mano —respondí.

Su expresión cambió y tardé un segundo en darme cuenta de que estaba sonriendo. Si esa era su sonrisa, no quería verlo cabreado.

—Nos oponemos a la libertad bajo fianza, a no ser que acceda a mis condiciones —dijo—. Primero, será puesto en libertad bajo palabra y con una fianza de quinientos dólares. Segundo, no entrarán en los límites urbanos de Buckstown salvo para su siguiente comparecencia en el juzgado. ¿De acuerdo?

—Pues no —contesté—. Represento a Andy Dubois. Y me quedaré aquí mientras dure el juicio.

—¿Cuándo ha hablado con Andy Dubois?

—Esta tarde. Es inocente. Y voy a asegurarme de que sea absuelto.

Ahí estaba otra vez esa sonrisa, como una herida en el rostro de un cadáver.

—Señor Flynn, si ni siquiera es capaz de conseguir su propia libertad…

Estaba buscando una respuesta contundente, pero entonces bajé la mirada y vi que tenía la camisa desabrochada y manchada de sangre. No llevaba corbata, tenía toda la ropa sudada, no me había afeitado y la cabeza me daba golpes como una campana de iglesia. Probablemente no era la mejor situación para soltar amenazas. Korn me sacaba más de quince centímetros, parecía el base de un equipo de baloncesto de Halloween.

—Silencio en la sala. ¡En pie! El honorable juez Frederick Chandler preside la sesión —dijo la alguacil.

El juez Chandler entró en la sala, luciendo la toga negra sobre su traje gris. Se sentó rápidamente. Tendría setenta años al menos; pelo cano raleando; por boca, una línea roja y oscura; nariz fina y unos ojos que parecían querer salirse de su cráneo.

Mientras la alguacil anunciaba el caso y decía mi nombre, el juez la interrumpió, mirándome como si me acabara de limpiar el culo con su toga.

—Tengo unos documentos aquí que lo autorizan a ejercer como abogado invitado en este estado. Jamás en la vida había visto a un abogado invitado por el Colegio de Alabama comportarse como lo ha hecho usted, señor Flynn.

Su rostro se ensombreció mientras hablaba, como si cada palabra le subiera la tensión arterial.

—Es usted una vergüenza para el Colegio de Abogados de Nueva York, para el de Alabama, para sí mismo y para esta magnífica profesión. Se lo acusa de agredir a un agente de la ley y de allanamiento de las oficinas del sheriff. ¿Qué demonios cree que está haciendo? A ver, ¿tiene algo que decir, Flynn?

Al decir mi nombre, soltó una brizna de baba espumosa que voló sobre el estrado y cayó en el parquet.

Yo seguía en pie desde que había entrado el juez, igual que Korn. Él estaba gozando cada minuto con todo esto.

—Señoría, hay tres cosas que debería aclarar. Primero, para usted es *señor* Flynn. Segundo, yo no he agredido a nadie. Tengo derecho a la presunción de inocencia. No se me ha dicho que me declare culpable o no culpable. Ya que estamos, me declaro *no culpable*. Tercero, como no me pongan en libertad de inmediato, presentaré una demanda contra la Oficina del Sheriff, contra usted, contra el monstruo de Frankenstein aquí a mi lado y contra cualquier vecino del pueblo que se me ocurra.

Las mejillas sonrosadas del juez Chandler empezaron a temblar. Parecía un cuenco de gelatina pasada.

—Jamás me han insultado de este modo desde la mesa de la defensa… —dijo.

—Pues debería salir más —dije.

—Señoría —dijo Korn—, esto es un insulto egregio por parte del abogado defensor. Ruego considere acusar al señor Flynn de desacato. No solo por insultar a este tribunal, sino por su falta de respeto hacia el cargo de fiscal del distrito que ostento.

—Aceptado. Señor Flynn, supongo que habrá solicitado la libertad bajo fianza. Espero que tenga amigos ricos, porque si no, va a tener bastante tiempo para aplacar esos ánimos en la cárcel del estado.

Bajé la vista al suelo y maldije para mis adentros. Había dejado que aquel pueblo, su fiscal y aquel juez me tocaran la moral. No estaba jugando bien mis cartas. Había sido una mala idea y Andy

Dubois sufriría las consecuencias si me encerraban en una celda hasta que su juicio acabara.

Debería haber llamado a Harry. Un hombre que se representa a sí mismo es un cliente tonto.

En ese momento oí que se abrían las puertas a mi espalda. Una voz conocida dijo algo desde el fondo de la sala, y se oyeron pasos acercándose. Tacones bajos y unas botas a su estela.

No hizo falta que me girara para saber que había llegado la caballería.

—Señoría, Kate Brooks representando al acusado —dijo la voz, con un acento de Nueva Jersey que había echado de menos más de lo que me gustaría admitir.

—¿Es usted miembro del Colegio de Abogados de Alabama? —preguntó el juez.

—Presenté los documentos esta mañana. Tengo entendido que puedo comparecer como invitada del Colegio hasta que se apruebe mi solicitud.

Kate se acercó al fiscal y le susurró algo. Este dejó que echase un vistazo a la hoja donde figuraban los cargos presentados contra mí y una declaración del agente que había tenido que ponerse hielo en las pelotas. Kate leyó, absorbiendo cada detalle en cuestión de segundos. Lectura rápida. Y su mente funcionaba a la misma velocidad. Tenía una capacidad innata de asimilar y usar nueva información prácticamente al instante. Bloch estaba a su lado, con sus botas de cuero, sus vaqueros ceñidos y *blazer* azul.

Ninguna de las dos me dirigió una sola palabra.

—Señoría, la agresión al agente es de carácter leve, y discutible. Mi cliente es quien se vio agredido. Como podrá advertir, tiene un corte en la frente. Vamos a presentar de inmediato una demanda contra la Oficina del Sheriff del condado de Sunville, pidiendo un millón de dólares por daños. El allanamiento es un delito menor y una acusación bastante a la desesperada, dadas las circunstancias. Los recintos policiales son propiedad pública y, a no ser que haya carteles delimitando claramente las zonas de acceso restringido, no puede sostenerse una acusación por allanamiento. En cuanto a la acusación por desacato al tribunal, si un juez se ve presuntamente ofendido, otro magistrado debería revisar los hechos antes de proceder. Nadie puede actuar como juez en su propia causa. Sería ilegítimo que este tribunal decidiera sobre su propia acusación contra un acusado. Por tanto, solicitamos que se retiren oficialmente los cargos de allanamiento y de desacato. En cuanto al cargo de agresión, si el señor Korn desea proceder, tendrá que contar con otro fiscal para presentar el caso en otra jurisdicción, ya que nosotros incluiremos a la oficina del fiscal del condado de Sunville en nuestra demanda por acusación malintencionada e improcedente.

El juez Chandler se volvió hacia a Korn. Ambos se miraron, calibrando sus opciones durante unos segundos. Kate no les había dejado ninguna. La Oficina del Sheriff no tenía carteles en la puerta oscilante que dijeran que era privada. Y, si había alguna grabación de seguridad de la agresión, demostraría que el Bigotes se puso violento y se me echó encima, y luego me tiraron al suelo a golpe de porrazo.

Maldita sea, qué buena era Kate.

Por fin, Korn asintió y dijo:

—Dadas las circunstancias, se retiran los cargos de allanamiento y agresión. Del tribunal depende qué se hace con el cargo de desacato.

Chandler se pasó la lengua grisácea por los dientes y empezó a hablar despacio, bañando de veneno cada palabra.

—Retiraré la acusación por desacato si Flynn pide disculpas a este tribunal y al señor fiscal. Ahora.

Kate no dijo nada.

Yo tampoco. Simplemente parpadeé con la mirada clavada en a Chandler.

No me quitaba los ojos de encima, con la mandíbula tensa.

—Eddie… —susurró Kate.

—¿Qué haces aquí? Creía que tenías un caso gordo de divorcio.

—Anoche llegamos a un acuerdo. Harry me ha llamado esta mañana y me ha dicho que viniera a salvarte el culo. Así que aquí estoy, salvándote el culo. Tú traga y pide perdón. Esto no es nada. Tenemos que ser más listos en este caso, no más duros.

—No me gusta este pueblo. Ni me gusta este juez. Y odio al fiscal y al culo gordo de su ayudante.

—Lo sé, pero no se trata de ti, sino de Andy Dubois.

Asentí. Kate tenía razón, aunque eso no lo hacía más fácil.

—Señoría, pido disculpas por mis comentarios —dije.

—Caso sobreseído —dijo el juez. Se levantó y salió de la sala, con la mano derecha cerrada en un puño, temblando.

Korn recogió sus papeles y, al salir, dijo:

—Espero que no se haga ilusiones sobre sacar adelante la defensa de Andy Dubois.

—Como ya he dicho, Andy es inocente.

—Andy va a morir —dijo Korn—. De un modo u otro.

12
EDDIE

A las cinco en punto de la tarde, sudado, dolorido y sangrando, con mis pertenencias en una bolsa de plástico transparente, salí junto a Kate por la puerta del juzgado a padecer las últimas horas de sol atómico.

—Gracias —dije.

—Harry y tú tenéis un don para meteros en líos. Sabía que este caso tendría lo suyo, pero no creía que fuera tan pronto. Debe de ser un nuevo récord hasta para ti —dijo.

—Intento superarme siempre que puedo.

—Deberías intentar mantener el perfil bajo. Harry nos ha estado poniendo al día con el caso de Andy Dubois. Ese chico necesita toda la ayuda posible. Cabrear de este modo al juez que va a presidir su juicio por asesinato no es como deben hacerse las cosas.

—Lo sé, pero tenía que ver a Andy. Además, cabrear a los jueces es mi especialidad. ¿Cómo voy a divertirme si no?

Bloch se sentó al volante de un SUV Chevrolet azul marino. Harry iba en el asiento del copiloto. Abrí la puerta trasera a Kate, se metió y yo me subí detrás. El aire acondicionado del coche ni siquiera estaba encendido.

—¿Puedes poner el aire? No me sienta bien el calor.

Bloch no dijo nada. Harry empezó a trastear con un botón en el salpicadero, y lo encendió. Ella le lanzó una mirada de odio, apagó el aire y apretó una palanca que abrió un par de centímetros mi ventanilla.

—El aire acondicionado no es bueno —dijo. Giró el volante y nos incorporamos al tráfico de Buckstown.

—¿Cuándo habéis llegado? —pregunté.

—Una hora antes de que tuvieras que presentarte en el juzgado. Justitas. Bloch nos ha conseguido habitación en el pueblo. Harry dice que habéis tenido problemas con el alojamiento.

—Podría decirse así. ¿Y dónde nos alojamos?

—Cerca —dijo Kate.

—¿Quién se ha quedado con Clarence? —pregunté.

—Denise.

—Te he traído esto —dijo Harry, pasándome un sándwich envuelto en papel de estraza.

—¿Es mi sándwich de huevo frito de esta mañana?

—No quería que se echara a perder. Me costó dos dólares —dijo Harry. Abrí el paquete, lo miré, volví a cerrarlo y abrí la ventanilla hasta abajo para que me diera el aire en la cara y se llevara el olor a huevo.

—¿Has recogido los informes de la oficina de Cody Warren? —pregunté.

—Claro —dijo Harry—. Y antes de que lo preguntes, ya he hablado con Kate y Bloch: no sabemos qué puede significar «F C». No son las iniciales de ninguno de los testigos o de las personas involucradas en el caso. Yo no tengo ni idea. Puede que lo sepa Farnesworth. Su informe es interesante. A la forense del condado se le pasó algo en la autopsia de Skylar Edwards: unas marcas en la frente. Parece ser que el forense de Warren hizo fotos, pero Betty no las tenía. Estaban en el maletero de Warren con la carpeta. El informe dice que hay hendiduras en las heridas de la frente. Una forma de magulladura distintiva.

—O sea, ¿que puede que el asesino usara una porra o algo así? —dije.

—Dice que la marca es de un anillo. Yo creo que tiene razón.

—¿Y es distintiva? —dije.

—El informe dice que las marcas tienen forma de estrella. Y, por lo que he leído en el informe de las pertenencias de Andy cuando fue detenido, él no llevaba ningún anillo.

—No pinta mal la cosa. Con esto tenemos los cimientos para una buena defensa —dije sonriendo—. Solo necesitamos las fotos.

Se hizo el silencio en el coche. Ni Harry ni Kate miraron hacia mí.

Bloch suspiró.

—¿Se lo quieres contar tú? —dijo Kate.

—¿Contarme qué?

—Como sabes, Betty no tenía las fotos. Estaban en el coche de Warren, que ha desaparecido, y no conseguimos localizar al forense. No contesta a nuestras llamadas ni a nuestros correos. Me da la sensación de que nos están haciendo el vacío —indicó Harry.

—¿Le has pedido a Betty que lo llame?

—¿Te piensas que es nuestro primer caso de asesinato? —dijo Harry—. A ella también le están dando largas. Creo que nuestro experto debe de haber recibido un toque de atención antes de que lográramos hablar con él. Sin ver las fotos y si no conseguimos subir a Farnesworth al estrado, no podremos usar el informe, y eso significa que no tendremos defensa.

—¿Alguna otra buena noticia? —pregunté.

Bloch se detuvo delante del Chanterelle.

—Perfecto —dije.

La recepcionista del hotel seguía con un cigarro en la boca cuando Bloch cerró la puerta haciendo aletear el cartel manchado de NO FUMAR. Entornó los ojos mientras nos veía subir las escaleras hacia las dos habitaciones que Bloch había reservado. Era evidente que quienquiera que hiciera correr la voz sobre mi llegada no había hecho sus deberes del todo bien. Kate Brooks no figuraba en la lista negra de Buckstown y ya era demasiado tarde para volver a soltar la mentira de que el hotel estaba lleno. Al entrar por la puerta nos encontramos una habitación amueblada con una mesa, una silla, una lámpara y dos camas individuales. Había cogido habitaciones contiguas, separadas por una puerta tan fina que se podía escupir a través de ella. La puerta estaba abierta, y Harry tenía todos los papeles del caso esparcidos sobre la cama doble de la habitación de al lado. En esa solo había una cama, un vestidor y el cuarto de baño. Mesa no.

Ninguna de las dos tenía cafetera.

—Si no consigo un café pronto, voy a matar a alguien —dije.

Sin mediar palabra, Bloch hizo ademán de marcharse.

—Con leche y extra de azúcar —añadí.

Bloch me hizo una peineta mientras se iba sonriendo.

—¿Qué quieres saber? —preguntó Harry.

—Quiero volver a leer todos los documentos del caso. Y luego redactar una moción para solicitar la libertad bajo fianza. Hay que sacar a Andy de ahí. Podíamos ir a ver a su madre esta noche.

—Lo leeré contigo —dijo Kate.

—Cuando acabes, tenemos que pensar en un plan. Hay que salvar a ese chico. Y ahora mismo no veo cómo.

—Encontraremos la manera —dijo Kate.

Harry asintió, y se puso a trabajar.

Quería ser más optimista, pero en ese momento tenía la sensación de que iba a sudar la gota gorda en un juicio por asesinato para acabar viendo cómo condenaban a muerte a Andy Dubois. Lo presentía. Aquella habitación y todo el maldito pueblo me parecían territorio hostil. Notaba la presión acumulándose detrás de mis ojos, y no era por el porrazo que había recibido.

La vida de Andy Dubois estaba en la cuerda floja. Y de momento no sabía cómo salvarlo.

13
KORN

Korn paró delante de la lavandería Quickies en la calle 4, apagó el motor de su Jaguar y bajó la ventanilla. Las chicharras cantaban con un ritmo constante en el calor de la noche, en un tempo que se mezclaba lentamente con el latido de su corazón. Las luces seguían encendidas en la lavandería. Era casi medianoche. Hora de cerrar.

El resto de las tiendas de esa acera habían echado el cierre hacía horas. El único rastro de vida que quedaba era un bar a cuatro manzanas, con media docena de coches aparcados a ambos lados de la carretera, aunque todos estaban vacíos. Las farolas arrojaban una luz tenue y amarillenta sobre el asfalto. Korn cerró la ventanilla y se bajó del coche justo cuando se apagaban las luces de Quickies. Cruzó la calle, haciendo resonar las suelas de sus zapatos de Brooks Brothers con cada paso que daba.

La puerta de la lavandería se abrió. Patricia Dubois sacó un juego de llaves de su delantal y cerró la puerta tras de sí.

—Buenas noches, señora Dubois —dijo Korn.

Aún de espaldas a él, sus hombros se encogieron instintivamente. Se volvió despacio, con mirada temerosa al principio, fría después. Cerró la boca apretando los labios y asintió. Y no era por respeto a él y a su amenazante presencia. Algunas personas, generalmente mujeres, eran capaces de calar a Korn, de ver su alma oscura y podrida. Pero él sabía que Patricia Dubois no llegaba a ver todo el odio y la oscuridad de su interior. Nadie podía.

—Me alegro de pillarla aquí —dijo.

—A mí no me ha pillado. Yo no he roto ninguna ley, señor. Y mi Andy tampoco. ¿Ha venido a decirme que lo van a soltar?

—Me temo que no. Pero es posible que pueda hacer otras cosas por usted y su familia. ¿Me permite que la lleve a casa? —Aún hacía más de treinta grados, probablemente más dentro de la lavandería.

—Prefiero ir andando —contestó Patricia.

—¿Está segura? He pensado que podíamos charlar.

—Podemos charlar aquí, y luego se puede *usté* marchar.

Korn dio un paso atrás, para cerciorarse de que la farola no iluminaba su rostro. No fue una maniobra consciente. Simplemente le salió de dentro. Algunas cosas solo se pueden hablar a oscuras.

—Andy mató a esa joven, señora Dubois. La ley exige que haya un castigo por ese crimen. Un castigo que disuada a otros. Una vida por otra. Y lo lamento. Sé que desde que Andy ha estado en la cárcel, las cosas han sido complicadas. Debe varios meses de alquiler.

—Él no ha hecho daño a nadie. Mi Andy... Oiga, ¿cómo sabe lo del alquiler?

—Este es un pueblo pequeño. Corren rumores. Y sus vecinos no están tan dispuestos como antes a ayudarlos. También debe unas cuantas facturas médicas —dijo a la vez que echaba un rápido vistazo a su tobillo.

Patricia Dubois tenía cincuenta y cinco años, y los turnos de doce horas de pie le habían echado encima otros veinte más. Tenía el tobillo derecho del mismo tamaño que el gemelo, y el zapato se veía hinchado por un lado. También llevaba un aparatoso vendaje en la rodilla. Los pobres trabajaban duro para sobrevivir, y ese arduo trabajo acarreaba dolores e incapacidades.

—Lamento su situación. Al fin y al cabo, no es culpa suya que Andy asesinara a esa chica —dijo.

A Patricia se le aceleró la respiración. Sus labios empezaron a temblar. Bajo la luz de la farola, sus grandes ojos tristes se llenaron de lágrimas de orgullo.

Al hablar, su voz salió trémula, en poco más que un susurro. Pero era todo el aliento que fue capaz de sacar, y con él salió un silencioso poder.

—No quiero su caridad. *Usté* quiere matar a mi chico. Lo sé. Lo veo. Se lo huelo. Hay algo *malo* dentro de *usté*.

La farola seguía encendida, pero un segundo después Korn estaba a un metro de ella y de repente ya no lo estaba: había dado un salto hacia delante, como si un mal corte en la edición de la película no hubiera cogido el paso. Fuera lo que fuera, de pronto se hallaba encima de Patricia Dubois, con la cara a escasos centímetros de la suya. Este podía oler los productos químicos, el jabón en polvo y los líquidos de lavar.

Cada palabra de Korn sonaba húmeda, como si hubiera algo recubriendo cada sílaba, como miel entreverada con arsénico.

—No se precipite, señora Dubois. Piense en lo que le he dicho. *No puedo* salvar a su hijo, pero sí prometerle una muerte rápida. Y también puedo prometerle a usted dinero suficiente para enterrarlo y zanjar sus deudas. La gente de este pueblo puede ser caritativa y cristiana con aquellos que intentan redimirse. Lo único que le pido es que diga la verdad. Que nos diga que Andy llegó a casa esa noche y le dijo que había matado a Skylar Edwards. Y que él cuente la misma historia al jurado. De lo contrario, haré que sufran los dos. ¿Cree que esto es duro? Puedo hacer que sea peor. Especialmente para su chico. Yo me aseguraré de que le dan la inyección. La buena. Para que se duerma antes de que le metan veneno en las venas. Pero si Andy no coopera, no habrá inyecciones suficientes para él. E irá a la silla eléctrica. Piénselo, señora Dubois.

Korn dio un paso atrás. Antes de volverse hacia el coche, dijo:

—Andy va a morir. La cuestión es cómo lo hará. ¿Muerte fácil o dolorosa? Puede quedarse dormido o puede morir con la sangre hirviéndole en las venas. Usted decide.

14
EDDIE

Vi que Korn volvía cojeando a su coche y dejaba a la mujer tambaleándose en la acera al otro lado de la calle. Se subió a su Jaguar y
arrancó.

Una mano me agarró de la nuca haciendo que me agachara.
Bloch también se escondió. En cuanto Korn pasó junto a nosotros
a toda velocidad, dejó que me incorporara.

Abrió el asiento del conductor y se bajó del coche. Yo iba a hacer
lo propio, pero ella negó con la cabeza y me hizo un gesto para que
esperara allí.

Quizá fuera mejor. A juzgar por la conversación que acababa de
mantener con Korn, a Patricia Dubois no le apetecería tratar con
desconocidos hoy. Si la abordábamos los dos, podía ser demasiado.
Estaba apoyada contra la farola, con la cabeza agachada, haciendo
esfuerzos por respirar. Korn no la había tocado físicamente, pero
parecía como si la hubiera dejado sin aliento. Bloch fue directa hacia ella, para no asustarla más.

Según se acercaba, ralentizó el paso y alzó las manos. Bloch
usaba las palabras como si fueran billetes de cien dólares. No soltaba muchas, pero, cuando lo hacía, valía la pena escucharlas.

Decidí quedarme dentro del coche hasta que me hiciera una
señal.

La señora Dubois empezó a hablar. Muy despacio. Le costaba
articular palabras mientras se enjugaba las lágrimas de la cara. No
sabía qué le había dicho Korn, pero le había causado una profunda
alteración.

Bloch estaba inmóvil, escuchándola. Entonces ocurrió algo in-
esperado. La señora Dubois dio un paso adelante y abrazó a Bloch.
Yo ni siquiera había visto a Bloch darse la mano con nadie todavía.

Por unos segundos se quedó helada, con los brazos estirados, como si fuera la primera vez que le pasaba. Era algo casi inaudito para ella. Y entonces, lentamente, abrazó a la señora Dubois, mientras esta rompía a llorar sobre su hombro.

Podía intuir lo incómoda que se sentía Bloch, pero debía de estar conteniéndose. Aquella mujer necesitaba alguien en quien apoyarse, y no solo por su problema de rodilla o por su tobillo hinchado.

Esperé unos minutos más, y Bloch vino hacia el coche rodeando con el brazo a la señora Dubois. Me bajé y abrí la puerta de atrás.

—Señora Dubois, me llamo Eddie Flynn.

Soltó a Bloch y se arrojó a mis brazos. Caray, qué fuerza tenía.

—Señor Flynn, Melissa me ha dicho que va a ayudarme a salvar a Andy. Jamás podré agradecérselo. Cuando desapareció Cody, me puse a rezar. Llevo mucho tiempo rezando sin parar. Rezaba porque viniera alguien a ayudarnos. Y los ha enviado a Melissa y a *usté*.

Era extraño oír a alguien llamar a Bloch por su nombre de pila. No solía usarlo. Todo el mundo la conocía como Bloch. Tal vez hacía una excepción para gente como la señora Dubois. Por fin me soltó y puso sus manos sobre mis hombros mientras me miraba fijamente a los ojos.

—Dios los ha enviado, señor Flynn. Lo sé.

No le dije que quien me había enviado era un negociador de un gobierno corrupto. No me pareció el momento.

—Voy a necesitarla para ayudar a Andy, señora Dubois.

—Haré lo que sea para que mi niño vuelva a casa. Melissa dice que lo ha visto en su celda. ¿Cómo está? No me dejan hablar con él.

No quería decírselo. No podía.

—Aguanta, pero tenemos que sacarlo de allí.

—Ese hombre, el señor Korn, es frío. Tiene algo rancio y malo dentro, que lo envuelve como un tufo. Es malo. Quiere matar a mi Andy. Ha dicho que si hago que Andy se declare culpable, se asegurará de que se muere dormido, como en paz. Y que, si no, mi chico..., que mi chico sufrirá mucho.

Sus ojos volvieron a cerrarse llenos de lágrimas, y se dobló de dolor. Bloch y yo la subimos al coche y condujimos los diez kilómetros que había hasta su casa. Mientras íbamos de camino, pensé que las historias sobre la obsesión de Korn con la pena capital parecían más ciertas de lo que en un principio sospechaba. También me hice una promesa. No solo iba a conseguir que Andy saliera en libertad. De un modo u otro, acabaría con Randal Korn.

Para siempre.

15
EDDIE

La casa de madera donde vivía Patricia Dubois estaba a las afueras de Buckstown, junto a un tramo de carretera de dos carriles. Un camino de tierra conducía, entre árboles cubiertos de musgo, hasta el edificio de una sola planta con el tejado medio hundido. Contaba con una pequeña sala de estar, una cocina diminuta y un vestidor que servía de segunda habitación. La otra tampoco era mucho más grande. En la parte de atrás había un cobertizo, con un aseo y una ducha.

Teniendo en cuenta las circunstancias, Patricia, que así insistía en que la llamáramos, había logrado dar un toque cálido y hogareño al lugar. El viejo sofá estaba cubierto con colchas y tres cojines. El de la derecha se encontraba hundido como si hubiera una persona invisible sentada encima. El del medio también tenía una hendidura considerable y era evidente que Andy y ella se sentaban allí juntos. Tenían una televisión vieja dispuesta sobre un cajón de leche enfrente del sofá, con una manta cubriendo el cajón, aunque no llegaba hasta abajo. Las paredes estaban llenas de fotos de Andy. Recuerdos de su primer día de colegio, montando en bicicleta, sentado en la rodilla de su madre, y fotos de cenas de Acción de Gracias y cumpleaños. Tal vez tuvieran poco dinero, pero en aquella casa había más amor que en la mayoría de los hogares.

—Siéntense, pónganse cómodos —dijo Patricia.

Bloch y yo nos sentamos en el sofá. Con la luz de la única lámpara que había encendida en un rincón, apenas se distinguía la silueta de un viejo sillón donde Patricia dejó su delantal.

—¿Quieren un café?

La mera idea de un café me pareció maravillosa.

—Me encantaría, gracias.

Bloch asintió.

Patricia corrió la cortina que separaba la cocina de la sala de estar y se puso a abrir armarios.

—Lo siento, nos hemos quedado sin café. ¿Les va bien un té?

Llevaba casi veinticuatro horas sin tomar café, y no parecía haber ninguno en el horizonte. Acepté el té, aunque solo fuera por ser educado.

Patricia volvió con dos vasos de té helado. Dejé que echara un poco más de azúcar. Bloch no.

Aparte de la televisión y del cajón de leche, tenía cajas y más cajas de libros viejos. Ediciones de tapa blanda, algunas con la portada arrancada. Bloch metió la mano en una que había en su lado del sofá y sacó varias novelas románticas. La caja de mi lado estaba llena de viejas revistas de detectives y libros de bolsillo de a diez céntimos.

—A los dos les gusta leer. Andy debió de heredar de usted el gusanillo de la lectura —dije.

—La tele se rompió cuando Andy tenía once años. Para cuando ahorré lo suficiente para comprar una nueva, dijo que prefería gastarse el dinero en libros. Y eso es lo que hicimos. De noche nos sentamos aquí a leer. De todos modos, tampoco dan nada bueno en la tele —aclaró.

—¿Cuándo empezó Andy a trabajar en la cafetería para camiones? —pregunté.

—Hará tres o cuatro años. Al principio no me gustó la idea, pero fui a hablar con el dueño, un tipo simpático llamado Ryan, y me dijo que cuidaría de mi Andy. Y lo hizo. Andy nunca se metía en líos en el bar. Fregaba el suelo, lavaba vasos, tenía el sitio limpio y ordenado. Es un currante, como su madre. Y lo hacía bien, y nunca dejó que interfiriera con sus estudios —dijo, incapaz de evitar que el orgullo maternal la desbordara.

—¿Tenía mucha relación con Skylar?

La tenue luz que brillaba en sus ojos se apagó al pestañear y sus cejas se fruncieron, mientras apretaba los labios y los metía hacia dentro. Cuando volvió a hablar, su voz sonó muy suave.

—Esa pobre chica. No, no hablaba mucho de ella. Alguna vez. Sobre todo me hablaba de Ryan. Y de los clientes. Para ser un bar de camioneros, tenían muchos clientes habituales. En este pueblo no nos faltan borrachos, de eso pueden estar seguros.

—¿Eran amigos? ¿Andy y Skylar?

—Yo diría que se llevaban bien. Pero nunca quedaban fuera del trabajo. O, al menos, que yo sepa. Aunque ella era buena con él. Al principio le enseñó cómo iba la cosa. Lo cuidaba. Andy puede leerse una novela en unas horas y escribir una redacción sobre ella, pero para otras cosas no es muy listo. No se le da muy bien la gente. Y Skylar lo ayudaba con eso, porque ella era muy popular.

—¿Qué le contó de ella?

—Era una chica lista, amable. Recuerdo que dijo que hablaban sobre la universidad y sobre libros. Poco más. Y una vez dijo que ella le había contado que había tenido problemas con un chico.

—¿Un novio?

—Eso creo. Siempre estaba hablando por teléfono con él, o escribiéndole cuando Ryan no miraba. Se suponía que los empleados no debían usar el móvil durante su turno. Eso a Andy le daba igual, porque no tenía.

—¿Sabe cómo se llamaba ese chico? ¿Era Gary Stroud? Ese es el chico con el que salía.

—Sí, ese es. Siento no poder decirles más. No llegué a conocer a Skylar. Y ahora me arrepiento. Fui a...

Se quedó a media frase, sacó un pañuelo de la manga y se enjugó las lágrimas.

—Fui a su entierro. Ese hombre, el señor Korn, estuvo con los padres todo el rato. No paraba de decirles cosas mientras me miraba. Al acabar el servicio, Esther Edwards se me acercó. Todo el mundo tenía los ojos fijos en mí. ¿Y saben lo que hizo? Me escupió en la cara. A la cara. ¡Ay, Dios, qué disgusto! Mi hijo no mató a esa chica. Ya lo sabía entonces y lo sé ahora. Ah, entiendo a Esther. Estaba sufriendo. Cuando pienso en lo que me ha dicho el señor Korn y recuerdo la cara de Esther aquel día, sé que yo también voy a sentir ese dolor cuando se lleven a mi Andy.

—Vamos a hacer todo lo posible para que eso no ocurra —dije.

Bloch abrió su chaqueta y sacó el informe del doctor Farnesworth, el patólogo elegido por Cody Warren, y lo puso sobre su regazo. Era una indirecta poco sutil de que necesitábamos información concreta, y no teníamos mucho tiempo para averiguarla.

—¿Llevaba Andy un anillo con un símbolo de una estrella? —pregunté.

—No. Andy nunca se ponía anillos. Una vez le compré uno, por sus dieciséis años. Lo compré en la tienda de empeños de la calle

Ocho. Tenía dos piedras negras. Se lo puso un día y dijo que le picaban los dedos.

—¿Es posible que tuviera algún botón, alguna chapa o algo con una estrella?

—No, Andy siempre llevaba ropa sencilla. ¿Qué tipo de estrella?

Bloch pasó varias páginas del informe y me lo enseñó. A falta de fotos, teníamos una buena descripción de la herida.

—Una estrella de cinco puntas —aclaré.

Patricia se santiguó y dijo:

—Pero ¿eso no es algo de culto al diablo? Andy nunca se mezclaría con algo así.

Bloch asintió satisfecha, y dejó que cambiara de tema.

—Después de que lo detuvieran, ¿cuándo pudo ir a visitar a Andy? —pregunté.

—Fui a la cárcel del condado. Me dijo que había tenido que decirle al sheriff que le hizo daño a Skylar, porque si no, no lo iban a soltar. Le dijeron que firmara un papel y le dejarían verme para que me lo llevara a casa.

No era la primera vez que oía que un policía presionaba a un sospechoso joven y asustado. Y tampoco sería la última. No había grabación en vídeo ni en audio del interrogatorio de Andy. Aparentemente la grabadora no funcionaba. Lo único que teníamos era la palabra del sheriff contra la de Andy de que este firmó la confesión de forma voluntaria.

—Andy les diría cualquier cosa para volver a casa, señor Flynn. Él confiaba en la policía. No es listo, no en ese sentido. Mi pobre chico… Por favor, dígame que podrán hacer algo para ayudarlo.

—Todo lo que pueda, Patricia. Mire, en un juicio no hay garantías. Haré todo lo que esté en mi mano para que absuelvan a Andy. Se lo prometo. Solo una cosa más por hoy. ¿Cuándo fue la última vez que vio a Cody Warren?

—Se pasó por Quickies hará una semana, dijo que había encontrado algo que podía probar que Andy es inocente. No me dijo qué, solo que tenía que averiguar un par de cosas más. También estoy preocupada por él. Nadie lo ha visto desde hace días. ¿Cree usted que…?

—¿Que si creo que le ha pasado algo? Sí.

Ella replicó:

—Sí, tiene razón. Y no me sorprendería que la policía estuviese implicada. Ese sheriff Lomax. Antes era un buen hombre. Todo el pueblo lo respetaba y era bueno con los pobres. Ya sabe, un hombre justo. Pero entonces vino este fiscal, Korn. Y la esposa del sheriff se puso mala. La señora Lomax trabajaba en la tienda de la beneficencia en la calle principal. Era buena. Una mujer callada, pero se veía que quería ayudar a la gente. El sheriff cambió cuando ella enfermó. Pegó a mi Andy. Cuando fui a verlo aquel día, le habían dado una paliza. Mi pobre hijo.

—Pagará por ello —dijo Bloch.

—No se metan con el sheriff —contestó Patricia.

Bloch se inclinó hacia delante y dijo:

—Después de lo que nos ha contado esta noche, vamos a ir a por él y a por Korn.

—Ándese con cuidado. Son hombres peligrosos.

—No me dan miedo —dijo Bloch.

—¿Por qué?

—Porque yo soy una mujer peligrosa.

16
EL PASTOR

Esther Edwards se acercó a la mesa de la cocina con las piernas temblando, derramando el café de las tazas que llevaba en la mano. Varias gotas cayeron sobre las sucias baldosas del suelo, pero no podía evitarlo. Cada vez derramaba más. Parecía como si las tazas pesaran diez kilos. Al dejarlas sobre la mesa se disculpó en un susurro, diciendo que era por la medicación que le había dado el médico. El Pastor asintió, puso su enorme mano sobre la de ella y sintió sus temblores.

Sin embargo, lo que le hacía temblar no eran el dolor ni la medicación. El Pastor le sonrió y vio el vacío que había detrás de sus ojos. Le habían arrancado algo. La vida, la esperanza, el amor, el mismo sentido de su existencia le había sido arrebatado. Esa parte de ella yacía ahora junto a su hija, en un frío ataúd barato, a seis metros bajo tierra en el viejo cementerio de Buckstown.

—Lo vi en el funeral —dijo ella con la voz rota—. Lo siento, no recuerdo si hablamos.

—Sí que hablamos —dijo el Pastor—. Pero no se preocupe. No puedo ni imaginar el dolor que estará sintiendo. Lo que usted y Francis están viviendo es terrible.

Francis se llevó la taza a los labios, dudó, y volvió a dejarla sobre la mesa.

—Le he dicho a Francis que me gustaría ayudarlos como pueda. El dinero que les hemos dado no es más que un comienzo. Nuestro grupo se ha propuesto garantizar que ni a usted ni a su marido les falte de nada a partir de ahora.

Esther apartó la mano y sus ojos, antes vacíos, se llenaron de miedo por un instante.

—Francis ya me ha hablado de su grupo, pero no sé lo que es exactamente.

—Es un... ¿cómo lo llamó el profesor? ¿Un colectivo? —preguntó Francis.

—Algo así. Somos un grupo de ciudadanos preocupados que se han unido para tomar medidas para proteger a personas cristianas del condado —dijo el Pastor.

—¿Blancos? —preguntó Esther.

El Pastor grabó una sonrisa en su rostro antes de mirarla y contestar:

—Sí, blancos. Skylar no es la única que ha muerto a manos de esa gente...

—¿*Esa gente*? —preguntó Esther—. Todos somos gente, señor. Gente corriente, todos. No hay un color mejor ni peor que otro. Nuestra hija ha sido asesinada y solo puedo sentir odio por la persona que la mató, y por los que la protegen, pero nosotros no tenemos prejuicios. Lo hizo un hombre...

—Todos sabemos quién mató a su hija. Sabemos qué aspecto tiene. Esto no es un incidente aislado, señora Edwards. Esther, si me lo per...

—Señora Edwards —dijo irguiéndose. Ya no temblaba.

—Esther, este hombre nos ha dado... —dijo Francis, pero no terminó la frase.

—Ya sé lo que nos ha dado —dijo ella, volviéndose hacia Francis—. Y se lo agradezco. Lo sabes. Pero lo que dice no es verdad. No está bien.

El Pastor notó que su teléfono vibraba en el bolsillo derecho de la chaqueta. Era su *otro* teléfono de trabajo. El de prepago que debía contestar de inmediato.

—Me temo que voy a tener que irme. El deber me llama. No hace falta que me acompañe, Francis. Quizá podría enseñarle a Esther, quiero decir, a la *señora Edwards*, algunos de los vídeos que le ha enviado el profesor. Tal vez la iluminen. Gracias por el café.

El Pastor fue hacia el recibidor, donde había una mesita con un montón de cartas estampadas con sellos rojos acumulando polvo. Él sabía que podía convencer a Francis, y el dinero era una ayuda. Sin embargo, Esther estaba siendo más dura de roer de lo que había pensado.

Al cerrar la puerta tras de sí, oyó el comienzo de una discusión en la cocina. La casa era una de las cincuenta viviendas de una planta de estilo criollo construidas con materiales baratos hacía más de setenta años. Mientras bajaba los escalones del porche, seguía oyéndolos:

—No quiero que ese hombre vuelva a entrar en esta casa. Es un racista y...

—Nos ha dado miles y miles de dólares, y nos dará más. Necesitamos ese dinero y ¿sabes qué? Puede que tenga razón...

El Pastor comprobó sus llamadas perdidas, y llamó al número de la última.

Era de otro teléfono de prepago. Contestó de inmediato. La voz sonaba fría y extraña. Tenía un acento extraño que oscilaba entre un deje rural de Alabama y el soniquete del Upper East Side de Nueva York.

—No lo ha cogido. ¿Pasa algo? —dijo Randal Korn.

—Nada de lo que debas preocuparte. ¿Cuál es la emergencia? —preguntó el Pastor.

—El abogado de Andy Dubois se ha pasado por la oficina de Cody Warren esta mañana. Estuvo media hora allí.

El Pastor llegó a su SUV negro, lo abrió con el mando, se subió y cerró la puerta.

—¿Y te preocupa?

—Su socio, Harry Ford, se pasó más tarde y salió con una carpeta de documentos.

—¿El informe de la autopsia de Farnesworth?

—Supongo.

El Pastor apretó la mandíbula, haciendo rechinar los dientes. Korn lo había llamado para pedirle consejo sobre el caso y las dificultades que planteaban las heridas halladas en el cuerpo de Skylar Edwards. Y al Pastor le hizo bastante gracia. Lo fascinaba la simetría que había en toda aquella situación. Por supuesto, Korn no sabía, no podía saber, que él había asesinado a Skylar Edwards. Y quería que siguiera sin saberlo. Por ello, le aconsejó cómo solucionar los problemas que la autopsia plantearía a la fiscalía.

El consejo fue que se deshicieran del abogado de la defensa y de su secretaria, y amenazaran al doctor Farnesworth. El Pastor no podía arriesgarse a que Warren descubriese quién era el verdadero asesino. Y a los dos les convenía que Andy Dubois recibiera una condena rápida y tajante. Korn tendría otro cadáver para la silla eléctrica, y el Pastor, otro negro condenado por matar a una chica blanca, de acuerdo con sus planes.

—Al menos no conseguirán las fotos. Esa es una buena noticia. Pero recuerda, Randal, te dije que Betty Maguire debía desaparecer *con* Cody Warren. La historia habría sido más convincente: tienen la misma edad, los dos están solteros. Se fugan en plena noche con el dinero de sus clientes. ¿Puedes recordarme por qué no se ha hecho así? —dijo el Pastor.

—Yo no soy un sicario. Lo sabe perfectamente. Me costó Dios y ayuda convencer a Lomax para que despachara a Warren. Y no está dispuesto a matar a una mujer. No se ve capaz —dijo Korn.

—Sí, ya lo recuerdo, y también recuerdo que dije que yo me encargaría de ello. Betty ha visto esas fotos. Se las habrá descrito a los abogados de Dubois. No podemos correr más riesgos con este caso. Betty tiene que...

—No, no quiero. Podría distraer la atención de los medios en pleno juicio.

—No lo hará. Déjamelo a mí.

—¿Qué va a hacer?

—Hablaré con Betty para asegurarme de que no ayude más a Flynn. Esto es importante. Dubois tiene que morir por lo que hizo. Solo hay dos bandos en todo esto. Los que defendemos la justicia y aquellos que acabarían con nuestros tribunales y dejarían asesinos en libertad. *Tú mismo* lo dijiste, Randal.

Korn suspiró y añadió:

—Pero ándese con cuidado. El juicio está a la vuelta de la esquina.

—No voy a hacer nada que pueda perjudicar el juicio. Sé lo importante que es para ti, para todos nosotros.

El Pastor colgó preguntándose qué haría Korn si supiera con certeza que Dubois era inocente. Pero la respuesta estaba clara. A Korn le daba igual la justicia. Solo le importaba el poder. El Pastor lo conocía lo suficiente como para comprender sus instintos y saber que no le importaba a quién ataran a Yellow Mama una vez acabado el juicio. Hace unos años había tanteado a varios fiscales, y el historial de Korn hablaba por sí mismo, pero hasta que no se conocieron en persona, no se dio cuenta de que había encontrado un espíritu realmente afín.

Korn era un monstruo, un ángel terrible. Igual que él. A veces se preguntaba si lo habría encontrado de todos modos de no haberlo buscado él. Sabía perfectamente cómo funcionaba ese tipo de persona: a ellos no los lastraba la conciencia, porque se atenían a una moral superior. Dios mata a millones de personas, y había que preparar a un seguidor para matar en su nombre. Por la causa. Por la pureza del país. A veces, cuando el Pastor estaba solo en la oscuridad, se preguntaba qué habría sido de él si su padre no le hubiera dado esos dones. Los monstruos no nacen, se hacen. El Pastor comprendía que en realidad había sido obra de Dios, a través de las manos rápidas y duras de su padre. Él sufría por su dios. E iba a responder a su llamada.

Sabía que el padre de Korn también había pasado sus dones a su hijo. Korn padre era una leyenda en Wall Street, pero no por su inmensa fortuna, sino por lo que fue capaz de hacer a sus enemigos. Para un hombre tan rico, el dinero no significaba nada; el poder lo era todo. Y su hijo había heredado ese instinto para el poder, junto con la predisposición y la fuerza para utilizarlo.

Recordaba una conversación, ya hacía unos años, mientras bebían limonada en el porche trasero de la casa de Korn en Buckstown, y veían a los estorninos volar alocados con la última luz del día, trazando dibujos de Rorscharch sobre el cielo violeta.

—¿Por qué los matas a todos? —le preguntó.

—Es lo que exige la ley —contestó Korn sin vacilar.

El Pastor se rio, pero sin ninguna alegría.

—Los dos sabemos que eso no es verdad. Guárdate el discurso para Lomax y el resto, que a mí no me engañas. La justicia no te importa.

—Supongo que no. En realidad, no hay inocentes. Lo que importa es el orden.

—El orden no lo es todo. Sé que has ejecutado a gente inocente. Así que aparca el numerito. Dime por qué lo haces.

Korn dejó su limonada y se quedó contemplando a los pájaros.

—Nadie entiende por qué los estorninos vuelan así, juntos. Puede que sea para defenderse de los depredadores, o porque se están dando un banquete con una nube de moscas; cualquiera de las dos razones explicaría por qué se agrupan. Pero nadie sabe por qué giran a la vez, como un solo cuerpo, como si estuvieran unidos por telepatía.

—¿Me estás diciendo que no sabes por qué lo haces?

—Lo único que sé es que, cuando miro a esos pájaros, parecen felices. ¿Acaso importa por qué algo te hace sentir bien?

—Supongo que no. ¿Lo haces por eso? ¿Porque te hace sentir bien?

Korn se levantó y estiró su espigada figura en las sombras del ocaso.

—No es solo que me haga sentir bien. Sería demasiado simple. Ver a un hombre morir, saber que tú lo has puesto ahí y has orquestado su muerte; no hay palabras para describir eso. Es mucho más que sentirme bien. Es como si estuviera lleno de un fuego de vida y de poder.

—Conozco esa sensación —dijo el Pastor.

—Puede buscarse un buen problema por ese grupito suyo. El FBI ya está detrás de la extrema derecha. En cuanto acaben con la amenaza del terrorismo extranjero, esa será su prioridad —le previno Korn.

—Nadie sabe que estoy metido en esto. Desde luego, nadie en quien no confíe. Sé que tú no compartes nuestra ideología, pero nuestros objetivos son los mismos.

—Generar miedo —dijo Korn.

—Un condado de mayoría blanca con miedo a una minoría negra es un arma útil. La gente atemorizada es capaz de hacer prácticamente cualquier cosa y de escuchar a cualquiera que diga que puede salvarlos. Es más fácil conseguir la pena capital cuando el jurado tiene miedo del acusado.

Korn asintió y dijo:

—Qué bien me vendría tener a alguien como usted. Lo de Lomax no es para siempre, y hay cosas que o no quiere o no es capaz de hacer. Sé que usted tiene el valor necesario para lo que haga falta.

El Pastor alzó su vaso para brindar y dijo:

—Por nuestro interés común.

Y de ese modo se forjó la alianza. La misma alianza que había provocado la llamada esa noche. Y la advertencia. A los dos les interesaba que Andy Dubois fuera condenado en el juicio. No podían dejar que algo se lo impidiera.

Para el Pastor, solo quedaban días para el castigo.

Encendió el motor y se alejó de casa de Francis Edwards. No tardó en llegar a la calle principal. Las luces de la oficina de Cody Warren seguían encendidas. Se quedó sentado en el coche, observando y esperando a que saliera Betty Maguire.

No tardó mucho.

Vio cómo cerraba con llave la puerta de la oficina y se subía a su Volvo viejo, que tenía aparcado a la entrada. Arrancó, encendió las luces de cruce, y se puso en marcha. El Pastor la siguió a cierta distancia. Betty vivía sola a las afueras del pueblo. Esperó a que cogiera el breve tramo de carretera en dos sentidos, rodeada de sauces con musgo colgante que creaba una especie de pérgola blanda. Encendió la sirena y las luces rojas y azules empezaron a brillar sobre el salpicadero de su SUV.

Betty se detuvo en el arcén y el Pastor paró detrás de ella. Se tomó su tiempo para bajarse del coche. Quería hacerla esperar. Que se pusiera nerviosa. Betty no se fiaba de la policía. Y con razón.

Cogió una linterna de la guantera y se acercó al asiento del conductor. Paró un poco antes de la ventanilla, como de costumbre. Cuando un policía detiene un vehículo, el agente espera a la altura de la puerta trasera, nunca pone su cuerpo delante de la ventanilla del conductor. De ese modo, no está tan expuesto y tiene ángulo de tiro en caso de que el conductor saque una pistola.

Dio varios golpecitos en la ventanilla de Betty. Su mandíbula se apretó de emoción mientras ella bajaba el cristal. Se inclinó hacia delante y la enfocó directamente a la cara con la linterna.

—¿Qué pasa? Iba por debajo del límite de velocidad…

Las palabras se le atragantaron al golpearla con la linterna en un lado de la cara.

17
EDDIE

Kate y Bloch se quedaron la habitación grande del Chanterelle.
Harry y yo cogimos la cama de matrimonio que había en la de al
lado, y nos tumbamos con la cabeza en los pies del otro, pero Harry
fue el que más durmió. Era capaz de dormir en cualquier sitio.

Yo lo intenté durante una hora y luego me levanté para releer
los documentos. Cuando cojo un caso, debo conocer las pruebas y
las declaraciones al dedillo. Tenerlo todo grabado en la mente. De
lo contrario, no soy capaz de darle forma, de usarlo, ni saber cuándo surge algo en un testimonio que no cuadra con las pruebas pre-
sentadas en el caso. Aún no se me había quedado grabado en el
cerebro, pero faltaba poco.

Volví a leer la confesión de Andy.

Me llamo Andy Dubois y ofrezco esta confesión de manera voluntaria y sin incentivo ni presión alguna. La noche del 14 de mayo estaba
trabajando en el Hogg's Bar, en la parada de camiones de Union Highway. Había terminado mi turno a medianoche, y seguí a mi compañera de trabajo, Skylar Edwards, hasta el aparcamiento. Conozco
a Skylar. Llevábamos un tiempo trabajando juntos. Es guapa y me
gustaba. Quería besarla, pero me rechazó. La agarré y la apreté contra mí. Ella se resistió y yo la hice callar. No quería hacerle daño.
Dejó de revolverse y yo apreté con más fuerza. Luego me entraron
remordimientos. Hay un tramo de marismas al otro lado del aparcamiento, la llevé allí y la enterré donde nadie pudiera encontrarla.

Eso era todo. Después de haber pasado solamente quince minutos con Andy, sabía que esas no eran palabras suyas. Nadie habla
así, y menos un chico joven. Aquella confesión la había redactado

otra persona y Andy la había firmado después. La firma estaba hecha con sumo cuidado, inclinando el bolígrafo sobre la hoja.

Decir que la Oficina del Sheriff y el fiscal habían obligado a aquel chico a firmar una confesión falsa era quedarse corto. Lo habían golpeado y los habían amenazado a él y a su madre. Y, si fuera poco, el verdadero asesino de Skylar Edwards seguía suelto.

Me pasé una hora buscando imágenes de anillos con estrellas de cinco puntas en la red. No había demasiados. Las marcas no se mencionaban en el informe de la forense del condado. Y eso precisamente las hacía importantes. Se supone que un forense debe ser imparcial, pero teniendo un fiscal como Korn, era de esperar que hubiera añadido algo en el informe para ayudarlo, o quizá que hubiese eliminado alguna cosa que pudiera perjudicarlo.

Apagué la luz e intenté dormir.

No paraban de pasar imágenes por mi mente: Andy; su madre; una joven golpeada y estrangulada, enterrada de cabeza en un agujero estrecho y profundo en la tierra.

Me levanté, cogí la bolsa de plástico que me habían devuelto en el juzgado con mis pertenencias. Solo había dos cosas importantes. Dos cadenas. Una era una medalla de san Cristóbal, que tenía su propia historia, y la otra era una cadena de oro con una cruz que pertenecía a una investigadora, Harper. Me la puse al cuello y pasé el dedo índice y el pulgar por el oro desgastado de la cruz. Harper murió trabajando en uno de mis casos. Aún dolía pensar en ella. Jamás se curaría esa herida. Había muerto sin saber que la amaba. Debería habérselo dicho. Debería haberla protegido. Miré a Harry, que seguía durmiendo con la boca abierta, inundando la habitación con sus ronquidos. Pensé en él, y en Kate y Bloch en la habitación de al lado.

Ellos conocían los riesgos que acarreaba nuestro trabajo, pero eso tampoco me hacía sentir mejor. Todo el maldito pueblo nos odiaba. Yo los había puesto en peligro, pero, por ahora, creía poder controlarlo. Si la cosa se calentaba más, haría que se marcharan.

Si algo les ocurría por mi culpa, sería incapaz de soportarlo.

Apreté la mandíbula.

Eso sí, pasara lo que pasara, no abandonaría a Andy.

EL TERCER DÍA

ПЕТЕРБУРГ

18
EDDIE

Kate me despertó a las ocho de la mañana. Ya se había duchado y llevaba puesto un traje, unas zapatillas de deporte y unos zapatos de tacón en la mano.

—Prioridades de hoy: presentamos una moción para trasladar el juicio de Andy, otra para suprimir su confesión, y lo sacamos bajo fianza. En este pueblo no va a tener un juicio justo, y cuanto más tiempo pase en esa celda, más fácil lo tendrá el sheriff para presionarlo.

—Muy bien. ¿Qué tal si desayunamos primero?

—Harry me ha contado lo que pasó ayer en la cafetería. ¿Y si vamos a buscar el desayuno y luego trabajamos un poco aquí? —sugirió.

Kate, con una sonrisa malévola, me enseñó una aplicación para grabar audio en su teléfono.

—Kate, eres buena abogada, pero creo que estás pasando demasiado tiempo conmigo —dije.

Miré a mi alrededor, aún algo desubicado. Seguía en una habitación cutre de hotel, en un pueblo de mierda, metido en un caso chungo y estaba a punto de cabrear a un montón de gente que probablemente querría matarme por ello.

Después de ducharme y ponerme una camisa y un traje limpios, empecé a sentirme mejor. El champú que había en el cuarto de baño olía a lavanda, pero eso era preferible a oler a sangre seca. Salimos del hotel y fuimos en coche hasta la cafetería de Gus, donde se nos había prohibido la entrada a Harry y a mí la mañana anterior.

Nos bajamos del coche de alquiler de Kate y yo me quedé algo rezagado. Bloch entró primero. Estaban las mismas personas que el día anterior, sentadas en los mismos sitios, tal vez comiendo lo mismo.

Seguimos a Bloch hasta una mesa de banco corrido junto a la ventana. Supongo que quería que nos vieran.

Kate y Harry se sentaron junto a la ventana, Bloch junto a Kate, en la parte de fuera, lista para saltar, y yo al lado de Harry.

Gus, el tipo del delantal grasiento que se había negado a servirnos, se acercó, con la cara roja y cubierta de sudor.

—Creía que lo había dejado claro: aquí no servimos a gente como ustedes. Esto es una cafetería cristiana. Skylar Edwards venía a tomar batidos en mi barra. No pienso servirles. Ahora lárguense antes de que llame al sheriff.

Bloch se levantó muy despacio. El tipo era grande, pero Bloch le clavó la mirada. Él cruzó los brazos sobre sus pectorales.

—¿Qué ha sido de la hospitalidad sureña? —dijo ella.

—Si no se largan, ya les enseñaré yo un par de cosillas que hacemos en el sur —contestó Gus.

Bloch sonrió. Se crujió el cuello.

De repente el tipo ya no parecía tan confiado.

—Tienen cinco segundos o llamo al sheriff.

—Adelante —dijo Bloch.

Gus se echó hacia atrás, incapaz de entender lo que estaba pasando. Parecía de esos hombres que nunca se han visto intimidados por una mujer y no saben cómo actuar. Se acercó a la barra, cogió un teléfono inalámbrico y marcó.

Bloch volvió a sentarse.

Kate sacó su móvil, activó la aplicación de grabación de voz y escondió el teléfono bajo la mesa.

Harry y yo nos reclinamos en los asientos y nos pusimos a mirar por la ventana, esperando a que llegara el coche patrulla. No se hizo esperar. Cuatro minutos a lo sumo. Buen tiempo de respuesta. Los dos agentes que se bajaron nos miraron a través de la ventana, luego regresaron al coche y cogieron sus porras. Uno de ellos era el Bigotes, al que había dado un puñetazo en las pelotas el día anterior: el agente Leonard. Su compañero era mucho más grande e iba afeitado al ras. Tenía unos ojos diminutos, oscuros y mezquinos, demasiado pequeños para su cabeza. Las venas sobresalían de sus brazos como gusanos deslizándose sobre cuero marrón.

Entraron y fueron directos hacia Gus. Dos tipos grandes con camisa de cuadros, gorra y vaqueros y un fuerte sentido de la responsabilidad ciudadana se apartaron de sus platos a medio terminar y dejaron las manos sueltas a los lados del cuerpo. Supongo que querían ofrecer su apoyo a la policía para echarnos a la calle.

Los agentes se acercaron a la mesa con el dueño.

El grandote tenía más rango. Su etiqueta decía, SHIPLEY, AYU-DANTE DEL SHERIFF.

Shipley iba detrás de Leonard, a cierta distancia, observando cómo su subalterno gestionaba la situación. Los dos lucían uniforme negro de manga corta. Shipley tenía el cuello de la camisa abierta con una cruz asomando. Llevaba la porra baja, pero por el color blanco de sus nudillos era evidente que la tenía agarrada con fuerza, lista para romper alguna cabeza a la mínima excusa.

—Gus les ha pedido que se marchen. Nadie los quiere en este pueblo. Yo que usted cogería la indirecta, señor Flynn —dijo Leonard. Levantó la porra y golpeó el extremo contra la palma de su mano.

—Debería tener cuidado con esa porra. No vaya a darse en los huevos —dije yo.

—Venga, seamos civilizados —pidió Shipley.

—¿Y por qué motivo no somos bienvenidos? —preguntó Harry.

—Representan a un asesino, Andy Dubois. Skylar era un rayo de luz en este pueblo. No queremos escoria como ustedes aquí. No son bienvenidos —dijo Gus, asomándose por encima del hombro de Leonard.

—Pero Andy Dubois es inocente hasta que se demuestre lo contrario. Y tenemos la intención de que siga siendo así —dije.

—No es inocente —contestó Leonard—. Todo el mundo en este pueblo sabe que es más culpable que el pecado. Deberían alojarse en otro sitio. Y comer en otro sitio. Aquí no son bienvenidos.

Miré rápidamente a Kate. Sonriendo, dijo:

—Gracias, agente.

Sacó el móvil de debajo de la mesa, detuvo la grabación y la reprodujo para asegurarse de que el sonido estaba bien. Era perfecta.

—Eso es todo lo que necesitamos para presentar una moción para trasladar el juicio. Usted mismo lo ha dicho, agente: todo el mundo en este pueblo cree que nuestro cliente es culpable. Tendremos que transferirlo a otro juzgado —dijo Kate.

Leonard se quedó boquiabierto, pero intentó enmendar su error enseguida inclinándose sobre la mesa y tratando de quitarle el teléfono. Kate lo escondió y no lo pudo coger.

Bloch se puso en pie y los dos agentes recularon, con las porras en ristre. Harry y yo seguimos a Kate y salimos de la cafetería. Me detuve en la entrada, sosteniendo la puerta a Bloch.

—Yo que ustedes, me iría de este pueblo lo antes posible —dijo Leonard, señalando con su porra a la cara de Bloch, que no dejaba de sonreír. Dio un paso adelante rápido, levantó la porra por encima del hombro, con los ojos muy abiertos y, apretando los labios, gruñó.

Dejó caer la porra sobre la cabeza de Bloch.

Ella no se inmutó ni apartó los ojos de él.

La porra se quedó helada a dos centímetros de su cráneo. Ella seguía sonriendo. Parecía una estatua. No hizo ni un movimiento, ni siquiera por instinto. Si estuviera en su lugar, yo me habría agachado nada más verlo levantarla. Pero Bloch sabía que no la golpearía. Lo estaba reduciendo psicológicamente. Estaba diciéndoles a aquellos policías que no les tenía miedo.

Bloch no temía a nada.

La mueca de Leonard se convirtió en un gesto de sorpresa. Bajó la porra, miró a su alrededor para ver si alguien estaba tan consternado como él.

Shipley era un témpano de hielo. No se había movido. Ni siquiera había reaccionado ante el intento de su compañero de asustar a Bloch. Y ella también lo notó. Ignorando a Leonard, miró directamente a Shipley. Estuvieron así unos instantes, sin moverse.

Una vez satisfecha, Bloch apartó la mirada de Shipley y vino hacia mí. Le sostuve la puerta mientras salía dando grandes zancadas.

—Qué mala eres —dije.

Bloch me guiñó un ojo.

De vuelta en el coche, con las puertas cerradas, vi que Shipley nos miraba mientras nos alejábamos.

—Leonard es un gallina. Un cobarde, aunque cuidado con esa cobardía —dijo Bloch—. Shipley es distinto. Ese tío es de acero, y hay algo más.

—¿El qué? —pregunté.

—No lo sé todavía, pero no es solo su tamaño. Ese poli tiene algo chungo. No quería darme. Quería matarme.

—La verdad es que impactas bastante —dije.

—No soy yo. ¿Has visto sus ojos? No es que sean fríos, es que están muertos. Hay algo roto dentro de ese tío. Más vale que nos andemos con cuidado.

Salimos a la carretera en busca de un área de servicio en Union Highway, fuera del pueblo, para sentarnos a echar un vistazo a la escena del crimen después de inyectarme café en vena.

19
EDDIE

Un montón de tortitas con sirope y beicon de una cafetería de carretera consiguieron saciarme. Devoré a tal velocidad que apenas lo saboreé. El café, sin embargo, estaba tan amargo y quemaba tanto que fui incapaz de bebérmelo. Desde que había dejado de beber alcohol cada noche, tenía que sustituirlo con algo; el café funcionaba a la perfección, siempre y cuando pudiera metérmelo en el organismo rápido y a menudo. Ahora empezaba a preguntarme si alguien me había echado una maldición y estaba destinado a no beber café nunca más. Aparté la taza.

Dos Coca-Colas con el desayuno mitigaron el mono de cafeína.

Kate se había puesto a trabajar con el portátil, una vez le retiraron el plato.

—Estoy terminando la moción para la libertad bajo fianza. El traslado de juzgado y la moción para suprimir la confesión ya están listas. ¿Por qué no vais vosotros a echar un vistazo a la escena del crimen? Os veo afuera cuando termine.

Tenía unos cascos enchufados al móvil, y estaba transcribiendo lo que había dicho el agente Leonard. Su pequeño plan había funcionado.

Pagamos, salimos de la cafetería y Bloch fue directa al Hogg's Bar. La parada de camiones era en realidad un centro comercial con una gasolinera, una oficina de correos y una cafetería. A pocos metros había otro edificio bajo, con un cerdo de neón sobre el tejado y un cartel deslavado que decía HOGG's BAR encima de la entrada. Empujé la puerta, pero estaba cerrada. Era demasiado temprano hasta para los camioneros.

Todos los edificios miraban hacia la carretera, que estaría a unos cien metros de distancia, y había enormes camiones aparcados tanto delante como en el aparcamiento de gravilla de detrás. Este era del tamaño de un campo de fútbol. Supuse que debía ser un lugar bastante popular o, al menos, que lo fue en su día. Estaba rodeado por los restos de una valla de alambre, y al otro lado había árboles y campo. La mayor parte de la alambrada estaba caída u oxidada. El cuerpo de Skylar Edwards lo descubrieron allí, a unos seis metros de la valla, enterrado boca abajo, con los pies al aire.

Bloch rodeó el bar por delante, siguiendo el camino que Skylar pudo hacer aquella noche. Había una farola muy alta a medio camino entre el bar y la carretera. La parte de atrás del bar no estaba iluminada. Tampoco había cámaras de seguridad cerca de la entrada del bar. Ni en la farola. Fuimos a la parte trasera.

Nada más pasar el edificio había un cartel que decía APARCA-MIENTO DE EMPLEADOS.

—Skylar solía llamar a su padre para que viniera a buscarla —dijo Bloch.

—Esa noche no lo hizo —dijo Harry.

—Necesitamos su…

Iba a decir teléfono, pero me detuve al recordar la descripción de los objetos personales hallados con su cadáver. La lista me vino al instante: un bolso, algo de dinero en efectivo, dos tarjetas de débito, una tarjeta de biblioteca, maquillaje…

No llevaba teléfono.

—El sheriff no tiene su teléfono. No estaba entre sus pertenencias cuando la encontraron. Ha desaparecido —afirmé.

—Puede que se lo dejara en casa —indicó Harry.

Negué con la cabeza.

—Demasiado joven. A su edad se llevan el teléfono a todas partes. Además, la hermana de su novio, Tori, dice en su declaración que esa noche estuvieron mensajeándose y que le contó que Gary iba a pedirle matrimonio.

—O sea, ¿que la policía tiene el teléfono?

—No lo creo. Lo habrían incluido al registrar la escena del crimen. Aunque tuvieran la intención de encasquetarle el asesinato a alguien, no se les habría ocurrido deshacerse del teléfono en ese momento. Probablemente lo habrían registrado y habrían intentado esconderlo después. O lo habrían borrado de manera accidental. No; si no registraron el teléfono entre las pertenencias, es porque no estaba allí. Tuvo que llevárselo el asesino.

La parte trasera del bar tenía una ventana con un cartel de neón de cerveza Miller que apenas iluminaba. Había cuatro camiones aparcados allí, aunque sin duda habría más la noche en que se produjo el crimen. Bloch fue hacia el lugar donde hallaron el cadáver de Skylar. De pronto se detuvo y miró otra vez hacia el bar.

—¿Cuánta distancia hay del bar al sitio donde la encontraron? —pregunté.

—Ochenta y cinco metros —dijo Bloch. No ochenta. Ni noventa. Ochenta y cinco.

Los camiones aparcados ahora estaban vacíos, pero cabía la posibilidad de que aquella noche hubiera algún camionero dentro de su cabina, descansando las horas reglamentarias.

De noche, esta zona estaría prácticamente a oscuras. Dependiendo de la luna, claro.

Bloch gritó de repente.

A los pocos segundos se abrió la puerta de la cabina de un camión, y se asomó un hombre que preguntó si estaba todo bien. Bloch asintió. El camionero volvió a meterse en su cabina, y a continuación se asomó otro para cerciorarse de que todo iba bien.

—Puede que la música del bar estuviera muy alta, pero aquí se oiría poco —dije.

Bloch coincidió.

—Las heridas de la cara sugieren que en cierto momento el agresor solo la tenía agarrada con una mano. Tenía magulladuras en los brazos y dos dedos rotos. Este es el último sitio donde la vieron, y la enterraron ahí —señaló Harry.

Bloch asintió.

—Todo eso está claro, pero hay muchas cosas que no sabemos. Puede que alguien la oyera gritar. A no ser que se la llevaran a otro sitio y después la trajeran de vuelta —dijo Bloch.

—¿Qué hay del resto de las heridas? —pregunté—. Sabemos que murió por estrangulamiento, pero tenía marcas de ataduras y quemaduras de sol en la parte delantera del cuerpo. Luego la enterraron de cabeza en una fosa estrecha. Desapareció la noche del 14 de mayo, ya madrugada del 15, y Ted Buxton la encontró la noche del día siguiente. ¿Qué pasó en esas veinticuatro horas? ¿La secuestró en el aparcamiento y se la llevó directamente a los matorrales para matarla? ¿O la trasladó a otro sitio, al aire libre, la mató y se la trajo aquí para enterrarla? No lo veo.

—Te olvidas de las marcas de la frente —dijo Harry—. Tenía una marca en forma de estrella, hecha con un anillo.

—Eso se lo hizo a propósito —dijo Bloch.

—¿El qué? —pregunté yo.

—Las magulladuras en los brazos y los dedos rotos se las hizo durante el forcejeo. No tenía marcas del anillo en ningún otro punto, solo en la cabeza. Yo creo que esas se las hizo a propósito —aclaró.

Pasamos por encima de la vieja alambrada y avanzamos entre la hierba alta hasta una zona donde estaba más corta tras el levantamiento del cadáver. Mediría unos tres metros y medio de largo por tres de ancho. La tierra estaba negra y pegajosa, como la arcilla, pero mucho más húmeda. Ni el sol abrasador de aquellos días secaría aquella humedad. Todos estábamos empapados de sudor.

—Esta forma de enterrar el cadáver no es habitual. En esta tierra se podría cavar una zanja poco profunda bastante rápido. ¿Por qué la hizo tan honda? Necesitaría una azada o un pico. Tardaría mucho más —dije.

—Por los pies —dijo Bloch.

—¿Qué?

—Quería dejarle los pies al aire.

—¿Por qué?

—Ni idea —contestó ella.

Harry dio un paso atrás, y entonces se oyó una salpicadura y soltó un taco. Se había manchado de barro, pero no miraba sus pantalones, sino el agua del charco. Se quedó completamente mudo.

El agua dibujaba ondas reflejando la luz del sol, como si hubiera una estrella atrapada en el charco turbio.

—No tenía quemaduras del sol en las plantas de los pies —dijo Harry.

—Puede que la enterraran el día 15, después de atardecer, un par de horas antes de que la encontrara Ted Buxton…

—No es solo eso. Tuvo que haber otra cosa iluminándole los pies —añadió.

Harry tenía una expresión extraña. Lo conocía desde hacía tiempo, habíamos vivido muchas cosas juntos, y jamás lo había visto así. Con los ojos muy abiertos, miró hacia abajo, de nuevo hacia el cielo, luego la hierba y a nosotros. Sus labios empezaron a temblar y se llevó los dedos a la boca.

—Harry, ¿estás bien? Pareces… asustado —dije.

—Las marcas de la frente…, las estrellas. Son una corona. La quemadura del sol, y que la enterraron boca abajo… Dios, es que todo encaja —dijo.

—¿Con qué? —pregunté.

No contestó de inmediato. Cerró los ojos, y sus labios empezaron a moverse muy despacio, como si buscara algo en el fondo de su memoria, tratando de no equivocarse. Cuando se dispuso a hablar de nuevo lo hizo con tono grave, y su voz temblaba con cada palabra.

—«Apareció en el cielo una gran señal: una mujer, vestida de sol, con la luna bajo sus pies, y sobre su cabeza una corona de estrellas… También apareció otra señal en el cielo: he aquí un gran dragón escarlata, que tenía siete cabezas y diez cuernos, y en su cabeza, siete diademas»…

Bloch y yo nos miramos.

—Me pasé diez años en la parte de atrás de la ranchera de mi padre, leyendo la Biblia para entretenerme, mientras él predicaba por todo este estado —dijo Harry—. Estamos buscando al dragón. Él fue quien le hizo esto a la chica. La gran bestia del Apocalipsis, 12.

—¿Algo así como un demonio? —pregunté.

Harry se irguió, apretó la mandíbula y dijo:

—No, el diablo en persona.

20
EDDIE

Bloch miró hacia la gasolinera y empezó a caminar hacia allí. Harry y yo la seguimos.

Apenas llevábamos un cuarto de hora fuera del coche, y ya tenía la espalda de la camisa empapada. Harry, igual. Bloch también tenía la frente cubierta de sudor, pero seguía con la chaqueta azul marino puesta sobre la camiseta blanca. No quería que le diera el sol ni lo más mínimo. Al llegar a la altura de los surtidores, ya en la sombra, se quedó mirando las cuatro cámaras que había instaladas en el voladizo.

Harry y yo entramos. La gasolinera de Circle-K, con su aire acondicionado, me pareció la gloria. Bueno, casi. La cafetera funcionaba, pero hacía demasiado calor como para tomarme un café. Cogí cuatro refrescos y cuatro botellas de agua de la nevera y los llevé al mostrador.

El dependiente lucía una camiseta de Metallica y una sonrisa bien estudiada que no sabría replicar.

—¿Alguna cosa más? —dijo.

—Sí, ¿vuestras cámaras cogen algo del aparcamiento que hay detrás del bar?

—Eh… —contestó él.

—Estamos investigando. Ya sabes, el asesinato que hubo en el aparcamiento…

No le dije que representábamos al acusado, pero tampoco que estuviéramos con el fiscal.

—Ah, ya. Horrible —dijo.

—¿Podemos echar un vistazo a las grabaciones de esa noche? —pregunté.

—Eh… —dijo, con una mezcla de confusión y dolor.

—No tardaremos —dije.

—¿Son de la Oficina del Sheriff o algo así?

—Algo así —contesté.

—Eh, vale —dijo él.

Levantó el mostrador y me dejó pasar. Di unos golpecitos en la ventana para avisar a Bloch. Harry me siguió sin decir nada. En las pruebas reveladas por el fiscal no había mención alguna de grabaciones de cámaras de seguridad. Siempre cabía la posibilidad de que a la policía se le hubiera escapado algo, ya fuera por incompetencia o por falta de organización.

Pregunté su nombre al chico y dijo que se llamaba Damien Green. Tenía veintiún años, y su coeficiente intelectual por ahí andaría también, pero nos estaba ayudando, y eso era todo cuanto importaba.

En la trastienda había una pequeña caja fuerte, montones de catálogos de venta por correo sobre un escritorio encima de esta, y un plano de la tienda pegado a la pared. Al otro lado de la habitación tenían otra mesa con un ordenador y dos pantallas, cada una partida en cuatro planos distintos para las cuatro cámaras. La mayoría enfocaban a los surtidores. En una se veía la entrada a la gasolinera y en otra la salida. Me tomé un momento para fijarme en lo que mostraba por entero cada cámara.

—Esquina noroeste. Pantalla dos, abajo a la derecha —dijo Bloch, a mi espalda.

El chico se volvió y dijo:

—¿Tienen identificación?

—Sí —contestó Bloch.

No sacó nada, ni se ofreció a enseñársela.

—Vale —dijo Damien, asintiendo. No volvió a preguntar.

Miré otra vez la segunda pantalla. Esquina inferior izquierda. Pues sí. Era el surtidor más cercano al bar y, a lo lejos, se veía el lateral del edificio, incluida la puerta de entrada, y todo lo largo del aparcamiento.

—¿Tienes la grabación de la noche del 14 de mayo? —pregunté—. ¿La noche que mataron a Skylar Edwards?

—Creo que sí.

Se sentó delante del ordenador, abrió la barra de búsqueda y desplegó una lista de fechas y nombres en letra minúscula.

—Aquí está. ¿Quiere verla?

—Sí —dije.

Clicó en una de las fechas de la lista. Se abrió una ventana de diálogo: NO SE PUEDE ENCONTRAR EL ARCHIVO.

Damien lo intentó un par de veces más, con el mismo resultado. Luego clicó en el archivo que había encima, del 15 de mayo, y tampoco estaba. Pero el 13 y el 16, sí.

—¿Han borrado ese archivo? —dije.

—Puede. No sé. A lo mejor se equivocaron —respondió Damien.

—Menuda casualidad —señaló Harry.

—No —añadió Damien—. A lo mejor fue cuando la Oficina del Sheriff se descargó las grabaciones en una memoria USB.

21
KORN

Tom Wingfield casi arrancó la puerta el entrar en la oficina de Korn, con gesto decidido y la otra mano llena de papeles. Korn se levantó, le cogió los documentos y empezó a leer.

—Las mociones de Flynn. Quieren libertad bajo fianza, que desechen la confesión de Dubois, transferencia de tribunal y revisión de las pruebas iniciales. Mire la moción sobre las pruebas. Dicen que nos guardamos varias grabaciones de seguridad y las quieren ver. El juez ha puesto la vista hoy, a las tres.

Korn asintió mientras leía los documentos por encima. Ya era casi mediodía.

El músculo de su mandíbula subía y bajaba, mientras sus ojos se movían con rapidez de lado a lado.

—Los agentes de Lomax nos han metido en un lío —dijo—. ¿Tú viste alguna grabación de la gasolinera?

Tom negó con la cabeza.

—No, ninguna.

—Ni yo. Y tampoco parece que el dependiente, ese Damien Green, esté mintiendo, ¿no?

—No veo que saque nada de todo esto. Aunque puede que Flynn lo haya sobornado...

—Lo dudo. Damien no sabe qué agente cogió las grabaciones y borró el archivo original: solo sabe que llevaba uniforme. Si Flynn quisiera un testigo al que sobornar, se buscaría a un encargado que concretara más.

—¿Llamo a Lomax? —preguntó Tom.

—No, yo me encargo del sheriff. Nosotros no tenemos las grabaciones, así que, por lo que respecta al juez, no hay más que hablar. Y tampoco tiene sentido preocuparnos porque Dubois salga bajo fianza: su familia no tiene dinero para pagarla. Es imposible que el juez excluya la confesión. No hay por qué preocuparse por estas dos mociones. No, el problema es la de trasladar el tribunal. Han conseguido una grabación del agente Leonard admitiendo que Dubois no puede tener un juicio justo en Buckstown.

Tom arrastraba los pies y Korn notó que jugaba con un anillo de oro en el dedo corazón de su mano derecha, dándole vueltas, nervioso.

—Tú estabas en la policía de Buckstown antes de que te enviaran aquí. ¿Cuál de los agentes cogió las grabaciones, y por qué lo hizo?

—Ni idea —contestó Tom.

Con un gruñido, Korn soltó los documentos sobre la mesa y dio la espalda a Tom. Se inclinó hacia delante, apoyó las manos en los muslos y dejó caer la cabeza. Se apretó los músculos justo por encima de la rodilla hasta que sus labios le temblaron de dolor.

De pronto se incorporó, cogió su móvil de la mesa y marcó el teléfono del gobernador. Lo tenía apagado. Miró su reloj.

—No me da tiempo a ir hasta Montgomery para ver al gobernador y volver antes de las tres. Di a las chicas que sigan llamando a su oficina hasta que alguien conteste el maldito teléfono.

—Pero el gobernador no está en Montgomery. Iba a la planta química. Están intentando renegociar el acuerdo con el banco y Patchett ha ido para ayudarlos a prorrogar el crédito —dijo Tom.

Korn cogió rápidamente su chaqueta del colgador que había en el rincón, deslizó los brazos por las mangas y se la metió por la cabeza mientras salía del despacho, con Tom detrás de él.

—Llama a la planta y diles que necesito cinco minutos con el gobernador. Luego llama a los informativos de televisión, a las cadenas de radio y a los periódicos. Diles que a la una hay una rueda de prensa en la entrada de la planta.

—¿A qué cadenas de televisión y de radio y a qué periódicos llamo?

—A todos —dijo Korn—. De todo el estado, y nacionales también si puedes.

—¿Sobre qué les digo que va a ser la rueda de prensa?

—No digas nada aún. Solo que es un tema importante y jugoso, y que más les vale estar allí o se arrepentirán.

Diez minutos más tarde, Korn iba en su Jaguar por la carretera.

Llevaba el teléfono de prepago conectado al bluetooth del coche, y estaba esperando a que el sheriff contestara el suyo. Ambos tenían uno para emergencias.

—¿Dónde está el fuego? —dijo Lomax al contestar.

—En tu oficina, por lo que parece. Leonard y Shipley han tenido un encontronazo con Flynn y su equipo esta mañana. Tienen una grabación de Leonard diciendo que todo el pueblo sabe que Dubois es culpable. Han presentado una moción para trasladar el tribunal —respondió Korn.

Lomax suspiró y dijo:

—Leonard es tonto del culo. Podía haber sido peor. Shipley tiene un ramalazo oscuro. Lo tengo controlado, pero si lo provocan, muerde.

—Eso no es todo. Parece ser que un empleado de la gasolinera ha firmado una declaración jurada diciendo que un agente de la policía de Buckstown se llevó grabaciones de sus cámaras de seguridad de la noche del asesinato y del día siguiente, y luego borró los archivos originales. Primera noticia de esas grabaciones...

—Para mí también. Preguntaré por aquí, a ver si los chicos recuerdan algo. ¿Cree que esto puede hacer que nos salga otro sospechoso?

—A mí me da igual si las grabaciones demuestran que Dubois es inocente. No quiero saber lo que muestran; solo quiero saber dónde están para asegurarme de que no aparecen y me destrozan el caso.

—De acuerdo, yo pregunto por aquí.

—Y cuéntame lo que averiguas. Un par de cosas más. Han solicitado la libertad bajo fianza, pero Dubois no tiene dinero para pagarla. Esta noche, cuando vuelva a su celda después de la vista, asegúrese de que no hable con esos abogados. Métele a alguien en la celda. A alguien bueno. Pero que no lo deje tan mal como para retrasar el juicio. Solo para que capte el mensaje.

—¿Y cómo quiere que se lo traslade? —preguntó Lomax.

—Despacio. Que le rompan los dedos. Nudillo a nudillo. Y los de los pies, también.

—Yo me encargo. ¿Nada más?

—Uy, no; eso es solo el principio. A Flynn también le tiene que llegar el mensaje —dijo Korn.

—¿Qué tiene pensado?

Korn siguió hablando, colgó, se detuvo en el aparcamiento de visitantes de la planta química y fue a la entrada del edificio. Era una planta de gran tamaño, cubierta de paneles de aluminio, lo cual hacía que estuviera fría en invierno y más caliente que el infierno en verano. La entrada principal era de vidrio, con puertas dobles y una recepcionista detrás de un ordenador viejo.

Al ver llegar a Korn, levantó el teléfono que había en el mostrador.

Korn se refugió del calor bajo el aire acondicionado de la zona de espera. Tenían suelos de baldosa negra que parecían difíciles de limpiar y sofás de cuero negros. Se quedó de pie, observando las escaleras que había al otro lado del mostrador de recepción. Pasados unos minutos, vio unos zapatos italianos de cuero hechos a mano bajando las escaleras. Después de los zapatos apareció un traje bien confeccionado, de raya diplomática azul, sobre una camisa blanca y una corbata roja como la sangre. El hombre que lucía el conjunto era Chris Patchett, gobernador del estado. Llevaba el pelo un poco más largo de lo debido, una espesa mata negra peinada con la raya a un lado y algunas canas salpicadas aquí y allá, sobre todo a los lados. Gajes de un puesto como el suyo.

—Randal, ¿qué me han dicho de una rueda de prensa? Todavía no hay acuerdo entre la empresa y el banco, aunque agradezco tu confianza en mis habilidades —dijo.

Se dieron la mano, y se apartaron del mostrador de recepción.

—No es sobre la planta química. Necesito un favor —dijo Korn.

—Ya sabes que puedes contar conmigo. La justicia es primordial: son cinco puntos seguros en unas elecciones. ¿Qué quieres que diga exactamente?

Mientras Patchett hablaba, Korn vio que llegaba la primera furgoneta de los medios. Era una unidad móvil de informativos, con el logo del canal de televisión en un lateral y una antena sobre el capó.

—Es usted un hombre listo, gobernador. Mucho más de lo que admitirían algunos en su partido, y se recuperará rápido de esta caída. De hecho, diría que su valoración se va a disparar entre las bases. Pero que quede claro: hoy no quiero que sea listo. Hoy quiero que diga algo realmente estúpido.

22
EDDIE

La ley suele ser un deporte lento, pero, de vez en cuando, hay que mover el culo.

Harry grabó la declaración jurada del empleado de la gasolinera, Damien Green. Era sincero, una cualidad cada vez menos habitual.

Kate se encargó de los documentos. Presentó mociones de urgencia para solicitar la libertad bajo fianza, cambiar a un tribunal que no fuera el de Buckstown, suprimir la confesión bajo presión de Andy y otra más para revisar las pruebas reveladas inicialmente: queríamos las grabaciones de la gasolinera.

Harry y yo echamos un vistazo a los papeles que había preparado, pero no encontramos nada que añadir ni que cambiar. A ella se le daba mejor que a mí. Tenía un tono más claro y templado que yo redactando escritos de moción. Construía sus argumentos basándose en hechos irrefutables, y nadie puede oponerse a los hechos, al menos en un juzgado.

Enviamos las mociones al tribunal y al fiscal por correo electrónico y, mientras volvíamos al hotel en coche, Kate recibió una llamada diciendo que el juez atendería todas las mociones hoy mismo a las tres.

Teníamos tiempo, pero muy poco.

Me di una ducha y me cambié de ropa. Kate iba bien con lo que llevaba puesto. Fuimos al juzgado en el SUV.

Al llegar allí noté que había gente esperando. Vestían trajes de combate, gruesos chalecos negros, gorras y llevaban fusiles AR-15 al hombro o pistolas en el cinturón. Algunos blandían banderas americanas, y dos de ellos, o quizá tres, portaban carteles. Serían unos doce en total, y estaban al pie de los escalones del juzgado.

—No pares aquí —dije a Bloch—. Ve por la parte de atrás, a ver si hay otra entrada.

Bloch aceleró, pasó por delante del grupo de manifestantes y rodeó el edificio hasta el aparcamiento que había detrás del juzgado. Salimos del coche, al sol y al calor que emanaba del asfalto como brasas encendidas. El edificio no tenía entrada trasera, solo una salida de incendios que llevaba mucho tiempo cerrada.

—¿Cómo se han enterado de la vista? ¿Se lo habrá dicho Korn? —dijo Harry.

—Puede que se lo haya dicho al padre de Skylar, y él haya organizado esto —contesté.

—¿Pueden llevar rifles de asalto en público? —preguntó Kate.

—Bienvenida al sur —dijo Harry—. No puedes llevar una lata de cerveza abierta, pero sí una ametralladora cargada.

Volvimos andando hasta la entrada principal. Yo iba delante; Bloch, detrás. Harry y Kate, en el medio. En fila india. Los manifestantes no tardaron en vernos.

A mí me reconocieron de inmediato. Vi que dos tipos nos señalaban.

Miré a nuestro alrededor.

No había seguridad fuera del juzgado.

El líder del grupo se separó del resto y se plantó delante de nosotros. No podíamos esquivarlo para entrar en el juzgado. Tenía una perilla gris, chaleco de combate sobre una camiseta con el águila americana y una gorra roja muy desgastada con un eslogan político cubriendo su cabeza calva. Blandía un fusil AR-15, y tenía el dedo índice sobre el gatillo. No dijo nada, simplemente se quedó ahí de pie, con sus ojos pequeños y brillantes clavados en los míos.

Un joven se abrió paso entre el grupo y se colocó a su lado. Tendría veintipocos años, pelo rubio y ojos azules. Era un chico apuesto, con cuerpo de quarterback. Llevaba vaqueros azules y una camiseta de Nike y, a diferencia del resto, no iba armado.

—Diles quién eres, Gary —dijo alguien desde atrás.

El joven se volvió al oír su nombre. Supuse que era Gary Stroud, el novio de Skylar Edwards.

—No dejes pasar a estos cabrones —dijo Gary al tipo con perilla y rifle.

Me fui hacia un lado para pasar junto a él, pero el tipo se movió a la derecha, y Gary con él, al unísono, cerrándome el paso. Seguí avanzando hasta estar cara con cara con él, y entonces usó su rifle, que tenía atravesado sobre el estómago, para empujarme hacia atrás.

Bloch se puso junto a mí, flexionó el brazo derecho y extendió los dedos. Llevaba un cañón en el cinturón. Una Magnum 500, capaz de hacerle un boquete lo suficientemente grande como para pasar por él.

Los que había detrás empezaron a acercarse. Estaban mirando a Harry.

—Vamos a hacer un trato —le dije al de la perilla.

Saqué su cartera de mi bolsillo, la abrí y cogí su carnet de conducir. Se la había birlado cuando me empujó. La fuerza de la costumbre. La manera más fácil de robar una cartera sin que se note es tener contacto físico con alguna parte del cuerpo. Crea una distracción física y psicológica.

—Brian Denvir, vives en el número 224 de Calabasas Road. Aquí dice que tienes cincuenta años; pero, vamos, no aparentas más de setenta —dije.

Tardó unos segundos en pillarlo. Esa gente no parecía muy lista y lamentablemente, tampoco lo eran. Poco a poco comprendió qué era lo que tenía en la mano.

—Hijo de puta, esa es mi cartera —espetó, doblando el dedo índice sobre el gatillo del rifle.

—Encantado, Brian —dije, contando los billetes del compartimento posterior—. Tienes cuarenta y tres dólares y una tarjeta de fidelidad de Pets R Us. Menudo grupete. ¿Por qué no vas a comprarte un hámster para jugar? Podrías llamarlo David Duke, ponerle un vestidito blanco y metértelo por el culo.

Denvir arrugó la cara y gruñó.

—Devuélvame mis cosas —dijo, y entonces hizo lo último que quería que hiciera. Dio un paso atrás, estiró el brazo izquierdo, apartando el rifle del cuerpo y lo levantó para apuntarme.

Antes de que terminara la maniobra, Bloch se interpuso entre los dos. Colocó una mano en la parte superior del arma, se oyó un clic metálico y, cuando se retiró, tenía una bala en una mano y el cargador del rifle en la otra. Todo ocurrió en un segundo y en un ágil movimiento. Habría sido una carterista fabulosa. Los arrojó a los pies de Brian y se apartó la chaqueta para que vieran a Maggie.

Maggie era el apodo que Bloch le había dado a su adorada Magnum 500 Smith and Wesson, uno de los pocos revólveres que hay en el mundo con capacidad para disparar balas del calibre 50. Con cinco balas en el cargador, pesaba casi tres kilos. Smith and Wesson había tenido que añadir un freno de boca al empezar a vender el arma porque el retroceso podía romperle la muñeca a cualquiera lo bastante idiota como para intentar empuñarla con una mano.

Brian debía de saber de armas, porque en cuanto vio a Maggie dio varios pasos hacia atrás. Su chaleco era completamente inútil. El revólver de Bloch disparaba una bala de 350 grains a más de seiscientos metros por segundo. Podía atravesar una pared de hormigón como si fuera una servilleta mojada.

—Ya puedes irte —dijo Bloch—. O sacar tus juguetitos y quedarte aquí para siempre, hecho una manchita en la acera. Piénsatelo bien, Brian.

—Su cliente mató a mi novia, y pagará por ello de una manera u otra —dijo Gary.

—¿Eres Gary Stroud? —pregunté yo.

El chico apretó la mandíbula, tensando los músculos a ambos lados de la cabeza, y clavó sus ojos azules en mí. Pestañeó una vez y asintió.

—Pues siento mucho tu pérdida, pero estás mal informado. Andy Dubois no mató a tu novia, y lo vamos a demostrar.

La gente que tenía detrás estaba cada vez más alterada.

Brian nos miraba con los ojos muy abiertos del miedo. Sabía que él pillaría la primera bala.

Bloch les guiñó un ojo.

—Vale, chicos, ya basta. Bajad las armas —dijo Brian, reculando y con las manos en alto.

Volví a meter el carnet de conducir en su cartera y la lancé al otro lado de la calle.

Harry y Kate me siguieron hasta el juzgado. Bloch recogió el rifle de Brian y el cargador del suelo, los tiró en una papelera, luego se giró para mirar a toda aquella gente y entró.

Cuando estaban a unos ciento cincuenta metros de distancia, y con Bloch ya dentro del edificio, Brian recuperó inesperadamente las agallas. Sonrió y me mandó un beso.

Cabía la posibilidad de que Andy corriera más peligro si salía bajo fianza que quedándose en la cárcel de Buckstown. Pero era un riesgo que debía correr. Yo era capaz de lidiar con un montón de zoquetes armados y cabreados, pero no podría ayudar a Andy si seguía a merced de un sheriff y un fiscal decididos a llevarlo al corredor de la muerte.

Me volví y entré en el juzgado. Bloch enseñó su arma en el control de seguridad y yo me vacié los bolsillos para pasar el detector de metales.

Harry estaba al otro lado del control. Mirándome con gesto arrepentido, sacudió la cabeza y dijo:

—Ven conmigo a Alabama, Harry. *Puede* que sea peligroso.

Pasé el control de seguridad, recogí mis cosas y me acerqué a él.

—Mira —dije—, si estamos cabreando a esta gente es que algo estamos haciendo bien.

—Ya hemos estado en situaciones peliagudas, pero nada como esto. Me preocupa Kate —dijo.

Kate estaba recogiendo sus carpetas y las mociones de la mesa del puesto de control. Estaba pálida. Bloch se acercó, le cogió varias carpetas y le puso una mano sobre el hombro. Intercambiaron unas palabras. Fuera lo que fuera, alivió la tensión.

—Bloch nos protege —dije—. No va a bastar con defender a Andy. No es suficiente.

—¿Y qué más podemos hacer?

—Nosotros no: Bloch. Ella puede encargarse de Korn y del sheriff. Es nuestra mejor carta para ganar este caso.

—¿Y quién nos protegerá a nosotros mientras Bloch está ahí fuera detrás del fiscal?

—Nos protegeremos los unos a los otros. Venga, tenemos una hora antes de la vista. El sheriff no tardará en traer a Andy. Debes prepararte para hablar con el chico.

—¿Yo? —dijo Harry.

—Tú y Kate. Haced que confíe en vosotros. Que firme el preacuerdo de representación. Kate puede encargarse de la vista.

—¿Adónde vas tú?

—A conseguir dinero para la fianza.

23
KATE

—Me llevo a Eddie, voy a ayudarlo con el dinero de la fianza —dijo Bloch.

Kate asintió y sintió mariposas en el estómago. No estaba nerviosa por la vista, simplemente se sentía mejor cuando su amiga estaba cerca. Pasar al lado de aquella gente a la entrada de los juzgados tampoco había ayudado demasiado.

—No tardes —le pidió Kate.

Bloch asintió y se fue.

Kate y Harry atravesaron el pasillo de los viejos juzgados. Una puerta llevaba a los calabozos. Kate los olió antes de que Harry la abriera. Era una mezcla de podredumbre y agua estancada. Las escaleras que bajaban a las celdas eran de piedra vieja. Todos los peldaños estaban desgastados por el uso. El tubo de la lámpara sobre sus cabezas proyectaba más sombras que otra cosa, hacía que la altura de los escalones fuera más difícil de medir y Kate estuvo a punto de tropezar más de una vez.

Al pie de la escalera había una mesa y unas taquillas para que los letrados dejasen sus móviles, y un libro de registro. Un vigilante de seguridad estaba mirando algo en el móvil mientras comía un sándwich que olía casi tan mal como los calabozos.

—Kate Brooks y Harry Ford, para ver a Andy Dubois —dijo Kate.

El vigilante miró a Kate y luego a Harry, tragó el trozo de sándwich que daba vueltas por su boca y dejó el resto sobre la mesa. Se puso en pie y levantándose el cinturón, dijo:

—Todavía no han *llegao*.

—Esperaremos —dijo Kate.

—Como quieran —añadió, volviendo a su sándwich.

Kate observó la pequeña sala cuadrada. Apenas había aire para respirar y tenía un estrecho pasillo a la derecha, que presumiblemente conducía a los calabozos. Las paredes estaban cubiertas de esa marca industrial especial e incolora de pintura beis, sin alma. Había varios carteles de seguridad sobre las visitas y el trato con los reclusos pegados en varias de ellas. Las pantallas que recubrían los tubos de iluminación atenuaban la luz de las bombillas entre el polvo, manchas de nicotina y todos los bichos muertos acumulados. Kate entornó los ojos para fijarse en la pared detrás de la mesa del vigilante. Tenía una pizarra con una tabla. En la parte izquierda había una lista con los números de celda y, junto a cada una, el nombre del ocupante y notas específicas.

«N.º 1 Boyd, Richard: muerde. Ponerle bozal para trasladarlo».

Los ocho calabozos parecían estar ocupados. Nombre del recluso, número de celda y comentarios sobre cada uno.

En la celda número cuatro solo ponía «asesino». No había más información sobre su ocupante.

—¿No ha dicho que Andy Dubois no estaba aquí? Está en la celda número cuatro.

—¿La cuatro? —dijo el vigilante, volviéndose hacia la pizarra—. ¿Qué le hace pensar que es él?

—Su nombre no aparece ahí. Tienen todas las celdas ocupadas. Y le van a traer de la Oficina del Sheriff, pero el sheriff no quiere que hablemos con él. ¿Quiere que siga? —dijo Kate.

—Deje que lo mire —dijo el vigilante.

Cogió un juego de llaves de su cinturón y desapareció por el estrecho pasillo. Kate le oyó susurrar a alguien. Se asomó al pasillo, y lo vio hablando con uno de los agentes de la Oficina del Sheriff. Era Shipley, el policía corpulento de pelo oscuro y mirada muerta.

—¿Y bien?, ¿ya ha llegado? —preguntó Kate.

Los dos se volvieron.

—Pues sí —dijo el vigilante—. Venga conmigo.

Harry sacudió la cabeza y se puso a la altura de Kate. Al entrar en el pasillo vio cómo desaparecía la espalda ancha de Shipley a través de una puerta al fondo. El vigilante abrió la puerta de barrotes a la izquierda, que daba a un pasillo de celdas más ancho. Había cuatro a cada lado, cada con una puerta sólida de acero.

Kate y Harry siguieron al vigilante hasta la número cuatro. Abrió la puerta, y les hizo pasar. Era un cubículo alicatado de dos metros y medio por dos y medio, con un banco de madera corrido en forma de U. Un joven con aspecto de no haber ingerido una comida completa en mucho tiempo estaba tumbado en el banco con las manos sobre la cabeza y la espalda hacia la puerta.

—Cuando quieran salir, griten y den un golpe a la puerta —les dijo el vigilante antes de cerrar de un portazo.

Kate se alegró de que Harry estuviera allí con ella. El ruido de la cerradura encerrándola era algo que siempre la ponía nerviosa. Intentó respirar hondo y despacio.

—¿Andy? —dijo.

El chico se volvió hacia ella.

La reconoció al instante por las fotos que había visto en internet, en los periódicos y en televisión. Tenía una cara redondeada, bonita y dulce. Ojos grandes y barbilla pequeña.

—Me llamo Kate Brooks, y este es Harry Ford. Trabajamos con Eddie Flynn, el abogado al que viste en tu celda ayer. Hemos venido a ayudarte.

Andy cerró los ojos y se dio la vuelta.

—Andy —dijo Harry—, lo que Kate quiere decir es que hemos venido a intentar sacarte de la cárcel. Hoy mismo. Dentro de unas dos horas.

Andy se volvió otra vez, rápidamente, con gesto sorprendido y la boca abierta, pero la expresión desapareció al instante. Era como si hubiera recordado algo, tal vez que no debía creer en las promesas de ningún abogado.

—Tu madre no tardará en llegar. Creemos que es mejor que estés con ella, en casa, durante el juicio. ¿Tú qué opinas? ¿Te gustaría irte a casa? —preguntó Kate.

Andy se incorporó, y dijo:

—Me han dicho que no hable con ustedes. Que me irá mejor, y a mi madre también, si no hablo con ningún abogado.

—¿Quién te ha dicho eso? —preguntó Kate.

Trataba de hablar bajo y con suavidad, invitando a Andy a escuchar.

—El sheriff Lomax. Él cuidará de mí, y de mi madre, cuando vaya a la cárcel del estado después del juicio.

—¿Y te ha dicho lo que pasará después de eso? —preguntó Harry.

—Que le dará dinero a mi madre. Por qué voy a pelear. Tengo que aceptar que la cosa va a ir así.

—Andy, el sheriff y el fiscal quieren que te ejecuten. Ya sea con una inyección letal o en la silla eléctrica —dijo Harry.

Andy negó con la cabeza.

—El sheriff dijo que, si coopero, eso no pasará. Me hizo firmar un documento. No lo leí, pero él me dijo que era para protegerme y para garantizar que mi madre esté bien.

Kate abrió la carpeta, sacó el documento del legajo presentado por el fiscal, confirmando que pedirían la pena capital.

Se sentó al lado de Andy, con sumo cuidado, y se lo dio para que lo leyera.

—Esto está mal —dijo.

—No, está bien. Fíjate, el juzgado selló la orden.

Andy miró el sello, se apretó los dos puños sobre la frente y dijo:

—No lo entiendo. No puede ser. Yo no he matado a nadie.

Harry buscó el acuerdo de representación entre sus papeles y se lo pasó a Kate.

—Necesitamos que firmes estos documentos para decir oficialmente que somos tus representantes, y haremos todo lo que podamos para salvarte la vida y demostrar al tribunal que tú no mataste a Skylar Edwards.

—¿Y qué hay de mi madre? No quiero que le pase nada. Cody ha desaparecido. El sheriff lo ha pillado. Lo sé. Y a ustedes también los pillará. Dijo que esta noche me pondría a uno nuevo en la celda. Alguien que me va a enseñar a no hablar con abogados.

Harry y Kate se miraron, y entonces Harry se arrodilló junto a Andy y dijo:

—No vamos a dejar que os pase nada ni a ti ni a tu madre. Ella quiere que te ayudemos y eso es lo que vamos a hacer. Eres un chico listo, pero te han engañado y asustado para que hagas cosas que han dañado tu defensa. Pero se acabó. Estamos aquí para protegerte y para luchar por ti. Y el sheriff no puede hacernos nada. Somos un equipo, y somos bastante fuertes. Si quieres seguir con vida, por tu madre, coge ese boli y firma este documento. Necesitamos sacarte de aquí hoy.

Andy se quedó pensando un momento. Quizá demasiado. Luego cogió el bolígrafo y firmó. Se apoyó tanto sobre la hoja que arañó el banco de madera.

—Genial. Pues ahora tengo que hacerte unas preguntas —dijo Kate.

—¿Qué tipo de preguntas? —contestó Andy.

—Preguntas importantes. Empecemos por esta. Hay un testigo, Ryan Hogg, que dice que te vio discutiendo con Skylar cuando salisteis del bar aquella noche. ¿Es cierto eso?

—Skylar y yo nunca discutíamos. Éramos amigos.

—¿Viste a alguien más con Skylar aquella noche, después del trabajo?

—No, quería ir a ver a su novio a una fiesta, pero no sé si llegó a ir. Yo me fui andando a casa.

—Vale, bien. Esta es un poco más difícil. La policía dice que tenías un arañazo en la espalda. Encontraron rastros de tu piel y de tu ADN bajo las uñas de Skylar. ¿Puedes explicarme cómo pudo ocurrir?

24
KATE

En su corta carrera profesional, Kate ya había comparecido ante varios magistrados y, a juzgar por la cara del juez Chandler, sabía que esta vista no sería fácil.

Ese era uno de los consejos de Eddie: hay que conocer a los jueces. Algunos son justos. Otros son parciales a favor de los hombres, o de la policía, o de los empresarios, y hay que mover montañas para evitar que te hundan el caso. En la facultad de Derecho no te enseñan que un juez malo es capaz de derribar una defensa perfectamente argumentada. Eso hay que aprenderlo por uno mismo. Eddie casi no tomaba apuntes en sus carpetas, mientras que Kate se escribía mil notas en todas partes. Ya tenía un cuaderno entero sobre jueces, un dosier sobre cada uno de los que conocía o de los que había oído hablar. Sobre Chandler corrían bastantes rumores. Algunos de ellos estaban en internet; eran de familiares desafectos de acusados que Chandler había mandado a la cárcel, o peor, al corredor de la muerte. Decían que era demasiado afín al fiscal, que odiaba a los abogados defensores y a sus clientes.

Y a Kate no le costaba creerlo.

El fiscal, Korn, ni siquiera le había dirigido la palabra. Estaba escondido detrás de su mesa, como una araña enorme. Harry estaba al lado de Andy en la mesa de la defensa, susurrándole para ayudarlo a mantener la calma y explicándole lo que sucedía en la sala.

—Ayer, Andy Dubois no tenía abogado. Y, al parecer, ahora tiene un lujoso equipo de letrados de Nueva York. Dígame, señorita Brooks, ¿es que su cliente ha ganado la lotería?

—No, señoría. La desaparición de Cody Warren sigue preocupándonos a mi cliente y a mí, y estoy segura de que a usted también —contestó Kate.

Chandler se quedó inmóvil por un instante, luego arqueó las cejas como si fueran antenas, advirtiendo que era una abogada con talento.

—Señorita Brooks, he leído sus mociones. ¿Libertad bajo fianza? ¿En serio? ¿En un cargo por asesinato?

—Sí, señoría. Mi cliente no tiene pasaporte, pero sí una familia y fuertes vínculos con esta comunidad. Es la primera vez que lo detienen y es un joven vulnerable…

—¿Quién dice que es vulnerable? —dijo Chandler interrumpiéndola.

—En mi opinión, dada su edad y su falta de experiencia con el sistema judicial, Andy Dubois es vulnerable.

—¿Va a testificar un psicólogo en el juicio?

—Si es necesario, sí, señoría —respondió Kate, con más aplomo del que esperaba.

—Pues hasta que lo haga, guárdese sus opiniones, *querida* —dijo el juez—. Me da igual lo que piense o lo que crea. No está aquí como testigo dando su opinión de experto: usted es abogada. No vuelva a hacer un comentario así en mi tribunal.

Kate notó la mirada de Harry, sus ojos amables. Era un hombre bueno, capaz de sacar el coraje de un león cuando quería. Sin tener que mirarlo, sabía que Harry le estaba diciendo con sus grandes ojos marrones que se tranquilizara.

Kate movió los dedos del pie dentro de sus zapatos de tacón bajo. Con fuerza. Era otro de los trucos de Eddie. Nadie te verá hacerlo, y ayuda a quitar los nervios y la ansiedad. A ella también le servía para aplacar la rabia. Soltó la mandíbula, agitó otra vez los dedos del pie y volvió al tema. La mejor manera de aplastar al juez era hacer un buen trabajo para su cliente.

—Como decía, señoría, mi cliente…

—Saldrá en libertad condicional —dijo Chandler, reclinándose en su silla con una mueca de satisfacción—. En cuanto pague la fianza de quinientos mil dólares, a depositar ante el tribunal antes de que salga por esta puerta. Es la cantidad más baja que puedo concebir por una acusación tan grave.

Ya puestos, podía haber dicho un millón, o diez. Andy no tenía ni cinco dólares. Kate asintió y miró a Harry, que sacó su teléfono y empezó a escribir.

—Su moción para suprimir la confesión queda denegada. El

acusado dirá que el sheriff lo atemorizó, que le mintió o lo que se le ocurra para retractarse. No me interesa. Señorita Brooks, cuéntele todo eso al jurado.

Dos mociones menos. La primera se la habían concedido, pero no tenían ninguna posibilidad de conseguir ese dinero. Kate tragó saliva y enderezó la espalda; se sentía mucho más segura sobre la moción de transferencia de tribunal y la de revelación inicial de pruebas. Sobre todo esta última. Con esa no podía perder.

—He leído su moción para trasladar el tribunal. Señor Korn, ¿qué tiene que decir al respecto? —preguntó el juez Chandler.

—Creo que la moción es redundante, señoría. ¿Puedo introducir este vídeo como prueba? —dijo, señalando a su ayudante—. El señor Wingfield grabó unas declaraciones realizadas esta misma mañana por el gobernador Patchett. ¿Sería posible verlo ante el tribunal?

Wingfield sacó un portátil, lo abrió, apretó varios botones y lo trasteó hasta que se abrió una pantalla con un vídeo en pausa, listo para reproducir. Otro ayudante acercó una mesa alta y la colocó delante del estrado para que el juez pudiera ver el vídeo. Wingfield dio al PLAY y volvió a tomar asiento.

El vídeo parecía detenido en medio de una rueda de prensa, a las puertas de una especie de fábrica.

«Y ya que estoy aquí, quiero aprovechar para asegurar al pueblo de Buckstown, y a toda la buena gente del condado de Sunville, que su fiscal no descansará hasta que se haga justicia con Skylar Edwards. Skylar era una joven muy popular en este pueblo, graduada con las mejores notas y reina del baile de fin de curso. Nos fue arrebatada mientras disfrutaba de su primer año en la universidad. Andy Dubois pagará por su crimen. Sé que hay muchos ciudadanos preocupados, asustados y enfadados por la ferocidad de este espantoso asesinato, y con razón. Lo único que puedo decir es que, de un modo u otro, se hará justicia…».

Kate no podía creer lo que acababa de oír. El gobernador había dicho que Andy Dubois era culpable, en la televisión y en una retransmisión en directo. Y estaba segura de que todos los periódicos, todos los noticiarios y las radios locales se harían eco de sus palabras durante uno o dos días como mínimo. Acababan de envenenar al jurado sin haberlo formado aún. Miró a Korn y descubrió aquel extraño conato de sonrisa en su cara.

Supuso que tal vez tenía algo que ver con las declaraciones del gobernador. Era una jugada astuta y despiadada y, en este tribunal, podía salirse con la suya perfectamente.

—Señorita Brooks, no apruebo las declaraciones del gobernador, pero estoy seguro de que bastará con indicar a los miembros del jurado que hagan caso omiso de cualquier declaración ante los medios. Creo que cualquier argumento que pueda tener sobre la parcialidad de los posibles jurados en Buckstown ahora se extiende a todo el estado. Y no vamos a trasladar este juicio a Nueva York, jovencita. Queda denegada la moción de transferencia de tribunal —dijo el juez.

—Señoría, me asombra lo oportuna que ha sido esta rueda de prensa. Parecería enormemente conveniente para el fiscal. Pido al tribunal que censure al gobernador y al fiscal y traslade este juicio al menos fuera del pueblo de la víctima.

—Denegada. Su moción para la revelación de pruebas iniciales es otra historia.

Kate notó un cosquilleo en el estómago.

Tenían pruebas de audio para conseguir que se aprobara esa moción. Pruebas que el fiscal no podía menospreciar, aunque tuviera a Chandler en el bolsillo. Fuera lo que fuera lo que había en las grabaciones de seguridad de la gasolinera, podía demostrar la inocencia de Andy, y si era capaz de convencer al juez de que el fiscal había ocultado esa prueba, no le quedaría otra elección que desestimar la acusación contra Andy. Era un momento clave. Kate notaba la presión y lo agradecía. Se había formado para momentos como este.

—Esta moción puede resolverse rápidamente —dijo el juez Chandler, volviéndose hacia Korn.

—Señor Korn, ¿tiene en su posesión su oficina, o la Oficina del Sheriff, grabaciones de alguna cámara de seguridad de la noche del 14 y del 15 de mayo?

Korn se levantó mientras contestaba:

—No, señoría.

—Pues nada, señorita Brooks, ahí tiene la respuesta. Moción dene...

—Un momento, señoría —dijo Kate, alzando la voz y reivindicando algo de autoridad—. Tengo una declaración jurada del señor Damien Green, empleado de la gasolinera, donde dice que la

Oficina del Sheriff cogió las grabaciones de seguridad de esa noche y se las llevó de su establecimiento en una memoria externa. También afirma que una vez copiadas, borraron las grabaciones de su ordenador. Creemos que el fiscal tiene pruebas exculpatorias que no está compartiendo con la defensa. Queremos esas pruebas o, de lo contrario, que este tribunal desestime los cargos contra nuestro cliente y sancione al fiscal. El señor Damien Green es un testigo independiente y su declaración jurada tiene un peso significativo ante cualquier tribunal.

Korn miró a su alrededor. Patricia Dubois estaba en la última fila del público. Kate apenas había tenido tiempo para hablar con ella y decirle que haría todo cuanto pudiera, pero que no albergara demasiadas esperanzas de que Andy volviese a casa. Korn alzó la voz para que la policía pasara a la sala e hizo a Patricia saltar en el asiento.

En ese momento las puertas traseras del juzgado se abrieron y entró el sheriff Lomax. Kate supuso que estaría escuchando lo que ocurría desde fuera, mientras esperaba la llamada de Korn, como un rottweiler listo para atacar en cuanto se le ordenara. Detrás de Lomax iba un agente con un detenido. Era un joven con camiseta rasgada. Tenía el ojo derecho amoratado y tan hinchado que apenas podía abrirlo. Iba esposado por delante. El agente tiró de las esposas para que avanzase y le hizo un gesto para que tomara asiento entre el público.

—Señoría, aquí tiene su siguiente caso. Puede que le sea de ayuda una breve explicación: este es el señor Damien Green, el mismo hombre que la señorita Brooks afirma ha prestado declaración jurada sobre las pruebas en vídeo. El señor Green está acusado de posesión y venta de sustancias ilegales; metanfetaminas, señoría. Tengo entendido que su intención es declararse culpable de los cargos.

Kate había visto jugadas sucias por parte de sus adversarios, pero nada como esto. Estaba segura de que habrían ido a por Green nada más ver su nombre en la declaración jurada. Korn había saboteado su moción. Aunque desde allí no se le veía demasiado bien, el chico tenía buen aspecto, estaba bien alimentado y limpio, aparte de la camiseta rasgada. Y llevaba al menos tres años trabajando en aquella gasolinera. Tampoco ganaba una fortuna en Circle K, y la mayoría de camellos y consumidores no duran mucho en un puesto de trabajo. Por lo poco que había tratado con él, le parecía un currito decente, que hacía turnos de nueve a nueve trabajando tanto como cualquiera para salir adelante honradamente. También era tímido. El sheriff debía de haberle pegado fuerte para dejarle el ojo así. Si tuviera que adivinar, diría que la droga había llegado a sus manos directa del maletero de Lomax.

—A mí no me parece demasiado fiable como testigo, ¿no cree, señorita Brooks? —dijo el juez.

—Señoría, solicito un breve descanso para hablar con el señor Green.

—¡No! No quiero hablar con ella. Se inventó una historia y ese hombre detrás de ella me dijo que tenía que firmarlo —gritó Green desde los bancos. Estaba mirando a Harry.

—Voy a ignorar este último comentario. Pero parece que no quiere hablar con usted, señorita Brooks —dijo Chandler.

Kate ya no estaba nerviosa, ni tampoco sentía presión alguna. Lo único que la mantenía en pie era su puño apretado a la espalda. Estaba tenso como una pelota, con las uñas clavadas en la piel. Korn la miró con una mueca de satisfacción en aquellos labios, finos como gusanos.

—Aquí las cosas cambian bastante rápido —dijo Kate.

—La moción de revelación obligatoria de pruebas queda denegada. La selección del jurado dará comienzo mañana por la mañana y, como es costumbre en mi sala, esperamos que tarde un día a lo sumo. Lo estoy deseando. Ah, y por favor, *háganmelo saber* si su cliente paga los quinientos mil dólares de fianza. La oficina cierra dentro de quince minutos. Y, recuerde, tiene que ser toda la fianza, y en efectivo. Se levanta la sesión.

—Espera con Andy en los calabozos. Diles que necesitas hablar con él. Así ganamos algo de tiempo. Yo voy a llamar a Eddie —dijo Harry, con el teléfono en la mano.

Kate cogió a Andy por el brazo para asegurarse de que el alguacil no intentara separarlos. No pensaba dejarlo solo con aquella gente. Damien Green se levantó, con el ojo que le quedaba sano lleno de miedo. Lo habían golpeado e inculpado por un delito que no había cometido solo por ayudarlos. Buckstown era un pueblo de mierda, y Kate estaba dispuesta a arrasarlo para salvar a Andy.

—¿Qué está pasando? —preguntó Andy.

—No pasa nada —dijo Kate—. Yo me quedo contigo. Vamos a la celda a hablar. Ya está. Todo irá bien. No dejaré que se te lleven.

Lomax sacó la porra de su cinturón y se acercó a Andy.

—Venga, de vuelta a la jaula —indicó.

Bloch aparcó delante de la oficina de la sucursal de National Bank en Buckstown, subió el aire acondicionado y cerró los ojos.

—¿Cansada? —le pregunté.

Levantó una mano, abrió los dedos e inclinó la palma de un lado a otro: *así así*.

—Yo estoy muerto —dije—. Harry ronca.

Bloch me ignoró y apoyó la cabeza en el asiento. Los expolicías tienen una habilidad asombrosa para echar una cabezadita cuando lo necesitan.

Mi teléfono vibró. Era un mensaje de Harry.

«Medio millón. En efectivo. Si no lo sacamos ahora, puede que el sheriff lo mate. Esta noche le meten a otro recluso en la celda».

Mierda. Marqué un número en mi teléfono y contestó al momento.

—Eddie, ¿qué tal va? —dijo Berlin.

—No muy bien. Ni rastro de Cody Warren. Necesito que pongas en marcha una búsqueda del móvil de la víctima. No estaba entre sus cosas cuando encontraron el cadáver.

—Warren ya me lo había pedido. Según la geolocalización, su teléfono se apagó o destruyó en la escena del crimen. No ha aparecido en ninguna antena de telefonía desde la noche del asesinato. ¿Qué más?

—El sheriff tiene a Andy en la cárcel del condado y está machacando al chico. Si no lo sacamos de ahí, se va a declarar culpable de un crimen que no cometió. Está acojonado, y no puedo ganar este caso mientras esté ahí dentro. Tengo que sacarlo, hablar con él, hacer que cuente la verdad. Si no sale, puede que lo maten a palos en cualquier momento.

—¿Cuánto?

—Tú siempre directo al grano. Medio millón. En efectivo.

—¿De fianza? Joder, ¿no podíais haberla rebajado un poco? Andy no ganará medio millón de dólares en toda su vida.

—No puedo salvar la vida de ese chico si lo matan en su celda. Si se presenta al juicio, que lo hará, tendrás tu dinero de vuelta. Pero vamos a contrarreloj. Estoy aparcado delante del National Bank de Buckstown. Necesito que me lo transfieras ahora.

—Necesito un poco más de tiempo.

—AHORA. Puede que el chaval no sobreviva a esta noche. Esta gente lo matará de una paliza o lo ahorcarán en su celda.

—¡Maldita sea! Vale, pero asegúrate de que no se salta la condicional. Es tu responsabilidad. Si se escapa, me debes quinientos de los grandes.

—Trato hecho.

—Vale. Entra en el banco y métete en una cuenta a nombre de Forbes. Te voy a autorizar. Tenemos cuentas para operativos. El Departamento del Tesoro tardará veinticuatro horas en darse cuenta, pero para entonces habré conseguido mover algo de dinero de otros sitios para cubrirlo. Tú sácalo, y ya.

Colgó.

Bloch abrió los ojos.

—Vamos a ello —dije.

La sucursal del National Bank de Buckstown era una oficina de mármol y vidrio con dos cajas y mucha seguridad. Bloch trajo una bolsa de cuero vacía del coche. Había dejado el contenido en el maletero: una escopeta, un chaleco antibalas y munición.

La bolsa apestaba a pólvora.

La cajera hizo sus comprobaciones en el ordenador, sacó una copia de mi carnet de identidad y fue a hablar con el director. Luego volvió y dijo:

—Señor Flynn, ha sido autorizado para sacar quinientos mil dólares. Podríamos tenerlo para la semana que viene.

—¿La semana que viene? No, lo necesito ahora.

—Lo siento, no contamos con esa cantidad en la caja fuerte. Hoy solo podría darle ciento veinticinco mil en efectivo, es todo lo que tenemos.

—¿Y hay alguna sucursal cerca donde tengan más dinero?

—El banco más cercano está en Mobile. A una hora y media con este tráfico.

El teléfono sonó en mi bolsillo. Era Harry.

—Eddie, necesitamos el dinero ya. La oficina cierra en quince minutos. Intentaré distraer a la empleada, pero tienes que venir lo antes posible. No sé si voy a poder convencerla de que siga abierta mucho más.

—¿Tiene que ser en efectivo? ¿Han especificado que sea en metálico?

—Sí, el juzgado no acepta cheques bancarios ni bonos. Únicamente efectivo. ¿Lo tienes?

—Lo máximo que puedo conseguir son ciento veinticinco mil.

Harry suspiró.

—Lomax ya está columpiando la porra. Kate ha bajado con Andy a los calabozos hasta que paguemos la fianza, pero si no lo sacamos, a ese chico le va a caer la paliza de su vida por hablar con nosotros. A saber si mañana seguirá vivo.

¿Qué demonios iba a hacer? Me faltaban trescientos setenta y cinco mil dólares.

—Harry, ¿en esa oficina tienen máquina para contar el dinero?

—Estás en Buckstown, Alabama —contestó—. La máquina es una divorciada de sesenta y un años llamada Agatha que trabaja aquí y me ha echado el ojo.

—Bloch, ¿alguna vez has visto a los Harlem Globetrotters? —pregunté.

Bloch arqueó mucho una ceja.

—Da igual —dije—. Ya te acostumbrarás. —Volví a llevarme el teléfono al oído—. Harry, ¿alguna vez has visto a los Harlem Globetrotters?

—Dos. ¿Vamos a dejar el juicio para ponernos a jugar al baloncesto?

—Qué va, ya tengo jugador. Solo necesito que tú pites.

26
EDDIE

Harry Ford es uno de los hombres más encantadores del planeta. Creo que es por su voz. Suena como la miel deslizándose en un barril. Es atractivo para su avanzada edad, y gracioso, sin llegar a ser grosero. Para algunas mujeres mayores resulta irresistible. Eso sí, las tres exseñoras de Ford eran prueba fehaciente de que sus encantos tampoco son eternos. Sin embargo, cuando Bloch y yo llegamos a la oficina del juzgado, Agatha, la encargada de cobrar las fianzas, iba camino de convertirse en la cuarta.

Se acababa de divorciar, tenía un pelazo gris peinado con esmero y lucía un suéter abotonado sobre una blusa bien planchada, y pantalones grises. Estaba sentada a su mesa en la pequeña oficina del piso superior del edificio, riéndose con las bromas de Harry. Él estaba sentado sobre la mesa, mientras Agatha contemplaba sus ojos marrones como si fueran de caramelo.

—Agatha, le presento a mis compañeros, el señor Flynn y la señorita Bloch —dijo Harry, levantándose de la mesa al vernos entrar.

A Bloch no le gustaban los títulos. Ella era Bloch. Ni señorita Bloch ni doña Bloch, Bloch a secas. Harry lo sabía perfectamente, pero ahora estaba centrado en mantener a Agatha engatusada. Se disculpó moviendo los labios sin llegar a decir «perdón» en alto y ella le contestó con una mirada de odio fugaz que se transformó en una amplia sonrisa para Agatha.

Agatha señaló la maleta que Bloch llevaba esposada a la muñeca y dijo:

—¿Es el dinero de la fianza?

—Y tanto —dije—. Medio millón en efectivo.

—Pues pasa, pasa, cielo. Tendré que contarlo. Ponlo aquí, si no te importa —dijo Agatha.

—No hay problema —dije—. Pero Bloch tendrá que quedarse aquí con el dinero hasta que lo hayamos entregado. Protocolos de seguridad, ya sabe...

—Por supuesto —dijo ella.

Harry se inclinó hacia Agatha y le susurró algo al oído que despertó una risilla pícara.

Bloch dejó la bolsa sobre la mesa, la abrió, sacó un fajo de billetes unidos por una goma y lo dejó a la derecha de la bolsa, delante de Agatha. Yo me coloqué a la derecha de Agatha. Harry se puso detrás de los dos.

Agatha quitó la goma y empezó a contar los billetes por una esquina del fajo, moviendo los labios en un suave susurro mientras lo hacía. Había quinientos billetes de cien dólares, pero sus dedos se movían a toda velocidad y lo contó todo en menos de dos minutos.

—Cincuenta mil —dijo. Volvió a colocar las gomas alrededor del fajo y lo dejó a su derecha, delante de mí, mientras Bloch le entregaba otro.

Harry empezó a silbar.

—Conozco esa melodía —dijo Agatha mientras contaba—. Es Sweet Georgia Brown. ¿No había un equipo de baloncesto que jugaba con esa canción siempre?

—¿Los Harlem Globetrotters? —contestó Harry.

—Esos. Me encanta esa canción —dijo ella.

Agatha contaba como una cajera experta. Era rápida y precisa. En cierto momento, sus dedos cogieron dos billetes a la vez, así que se mojó el pulgar con la lengua y empezó de nuevo desde el principio del fajo.

Para cuando terminó, había diez montones de billetes sobre el mostrador. Cada uno mediría unos cinco centímetros.

—Quinientos mil, justos —dijo Agatha.

—¿Me podría dar un recibo? —pregunté.

—¡Claro que sí! —contestó.

Bloch quitó las esposas de la bolsa, los metió dentro y cerró la cremallera.

Agatha hizo una llamada para decir que trajeran a Dubois a la oficina. Preparó un recibo por valor de medio millón de dólares, lo firmó, le puso el sello de los Juzgados del Condado de Sunville, y me lo entregó.

—Gracias —dije, guardando el recibo en mi cartera.

Agatha había contado bien el dinero. Y había contado quinientos mil dólares. Diez fajos de cincuenta mil. Quinientos billetes de cien dólares en cada fajo que había revisado.

Pero yo sabía que sobre aquella mesa solo había ciento diez mil dólares.

Porque Agatha había estado contando los mismos fajos.

Todos los billetes de dólar, sean de la cantidad que sean, pesan exactamente un gramo. Un billete de cien pesa lo mismo que uno de un dólar. Y todos los billetes emitidos en Estados Unidos tienen el mismo tamaño: 15,6 cm de largo por 6,6 cm de ancho. Si pones varios billetes de cincuenta en la parte superior e inferior de cada fajo de un dólar, es imposible diferenciarlos.

Cuando Agatha terminó de contar el primer fajo de cincuenta mil, Bloch le entregó el segundo, que también tenía cincuenta mil dólares exactos. Y entonces, mientras ella estaba inclinada sobre la mesa, contando con su dedal de goma, Bloch sacó de la bolsa un fajo de billetes de uno y de diez con billetes de cincuenta encima, estiró el brazo con cautela por detrás de la espalda de Agatha y me lo dio. Yo lo cogí con la mano derecha, por detrás de mi espalda, y lo cambié por el fajo bueno. A continuación pasaba el fajo con cincuenta mil dólares por detrás de mi espalda, por detrás de la espalda de Agatha, y de vuelta a Bloch. Ella lo metía en la bolsa con su mano izquierda para sacarlo y entregárselo a Agatha en cuanto estuviera lista para contar otro fajo, sin saber que ese ya lo había contado. Si Harry dejaba de silbar, significaría que Agatha no estaba contando y se podía dar cuenta de que le estábamos dando el cambiazo. Mientras él silbara, todo iba bien. Y así estuvimos un buen rato, pasándonos fajos por la espalda, con Agatha en medio, igual que Hallie Bryant y Willie Gardner de los Globetrotters, mientras Harry entonaba su canción. Por fin Agatha metió los diez fajos en la caja fuerte, cerró la puerta y giró la rueda.

—Pues nada, ya está. Buena suerte, Harry. Nos veremos, ¿no? —dijo Agatha.

—Claro, en cuanto acabe todo esto, quedamos para cenar —contestó él.

Dejamos a Agatha en su despacho y bajamos con la orden de libertad condicional.

—Eddie, si me vuelvo a casar, es a mí a quien vas a deber quinientos de los grandes —dijo Harry.

—Descuida —dije—. Los tendrás.

27
EDDIE

La imagen de Andy Dubois tambaleándose al subir las escaleras del calabozo me hizo un nudo de odio en el estómago. Estaba tan delgado y débil que Bloch prácticamente debía llevarlo a cuestas. Tenía llagas en los tobillos, los codos y las manos por la fricción contra el suelo de hormigón.

Cuando Patricia lo vio de cerca, la desbordó la emoción. La mezcla de alegría por tener a su hijo entre sus brazos y verlo tan enfermo y demacrado la hicieron derrumbarse en gemidos de dolor y alivio.

—¿Cómo estás tan flaco? ¿No te daban de comer ahí dentro? —preguntó.

—No me gustaba nada la comida. Había algo que cortaba en el puré de patatas. Me hice un tajo en la lengua y sangré por detrás —dijo.

Patricia entornó los ojos, confundida. Yo sabía exactamente a qué se refería, pero no iba a explicárselo. Los agentes de la Oficina del Sheriff le habían metido trozos de cristal en la comida. Claro que no comía.

Abrazó a su hijo y lo ayudó a ir hacia la puerta de los juzgados. Harry esperaba en el coche, para llevarlos a casa. Kate no estaba con él.

Al ver que me acercaba, bajó la ventanilla.

—¿Y Kate?

—Ha ido a recoger algo del hotel.

Habían tardado en procesar la orden de libertad bajo fianza de Andy, rellenando los impresos y devolviéndole sus pertenencias. Mientras abría la puerta del SUV, vi a Kate aparecer por la esquina con un paquete de papel marrón en las manos. El Chanterelle estaba a diez minutos andando de los juzgados. Entregó el paquete a

Harry, que le dio las gracias y lo metió en la guantera. Bloch y yo iríamos andando a coger mi Prius de alquiler y nos encontraríamos con ellos en casa de Patricia.

Patricia tuvo que subir a Andy en el asiento de atrás. Apenas había recorrido quinientos metros y ya se encontraba empapado de sudor. Y no era por el sol. Él estaba acostumbrado al calor. Era por el esfuerzo de mover un cuerpo que no tenía gasolina en el depósito.

Bloch siguió a Harry por las calles traseras del pueblo hasta la carretera y nos metimos por los caminos de tierra que avanzaban entre viviendas fantasmagóricas a las afueras de Buckstown.

Llegamos a casa de Patricia cuando el sol empezaba a ocultarse detrás de los árboles altos que la rodeaban. No nos encontramos comitivas de bienvenida de la policía ni de tarugos nacionalistas blancos. Por ahora, Andy podría comer algo y descansar.

Madre e hijo entraron acompañados por Bloch. Yo me bajé del coche y fui a hablar con Harry y Kate. Ella estaba fuera del SUV, tomando un poco el aire. Harry seguía en el asiento del conductor, con la ventanilla bajada.

—¿Qué hay en ese paquete marrón? —pregunté.

—No quieras saberlo —dijo Kate.

—Pues ahora sí quiero saberlo. ¿Cómo es que has tenido que ir a buscarlo tú?

—Porque Harry no está registrado en el hotel. Necesitaba dar un nombre que estuviera registrado al servicio de mensajería.

—¿Qué está pasando, Harry? —pregunté.

Se inclinó hacia la guantera, sacó el paquete y lo abrió. Dentro había una caja artesanal de madera de palisandro, del tamaño del *New York Times* doblado. Levantó la tapa y dentro había una Colt 1911 y un cargador metidos en espuma.

—Esta mañana llamé a Denise y le pedí que me enviara esto urgentemente —dijo Harry.

—La llamaste después de ver el sitio donde encontraron el cuerpo de Skylar, ¿verdad?

Harry no contestó. Volvía a tener esa mirada, la misma expresión que esa mañana.

—Te ha puesto nervioso.

—Es mi arma de servicio —dijo Harry—. Tiene más años que tú, pero también es más fiable. Me siento mejor llevándola encima. Esta pistola y yo vivimos cosas duras en la jungla.

Cerró los ojos, sacó la pistola de la caja, metió el cargador y deslizó la corredera hacia atrás. En cuanto oyó cómo la bala se metía suavemente en la cámara, sus hombros se relajaron, espiró y abrió los ojos muy despacio.

—¿Hace cuánto que no la usas? —le pregunté.

—Mucho. Pero no lo suficiente.

—Harry, quizá deberías volver a Nueva York. Pasar de este caso —dije.

—¿Crees que soy demasiado viejo?

—No; *sé* que eres demasiado viejo, pero ese no es el problema. No es una crítica, en serio, pero hay casos que se te meten bajo la piel y se quedan incrustados ahí. Lo sabes mejor que yo. Veo lo mucho que te está afectando este y…

—Te equivocas. No es el caso lo que me preocupa. Tengo miedo. Y tú también deberías tenerlo. Todos vosotros. El hombre que mató a Skylar Edwards quería mandar un mensaje.

—¿Qué mensaje?

Mientras hablaba, sus ojos parecían estar muy lejos de allí, y el sudor recubría su cara, cayéndole hasta los labios.

—En el capítulo 12 del Apocalipsis, la mujer sobrevive a su encuentro con el diablo, que es expulsado, y entonces se desata la guerra en los cielos. En el capítulo 15, Dios pone fin a la guerra desatando a siete ángeles con siete plagas sobre la tierra. La muerte de Skylar Edwards no es el final de nada. Es solo el principio.

Por un momento, Kate y yo nos quedamos en silencio. Ella tamborileó con sus dedos sobre el capó del SUV con un ritmo nervioso, luego bajó la mano y la puso sobre el hombro de Harry.

—Harry, esto es obra de un loco. Vamos a encontrar a quien mató a Skylar y nos aseguraremos de que lo encierran.

—Por supuesto que sí —dijo él—. Y mientras tanto yo tendré el arma bien cerquita y rezaré por no tener que utilizarla. Me quedo aquí, en el coche. Voy a ponerme un poco más cerca del comienzo del camino, para ver la carretera. Vosotros entrad —añadió Harry.

—Iba a decirle a Bloch que vigilara —contesté.

—Bloch tiene que ponerse con Korn y buscar pistas sobre Cody Warren —indicó Harry.

—De acuerdo —respondí—. Pues entonces…

—Quédate aquí —dijo Kate—. Yo dormiré en el hotel con Bloch y me encargaré de la selección del jurado. Debes hablar con Andy. Aún tenemos muchas preguntas sin respuesta.

—Cuando estabais en los calabozos, ¿le preguntaste sobre los arañazos que tenía en la espalda y le dijiste que encontraron sangre suya bajo las uñas de la víctima?

—Sí —contestó Kate, mirando al suelo.

—¿Y qué dijo? ¿Te dio una explicación plausible?

—No me dio ninguna explicación. Simplemente negó con la cabeza y dijo que no sabía.

—Esto cada vez se pone mejor —dijo Harry.

Kate y Bloch se fueron en el Prius. Harry cambió de lugar el SUV por el camino de tierra que llevaba hasta la casa de Patricia. Yo me quedé en la sala de estar viendo a Patricia y Andy abrazados mientras miraban viejas fotografías.

Tenía muchas preguntas que hacer, pero en ese momento no podía. Andy estaba exhausto, y tan débil que me bastaba verlo junto a su madre. Había pasado meses metido en una celda, recibiendo palizas y agresiones, así que me parecía mejor que se recuperara un poco antes de empezar a hablar de la pesadilla de la que acababa de despertar.

Cenó medio sándwich de mantequilla de cacahuete y gelatina con un vaso de leche y se fue directo a su habitación. No tardó en caer profundamente dormido en su cama. Yo me comí la otra mitad del sándwich, a pesar de que Patricia insistía en hacerme un poco de pollo. La notaba más desenvuelta. Seguía teniendo el tobillo hinchado, pero no estaba dispuesta a que el dolor la detuviera, ni que la idea del juicio inminente le amargara la noche. Su hijo estaba en casa y nada podría borrarle la sonrisa.

Sin embargo, yo tenía una misión. Necesitaba averiguar algo de inmediato porque, a falta de respuestas, estábamos haciendo el paripé en vez de armar los argumentos de la defensa. No podía preguntárselo a Andy, así que pensé que tampoco haría daño intentarlo con Patricia.

—Andy le dijo a Kate que no sabe cómo se hizo esos arañazos en la espalda. También le dijo que no sabía cómo pudo llegar su ADN a las uñas de Skylar. No quiero fastidiarle este momento, Patricia. Tener a su hijo en casa es un milagro, pero yo quiero asegurarme de que siga aquí. ¿Se le ocurre algo? ¿Cualquier cosa que pueda ayudarnos?

—Hablaré con él, pero mi Andy no miente. Si dice que no lo sabe, es porque no lo sabe. Siempre dice la verdad.

Le di las gracias, y me dijo que se iba a la cama y que no hacía falta que me quedara. Que estarían bien.

—Si no le importa, esta noche prefiero estar aquí. Por mi propia tranquilidad. No quiero obligarla. Puedo dormir en el coche, con Harry —dije.

—El sofá es más cómodo. Voy a buscarle unas mantas. Ah, señor Flynn…

—Eddie, por favor.

—Eddie —dijo, tanteando el nombre—. Gracias por traer a mi hijo a casa.

—Un placer —contesté.

No había sido fácil sacar a Andy. Conseguir que no terminara en el corredor de la muerte sería otra historia. Y cada vez estaba más convencido de que no acabaría bien.

Patricia me preparó el sofá y se retiró.

Estaba cansado, pero hacía demasiado calor para dormir. Me preparé un té y salí al pequeño porche para pensar en lo sucedido. Los árboles frondosos y gruesos estaban poblados de ruido y un tenue olor a podrido me llegó con la brisa suave y cálida. Me quité la corbata, me desabroché la camisa y me entretuve mirándolos. Era casi la una. Sabía que debería ir a relevar a Harry pronto, pero no me daba buena espina dejar a Patricia y Andy solos en la casa.

Cuando estaba en lugares como este, echaba de menos Nueva York. Yo me crie en Brooklyn, rodeado de tráfico, chavales de barrio, crimen, música y largas tardes de risas, entrando y saliendo en salones de barberos y cafeterías. Si me metes en un callejón oscuro con tres matones, no tengo miedo. No tanto como ahora. No me gustaba estar lejos de las luces de la ciudad, a oscuras con los animales, las serpientes, las arañas, los insectos, y Dios sabe qué más, deslizándose y correteando a mi alrededor, haciendo demasiado ruido.

Me dejé caer en la mecedora de Patricia y empecé a beberme el té.

Cuando volví a abrir los ojos, el hielo se había derretido. Me había quedado dormido.

Estaba tan oscuro que no veía más de unos metros más allá de los densos árboles que rodeaban la casa. El SUV estaba aparcado a la entrada del camino de tierra. No sabía si podría verlo, aunque tuviera las luces encendidas.

Dejé el vaso, me levanté y estiré la espalda. En ese momento oí algo. Un ruido inconfundible: un portazo de coche.

Saqué mi teléfono y llamé al móvil de Harry. Tal vez se había bajado un momento del SUV para hacer pis entre los árboles. O tal vez no. El teléfono sonó y sonó.

Harry no contestaba.

Fuera el que fuera el oscuro motivo detrás del asesinato de Skylar Edwards, no creía que pudiera tener que ver con una teoría bíblica sobre plagas. Harry era mucho mayor que yo y, la verdad, mucho más listo, pero se había criado en la fe y nunca lo abandonaba del todo.

Me dije que Harry estaba bien. Aquel portazo no era más que imaginaciones mías. Probablemente estaba dormido. Ese hombre podía dormir en cualquier sitio.

Estaba perfectamente. Seguro que sí.

O no.

Volví a llamarlo. No contestaba.

Salté por encima de la barandilla del porche y eché a correr hacia el camino de tierra.

28
EL PASTOR

—¿Es usted de por aquí? —preguntó el Pastor.

Francis Edwards miraba por la ventanilla del copiloto de la ranchera Ford hacia los árboles desdibujados a un lado de la carretera, que se veían fantasmagóricos bajo la luz de la luna.

—Me crie en Gold River —contestó, sin emoción.

—Lo conozco. No está lejos. Creo recordar que tienen un buen equipo de fútbol —dijo el Pastor—. ¿Jugaba usted?

—¿Yo? Claro. En mis tiempos era fuerte y rápido. Eso era lo único que se podía hacer en Gold River. Jugar al fútbol y perseguir a las chavalas.

Su mandíbula quedó muerta al decir esto último.

—Hábleme de Skylar —dijo el Pastor—. Viene bien soltarlo de vez en cuando. Estamos usted y yo solos. No se lo contaré a nadie.

—Lo sé. Confío en usted, por el trabajo que tiene y todo eso.

El Pastor asintió sin quitar los ojos de la carretera. No había farolas, únicamente el asfalto que atravesaba el bosque vaporoso. Solo veía hasta donde iluminaban las luces de cruce, así que conducía despacio. El coche no era suyo, y eso le hacía ir con cuidado, más aún con lo que llevaba dentro. No podía permitirse que lo registraran si había un accidente.

Él era un hombre paciente, pero empezaba a cansarse de que Francis esquivara sus preguntas, por difíciles que fueran, por mucho que dolieran.

—El dolor es real, Francis. Yo lo veo como un gas. Si deja que le llene las entrañas y no permite que salga, al final estallará y no será bonito.

Asintiendo y sonriendo, Francis dijo:

—Ya. Skylar… lo era todo para mí. Todo lo que he hecho en la vida, desde el día en que nació, ha sido por ella y por Esther. Siempre supe que no era lo bastante bueno como para hacerme jugador de fútbol profesional. Lo supe muy pronto. Pero tampoco se me daban bien los estudios. Así que era trabajar en la planta química o llevar un tractor, como mi padre. Y, créame, cuando uno crece en una granja, lo último que quiere ser es granjero.

El Pastor asintió. La granja en la que él se crio cultivaba algodón y dolor. Aún lucía cicatrices en la espalda que daban fe de ello.

—No, señor, yo no estaba hecho para ser agricultor. Me gustaba conducir, así que me hice camionero. No es mala vida; la carretera, la radio, los CD, toda la comida basura que quieras. Me gustaba conducir el camión, pero cuando miro atrás estos últimos meses, ahora me arrepiento.

—¿Se arrepiente de haberse hecho camionero?

—Más que nada en el mundo —contestó—. Eso me alejó de mi familia. A veces no la veía en dos semanas. Daría cualquier cosa por cambiarlo. Por poder volver y recuperar todo ese tiempo. Un día Skylar me mordisqueaba el dedo porque estaba echando los dientes y, al día siguiente, se estaba graduando como la mejor de su clase. Y reina del baile de graduación, ¿qué le parece?

—Debía de estar muy orgulloso de ella —dijo el Pastor.

Francis empezó a hablar, pero de pronto se tapó la boca con la mano. Tragó algo. Algo grande y duro, y pestañeó rápidamente. No quería llorar delante del Pastor. Los hombres como Francis lloran, por supuesto, pero lo último que quieren es hacerlo delante de otro hombre. Eso estaría mal. Sería vergonzoso.

—Estaba tan orgulloso de Skylar, pero para serle sincero, yo… no la conocía. Llegan a una edad en la que dejan de hablar contigo. Y yo no pasaba suficiente tiempo en casa como para darme cuenta. Era una buena chica, lista y buena. Y a ese chico, Andy, lo trataba bien. Que Dios me ayude, ojalá estuviera muerto él y que nunca hubiera conocido a mi niña.

El Pastor lo miró fijamente, apartando los ojos de la carretera, y no quitó la vista del rostro de Francis hasta que vio caer la primera lágrima. Entonces volvió a centrarse en el camino, aquella carretera recta y oscura que les adentraba más y más en el bosque y las marismas de Alabama, con los carriles cada vez más estrechos y los árboles cada vez más altos y frondosos a su alrededor.

—Perdone —dijo Francis, limpiándose la nariz con la muñeca y sorbiéndose.

—No se preocupe. Hace falta ser un hombre de verdad para llorar. No lo olvide. ¿Sabe por qué?

—No.

—Porque hace falta ser un hombre de verdad para querer tanto. Porque eso es lo que nos hace llorar, Francis. El amor. Nunca se avergüence de querer.

—Nunca lo había visto así.

El Pastor asintió y dijo:

—Si no le importa, voy a salirme por aquí y me meteré entre los árboles. Habrá baches, pero no se preocupe. Así me aseguro de que no se duerme.

—Dijo que quería dar un paseo y hablar, pero ¿vamos a algún sitio concreto? —preguntó Francis.

—Lo verá en unos minutos.

Se quedaron callados. La ranchera tenía un chasis elevado y neumáticos todoterreno, de modo que el tramo campo a través no fue tan incómodo como aventuraba el Pastor. La compró en internet y había puesto los papeles a nombre de un carnet falso, lo cual hacía que la matrícula y el vehículo fueran casi imposibles de rastrear.

Al acercarse a una frondosa arboleda, el Pastor apagó las luces. Por unos instantes quedaron a ciegas mientras avanzaban muy despacio, pero los ojos del Pastor se hicieron rápidamente a la luz de la luna. Redujo la velocidad y detuvo el vehículo. Apagó el motor.

—Buenos guantes de conducir —dijo Francis, mirando las manos del Pastor sobre el volante.

—No son guantes de conducir. Por favor, bájese, cierre la puerta con cuidado y acompáñeme.

Los dos se bajaron, procurando no hacer ruido al cerrar las puertas. El Pastor señaló con la cabeza hacia los árboles, que estaban a poco más de cinco metros de la ranchera, e hizo un gesto a Francis para que lo siguiera.

—¿Dónde estamos...? —preguntó Francis, pero el Pastor lo interrumpió llevándose un dedo a los labios.

Avanzaron despacio a través de los árboles. La tierra estaba blanda y húmeda por el musgo estival. Cada pisada levantaba un olor dulzón a podredumbre que el Pastor inhalaba con fuerza. Aquel olor era parte de su infancia. Una vez al mes, en plena noche, se refugiaba en un bosque cercano a la granja. Tenía la intención de construirse una casa en un árbol y vivir allí. Siempre lo cogían al día siguiente, porque su padre era un rastreador experto, entre otras cosas. Por mucho que intentara borrar su rastro, por muy recóndito que fuera su escondite, siempre acababa oyendo la voz de su padre mientras pisaba las ramas y las hojas del lecho del bosque. Y entonces lo oía citar las Escrituras. Eso era lo peor. Meterse en un tronco hueco, rodeado de ciempiés, arañas y bichos, escuchando a su padre hablar de la perdición, de padres dispuestos a sacrificar a sus hijos para apaciguar la voluntad de Dios en el Antiguo Testamento. Y esperar. Esperar hasta ese inevitable momento en que sentía la enorme mano de su padre agarrando su tobillo para sacarlo de su escondite, su lugar seguro. Aquellos agujeros oscuros y húmedos siempre eran mejor que su casa.

El Pastor paró, se volvió y estiró una mano hacia Francis, invitándolo a acercarse y mirar. Delante de ellos había una caída abrupta de unos diez metros, donde solo se veían rocas, árboles muertos y un camino abajo del todo.

—¿Ve aquella casa, a lo lejos? —dijo el Pastor.

Francis asintió.

—Es la casa de Andy Dubois. Ahora mismo está ahí dentro, durmiendo a pierna suelta. Sabe que ha salido en libertad bajo fianza, ¿verdad?

—Me he enterado, sí —contestó Francis.

—¿Y cómo le hace sentir? El chico que mató a su niña está ahora mismo en su casa, metido en su cama después de atiborrarse de pollo y pan de maíz. Dígame, ¿está bien eso?

—No, claro que no. Deberían darle la inyección, o mejor, mandarlo a la silla. Ojalá me dieran diez minutos a solas con él en una habitación.

El Pastor asintió, y siguió:

—¿Y qué le haría? Dígame.

—Le haría sufrir —dijo Francis.

—Bueno, pues vuelva a mirar la casa. ¿Ve el comienzo de un camino de tierra? Sígalo hacia la derecha. ¿Ve ese SUV?

—Sí, pero mal. No tiene las luces puestas.

—En ese Chevrolet está uno de los abogados que representa a Andy Dubois. Piénselo. Quieren dejarlo libre. No puedo permitir que eso ocurra.

—¿Y qué puede hacer usted?

—Venga y fíjese —dijo.

El Pastor fue hacia su izquierda, donde la caída del terreno no era tan empinada, y bajó sigilosamente hacia el SUV. Francis lo siguió, aunque a cierta distancia. El Pastor salió de entre los árboles que había detrás del vehículo y esperó a Francis. Le hizo un gesto para que aguardara allí, junto al camino, a unos diez metros del coche. Los siguientes minutos serían cruciales. Este era el punto de inflexión. Una vez diera este paso, no habría vuelta atrás. Creía saber cómo reaccionaría Francis. Esperaba estar en lo cierto. Si se equivocaba y Francis reaccionaba mal, tal vez tendría que matarlo. Y eso sería decepcionante.

El Pastor volvió a centrarse en el SUV. Solo había una persona dentro. Un hombre, en el asiento del conductor. Lo único que se veía era la parte trasera de su cabeza, y su pelo cano. Tenía la barbilla apoyada en el pecho, como si se hubiera quedado dormido.

Era casi demasiado fácil.

Sacó una navaja del bolsillo trasero, la abrió. El mango de marfil siempre se le resbalaba, sobre todo cuando llevaba guantes. No era una navaja para cortar. Estaba diseñada para algo muy distinto y especial. Tenía la punta de acero endurecido, increíblemente afilada y resistente. La ligera curva de la hoja no alteraba su fuerza. Era un arma fabricada para apuñalar. Y hacía muchos años, cuando era un primer prototipo de la navaja automática, se usaba justo para eso. Tenía una flor grabada en la base de la empuñadura, una camelia blanca. Perteneció a uno de los fundadores del grupo, y nada más verla, el Pastor supo que tenía que ser suya. Supuestamente era el arma con la que habían asesinado a un integrante del gobierno de Luisiana que se oponía a la esclavitud. Se la compró por varios miles de dólares a un vendedor discreto que también vendía objetos nazis y del Ku Klux Klan. Como todos los artículos de ese tipo, era difícil demostrar su origen. Pero en cuanto la tuvo en sus manos, el Pastor supo que era auténtica. De algún modo sintió que la sangre había lamido aquel filo.

El Pastor se arrodilló a escuchar junto a la puerta del conductor del SUV. Se cercioró de que no había nadie más cerca y puso la mano en el mango de la puerta, preparándose para abrirla.

Francis lo observaba con los puños apretados, los labios tensos sobre los dientes y los ojos entornados.

El Pastor sonrió. Francis estaba lleno de rabia. Una rabia pura que solo puede salir de un padre que ha perdido a un hijo.

Tenía que actuar rápido. Con un movimiento ágil, abrió la puerta del SUV, se levantó y giró el cuerpo. El trabajo en el campo cuando era joven le había hecho fuerte. Y luego había ganado mucha potencia en el gimnasio. Y todo ello lo puso en práctica en un movimiento explosivo, balanceando el brazo, usando los hombros y el tronco. Un escorzo y un estallido de sus músculos. Como un púgil profesional que se levanta después de agacharse, y se lanza en un golpe cruzado. Rompiéndose en un movimiento. Medio segundo después de abrir la puerta, arremetió.

La navaja dio en el punto exacto en el cuello del viejo. El filo desapareció entre la carne y el hueso, clavándose hasta la empuñadura.

Entonces vio la expresión de Francis. No había tiempo que perder.

El Pastor le hizo un gesto para que se acercara.

Se quedaron unos segundos allí, en pie, mirando al viejo muerto en el asiento del conductor con la navaja clavada a un lado de la cabeza.

—Esta noche nos hacemos hermanos, Francis. Ya no hay vuelta atrás. Lucharemos hasta la muerte por ti, y esperamos lo mismo a cambio. Júramelo.

Con el rostro empapado de sudor y la respiración acelerada por la adrenalina que circulaba por su cuerpo cual gasolina caliente, alzó una mano y dijo:

—Lo juro.

—Bien. Muy bien. Ahora, échame una mano con una cosa que tengo en la ranchera —dijo el Pastor mientras cerraba la puerta del conductor.

29
EDDIE

Correr a toda velocidad con cuarenta y tres grados y ochenta y nueve por ciento de humedad es como nadar en una sopa caliente. El aire parece distinto. Es demasiado cálido y húmedo. Al coger el camino de tierra, apreté. La casa de Patricia se encontraba al pie de una pendiente. El camino estaba embarrado y la cuesta era muy pronunciada. En coche no era difícil subirla, pero con zapatos de suela de cuero, resbalaba mucho.

Vi el perfil del SUV en lo alto de la ladera. Era una forma más oscura y marcada sobre el negro grisáceo del camino de tierra. Busqué la cabeza de Harry por encima del asiento de conductor, y al principio no comprendí lo que estaba viendo.

Luego advertí que tenía la cabeza caída hacia un lado. Tal vez estaba durmiendo.

O tal vez no.

Un pensamiento me vino sin querer. En mi mente empezaron a repetirse tres palabras. «Otra vez no. Otra vez no…».

Y al instante, mientras mi cuerpo luchaba desesperadamente con aquel camino enfangado en medio de Alabama, mi cabeza se fue a un pasillo de hospital cuando aún iba al instituto. Mi padre se estaba muriendo. Aquel día llevaba once horas agarrado a su mano. Mi madre me había dicho no sé cuántas veces que me tomara un descanso, pero yo no quería. No quería dejarlo. No quería que muriera sin estar allí, tomándolo de la mano. Él durmió gran parte del día. Un cáncer poco habitual había acabado prácticamente con él. Aquel día apenas se mantuvo despierto veinte minutos. Se encontraba demasiado débil para hablar, así que vio un poco de *Starsky y Hutch* en la televisión portátil de la habitación. Siempre le gustó esa serie, en especial el coche. Era un Ford Gran Torino de 1976, rojo vivo, con una raya blanca y motor Windsor V8 sobre unos neumáticos muy gruesos y llantas de quince pulgadas de aluminio ranuradas.

Cuando terminó el capítulo y empezaron los créditos, mi madre me pidió que fuese a buscarle un refresco de la máquina del pasillo. Solté la mano de mi padre, cogí algo de cambio de su bolso y salí de la habitación. Al caer la lata de mosto en el cajón de la máquina dispensadora, noté una mano sobre mi hombro. Era mi madre. Iba a preguntarle qué hacía, que no debería dejar a papá solo. Pero no dije nada. Por su mirada supe que se había ido. Y que había muerto en esos instantes tras una agonía angustiosa. Mi madre lo intuyó y por eso me mandó a hacer un recado. No quería que lo viera. Ahora lo sé, pero en ese momento sentí que lo había abandonado. No estaba allí cuando murió, y esa idea me obsesionó durante mucho tiempo. Aquella noche, en el pasillo, mi madre me dio la medalla de san Cristóbal de mi padre.

Mientras subía corriendo hacia el SUV, notaba la medalla rebotando contra mi pecho. Aquella noche en el pasillo del hospital supe sin más que mi padre había muerto. Y ahora me estaba golpeando la misma sensación en medio del pecho. Había vuelto a pasar. Harry había muerto y yo no estaba ahí con él.

Cuando casi había alcanzado el coche, jadeando, la luna se deslizó sobre el cristal trasero y acarició la insignia de Chevrolet en el maletero, para luego desaparecer engullida por una nube. Cuanto más arriba llegaba, más embarrado estaba el camino, y a cada paso tenía más fango en los pantalones. Eso me daba igual, pero no quería caerme, así que me metí entre la hierba y seguí avanzando junto a los árboles. Por allí costaba más correr, pero al menos podía moverme sin perder el equilibrio.

Desde ese ángulo vislumbré el interior aprovechando que la luna asomó un instante, y casi tropiezo al ver su luz etérea chocando contra un objeto blanco y plateado. Iba tan deprisa que no distinguí lo que era.

Por fin llegué al SUV, atrapé la manija de la puerta del conductor, y de pronto me quedé helado.

Era la empuñadura de una navaja clavada en una masa ensangrentada de pelo gris. Me eché hacia atrás, tapándome la boca con las manos. No tenía aire para gritar. Lo único que hice fue tambalearme hacia atrás mientras una bola dura crecía dentro de mi pecho. Era como si me estuvieran estrangulando desde dentro. El pánico, el shock y un dolor espantoso me golpearon a la vez, y caí de rodillas.

En ese momento me vino el olor a lejía del hospital y la fina mano de mi madre sobre mi hombro. El sabor metálico en la boca. Estaba pasando otra vez, como si fuera real.

Entonces oí algo que no pertenecía a mi oscuro recuerdo.

Oí un gemido. Cada vez sonaba más alto. Al principio creí que era yo, pero el tono cambió a medida que se hacía más fuerte. Era el ruido de un motor grande, acelerando. Miré a mi derecha, hacia la carretera, y vi unas luces de cruce atravesando los árboles y avanzando por el camino, directas hacia mí. Venía demasiado rápido.

Si matar a Harry era un anzuelo para llevarme a un bosque tétrico y matarme a mí también, lo mordería. Pero no era yo quien iba a morir. Apreté los puños y la tensión en mi cabeza se alivió un poco. Me levanté y con un rugido, eché a correr hacia el coche, con las lágrimas escociéndome en los ojos. El coche no paró. Aceleré todavía más y en ese momento la luz de los faros me golpeó en la cara.

—¡VENGA, HIJO DE PU…! —Ni siquiera pude gritar. No tenía suficiente aire en los pulmones.

El coche frenó. Se detuvo. Oí que se abría una puerta.

Estaba a unos quince metros de él.

No pararía. Aunque estuviera armado. Acababa de matar a mi amigo. Al mejor amigo que he tenido. Harry era un mentor, un padre, un hermano…; lo era todo para mí.

Los faros me cegaban por completo. No serviría de nada entornar los ojos para intentar distinguir alguna cara. Una figura se puso delante de la luz. Solo veía una silueta.

El torso, las piernas y los brazos. Y la pistola que llevaba en la mano.

Cuando estaba a menos de diez metros, vi que levantaba el brazo derecho. La mano del arma. Apuntándome al cuerpo.

Era imposible acercarme lo suficiente como para hacerle daño sin que me diera en un órgano vital.

La silueta estiró el brazo.

Mi pie izquierdo resbaló. Alargué los brazos a los lados tratando de recuperar el equilibrio y mantener la vertical, pero no funcionó. Caí de bruces sobre el barro.

Me revolví intentando ponerme en pie, y entonces oí unos pasos acercándose sobre el barro mojado. El suelo estaba demasiado resbaladizo, y entre la impresión de ver a Harry muerto y la carrera cuesta arriba con aquel calor, era incapaz de levantarme. Con un último esfuerzo logré poner un pie en firme, pero resbalé y volví a caer con fuerza.

Los pasos se detuvieron.

Oí el clic del martillo de una pistola.

Y entonces habló el hombre con el arma.

—¿Qué demonios haces aquí, Eddie? —dijo Harry.

30
EDDIE

—Eddie... —dijo Harry.

No oí lo que dijo después. Yo estaba de pie, abrazándolo con fuerza y con la cabeza sobre su hombro.

—Creía que tú eras el del coche —dije.

—Ese coche es gris. Este SUV es azul. Tenía tanto calor que no aguantaba ahí dentro sin el aire acondicionado. Pero la batería se estaba agotando, así que me lo he llevado a dar una vuelta. Se me ocurrió meterme en la carretera para ver si venía algún coche hacia aquí. Lo siento. Solo me he ido quince minutos.

Aflojé los brazos y me aparté un poco, sin soltarle los hombros.

—Da igual, estás vivo.

—Claro que estoy... ¿Qué has dicho?

—Hay un muerto ahí dentro.

Harry miró a mi espalda, hacia el SUV. Se llevó una mano a la camisa maldiciendo.

Le había manchado de barro la camisa y los pantalones del traje.

Nos acercamos muy lentamente al coche.

—Cuidado por dónde pisas. Hay huellas —dijo Harry. Sacó las llaves del bolsillo de su pantalón y encendió una pequeña linterna en el llavero.

—Ponte en la hierba; ahí, a un lado —dijo.

Hice lo que me decía. Él fue hacia la derecha, yo hacia la izquierda, y seguimos por los laterales del camino hasta llegar a la parte trasera del SUV. Me temblaban las manos, y estaba atontado. El nivel de adrenalina me iba bajando poco a poco, pero aún no me hallaba en condiciones de enterarme de nada.

Harry apuntó la linterna hacia el interior del vehículo mientras yo me agachaba agarrándome de las rodillas, tratando de controlar la respiración.

—Cuando has dicho que hay un muerto en este coche, querías decir *dos muertos*, ¿verdad? —dijo Harry.

—¿Cómo?

—Hay dos cuerpos ahí dentro. Maldita sea, es Betty Maguire. Y el que está con ella…

—Cody Warren —dije yo.

EL CUARTO DÍA

31
LOMAX

—¿Eres tú? —dijo una voz desde el piso de arriba.

Era más de medianoche, cuando Lomax se estaba quitando las botas llenas de barro en el recibidor y contestó:

—¿Quién va a ser?

—Bueno, quería saber que eras tú, y no un asesino loco que anda suelto por la zona —dijo Lucy, con una sonrisa evidente por el tono de voz.

La broma no le hizo ninguna gracia a Lomax. Sacudió la cabeza, tratando de borrar aquella última imagen de su mente. Con el tiempo, los policías aprenden a hacerlo sin problemas. La mayoría de ellos ven o viven algo traumático en algún momento de su carrera. Son gajes del oficio. Para algunos solo ocurre una vez. Para otros, una vez a la semana. El truco está en compartimentar; dejar esa mierda en la puerta, como si fueran unas botas embarradas.

Korn quería mandar un mensaje. Así que, siguiendo sus órdenes, había metido el cadáver de Cody Warren en el SUV del abogado, lo había llevado hasta casa de Andy Dubois, y lo había dejado allí. Korn decía que él se encargaría del resto. Era una clara advertencia para Flynn y su gente.

Tampoco era la primera vez que Lomax hacía algo así. Ya había matado. Durante la operación Tormenta del Desierto. Y aquello no le afectó demasiado. Lo hacía por su país. Eso es lo que se dijo, aunque, en realidad, sabía que era para ganar dinero. La primera vez que disparó a alguien, ya de vuelta en Estados Unidos, fue muy distinto, pero le pagaron mejor. Lucy no sabía ni la mitad de lo que había hecho. Joder, no sabía nada.

Hacía horas que debería haber llegado a casa. Llamó a Lucy, y ella le dijo que hoy se encontraba mejor. Que era capaz de pensar. Casi había terminado de tejer su cojín y no había vomitado mucho.

El dolor era soportable. Lo esperaría despierta. Cuando llegara, podía subirle una taza de chocolate.

Desde que había dejado de tomar la medicación, Lucy había vuelto a ser casi la misma de siempre. Sonreía con facilidad, veía sus telenovelas y leía sus revistas.

—Hay chocolate calentito en la cocina —dijo desde arriba.

Lomax se puso las pantuflas y fue a la cocina. Allí, a fuego lento, había un cazo de chocolate llenando toda la cocina de vapor. Cogió un trapo para quitar el cazo del fuego, sirvió dos tazas, y las subió cuidadosamente en una bandeja con galletas. Lucy ya estaba en la cama, leyendo una novela de bolsillo de Janet Evanovich. Le encantaban los libros de Stephanie Plum.

Dejó el chocolate sobre su mesilla y le ofreció una galleta.

—No, gracias, si como algo a estas horas, lo vomitaré. ¿Qué tal tu día? ¿Has hecho el bien?

Era una pregunta que le hacía siempre desde que entró en la policía: «¿Has hecho el bien hoy?».

Al principio no le costaba pensar en algo que contarle. Pero luego las respuestas empezaron a escasear. Al final Lucy dejó de preguntar. Debió de darse cuenta de que a Lomax lo avergonzaba profundamente. Lo único que recordaba del día de hoy era lo difícil que había sido trasladar el cuerpo de Cody Warren del congelador al coche. Ya casi había olvidado la paliza que le había dado al empleado de la gasolinera.

—Uno de estos días, ¿eh? —dijo ella.

No contestó. Empezó a desvestirse, se lavó los dientes, la cara y las manos. Al ver su camisa en el suelo del cuarto de baño, vio manchas de sangre que le había salpicado del cuerpo de Warren o, más probablemente, del chico de la gasolinera. Se llevó el uniforme abajo con el resto de la ropa de hoy, lo metió en la lavadora y la puso en marcha. Una consecuencia positiva de la enfermedad de Lucy era que ahora sabía cómo hacer la colada, poner la secadora, lavar los platos y realizar el resto de las tareas de casa de las que antes se encargaba ella. Era duro. Pero Lucy decía que le gustaba que aprendiese mientras ella seguía allí para enseñarle. Porque cuando ella no estuviera, no aprendería.

Lomax volvió al piso de arriba, se puso el pijama y se metió en la cama. El chocolate se había enfriado. No se sintió capaz de bebérselo, y la idea de comerse una galleta le dio ganas de vomitar.

—No te preocupes —dijo ella.

—Estoy bien. Ha sido un día largo, nada más —dijo Lomax.

—¿Has visto a Korn? —preguntó.

—Sí —contestó con un suspiro de complicidad.

—No me gusta ese hombre. Ni tampoco la idea de que estés con él. Te lo dije aquella noche que vino a cenar: le falta algo. A mí me parece como un tubo de carne hueco.

Lomax no contestó.

—No tiene corazón. Ni alma. Ten cuidado con él, Colt. Es lo único que digo.

—Lo sé —dijo Lomax.

—Maldito el día que vino a este pueblo —añadió Lucy.

—Ha metido en la cárcel a mucha gente mala. El pueblo es mucho más seguro desde que se hizo fiscal del distrito.

—A él le da igual a quién manda a la cárcel. A veces creo que solo quiere ver sufrir a la gente. Yo creo que lo divierte.

Lomax se giró y abrazó a Lucy, que seguía sentada en la cama.

—Ya me lo has dicho mil veces. Lo vigilaré. Me aseguraré de que no hace nada malo.

Notó la mano de Lucy sobre su brazo, apretándole. Aquello lo tranquilizaba como pocas cosas en este mundo. Seguía teniendo fuerza.

—Eres un buen hombre, Colt Lomax —dijo, y le dio un beso suave en la frente. Lomax se quedó dormido abrazándola.

Despertó con mal sabor de boca. Seguía abrazado a Lucy. Abrió los ojos y alzó la vista. Debía de haberse quedado dormida leyendo, porque seguía sentada, con la cabeza caída hacia adelante, y los ojos cerrados. Su brazo estaba inerte sobre la colcha, pero el libro seguía sobre su pecho.

—Oye, deberías tumbarte. Te va a doler el cuello —dijo.

Lucy no contestaba. La miró de nuevo, esta vez despierto, con una llama de pánico en el pecho.

—Eh, he dicho que te tumbes.

No contestó. Le tocó la mejilla, apartando un mechón de pelo de su cara, y se incorporó en la cama.

Estaba fría. Había fallecido durante la noche, en sus brazos, aparentemente en paz. La taza de chocolate seguía encima de la mesilla. Intacta. Lomax le cogió la cara y el pelo y se le escapó un ruido. Era el mismo tipo de ruido que hace la gente de todo el mundo. Da igual el idioma que hablen, siempre suena igual.

Era un lamento. Llanto y grito saliendo de una garganta estrangulada por una ola arrolladora de pena súbita y dolor.

Lomax salió al porche. Estaba amaneciendo. Se sentó en su mecedora y empezó a balancearse y a llorar, abrazándose y llorando mientras el sol cálido y rojo se alzaba sobre la tierra oscura.

Lucy se había ido. El dolor ya no podía tocarla. Ni el cáncer ni el sufrimiento de descubrir en qué se había convertido Lomax. Al menos se ahorraría eso.

A pesar del dolor, sonrió con una amarga sensación de alivio. Lucy había muerto creyendo que era bueno. Nunca sabría en qué clase de hombre se había transformado con la ayuda de Korn. Daba las gracias por eso. Gracias de que hubiera muerto antes de descubrirlo.

Sus últimas palabras resonaban por su cabeza en un bucle amargo e interminable.

«Eres un buen hombre, Colt Lomax».

32
EDDIE

Ni Harry ni yo nos habíamos formado como investigadores profesionales, y tampoco queríamos serlo.

Bloch no tardó en llegar a casa de los Dubois. Cogió una linterna del coche y la sujetó con la boca mientras se ponía bolsas de plástico en los zapatos y se enfundaba unos guantes de látex. El SUV de Cody olía fatal, pero a ella no parecía importarle. Se acercó al coche despacio, hizo fotos desde todos los ángulos con su móvil, centrándose especialmente en las huellas, luego abrió las puertas y estudió con detenimiento los cuerpos y el interior del vehículo. En la guantera había una hoja rosa que confirmaba que el coche pertenecía a Cody Warren, pero no encontramos ningún documento en el maletero.

Ni tampoco fotos de la autopsia de Farnesworth.

Cody Warren estaba como mojado, con las mejillas cubiertas de una fina capa de cieno o algo similar. Tenía el traje pegado al cuerpo, y también parecía empapado, pero no había ni rastro de sangre. Una navaja le sobresalía por un lado del cuello. Daba la impresión de que alguien lo había apuñalado a través de la ventanilla. Bloch se tomó su tiempo examinando el arma, sobre todo la empuñadura. El cuerpo y el vestido de Betty estaban secos, no así la cara y el cuello, que se encontraban cubiertos de sangre; desplomada en el asiento del copiloto, al lado de Cody.

Bloch preguntó:

—¿Habéis tocado algo?

—Nada —contesté.

Asintió y dijo:

—Tengo que haceros fotos de los zapatos.

Harry y yo nos pusimos de espaldas y levantamos los talones para que pudiera sacar una buena foto de las suelas.

—¿Qué te parece? —pregunté.

—Raro —contestó ella.

—¿En qué sentido?

—Está como a medias. Y hay un fallo —dijo Bloch.

Harry y yo nos miramos muy intrigados. A veces, Bloch hablaba pensando que todos estábamos en la misma onda que ella cuando, en realidad, casi siempre iba bastante por delante de los demás.

Suspiró y dijo:

—A ella le dieron una paliza y le pegaron un tiro en la cabeza y el pecho con un arma del calibre 22. Hay un poco de sangre en la puerta del copiloto que, a juzgar por la altura, es del disparo en el pecho, pero no veo ningún rastro del tiro en la cabeza. Warren no murió de la puñalada. Tiene un agujero de bala detrás de la oreja. También de calibre pequeño. Hay un arma ahí abajo, debajo del pedal de freno.

Hizo una pausa para que lo entendiéramos. Estaba un poco más claro, pero aún no nos encontrábamos a su misma altura.

—La pistola debajo del freno —dije—, ¿es un calibre 22?

Bloch asintió.

—O sea, ¿tú crees que parece que Warren dio una paliza a Betty, luego le disparó dos veces y se pegó un tiro?

—Eso es lo que quieren que parezca, aparte del navajazo.

Asentí y dije:

—A ver, que me aclare: ¿estás segura de que no fue así?

—Es imposible —contestó—. Warren lleva mucho más tiempo muerto que Betty. No sé cuánto, porque lo tenían congelado.

—¿Congelado? —preguntó Harry.

Bloch asintió y dijo:

—Su cadáver no ha terminado de descongelarse. Los párpados siguen cerrados y helados.

—Richard Kuklinski, un asesino en serie que mataba para la mafia, solía hacer lo mismo. Metía el cuerpo en el congelador, a veces durante meses, y luego lo descongelaba para que no hubiera forma de saber cuándo lo había matado —dije.

—¿Y ese es el fallo? —preguntó Harry.

—No, hay muchos —contestó Bloch. Nos hizo un gesto para que nos acercáramos y señaló el suelo.

Había huellas distintas en el lado del conductor. Como si varias personas hubieran estado allí. Unas eran de Bloch, otras mías, pero al menos había otras dos más.

—Alguien trajo el SUV hasta aquí, lo aparcó y colocó el cuerpo de Cody en el asiento del conductor. En el lado del copiloto hay dos huellas de zapato distintas, y están alineadas, como si uno estuviera siguiendo muy de cerca los pasos del otro. Y luego vuelven hacia atrás —dijo Bloch.

Harry y yo cruzamos el camino para ver el lado del copiloto, procurando no acercarnos a las huellas.

Bloch prosiguió:

—Las huellas en el lado del copiloto están muy juntas, como…

—Como dos personas cargando algo muy pesado —dije.

Bloch asintió, señaló el interior del vehículo y enfocó al vestido de Betty con la linterna. Tenía la falda subida y arrebujada a la altura de la cintura.

—Dos hombres trajeron su cuerpo hasta aquí y la metieron en el coche —continuó Bloch—. Ninguna mujer se mete en un coche con el vestido así. No es perfecto, pero bastará para que el sheriff del condado de Sunville diga que es un asesinato suicida. Conozco a los sheriffs de este tipo de pueblos, y eso es lo que dirá.

—¿Qué hay de la navaja?

—Eso sí que no encaja con que quisieran que pareciese un suicidio. Podrían haber dejado que el cuerpo de Warren se descongelara más antes de llamar al forense. Con este calor no tardaría. Pero si Korn tiene comprados o controlados al sheriff y a la forense, da igual. Si quieren, pueden presentar un informe diciendo que se ahogaron.

—La navaja es un mensaje para nosotros —dijo Harry—. Alguien mató a Cody Warren y a Betty Maguire, y dejó sus cuerpos a ochocientos metros de casa de Andy Dubois. La navaja lo confirma.

Ni siquiera Bloch parecía entenderlo del todo.

—¿Y por qué crees que la navaja es un mensaje? —pregunté.

—Mira la flor en la empuñadura. Es una camelia blanca. El Ku Klux Klan no era el único grupo de asesinos racistas en el Sur. En Luisiana estaban los Caballeros de la Camelia Blanca, aunque también actuaron en otros estados. El Ku Klux Klan eran blancos pobres en su mayoría. La gente de Camelia Blanca tenía mucho más peligro, aunque nunca fueron muchos. Era un grupo de hombres ricos. Poderosos. Lo fundaron muchos exoficiales confederados y luego se les unieron editores de periódicos, médicos, abogados, terratenientes, policías, hasta jueces; la flor y nata de la clase alta sureña. Metían presión valiéndose de su riqueza y su influencia para defender la supremacía de la raza blanca. Mataron, acosaron y destruyeron comunidades enteras de afroamericanos.

—No había oído hablar de ellos —dije.

—Se supone que desaparecieron antes de 1880, pero, conociendo este tipo de movimientos clandestinos, nunca puedes estar seguro. Mira la empuñadura de la navaja. Es de nácar, plata vieja y acero. He visto fotos de puñales iguales que ese clavados a blancos que plantaron cara a la Camelia Blanca. Y he de decir que la mayoría eran republicanos. Durante mucho tiempo, el partido de Lincoln fue el único que luchó por la tolerancia en el Sur.

—Las cosas cambian —señalé.

Harry asintió, y luego dijo:

—Esto es una advertencia. Si seguimos con el caso, corremos serio peligro. Todos.

Bloch dio un paso adelante y volvió a asomarse al SUV. El músculo de su mandíbula se movió al apretar los dientes. Sabía que estaba grabando aquellas imágenes en su memoria. Dos personas inocentes, muertas.

No nos quedaba otra elección que llamar a la policía. La Oficina del Sheriff envió a dos agentes que no me sonaban. Me tomaron declaración y llamaron a la científica. Dejé que hicieran su trabajo y volví a casa de Patricia. Al llegar al porche oí ruido dentro. Abrí la puerta y vi a Patricia y Andy sentados en el sofá.

Estaban juntos. Patricia tenía su brazo alrededor de Andy, agarrando su hombro derecho con la mano, y él daba palmaditas sobre ella con su mano izquierda, y se mecía hacia delante y hacia atrás mientras ella le susurraba que todo iría bien.

Era lo mismo que estaba haciendo cuando lo vi por primera vez en aquella celda: darse palmaditas en el hombro mientras se mecía hacia delante y hacia atrás, como si tratara de consolarse. Parecía algo que Patricia y él hacían a menudo, era su manera de aliviarse.

—Andy ha tenido una pesadilla. Le sucede mucho. Está bien, ya se le pasará. ¿Qué hace ahí el sheriff?

Evidentemente había visto las luces del coche patrulla al llegar.

No quería decírselo. Ahora no. Todavía no. De noche, todo parece peor. Hay cosas que solo deberían decirse a la luz del día.

—Mañana se lo cuento. No pasa nada. ¿Está bien Andy?

—Necesita un poco de tiempo. A ver si puedo comprarle medicinas mañana. Nos hemos quedado sin.

—¿Qué clase de medicinas? —pregunté. No sabía que tomara medicación.

—Para la ansiedad. No las cubre la Seguridad Social, y no siempre me las puedo permitir. Si mi tobillo no me da guerra durante un par de semanas, puedo ahorrar para comprárselas. Pero llevo varios meses mal.

Era increíble que, en el país más poderoso del planeta, una madre trabajadora tuviera que pensarse si compraba medicación para su hijo o para sí misma. Ella preferiría dejar de tomar la suya y aguantar el dolor si eso hacía que Andy estuviera mejor. No me cabía duda.

—¿Has empezado a tener ansiedad últimamente?

—No —contestó Andy—. La tengo desde que era adolescente. Me cuesta dormir y se me va el apetito. Me dan ataques de pánico. Y, a veces, el estrés me pone peor.

—¿Tenías acceso a tu medicación en la cárcel?

—No, no me querían dar nada.

En los expedientes no decía nada de que Andy estuviera en tratamiento ni que le hubieran diagnosticado un trastorno de ansiedad.

—¿Te importa si te pregunto qué desencadenó esta ansiedad? No tiene por qué ser nada en concreto, claro: a veces, simplemente te da. Pero si hubo algo, no sé, algún trauma, me gustaría saber qué fue. No quiero sorpresas en el juicio.

Patricia y Andy seguían meciéndose juntos en el sofá, era evidente cuánto los calmaba. El chico respiraba mejor y las piernas ya no le temblaban tanto.

—No fue un incidente concreto —dijo Patricia—. La gente no entiende lo que es ser joven y negro en América. Yo tengo cincuenta y siete años, Eddie. Pensaba que mis hijos lo tendrían más fácil. Pero no creo que las cosas hayan mejorado para los negros; si acaso, están peor. ¿Le sorprende que un chico negro tenga que tomar pastillas para la ansiedad en este país?

—Tiene razón. Ahora mismo hay mucha gente convencida de que no puede decir lo que piensa, por terrible que sea. Esta lacra siempre ha lastrado a América. Lo que pasa es que ahora lo vemos mucho más claro. Con el tiempo, las cosas irán a mejor —dije.

—¿Usted cree? —preguntó ella.

—Creo que hay una generación nueva que no va a tolerar esta mierda. Y Andy forma parte de ella. Los jóvenes como él nos salvarán a todos.

Patricia miró a su hijo mientras hablaba, y vi la esperanza inundar sus ojos de lágrimas.

—Andy, has dicho que estabas teniendo una pesadilla. ¿Qué era? Hablarlo puede hacer que sea más fácil.

Entonces, Andy me miró. En toda mi vida no había visto a nadie tan aterrado.

—Hace un tiempo que sueño lo mismo cada noche —dijo—. Estaba atado a una silla grande, pero la silla estaba ardiendo y no me podía levantar. El señor Korn estaba allí, riéndose de mí, viendo cómo me quemaba.

33
TAYLOR AVERY

Taylor Avery cerró el grifo del agua caliente y aguzó el oído.

Sí. Alguien estaba llamando a la puerta.

Agarró el trapo y se secó las manos. Antes de salir de la cocina cogió la pistola de encima de la nevera. Quitó el seguro valiéndose de una de sus llaves, y con la pistola pegada a un lado del cuerpo, avanzó hacia la entrada. Taylor era un hombre de mediana estatura y pelo castaño. Tenía una granja de vacas, y las largas jornadas de trabajo duro lo habían convertido en un hombre fuerte y enjuto.

La granja estaba a casi dos kilómetros de la casa más cercana, que también era una explotación lechera. Era más de medianoche. Su mujer y su hijo adolescente dormían en el piso de arriba. Quienquiera que fuese el que llamaba a la puerta, no venía de visita. La puerta no tenía mirilla ni mecanismos de seguridad. Eso lo llevaba en su mano derecha. Al abrir se encontró a un hombre alto en el porche. Llevaba traje y estaba de espaldas mirando la finca, sin importarle quién abría. La lámpara del porche arrojó una luz amarillenta sobre su pálida piel.

—¿Señor Avery? —dijo.

Taylor entornó los ojos. El hombre no iba armado. Tenía las manos entrelazadas delante del cuerpo, como si estuviera en la iglesia. Pasados unos instantes, lo reconoció.

—¿Señor Korn? ¿Es usted?

—El mismo. ¿Le importaría salir unos minutos para hablar?

Taylor no necesitaba el arma, aunque lo intimidaba ver al fiscal en su porche. Puso el seguro a la pistola, la dejó sobre la mesa y salió. Señalando una de las sillas, vio cómo Korn doblaba su espigada figura sobre ella. No fue un movimiento extraño, pero parecía como si las sillas no estuvieran hechas para él, como si su estatura y su forma no encajasen con la mayoría de las cosas. Una vez sentado, Korn estiró una mano hacia la silla que tenía al lado.

Taylor tomó asiento, y al hacerlo notó un extraño olor a podrido. En la mesa junto a la silla había una edición en rústica de *Matar a un ruiseñor*. Era la novela favorita de Avery. Le gustaba leerla cada año, en verano. Recordaba perfectamente cuando se sentaba en ese mismo porche, después de ayudar a su padre en el campo, con un vaso de limonada fresca y la luz de una lámpara de aceite iluminando el mundo de Scout. En aquella época era un mundo no muy distinto al suyo.

—Siento presentarme a estas horas. He estado bastante ocupado preparando el juicio. Supongo que le habrán llegado noticias. Represento a la acusación contra el chico Dubois. El que mató a Skylar Edwards.

Taylor asintió.

—Claro, lo sabe todo el pueblo. Y ha salido en los periódicos. Pobre chica.

Y entonces se calló. Sabía por qué había venido Korn. Tragó saliva y procuró ser más cauteloso con sus palabras.

—Señor Avery, sé que le ha llegado una citación para la selección del jurado. Teniendo en cuenta lo lejos que vive del pueblo, y el hecho de que no ha leído ningún artículo sobre el asesinato ni ha visto ninguna noticia en televisión, es probable que lo elijan para formar parte del jurado en el juicio.

Taylor sí había leído bastantes noticias en la prensa y también había visto muchos reportajes en televisión. Y eso era lo que le acababa de decir. Sin embargo, se mordió la lengua y asintió.

—Esta granja es de su familia desde hace mucho tiempo. Tengo entendido que cinco generaciones ya —dijo Korn.

—Así es. Hemos tenido suerte. Llevar una granja no es fácil; nunca lo ha sido, y cada vez se hace más difícil —contestó Taylor, pensando que el trabajo era un tema más seguro que el de un juicio por asesinato.

—Como sabe, tengo la responsabilidad de defender la ley en este condado. Pero soy consciente de todo lo que ocurre a nivel administrativo. Corren rumores de que hay un casino que desea comprar tierras fuera del pueblo. Para construir un centro comercial, cines, ese tipo esas cosas. ¿Lo sabe?

Taylor asintió. Dos bufetes de abogados distintos le habían presentado ofertas económicas en nombre de sendas compañías importantes que querían comprar sus tierras con la intención de construir ese tipo de negocios. Y él las había rechazado. Las ofertas eran jugosas y le habrían arreglado la vida a su familia durante dos o tres generaciones, pero ni siquiera llegó a planteárselo realmente.

Aquello eran tierras de los Avery. Tenían varios campos de centeno, que utilizaban para alimentar al ganado, y el excedente lo vendían junto con la leche. Eran básicamente autosuficientes. Su padre dedicó su vida entera a trabajar la tierra, igual que su abuelo, y Taylor estaba resuelto a hacer lo mismo.

—Verá, si una explotación comercial se considera conveniente para el condado, hay ciertas leyes a las que pueden aferrarse para comprar tierras. Podrían conseguir una orden judicial, que los obligaría a usted y a su familia a marcharse. Y eso también suele suponer que no se cobra el valor de mercado por su propiedad. Tal vez veinte céntimos el dólar. O menos.

Hacía calor, pero Taylor de pronto se quedó helado.

—Como sabe, yo tengo cierta influencia —prosiguió Korn.

—Imagino —dijo Taylor.

—No hace falta que lo imagine; créame. Puedo hacer desaparecer ese tipo de órdenes y que esos casinos lo dejen en paz. Pero también puedo hacer que se acelere todo el proceso y que lo echen este mismo invierno. Recuérdelo cuando emita su veredicto en el caso Dubois. Es usted un hombre respetado en esta zona; como siempre he dicho, un hombre justo. Y sus compañeros del jurado sin duda seguirán su opinión, ¿no cree?

—Puede —dijo Avery.

—Yo creo que lo harán. Convenza a sus compañeros de que declaren culpable a Andy y su nieto seguirá ordeñando vacas en ese establo cuando tenga su edad. Si pone en tela de juicio mis argumentos, en fin, no sería bueno. Quedarse con estas tierras es un regalo que le estoy haciendo. Por ahora, suyo es. Pero los regalos pueden confiscarse si no se recibe nada a cambio.

Korn se inclinó hacia delante, y Taylor volvió a notar ese olor. Le recordaba a aquella vez que encontró una tortuga muerta bajo la casa.

—Dejar en libertad a Andy Dubois sería como reírse de la justicia —dijo Korn.

A Taylor le había quedado bien claro lo que se esperaba de él.

No sabía nada sobre el caso, más allá de lo que había salido en las noticias. Las pruebas forenses conectaban a Andy Dubois con el asesinato o, al menos, eso decían. Aun así, él sabía que Korn no debería estar en su casa, y tampoco le gustaban las amenazas. Alguna gente de campo tiene una mente extremadamente sagaz, mucho más aguda que cualquier urbanita. Una sabiduría innata, quizá.

Taylor asintió, pero no dijo nada.

—Bueno, parece que tenemos un acuerdo, señor Avery —dijo Korn, tendiéndole su mano larga y pálida.

Taylor la estrechó, sorprendido de lo frío que estaba Korn, como si acabara de salir de un baño de hielo.

—Buenas noches —dijo Korn.

Taylor se quedó mirándolo mientras se levantaba, se metía en el coche y se marchaba sigilosamente. No conocía a Andy Dubois, ni a Skylar Edwards o a su familia. Cuando le llegó la citación, rezó para sus adentros que no lo escogieran como jurado, pues eso significaría tener que contratar a otra persona para ayudar con el trabajo de la granja mientras él estaba en el juicio. Si lo elegían, cumpliría con su obligación de acuerdo con la ley y respetaría su juramento sobre la Biblia. Él se tomaba estas cosas en serio. Iba a misa cada domingo sin falta, con la familia. Korn no le caía bien, incluso antes de amenazarle; había algo extraño en él, una luz rara en sus ojos que veía fugazmente y que le provocaba un escalofrío.

Si había algo tan importante como sus tierras, era su nombre.

Los Avery formaban parte de aquella tierra. Su sangre y sudor habían sembrado las cosechas durante décadas, y su ganado había pastado en aquellos campos durante varias generaciones. Los Avery pagaban sus deudas y daban lo que podían a los pobres. Ahora, un hombre de la ley le estaba pidiendo que traicionara su juramento, y a su propio nombre, si era necesario.

Se quedó en el porche, temblando. Y no por la temperatura, sino por la sensación de alivio de liberarse de Korn. Ansiaba quitarse de encima aquel tufo. Había dedicado su vida entera a proteger las tierras de los Avery. Ahora se preguntaba qué estaría dispuesto a hacer para no perderlas.

Volvió a sentarse, cogió la copia de *Matar a un ruiseñor* y se la puso en el regazo. Pasando las hojas distraídamente, empezó a pensar en la decisión que tenía ante sí. Pronto tendría que elegir entre su buen nombre o la granja. Aunque realmente no había nada que decidir. Su hijo de catorce años dormía en el piso de arriba, en su vieja habitación. Tenía derecho a heredar aquellas tierras, y Taylor se juró que haría cualquier cosa para protegerlo.

34
EDDIE

A Andy le costó volver al juzgado el día después de salir. Yo hubiera preferido tener más tiempo para que se calmara, y así poder hablar con más facilidad, pero el juez había impuesto ciertas condiciones. Al menos, esta vez llevaba ropa decente. Nueva. O casi nueva. Patricia le había comprado un traje en una tienda de segunda mano tirando de sus ahorros. Seguramente le habría quedado bien antes de que lo detuvieran; ahora parecía como si pudieran caber dos Andys ahí dentro. Y lo mismo con la camisa: su cuello asomaba como el palo de una escoba.

—Mira qué guapo estás —dijo Patricia.

Andy estaba sentado delante de ella en la mesa de la defensa, nervioso. Se volvió hacia Patricia y levantó los dos pulgares. Sabía que su madre había gastado sus ahorros en aquella ropa, y no quería desilusionarla. Era su manera de ayudar: asegurarse de que Andy tuviera buen aspecto en el juicio. Que pareciese el joven decente que en realidad era.

Patricia estaba sentada en la primera fila de los bancos para el público. No había mucha gente aquel día: algunos periodistas, varios vecinos vestidos con camiseta blanca y pantalones chinos beis, entre ellos Brian Denvir, pero esta vez sin su fusil. El padre de la víctima también estaba allí. Kate me lo señaló discretamente. Llevaba camisa azul y pantalón negro, y su rostro revelaba un profundo dolor que nadie querría aguantar. De pronto se volvió hacia mí y se quedó mirándome.

Asentí, sin llegar a sonreír.

El dolor que ardía tras aquellos ojos se convirtió en otra cosa, e iba directamente dirigida hacia mí. Aquel hombre me pisotearía el cuello a la mínima oportunidad. Y era comprensible. La policía le había dicho que Andy Dubois asesinó a su hija y, por mucho que ocurriera en aquel juzgado, probablemente nunca cambiaría de idea.

En la mesa de la defensa tenía a Harry a mi izquierda y a Kate a la derecha. Andy estaba sentado junto a Harry, que cuidaba muy bien del chico. Él nunca tuvo hijos, y el afecto que le mostraba me hacía pensar que tal vez se arrepentía de ello.

Kate tenía su carpeta preparada con todos los apuntes sobre los candidatos para el jurado. Le había echado un vistazo esa misma mañana, después de una noche en la que apenas había dormido. Buen trabajo, mejor de lo que habría hecho yo.

Korn también parecía estar listo para empezar en la mesa de la acusación, con varios ayudantes a su lado. Miré a mi alrededor, pero no vi al sheriff. En ese momento entró en la sala el juez Chandler y todos nos pusimos en pie. Anunció que era una audiencia de *voir dire* para seleccionar al jurado en el caso del condado de Sunville contra Andy Dubois.

—Letrados, hay más de un centenar de candidatos a jurado esperando fuera. Espero que sean rápidos. En mi sala, soy yo quien decide qué jurados quedan excluidos, y no necesito que dediquen más de cinco minutos a cada candidato para decidir. ¿Queda claro, señor Flynn? —dijo el juez.

Asentí.

Era mi primer caso punible con la pena capital, pero ya sabía qué obstáculos nos íbamos a encontrar. En aquel pueblo, poco importaba quién conformase el jurado. Quizá nadie estuviera abierto a la posibilidad de que Andy fuera inocente hasta que se demostrara lo contrario. Pero, además, había otro problema: la selección del jurado en un caso punible con la pena capital es distinto a cualquier proceso de selección de jurados en el sistema judicial.

En juicios de este tipo, el jurado tiene que estar «cualificado para condenar a la pena capital», es decir, deben estar dispuestos a imponer la pena capital si el acusado acaba siendo condenado. Se les suele preguntar directamente si, en el caso de demostrarse la culpabilidad del acusado, impondrían la pena de muerte o no. Esto crea un sesgo inmediato a favor de la acusación. La mayoría de las mujeres, las minorías, los católicos y las personas de ideología liberal están en contra de la pena de muerte y jamás impondrían esa sentencia, aunque consideraran culpable al acusado. Como consecuencia de ello, la mayoría de los jurados en casos punibles con la pena capital tienen poca diversidad racial, y están compuestos por tíos blancos, protestantes, dignos del Antiguo Testamento, capaces de llevarse al acusado a su jardín y pegarle un tiro en la cabeza antes de que se diga una palabra en el juicio.

Es un hecho que un jurado «cualificado para condenar a la pena capital» es más propenso a condenar a muerte. Y punto.

Y cuando la pregunta que más se les suele hacer nada más empezar es si estarían dispuestos a imponer la pena capital, se está enviando un mensaje a los jurados imparciales de que acabarán teniendo que decidir si la imponen o no. De este modo, en vez de preguntarse si la acusación ha demostrado realmente sus argumentos, el jurado solo se planteará si es capaz de matar al acusado. Como consecuencia de ello, el acusado tiene que cargar con la sombra de la culpabilidad desde la selección del jurado hasta el veredicto.

El caso se presentaba negro para Andy, se mirara por donde se mirara. Y no parecía que pudiéramos hacer gran cosa al respecto.

—Recuerda —dijo Kate, señalando una lista de nombres que había elaborado—, pase lo que pase, tenemos que rechazar a estos.

Kate había revisado los cuestionarios completados por todos los candidatos a jurado antes del proceso de selección. Basándose en sus respuestas, había veinticinco que debíamos evitar.

El juez hizo llamar a quince candidatos y les explicó el proceso. Para ahorrarse «bobadas», como él mismo dijo, les preguntó si alguno de ellos estaba en contra de la pena capital hasta el punto de que jamás la impondría. Cuatro vecinos razonables de Sunville County alzaron la mano, y fueron descartados de inmediato.

Chandler prosiguió con preguntas más concretas sobre el tema, y descartó a otros cinco.

—Para esto podíamos no haber venido —dijo Harry al oír que el juez rechazaba a otro más.

Me sorprendía que se hubiera quitado a tantos candidatos de en medio tan rápido. Históricamente, la pena de muerte ha contado con el apoyo general del país. Desde finales de la década de 1930, se han venido haciendo sondeos sobre la pena capital entre la población estadounidense. Y hasta 2019 no salió una mayoría en contra. Eso significa que, durante casi noventa años, a la mayoría de los americanos les pareció bien ejecutar a sus conciudadanos.

Eran las cuatro de la tarde y ya había diez jurados en la tribuna.

Solo faltaban dos. Nosotros habíamos agotado todas las recusaciones sin causa, que nos permitían descartar candidatos sin explicar el motivo. Aún podíamos recusar por causa, pero eso sería complicado ante Chandler. Kate estaba de pie, entrevistando a un granjero llamado Taylor Avery.

—¿Ha leído artículos sobre este caso en la prensa? —dijo Kate.

—Sí, señorita.

—¿Ha visto noticias o reportajes sobre el caso en la televisión?

—Sí, señorita.

—Después de ver esas noticias y de leer esos artículos, ¿cómo puede distinguir lo que se dijo de lo que son los hechos en este caso?

—No me creo todo lo que leo en las noticias, y tampoco la mayoría de lo que veo en la televisión, señorita.

Buena respuesta. Me empezaba a caer bien el tal Avery. Y era evidente que a Kate también.

—¿Usted cómo decidiría qué es verdad y qué no, señor Avery? —le preguntó.

—Bueno, si se refiere a los informativos, si la noticia sale de Washington, es posible que no sea cierta. O que solo sea la verdad para una persona. Mi padre siempre decía que hay dos versiones de una historia.

—¿Qué hace en su tiempo libre, señor Avery, cuando no está trabajando en la granja?

El juez Chandler puso los ojos en blanco. No estaba dispuesto a aguantar este tipo de cosas.

—Leo —dijo Avery.

—¿Qué lee?

—Novela, sobre todo a los clásicos.

Kate se tomó su tiempo, sin apartar la mirada de Avery. No tenía motivo para mentir. Se inclinó hacia mí.

—Yo creo que no está mal. ¿Qué opinas?

—Si dice en serio lo de la lectura, yo creo que nos lo quedamos. La gente que lee empatiza. De todos modos, no nos quedan recusaciones con causa. Vamos a aceptarlo.

Kate dijo:

—Señoría, la defensa acepta al señor Avery como undécimo jurado.

El juez Chandler indicó a Avery que tomara asiento en la tribuna.

Había once jurados. Siete tíos blancos, dos afroamericanos y dos mujeres blancas. Eso es lo que ocurre en los casos punibles con la pena de muerte.

Solo quedaba un asiento.

Una joven afroamericana subió al estrado. Se llamaba Imelda Falls. Era una de las primeras en la lista de deseos de Kate. A Korn le quedaba una recusación sin causa, y la aprovechó.

Kate lo esperaba.

—Señoría, recusación de Batson —dijo Kate.

Según la ley del Tribunal Supremo, una recusación sin causa no puede usarse con sesgo discriminatorio. No se puede rechazar a un jurado por su color de piel, su religión o su género.

—Muy bien, señor Korn, debe usted exponer sus motivos para esta recusación —dijo el juez, con un profundo suspiro.

Korn se puso en pie, abotonó su chaqueta y se aclaró la garganta.

—Señoría, me parece inadecuado que la defensa cuestione si mi juicio es sesgado. No obstante, expondré mis motivos. La acusación no cree que la señorita Falls esté capacitada para dar un veredicto justo, basándose en sus respuestas al cuestionario.

—¿Qué respuestas exactamente? —preguntó Kate.

—Señorita —dijo el juez—, usted no puede hacer preguntas al fiscal. El señor Korn ya ha respondido. No contraviene la decisión Batson. Yo no veo ningún sesgo. Jurado rechazado.

Así, sin más.

Susurré a Kate:

—No te agobies. Chandler podría estar sentado perfectamente en la mesa de la acusación.

Asintió. Estaba hecha una furia. Sabía que le gustaría abrirle otro agujero en el culo a Chandler, y la entendía perfectamente. De hecho, si pudiera hacerlo, yo le aguantaría la chaqueta.

—Siguiente candidato —dijo Chandler.

Otra joven subió al estrado. Era más joven que Imelda y de raza blanca. Miré la lista de Kate. Ya sabía su nombre de pila. Era Sandy. Antes trabajaba en la cafetería de Gus, y su viejo y mortífero coche, que no era un Volkswagen, estaba aparcado ahora mismo a la puerta del Chanterelle.

Le tocaba empezar a Korn.

—¿Conoce a alguna de las partes o a los testigos de este caso? —preguntó.

Sandy Boyette llevaba blusa blanca, pantalón negro y un lazo rojo sujetando su melena oscura. Se tomó un momento para pensarlo, demostrando que entendía la pregunta. Me miró un instante. Medio segundo a lo sumo. Y entonces dijo:

—No.

Korn hizo todo el numerito, y ella demostró que era una testigo a prueba de balas. Dijo no tener ninguna objeción moral contra la pena capital y que sí se plantearía imponerla en caso de ser condenado el acusado.

Me acerqué a Kate y susurré:

—Acéptala. Sin preguntas ni objeciones.

—No sé —dijo ella—. Solo es un poco mayor que la víctima, vivían en el mismo pueblo. Tuvieron que cruzarse. Probablemente la conocía, o había oído hablar de ella, y se identificaría mucho con la víctima. Eso nos lo pone más difícil.

—Confía en mí —dije.

Kate asintió a regañadientes y, llegado el momento, aceptamos a Sandy como última integrante del jurado.

El juez añadió dos suplentes a toda velocidad y, finalmente, dijo:

—Ya hemos dedicado tiempo más que suficiente para montar este jurado. El juicio dará comienzo pasado mañana. Señor Korn, señorita Brooks, señor Flynn, prepárense.

Salimos del juzgado, y yo solo tenía una pregunta en la cabeza: ¿por qué había mentido Sandy al fiscal diciendo que no me conocía?

35
EDDIE

Cada vez que entraba en la habitación del Chanterelle, me parecía más pequeña. Eran más de las ocho de la tarde, y llevábamos todo el día enfrascados con los documentos del caso. Bloch se había pasado gran parte del tiempo al teléfono mientras Harry y yo leíamos y pensábamos, y Kate llenaba la habitación de notas y más papel del que era capaz de asimilar. El caso cada vez se hacía más grande, y nosotros no habíamos avanzado nada.

—¿Ha habido suerte con el patólogo, Farnesworth? —pregunté.

Bloch negó con la cabeza.

—Vale, déjamelo a mí. Tú ponte con Korn y quédate con él hasta que encuentres algo que podamos usar.

Bloch asintió.

—Tenemos que hablar de la estrategia con los testigos de la acusación —dijo Kate.

—Lo sé, pero ahora mismo no puedo pensar.

Harry se levantó del sillón, cogió un trozo de papel y lo clavó en la pared con una chincheta. Luego, con un rotulador, empezó a hacer una lista con los testigos del fiscal.

—¿A quién tenemos? La acusación tiene al padre de Skylar, Francis Edwards. Testificará al principio o al final del juicio. Algo para hacer que hierva la sangre del jurado. Después está la simpática forense del fiscal, la señorita Price, para ofrecerles todos los detalles escabrosos. También tenemos a la experta de la científica, Cheryl Banbury. Ella confirma que había sangre de Andy bajo las uñas de Skylar. Y aún no tenemos plan de ataque para ninguno de ellos. El propietario del Hogg's Bar dirá que vio a Andy y a Skylar discutiendo aquella noche, y con eso, apaga y vámonos. Korn no necesitará al soplón de la cárcel, Lawson, ni revisar la confesión firmada ante el sheriff Lomax para conseguir que lo condenen.

—Y a eso se añade que el jurado es malo —dijo Kate—. Aunque tuviéramos argumentos contra las pruebas forenses y contra el dueño del bar, sería difícil salvar a Andy de esa confesión. Es que no nos veo ganando el caso, Eddie. Lo siento, creo que Andy es inocente, pero no veo salida en todo esto.

Asentí.

—La forma de la marca que Skylar tenía en la cabeza es importante. La forense del estado no lo incluyó en su informe. Eso significa que al fiscal no le venía bien, y no sé por qué. ¿Por qué omitirla en el informe? Porque no se les pasó por alto, y tampoco es porque no le encontraran un anillo con esa forma a Andy; de ser así, estoy seguro de que Korn hubiera dado con otro igual y se lo habría encasquetado. No, hay algo más. Algo que se nos escapa.

—Desde luego, no vamos a ver los vídeos de las cámaras de seguridad de la gasolinera la noche del asesinato —dijo Harry.

—Korn es meticuloso borrando su rastro —dije—. Rompe las reglas, oculta pruebas que ayudarían a la defensa, y yo creo que tiene algo que ver con los asesinatos de Cody y Betty. No hay más que verlo: es un cadáver andante. Y está obsesionado con la pena de muerte. No, si vamos a acabar con ese tío y salvar a Andy, tenemos que ser más listos y jugar más sucio que él.

Saqué mi móvil, busqué un contacto y apreté el botón de LLA-MAR.

Contestó de inmediato. Nada de «hola» ni de cortesías, no tenía tiempo para eso.

—Me he enterado de lo de Cody y su jefa de personal. ¿Estáis bien? —preguntó Berlin.

—Perfectamente. No somos fáciles de amedrentar. Mira, este Korn tiene bien montado el caso contra Andy. Ha escondido o destruido grabaciones de seguridad que podrían revelar al verdadero asesino y probar la inocencia de Andy. Y nuestro forense se niega a hablar con nosotros. Creo que también lo tiene atado a él. La muerte de Cody y de Betty es un mensaje.

—¿Crees que Korn tiene algo que ver con eso?

—No puedo demostrarlo, pero sí.

—¿Qué puedo hacer?

—Necesito dinero.

—He mirado la cuenta, y sigue habiendo trescientos setenta y cinco mil dólares disponibles. ¿No basta con eso? —dijo Berlin.

—No. Eso lo necesito para otra cosa. Con otros cien mil bastaría —dije.

—¿Para qué son?

—No creo que quieras saberlo.

—Eddie, creo que es mejor que sepa exactamente para qué son.

—De acuerdo. Quiero sobornar a un jurado...

EL QUINTO DÍA

IL QUINTO DIA

Faltaba un día para que diera comienzo el juicio. Me levanté temprano y cogí el Prius antes del amanecer. El condado de Sunville era el más pequeño del estado, pero estaba cerca del segundo más poblado y de su sede administrativa, la ciudad de Mobile. Se pronunciaba *Moubiil,* supongo que por alguna influencia francesa o criolla. Comparada con el diminuto Buckstown, era mucho más relajada. Apostaría a que solo la mitad de la gente iba armada por la calle. Es lo más tranquila que podía estar la cosa en Alabama.

Aparqué en una calle empinada, pasadas las nueve de la mañana. Me bajé del coche y fui hacia una casa independiente en un suburbio de vallas blancas. Era de esas comunidades donde hay que respetar la altura a la que cortas el césped si no quieres que alguien venga a cortarlo por ti y luego te pase una multa. Abrí la puerta de la valla, fui hasta el porche y llamé al timbre. Como todas las casas de la calle, estaba en muy buen estado y parecía recién pintada.

Me abrió la puerta un hombre en bata. Rondaría los sesenta años y tenía una enorme calva rodeada por una fina banda de pelo blanco. La bata era cara, de seda roja. Fina, para el verano. Vi un bulto en forma de revólver en su bolsillo derecho. Aparentemente desconfiaba de las visitas, aunque fueran de día.

—¿El doctor Farnesworth? —pregunté.

—¿Quién es usted? —respondió, metiendo la mano en el bolsillo en cuestión.

—Me llamo Eddie Flynn, soy abogado. Represento a Andy Dubois —dije, avancé un paso y atravesé un pie en el umbral.

Él intentó cerrar la puerta y dejarme allí, pero la puerta chocó contra mi zapato y se trabó.

—Esto es allanamiento —dijo.

—Estoy hablando con un testigo pericial que no está cumpliendo su parte del contrato.

—Estoy jubilado —dijo él.

—Cody Warren también, de manera permanente. Y también Betty, su jefa de personal.

—¿Ha muerto Betty?

—Los encontraron anoche. Dejaron sus cadáveres en un coche al lado de casa de Dubois. Doctor, sé que tiene miedo, pero necesito hablar con usted.

Hizo una pausa, y vi cómo la maquinaria de su mente se movía, mientras sus ojos iban rápidamente a izquierda y derecha. Me dio la sensación de que ya imaginaba que Warren estaba muerto. Pero lo de Betty le había cogido por sorpresa. Sus asesinatos no habían salido en los periódicos ni en televisión. La Oficina del Sheriff lo estaba llevando con discreción, lo cual era más que sospechoso.

Soltó la puerta, se asomó al porche y miró a ambos lados de la calle. No había peatones ni ningún otro coche aparte del Prius. En aquel barrio todo el mundo tenía una entrada para vehículos. Solo las visitas o los vigilantes aparcaban en la calle.

—¿Es su coche? —preguntó, señalando el Prius.

—Sí, de alquiler. ¿Podemos hablar dentro?

Me hizo pasar apresuradamente. Cerró la puerta y me llevó a una sala que había a la izquierda del recibidor. Era un estudio con paneles de roble y estanterías en una de las paredes. Tenía las cortinas cerradas, y la única luz venía de una lámpara de banquero encima del escritorio. No se sentó, ni tampoco me invitó a sentarme en el sofá.

—¿Qué es lo que quiere? Ya se lo he dicho, me he jubilado.

Estaba jadeando, pero no de cansancio, sino por el pánico y el miedo.

—Cody Warren lo contrató para hacerle una autopsia a Skylar Edwards. Usted encontró unas marcas en la sien, que se hicieron con un anillo. Esas marcas no aparecen en el informe forense. Yo creo que eso es importante. O la forense no las vio, lo cual no me parece probable, o alguien le dijo que las omitiera de su informe. ¿Por qué cree?

—¿No es evidente? El sospechoso que Korn encontró no llevaba ese anillo. Podría usarse para aducir duda razonable. Deje que le diga algo, señor Flynn: en el condado de Sunville hay muy pocos casos sin resolver. Muchos sospechan que los pocos que no se han resuelto los cometió el propio fiscal o su gente más cercana.

—¿Cree que el fiscal es un asesino?

Sacudió la cabeza.

—Si no ha llegado a esa conclusión usted solito, no puedo ayudarlo. Ese hombre vive para ver las ejecuciones que ha orquestado. Ya sea en la silla eléctrica, con la inyección, o... por otros medios.

—Razón de más para que me ayude a salvar a Andy Dubois.

Al decir su nombre, la cara de Farnesworth se transformó. Apartó la vista, incapaz de mirarme, y fue como si sus ojos y sus rasgos se deshicieran. El nombre de Andy Dubois era una astilla de vergüenza que le escocía.

—No puedo ayudarlo. Ya le he dicho que estoy jubilado —repitió con voz grave.

—Ya lo estaba cuando aceptó el encargo de Cody. ¿Qué es lo que ha cambiado?

—Todo. Yo hice la autopsia, redacté el informe y lo discutí con Cody. En algún momento tenía que compartirlo con la acusación por la revelación obligatoria de pruebas. El día después de enviar mi informe a la oficina del fiscal recibí una llamada diciendo que me convenía no testificar si quería seguir con vida.

—¿Se lo dijo al sheriff?

—Me llamaron de la Oficina del Sheriff.

—¿Lomax?

—Sí, Lomax era un buen hombre antes de conocer a Korn. No sé cómo explicarlo, quizá no haga falta, pero Korn tiene algo que cambia a las personas. Se cuela dentro de ellas con su suciedad. Las infecta. A poco de convertirse en fiscal se dispararon los casos punibles con la pena de muerte, y Lomax se compró un coche nuevo. No mucho después fue una casa nueva, su esposa empezó a ir de compras por todas las tiendas caras del pueblo. ¿Hace falta que se lo explique? Korn puso a Lomax en nómina. Y a nada que cedes un poco, estás acabado. A partir de ahí es una calle sin salida. De aceptar un soborno, pasas a hacer la vista gorda cuando se manipulan pruebas; luego las manipulas directamente, o las destruyes, hasta acabar con gente como Cody y Betty. Tarde o temprano te das cuenta de que te ha llevado a un sitio donde no esperabas llegar.

Conocía bien esa historia. Lo había visto en varios policías. No ocurre de la noche a la mañana. Se va acumulando, y poco a poco se hacen más corruptos, hasta que los consume. Es como poner una rana en agua fría y llevarla poco a poco a ebullición.

—Pero ¿por qué mataría Lomax por Korn? Es algo muy serio. ¿Lo está extorsionando?

—No lo sé. Korn sabe cómo lograr que la gente haga lo que quiere. Y si no es capaz de controlar a alguien, esa persona no dura mucho. Por eso no puedo ayudarlo. No quiero encontrarme con el cañón de una pistola cuando salga a recoger el correo una mañana.

No quería presionar a Farnesworth. Parecía un anciano asustado. Pero la idea de Andy en la silla eléctrica era mucho peor.

—Mire, usted hizo fotos cuando examinó el cadáver. Betty me dijo que estaban en el maletero de Cody junto con los documentos del caso, pero han desaparecido. Necesito esas fotos, y necesito que testifique sobre las marcas que encontró en la cabeza de la víctima. Si lo hace, lo protegeré.

—¿Se va a instalar aquí, hijo? No es por faltarle al respeto, pero ya le va a costar bastante que no lo maten a usted.

—Es la historia de mi vida —contesté—. Mire, tiene que haber algún modo de que pueda usar esas fotos sin involucrarlo. Ninguno de los otros informes o fotos muestra esas marcas en la víctima.

—Siento lo de su cliente. De verdad. Pero no estoy dispuesto a morir por él.

—Tengo amigos en Nueva York. Puedo hacer que le manden un equipo entero de vigilantes de seguridad en un avión, en menos de una hora. Por favor…

—No pienso arriesgarme.

—Entonces, Cody y Betty murieron para nada, el asesino de Skylar seguirá en libertad y Korn conseguirá mandar a un chaval inocente a la silla eléctrica. ¿Es eso lo que está diciendo?

Farnesworth dio un paso atrás, con el labio inferior temblando mientras cogía aire.

—Usted era médico. ¿Su principal obligación no es preservar la vida? —insistí.

Dejó caer la cabeza. Era evidente que la pregunta lo corroía por dentro. No la que yo le había hecho, no: la pregunta importante. La que todos nos hacemos en un momento u otro. Es la pregunta implícita en el discurso de confesión de Martin Niemöller en 1946. Posteriormente se dio forma poética a sus palabras y ahora adornan varios museos del Holocausto. Martin dijo que cuando vinieron a buscar a los socialistas, no dijo nada porque no era socialista; luego vinieron a por los comunistas, los sindicalistas, después a por los judíos; y él no era comunista ni sindicalista ni judío, así que no dijo nada. La última frase es estremecedora: «Entonces vinieron a por mí, pero, para entonces, ya no quedaba nadie que dijera nada».

¿En qué momento hay que dar un paso adelante? ¿Cuándo debe uno hablar?

Esa era la pregunta que reconcomía a Farnesworth. Por los abrigos que tenía colgados en el recibidor y la decoración de la casa, era evidente que estaba casado y probablemente quisiese mucho a su esposa. Estaba sopesando el posible peligro para ella y la profunda vergüenza de ignorarme.

—No puedo —contestó.

Yo me hice esa pregunta hace mucho tiempo. Y hablo. Pase lo que pase, me pongo en pie en los juzgados en nombre de aquellos que me necesitan. Y eso me ha costado todo lo que tenía. Mi matrimonio, la relación con mi hija y, más recientemente, la vida de la mujer a la que amaba. Hacer lo correcto tiene sus consecuencias, de la misma manera que no hacer nada. Y puede ser igual de difícil mirarte en el espejo.

Asentí. Entendía el miedo de Farnesworth. Tenía derecho a estar asustado.

—De acuerdo. Pero ahora tiene dos opciones. Sé que tiene las fotos, y yo las necesito. Me las puede dar o se las puedo quitar. No hay medias tintas en esto, doctor.

—Le daré las malditas fotos, pero no pienso pisar un juzgado. Eso significa que no puede usarlas en el juicio, ¿verdad?

—Usted deme las fotos —dije.

Fue hasta su escritorio, abrió el cajón y hojeó varias carpetas antes de sacar un sobre y entregármelo. No estaba cerrado. Lo abrí y saqué el fajo de fotos.

—Creo que lo que hay en esas fotos hizo que mataran a Cody y a Betty —dijo Farnesworth—. Voy a tener que vivir con eso.

Encontré los primeros planos de las heridas en la cabeza de Skylar.

—Tenía esa marca de estrella causada por los golpes en toda la parte frontal del cráneo. Como si se la hubieran grabado —dijo.

Las fotos se acercaban cada vez más a las heridas, mostrando la progresión del zoom. La última, que parecía tomada con una lente y casi tocando la piel, tenía que ser la responsable del asesinato de Cody. Estaba seguro de ello. No sabía lo que significaba, pero sí que teníamos un problema.

—Eso que se aprecia en la piel, encima de la estrella, ¿son símbolos? —pregunté.

—Al principio no los distinguí. No me fijé en lo que eran. Pero Cody reconoció algo en esas fotografías y las amplió. Luego me hizo una visita para hablar de ello. Fue la última vez que lo vi.

—¿Y qué son esas marcas? ¿Quemaduras?

—No, magulladuras. La piel envuelve el objeto que entra en contacto con ella rápidamente y con mucha fuerza. La zona alrededor del punto de impacto puede quedar decolorada, y eso hace que la forma se vea con más claridad. Los símbolos estaban en el anillo. Se repiten en todos los golpes, aunque muy tenues, pero ese es el golpe que mejor salió al imprimirlas. Esa es la foto que le parecía importante a Cody.

Yo veía una especie de luna creciente y dos líneas horizontales unidas por otra vertical. Los símbolos eran pequeños, medirían poco más de medio centímetro. Pero sabía que el símbolo grabado en su piel era una imagen exacta del emblema en el anillo.

Eran dos letras. Justo sobre la estrella.

«F C».

37
BLOCH

Bloch se encontraba en la esquina de la calle 15 con la calle principal, vigilando el aparcamiento que había enfrente, detrás de una alambrada de espino con capacidad para unos cincuenta coches. A un lado del aparcamiento había una oficina de correos que tenía aspecto de llevar bastante tiempo allí, y al otro, una tienda de bagels que parecía recién abierta. En el lado de la calle donde ella estaba había un almacén y una tienda de golosinas justo enfrente del aparcamiento.

Eran las 10.01 de la mañana, y la persona con la que había quedado llegaba un minuto tarde. Notó que se le apretaba la mandíbula y trató de relajarse. Se metió un chicle de Juicy Fruit en la boca y suspiró.

Si quedaba en un lugar a una hora concreta, estaba en el sitio exacto, a la hora exacta, o incluso un poco antes. No soportaba llegar tarde, ni que la gente llegara tarde. Las cosas tenían que hacerse de una manera concreta. Aún le costaba tratar con la gente que no se avenía a su programa.

De pronto, un Lincoln Navigator entró en el aparcamiento. Los neumáticos hicieron crujir la gravilla de la entrada y avanzaron sobre el hormigón liso. Dio marcha atrás para aparcar en una plaza y una mujer con una camiseta beis, pantalones de franela y zapatos de cáñamo se bajó. Llevaba la melena morena recogida y un collar de oro de ley con un colgante que parecía de jade. Bloch cruzó la calle y la abordó cuando salía del aparcamiento.

—¿Jane? —dijo.

—Sí, usted debe de ser Bloch —respondió la señora. Olía a aceites esenciales, dulces y caros. Bloch supuso que se pasaría las tardes comiendo cosas veganas, escuchando jazz clásico y leyendo el *New*

Yorker semanal. Jane tenía dinero. Lo suficiente como para no necesitar un trabajo de verdad y conformarse con dedicar su tiempo a varias asociaciones benéficas. Una de ellas defendía a reclusos que se encontraban en el corredor de la muerte. Jane era la vicepresidenta.

Bloch asintió a modo de saludo.

—Bueno, pues aquí es donde pasó —dijo Jane—. Como le dije, tampoco hay mucho que ver. El concesionario cerró después de que asesinaran al señor Sequentes. Se quedó vacío durante mucho tiempo, y luego, a medida que los comercios se fueron viniendo a este lado del pueblo, necesitaron más aparcamientos y esta parcela se habilitó para ellos. Es bastante barato para tratarse de esta zona. Cuatro dólares la hora.

A Bloch no le interesaba cuánto costaba aparcar.

—¿Ha traído los archivos? —le preguntó.

Jane se cruzó de brazos, apoyó su peso sobre una cadera, y ladeó la cabeza.

—¿Me puede decir por qué le interesa esto? No he visto su nombre en los archivos.

—Trabajo para un despacho de abogados —respondió Bloch.

Jane no se movió. Tampoco preguntó nada más. Quería que Bloch supiera que no le bastaba con esa respuesta. Ni de coña.

—Representamos a Andy Dubois —dijo por fin.

—Ah, he oído hablar del caso. Empieza mañana, ¿no? Entonces ¿por qué quiere información sobre Darius Robinson?

—No me interesa Darius Robinson. Me interesa el fiscal.

—Mire, no pierda el tiempo. Randal Korn está muy protegido. No hay nada que pueda utilizar en su contra en el caso de Darius. Ese hombre borra su rastro. A Darius le tocó un abogado de mierda en su juicio, y otro muy bueno para la apelación, pero Cody Warren no encontró nada que usar contra Korn. Lo siento —dijo Jane.

Dejó caer los brazos a los lados y dio un paso atrás. Iba a marcharse.

—Cody Warren está muerto —dijo Bloch.

—¿Muerto?

—Y su jefa de personal también. Los ejecutaron y los dejaron en el coche de Cody al lado de la casa de Andy Dubois.

—¡Oh, Dios mío!, ¡eso es… horrible! Esa pobre gente. Ay, Dios, ¿y creen que el fiscal tiene que ver con ello?

Bloch arqueó una ceja.

Jane se quedó confundida unos instantes, pero su interlocutora no tenía tiempo que perder.

—Déjeme ver esos archivos, por favor.

—¿Para qué? Si hubiera algo aquí, Cody lo habría visto.

Bloch suspiró. No le gustaba hablar. Las conversaciones no eran lo suyo. Pero necesitaba ver aquellos archivos.

—Si no hay nada que me sea útil ahí dentro, usted no pierde nada. Solo la media hora que tardaré en leerlos. Si encuentro algo, podrá solicitar el perdón para Darius Robinson, a título póstumo.

Jane dudó, la miró de arriba abajo, y dijo:

—¿Y qué le lleva a pensar que puede descubrir algo que uno de los mejores abogados de este estado no ha visto?

Bloch removió la gravilla con la bota y respondió:

—Es lo que hago.

Jane se quedó callada. Después añadió:

—Oh, Dios mío, ¿va a leérselos en media hora? Tengo dos cajas llenas de documentos en el maletero.

Bloch volvió a arquear la ceja.

—Pues venga —dijo Jane.

Bloch había tardado varios días en revisar los últimos veinte casos que acabaron en pena capital con Korn como fiscal. De haber sido un fiscal distinto, solo dos de ellos se podrían plantear como casos punibles con la pena de muerte, pero Korn hizo que todos ellos se llevaran hasta el límite de la ley, buscando la pena capital. De los veinte, diez de los acusados eran claramente culpables. Eso no significaba que merecieran morir, pensaba Bloch, pero tampoco despertarían la simpatía del público si encontraban algún indicio de mala praxis por parte de Korn. De los diez restantes, nueve eran jóvenes con alguna discapacidad intelectual o mental. Tenían defensas creíbles, pero Bloch no vio nada que llamara su atención.

Entonces dio con el caso de Robinson. Darius fue condenado de acuerdo con la ley estatal que dicta que, si una persona participa en un crimen, puede ser responsable del crimen en su totalidad, aunque tuviera un papel menor en el mismo. Lo acusaron de robo y homicidio. Él conducía el coche en el que huyó un exconvicto, llamado Porter, después de que este atracara un concesionario de coches usados y matara al propietario. Darius sostenía que no sabía que Porter llevara un arma, y que él solo pretendía acercarlo a recoger un coche que acababa de comprar. También aducía que, cuando Porter regresó al coche corriendo con una pistola en la mano y una bolsa llena de dinero, el expresidiario lo amenazó con matarlo si no lo sacaba de allí.

Porter acabó abatido por la policía, y a Darius lo detuvieron cuando dos personas identificaron su matrícula.

Esto último fue lo que llamó la atención de Bloch.

Si vas a cometer un robo a mano armada, no es muy buena idea usar tu propio coche. De hecho hay que ser bastante estúpido para hacerlo. Y Darius Robinson no parecía de esa clase de personas.

Jane abrió el maletero de su Lincoln, Bloch sacó una caja, la llevó al asiento trasero, se subió y empezó a hojear los documentos. Terminó con ella en diez minutos. Jane le pasó la otra caja.

Hora y media después, Bloch cogió una hoja de la segunda caja y dijo:

—Ya está. Venga conmigo.

Se bajaron del coche, y Jane la siguió hasta la tienda de golosinas que había al otro lado de la calle.

—Hablamos con la dueña, Dorothy Majors —le aclaró esta—. Simplemente nos confirmó lo que había dicho a la policía. No oyó ni vio nada. Está bastante sorda.

Una mujer con un delantal azul y blusa blanca salió de la trastienda casi al instante y se puso detrás del mostrador. Tenía azúcar glas en una mejilla, en las manos y el delantal. Al moverse, dejaba una nubecilla de polvo blanco que olía dulce. Su pelo era blanco, y costaba distinguir cuánto azúcar tenía en él también.

—Buenos días —dijo la mujer.

—Buenos días —contestó Bloch—. Soy de la oficina del fiscal del distrito. Quisiera hablar con Dorothy Majors sobre el caso de Darius Robinson.

—Pues Dorothy soy yo. Creía que eso ya había acabado. Él está... ¿No lo habían...?

—Lo ejecutaron el año pasado. Solo estamos atando un par de cabos antes de cerrar los expedientes, espero que no la moleste.

Dorothy agitó una mano diciendo:

—No, en absoluto. ¿Qué puedo hacer por ustedes?

Bloch le mostró su declaración. Era la única que había en la carpeta, y la había preparado el abogado que llevó la apelación de Darius.

—Usted declaró a estos abogados que no oyó nada aquel día.

La mujer cogió el documento y lo examinó. El texto consistía en unas pocas líneas, confirmando la identidad de Dorothy, su dirección, que no oyó el disparo porque tenía problemas de audición, y que tampoco vio nada.

—Sí, recuerdo que lo firmé. No oí el disparo, así que no había motivo para salir a comprobar qué estaba pasando —dijo, pero no pudo evitar mirar por encima del hombro de Bloch, hacia la campanilla de la puerta de entrada.

Eso sí lo había oído al entrar ellas.

—Bien —dijo Bloch—. O sea, que no les dijo que en realidad *sí oyó* el disparo, que salió, y *vio* lo que pasó.

Dorothy sonrió, esta vez con menos dulzura, y dijo:

—Recuérdeme de dónde viene.

—De la oficina del fiscal. No pasa nada, señora, puede hablar con total libertad.

Dorothy se quedó callada unos instantes y limpió el mostrador con un trapo mientras maduraba la respuesta.

—¿Quién le ha dicho que oí el disparo? —preguntó.

—Parece lógico, señora. El timbre de la campanilla que tiene en la puerta no llegará a los cuarenta decibelios. El motor de un avión a reacción que consume cuatro litros de gasolina por segundo alcanza ciento cuarenta decibelios. Porter usó una Beretta de nueve milímetros para disparar una bala parabellum de punta hueca. El estallido sonoro rompería la barrera del sonido a *ciento sesenta* decibelios. O sea, que usted tuvo que oír el disparo.

—Como le dije al sheriff, salí después de oírlo y vi al tipo con la bolsa. Estaba de pie en la calle, apuntando al conductor del coche, gritándole que, si no abría la puerta, lo mataría. Eso es lo que le dije al sheriff Lomax. Él me dijo que no se lo contara a nadie. Pero no me hizo firmar nada. ¿Es algo malo?

—En absoluto, señora. ¿También tuvo una conversación así con el fiscal?

—No, solo hablé con el sheriff. ¿He hecho algo indebido?

—No se preocupe, y gracias por su colaboración. Si necesitamos alguna cosa más, nos pondremos en contacto con usted.

Bloch salió de la tienda, haciendo sonar la campanilla, con Jane siguiendo sus pasos, boquiabierta.

—Oh, Dios mío —exclamó Jane.

Eso lo decía muy a menudo. Bloch sacó el móvil de la chaqueta y paró la grabación. La guardó como archivo nuevo y se lo envió a Kate.

—Nadie se había dado cuenta de esto. ¿Cómo lo ha hecho? —preguntó Jane.

—Ya se lo dije. Es lo que hago —contestó Bloch.

38
KATE

Bloch se había llevado el SUV, Eddie tenía el Prius, y eso dejaba a Kate y a Harry con el amago de Volkswagen. Harry lo llevó hasta la parada de camiones y aparcó detrás del bar. Eran las doce del mediodía. Hora de abrir. Kate estaba al teléfono con Bloch.

—Ya he escuchado la grabación de la señora de la tienda de chuches. Buen trabajo, aunque con eso no vamos a cargarnos a Korn —dijo.

—Pero sí podemos hacerle daño. Dorothy Majors implica a Lomax en un delito de perjurio y obstrucción a la justicia. Podemos usarlo para joderlo.

—O sea, que hacemos que Lomax llegue a un acuerdo con Berlin a cambio de testificar contra Korn.

—Exacto.

—Vale, lo hablo con Eddie —dijo Kate, y colgó.

—¿Tú crees que Lomax traicionará al fiscal? —preguntó Harry.

—No le queda otra. Dudo que esté dispuesto a ir a la cárcel por él. He oído que su mujer está enferma. No querrá separarse de ella. Así es como vamos a cargarnos a Korn, lo presiento.

Harry asintió y miró hacia el Hogg's Bar a través del parabrisas.

Se bajaron del coche y fueron hacia la entrada principal bajo el sofocante calor. El local estaba oscuro y el contraste con el sol deslumbrante cegó a Kate, que tuvo que pararse y parpadear varias veces para acostumbrarse a la luz tenue. Las ventanas estaban cubiertas con gruesas láminas de plástico, y la luz de los carteles de neón detrás de la larga barra frente a la puerta, los videojuegos y la máquina de discos digital eran su único punto de referencia.

Había media docena de mesas redondas pequeñas y taburetes repartidos entre la puerta y la barra, y unos cuantos bancos corridos a la izquierda, tal vez unos seis, con una lámpara sobre cada mesa, aunque aún no estaban encendidas. Dos vigas salían de las esquinas del bar hasta el techo. Las dos, tachonadas con herraduras.

Un hombre estaba limpiando un vaso de cerveza con un trapo blanco detrás de la barra. No había nadie más en el bar, pero, a juzgar por el olor que salía de la cocina, estaban preparándose para un servicio de comida ajetreado. El hombre dejó el vaso sobre la barra, se limpió la nuca con el mismo trapo y lo tiró al fregadero. Llevaba una camisa de cuadros roja y negra, vaqueros azules y camiseta negra. O bien llevaba una semana sin afeitarse o ese era el *look* que buscaba; Kate no lo tenía muy claro.

—¿Les pongo algo? —dijo.

—Vale —respondió Harry, cogiendo un taburete junto a la barra—. El café huele bien. Yo tomaré dos bourbons con hielo, agua y una taza de café.

El barman asintió. Sirvió dos vasos de agua helada, puso uno delante de Harry y otro delante del taburete a su lado. En sitios como aquel, les compensaba tener hidratada a la clientela. Así había menos probabilidades de que murieran de un ataque al corazón antes de pagar la cuenta.

—¿Quieres algo, Kate? —preguntó Harry.

Kate se sentó a su lado y bebió un poco de agua.

—Con esto está bien, gracias.

El barman volvió con las bebidas de Harry y un cafecito.

—¿Dos bourbons *y* café? —preguntó Kate.

—No te preocupes, el café no es para mí —contestó. Sacó el móvil e hizo una foto a la taza—. Eddie no se ha tomado un café decente desde que salimos de Nueva York. Esta foto lo va a volver loco.

—¿Y por qué no te has pedido un bourbon doble con hielo?

—Porque los camareros son más generosos cuando lo sirven solo. ¿O me equivoco?

El barman asintió.

—Usted sí que tiene mundo —dijo.

—Así es. Sobre todo, en bares —añadió Harry—. ¿Es usted Ryan Hogg?

El barman estaba inclinado limpiando la barra cuando Harry hizo la pregunta. Su trapo se paró en seco en cuanto dejó de hablar.

—¿Quién quiere saberlo? —dijo.

—Somos los abogados de Andy Dubois —respondió Kate.

Suspiró y siguió limpiando la barra con más fuerza.

—Ya le dije al sheriff lo que vi —dijo.

—O sea, que sí es Ryan —afirmó Kate—. Andy parece buen chico.

—Eso creía yo también, pero nunca se sabe —contestó.

Kate intercambió una mirada fugaz con Harry. Era evidente que Ryan seguía sintiendo debilidad por Andy. Harry también lo veía.

—El fiscal dice que él mató a Skylar Edwards. Nosotros no lo creemos. ¿Usted qué opina? —preguntó Kate.

Ryan dejó el trapo, se les acercó y se apoyó sobre la barra, plantando ambas manos sobre ella.

—Lloré la noche que encontraron a Skylar. Era especial. Lista, guapa, con un corazón de oro. Tenía tiempo para todo el mundo. Mucha gente de este pueblo estaba orgullosa de ella. Y mientras Andy trabajaba aquí, cuidaba de él. Le tenía a raya. Hacía que su trabajo estuviera a la altura, al menos casi siempre. No sé por qué discutieron esa noche. Pero lo vi con mis propios ojos, estaban en la puerta del bar.

—¿Podría describir cómo se comportó con Skylar esa noche? —preguntó Kate.

—Le estuvo gritando. Y Skylar tampoco se quedó corta, también le gritaba.

—¿Andy parecía cabreado? —dijo Harry.

Ryan miró hacia la puerta, como si lo recordara con detalle y lo estuviera reviviendo allí mismo.

—Le levantó la voz. Supongo que sí.

—¿Sobre qué cree que discutían? —preguntó Harry.

—No tengo ni idea, pero él estaba muy cabreado.

Hicieron una pausa, Kate miró a Harry, y este asintió. Era el momento de soltar la pregunta de los sesenta y cuatro mil dólares.

—Ryan, ¿usted cree que Andy mató a Skylar?

Hogg sacudió la cabeza.

—Yo solo intento llevar mi bar. Ya le dije al sheriff que únicamente voy a contarlo tal cual. Eso es lo que vi. Ya está. No necesito a Randal Korn husmeándome el culo.

Harry suspiró.

Kate podía entender el miedo de Ryan. Nadie querría tener a Korn de enemigo, pero eso tampoco explicaba que mintiera. No. Andy decía que aquella noche no discutió con Skylar. Nunca discutían, y ella creía a Andy. Se quedó mirando las manos de Ryan, que seguían abiertas sobre la barra.

—Gracias. ¿Le importa si paso al baño? —dijo Kate.

—Claro que no, está nada más girar esa esquina —indicó Ryan.

Kate se bajó del taburete, rodeó la barra hasta unas puertas donde ponía ASEOS y la empujó con el corazón desbocado. Sacó su móvil y escribió un mensaje a Harry.

Al otro lado de la puerta se encontró un pasillo corto y estrecho. Al fondo había una salida de incendios. A la derecha, una pared pintada de blanco y cubierta de grafitis. A la izquierda vio dos puertas; en una decía CERDOS y en la otra, CERDAS. Se quedó escuchando junto a la puerta que acababa de atravesar, esperando... Ahí estaba. Era el pitido del móvil de Harry confirmando que había recibido el mensaje. Entró por la puerta de las cerdas preguntándose por qué demonios una mujer pondría un pie en aquel maldito lugar. Se echó agua en el cuello, se lavó las manos, se las secó y regresó al bar.

Harry la miró al instante. Volvió a sentarse en el taburete mientras él apuraba su bebida y dejaba el vaso sobre la barra.

—Ryan, ¿le importa ponerme el café para llevar?

—Claro —dijo Ryan, agarrando un vaso de papel del estante que tenía sobre la máquina de café. A continuación cogió la taza de Harry y la vertió con cuidado dentro del vaso.

Al hacerlo, Kate giró su teléfono hacia el camarero e hizo varias fotos. Ryan le dio el vaso de papel a Harry y se disculpó porque no le quedaban tapas. Harry pagó la cuenta, se levantaron y salieron del bar.

—Gracias por su ayuda —dijo Kate, con toda la sinceridad que pudo.

Por primera vez desde que habían entrado, Ryan Hogg la miró con suspicacia.

Kate no dijo nada a Harry mientras salían. Ni tampoco en el aparcamiento. No abrió la boca hasta que estaban de vuelta en el coche.

Creía saber por qué mentía Ryan.

—¿Tienes la foto? —preguntó Harry.

Kate revisó la galería de fotos de su móvil, se detuvo en una de las que acababa de hacer y amplió una parte de la imagen moviendo el pulgar y el índice. Se veía a Ryan Hogg trasvasando el café de Harry a un vaso de papel. En la mano derecha tenía un anillo de oro grande.

Con una estrella de cinco puntas en el centro.

39
LOMAX

Los últimos asistentes al entierro dejaron sus platos vacíos en el fregadero, volvieron a presentarle sus condolencias a Lomax, y se marcharon. El funeral sería dentro de dos días. Aún le quedaban otras cuarenta y ocho horas de esta mierda. No quería ni una tarta más en la casa, ni tener que hacer café, ni ver ni hablar con nadie más en mucho tiempo.

La gente que venía a dar el pésame eran amigos de Lucy: vecinos, gente del pueblo, tenderos, enfermeras; lo de siempre. A pesar de su larga enfermedad, su muerte había sido tan repentina que los cogió por sorpresa. Lucy había plantado cara al cáncer y en ningún momento había dejado que le arrebatara la dignidad o la fuerza. Tal vez por eso sorprendió a algunos, a pesar de todo.

Lomax dejó todos los platos, tazas y vasos sucios donde estaban, subió al dormitorio y pensó que Lucy le habría echado la bronca por no lavarlos. Pero en ese momento no se veía capaz. Solo quería tumbarse. Al llegar allí, se quitó las botas y se tumbó en el lado de la cama de Lucy. Respiró hondo y olió su perfume. Seguía impregnando las sábanas. Estuvo un rato llorando, y luego se quedó dormido. Cuando despertó, miró el reloj de la mesilla y vio que eran más de las cinco de la tarde. Tenía hambre, pero no le apetecía comer.

Se dio la vuelta y examinó la figurita del policía junto a una farola. Era de Lucy, se la regaló un amigo cuando Lomax fue elegido sheriff por primera vez. Tenía veinticinco años. Lucy se quedaba mirándola cada noche y, de algún modo, la figurita también la miraba.

Lomax se había desviado de la luz. Korn lo había arrastrado a la oscuridad. Abrió el cajón de la mesilla de Lucy, esperando encontrar su perfume. Era su espacio privado. Jamás tocaba sus cajones ni su armario. A ella le gustaba tener sus cosas de una manera concreta y no era territorio suyo. Al fin y al cabo, él tenía su propio armario. Miró dentro del cajón y vio el frasco de perfume francés.

Junto al frasco había un sobre blanco, tamaño carta. Se incorporó, lo sacó y leyó el nombre escrito con aquella letra que le resultaba tan familiar.

Para Colt. Para después.

Giró el sobre y lo abrió con cuidado. No quería rasgarlo. Lucy había escrito su nombre en el otro lado con su letra, y eso era muy valioso. Algo que atesorar.

En su interior había una carta escrita a mano.

Querido Colt:

Mi amor, sé que no verás esto hasta que ya me haya ido. Por favor, no te sientas tan mal. Te he querido toda mi vida. Aún te quiero. Come, por favor. Sé cómo te pones.

Me encanta cómo me has cuidado durante esta enfermedad. Tus masajes de pies, los baños, cómo me lavabas la cabeza y hasta me desmenuzabas las pastillas y me las metías en el yogur cuando no podía tragarlas. Puedes ser muy detallista.

Me encanta la casa que nos construiste. Me ha hecho especialmente feliz estos últimos años. Y no creas que no sé lo mucho que te ha costado. Llevas tiempo con un peso al cuello. Lo he visto. No hace mucho que empezó todo, cuando Randal Korn entró en nuestras vidas, y no pasa un día en que no lamente que te fijaras en ese hombre. Está podrido. Y está intentando hacerte igual que él.

Tú no eres como Randal Korn. Tú eres un buen hombre. Lo sé. Lo sabía el día que me casé contigo. Algo te ha doblegado, pero sé que esa bondad sigue en ti, Colt Lomax. Lo veo cuando me pones las pantuflas, cuando me ayudas a ir al baño, cuando me preparas el chocolate por la noche.

Este hombre te ha hecho hacer cosas malas. Cosas que no hubieras hecho antes. La vida es muy corta y muy bonita. No podía hablarte de todo esto antes. Sabes que no podía. Lo intenté, pero no querías escucharme. Sea lo que sea lo que has hecho, te ha dañado muy adentro. Y no quiero que sigas sufriendo.

Haz el bien todos los días. Como hacías antes. Tienes tu pata de conejo de la suerte; no te pasará nada malo mientras siga con tus llaves. Te mantendrá a salvo. Pero no esperes más, mi amor; aparta a ese hombre de tu vida, para siempre.

Por mí.

Por favor.

Hazlo y te estaré esperando.

Tu amante esposa,
LUCY X

Lomax se quedó mirando la carta, incapaz de hablar ni de moverse.

Saltó al ver una lágrima caer sobre la página, corriendo la tinta. Con sumo cuidado, la dejó sobre la mesilla y rompió a llorar por su mujer.

Y por sí mismo.

Pasado un rato, se levantó y abrió el armario. Había una caja de zapatos junto a la caja de seguridad donde guardaba su arma personal. La cogió y la abrió. Dentro tenía un lápiz USB con las grabaciones de seguridad de la gasolinera de las cuarenta y ocho horas en las que Skylar Edwards desapareció y fue asesinada. Era la única copia de los vídeos, después de haber borrado los originales del ordenador de la gasolinera.

Cuando el informe de la forense reveló varias incoherencias, Lomax decidió seguir investigando el asesinato de Skylar. Un par de días después de que se presentaran cargos contra Andy Dubois encontró las grabaciones de la gasolinera. Y aún no creía lo que descubrió en ellas. Skylar se metía en un coche. Ese mismo coche volvía la tarde siguiente, recién anochecido. Al hacer zoom se veía al conductor sacando algo pesado del maletero del vehículo y yendo hacia el tramo de campo al otro lado del aparcamiento.

Lomax sabía quién era el conductor. Era el verdadero asesino. Y lo más importante: la noche en la que Skylar desapareció, en el vídeo se veía claramente que Andy Dubois abandonaba el lugar y ya no volvía a él.

Había llegado el momento de confesar y parar los pies a Randal Korn, antes de que mandase a otro inocente a la cámara de muerte.

40
EDDIE

Quedé con Kate y Harry en un asador a unos veinte kilómetros de Buckstown. Era un bar de carretera, con manteles de cuadros azules y blancos, y comida servida en bandejas tripartitas: un compartimento para la carne, otro para las patatas o los aros de cebolla y otro para la verdura. Harry y yo pedimos cerdo a la barbacoa. Kate optó por una ensalada de pollo a la brasa.

—Bueno, ¿qué es lo que te tiene tan emocionada? —pregunté.

Desde que se había sentado, no había dejado de dar golpecitos con el tacón en el suelo de madera bajo la mesa.

—He visto el anillo que le hizo esas heridas a Skylar Edwards —contestó ella.

Me incliné hacia delante.

—Estábamos buscando un anillo grande con una estrella de cinco puntas —dijo—. Ryan Hogg tiene uno exactamente igual —añadió, y me enseñó una foto.

En la imagen se veía el antebrazo de Harry, así que supuse que la foto era de hoy. La siguiente que me mostró era un primer plano del anillo. Un ostentoso anillo de oro, con una estrella blanca en el centro.

—¿Puedes acercarte más? —pregunté.

Kate ajustó la imagen, pero no tenía suficiente calidad para ver los detalles más pequeños del anillo.

—He hablado con Farnesworth. Hay buenas y malas noticias —dije—. La buena es que ha sido bastante concreto sobre las marcas que le dejaron a Skylar con el anillo. De hecho, hay dos letras sobre la estrella, una «F» y una «C», pero no sé si hay letras en el anillo de Hogg.

—Siempre podemos volver para verlo mejor —dijo Kate.

—No sé si sería muy sensato ahora mismo. Todavía no me habéis preguntado cuál es la mala noticia.

Harry cerró los ojos. Siempre iba por delante de mí. Kate dejó caer la cabeza. Los dos habían comprendido cuál era el problema.

—Farnesworth se niega a testificar —dijo Kate.

—Exacto. Está acojonado. Y con razón. El abogado que lo contactó está muerto, y también su jefa de personal. Se está tomando en serio la advertencia. Da igual que encontremos al verdadero asesino y un anillo que encaje; sin Farnesworth, no podemos incluir las marcas que tenía Skylar entre las pruebas para el jurado. No entrarán en el caso.

—Y no podemos hacer que testifique otro forense porque el cuerpo de Skylar fue incinerado —dijo Harry.

—¿Y si conseguimos una citación para que Farnesworth tenga que testificar? —preguntó Kate.

—Es una posibilidad, pero sería un suicidio profesional. Aunque cumpliera con la citación y viniera al juzgado, cuando lo llamáramos a declarar, no cooperaría. Tendríamos que tratar a nuestro propio experto como un testigo hostil, y eso es un desastre garantizado en un caso como este. La vida de Andy está en juego. No podemos permitirnos ningún fallo —dije.

La comida seguía intacta sobre la mesa. Nos quedamos en silencio, pero Harry lo rompió al coger su tenedor para empezar a comer.

—Cuando estaba en Vietnam, comíamos siempre que podíamos. Nunca sabías cuándo ibas a comer un plato caliente. Venga, a comer. Ya lo pensaremos —dijo.

—¿Qué es lo que hay que pensar? Estamos estancados. No tenemos defensa. Eddie, deberíamos retirarnos. Pedir un aplazamiento y tomarnos un tiempo para reorganizarnos.

—No, aplazar un mes este juicio no es una opción. Para empezar, ¿tú crees que Chandler nos concedería un aplazamiento? Ni de coña. Y tampoco es que importe, pero, dentro de un mes, estaremos en la misma situación que ahora. Este caso no va a mejorar.

—Vamos a perder —señaló Kate.

—Tiene pinta —dije—. Todas las pruebas apuntan a Andy Dubois y, aunque no fuera así, probablemente el jurado tampoco nos escucharía. He tenido casos difíciles, pero ninguno como este. Korn se ha agenciado un jurado favorable, ha acojonado a nuestros testigos..., tiene pruebas forenses de que había sangre de Andy bajo las uñas de la víctima, dos confesiones, un testigo que afirma que él fue la última persona con la que estuvo Skylar antes de desaparecer. La lista de razones por las que vamos a perder el caso no tiene fin.

Kate sacudió la cabeza y dijo:

—No sabremos cómo ganarlo, pero tampoco estudié Derecho para empezar a sobornar jurados —dijo Kate.

Después de un par de días al sol, le habían salido más pecas en la nariz y en las mejillas. Tenía mechones de pelo pegados a la frente, laminados con sudor. Llevaba una camiseta negra bajo el traje gris, cuya chaqueta colgaba de la silla. El calor y el caso la estaban afectando más de lo que esperaba.

—Mira, no tienes nada de qué preocuparte. Jamás te pediré que rompas las reglas o quebrantes la ley. Somos socios, ¿recuerdas?

—Eso es lo que me preocupa. Si te pillan, dirán que yo tenía que saberlo porque soy tu socia. Yo también estaré jodida.

—No, no lo estarás —la contradije.

—¿Cómo lo sabes?

—Mira, no se puede jugar más sucio que Korn. Para él es un tema personal. Es la guerra. Han muerto abogados, joder. Hay testigos periciales que no están dispuestos a declarar porque temen que los mate. Para salvar a Andy, no nos va a bastar con jugar respetando las reglas. Creo que puedo salvarlo, pero para eso me tengo que tirar al barro con Korn. No hay otro modo de hacerlo.

—Tiene que haber una manera de ganar sin romper la ley.

Harry se echó a reír.

—¿He dicho algo gracioso? —dijo Kate.

—Estamos lidiando con un fiscal que se cree por encima de la ley. Yo antes pensaba como tú. Pero luego me di cuenta, o más bien, Eddie me enseñó, que la justicia y la ley pueden ser dos cosas muy distintas —dijo Harry.

—Pues a mí no me gusta.

—¿Crees que Bloch nunca se ha saltado las reglas? —pregunté.

Cogió su tenedor y empezó a pinchar la comida.

—Bloch va a la suyo. No digo que esté por encima de la ley; simplemente, es...

—*Distinta* —dijimos Harry y yo a la vez.

—Sí... —dijo Kate, asintiendo.

—No estaría con nosotros si fuera normal, sea lo que sea eso —dije yo.

El tono se aligeró con la sonrisa de Kate. Harry le dio un golpecito con el codo. Ella se lo devolvió con más fuerza y en las costillas, provocando una de esas icónicas carcajadas que contagia a todo el mundo que la oye. Harry nunca tuvo hijos. Antes trabajábamos con una investigadora llamada Harper. Harry y ella no tenían lo que se llamaría una relación de padre e hija exactamente, pero habría acabado siéndolo si no la hubiéramos perdido hacía un año. Su muerte nos había arrollado como una apisonadora.

Yo aún soñaba con ella la mayoría de las noches. Cuando murió, sabía que me dejaba una herida que jamás se curaría. Que la llevaría conmigo el resto de mi vida. Tenía dos opciones: o aprender a vivir con ella o dejar que me matara. Tengo una hija y no puedo abandonarla. Aunque a veces no me apetezca seguir en este mundo sin Harper.

Encontraba paz en las pequeñas cosas. Como en esta ocasión, viendo a Kate y a Harry sonreír y reírse juntos. Ella lo admiraba, y él admiraba la fuerza y la inteligencia de Kate. Él no tardaría en quejarse de lo poco que comía y ella haría lo propio porque él no se había tomado las pastillas. La relación padre-hija estaba escrita. El padre de Kate seguía vivo, pero se puede tener muchos padres. Todo el mundo necesita un mentor. Y estaba seguro de que yo no podía enseñarle nada.

En ese instante me alegré de estar en la misma mesa que ellos. Fue un momento efímero de ligereza y, por un segundo, mitigó el aplastante peso de representar a un hombre al que ejecutarían si perdíamos el caso.

Ese era el riesgo. Y no podía ser mayor.

Disfrutamos de la comida y, durante el tiempo que tardamos en limpiar el plato, ese peso desapareció.

—¿Sabéis algo de Bloch? —pregunté.

Kate me puso al día. Tenía información sobre Lomax. Lo suficiente para mandarlo a la cárcel, posiblemente.

—¿Lo va a apretar a ver si cede? —pregunté.

—Ha dicho que primero iba a hablar con él. En privado.

—¿No debería ir alguien con ella? ¿Alguien que sepa cómo va a reaccionar? Podría ponerse violento —dijo Harry.

—Me ha dicho que le va a dejar claro que hay más copias de la grabación de Dorothy Majors. Lomax es lo bastante listo como para saber que no solucionará nada haciéndole daño. Además, estamos hablando de Bloch. Quien debería tener miedo es Lomax. Si Bloch consigue que hable con Berlin y testifique contra Korn, podría retrasar el juicio de Andy y tendríamos una oportunidad de poner el caso en manos de un nuevo fiscal. No querrán tocar ningún caso de Korn que esté en marcha —afirmó Kate.

Asentí y dije:

—Vamos a ver qué dice Lomax primero. Pregúntale a Bloch si quiere que vaya con ella. Por tener compañía.

—¿Por qué no la llamas tú ahora?

—Ahora mismo no puedo. Si quiere que la acompañe, dile que estaré en el hotel dentro de un rato. Id yendo vosotros, y empezad a pensar en formas de atacar las pruebas forenses. ¿Habéis llevado ya a Andy y a su madre al hotel?

—Hizo falta alguna que otra artimaña para que la recepcionista no los viera, pero lo conseguimos, sí —contestó Harry.

No quería dejar a Andy y a Patricia solos en medio de la nada. Era más fácil protegerlos en el hotel, y ellos habían accedido a trasladarse allí mientras durase el juicio.

—Genial, que pidan lo que quieran al servicio de habitaciones. Pago yo —dije.

Harry se limpió los labios con la servilleta, hizo un gurruño con ella, la dejó en su plato vacío y dijo:

—¿Te quedas a tomar café?

—Sí. Tengo que ver a una persona.

—¿A quién? —preguntó Kate.

—Mejor que no lo sepas.

No tardaron en marcharse. Harry no quería irse, pero Kate acabó coincidiendo en que era mejor no saber en qué andaba metido. Tratándose de mis costumbres, la negación plausible era lo más conveniente. La camarera vino a llevarse los platos.

—¿Quiere tomar algo más? —preguntó.

—Sí, me encantaría tomar un café. De hecho, que sean dos, por favor, señorita.

La camarera sonrió y trajo dos tazas de café humeante. Eché azúcar y leche en las dos y me terminé la primera enseguida. Justo cuando empezaba a beberme la segunda, una joven entró en el restaurante. Sandy Boyette lucía una chaqueta motera de cuero, camiseta roja y vaqueros azules. Unos días antes había perdido su trabajo en la cafetería de Gus, nos había vendido el montón de mierda que tenía por coche, y ahora formaba parte del jurado para el caso Dubois.

Miré mi reloj.

Muy puntual.

No había mostrador de recepción en el restaurante, ni ningún cartel pidiendo a los clientes que esperaran a ser atendidos. En aquel lugar, sentabas el culo en el primer sitio que veías y dabas gracias por ello.

Sandy recorrió el restaurante con la mirada. Estaba empezando a llenarse. Habría unas sesenta personas. Familias, parejas, hasta tipos trajeados. Barbacoa para todas las clases sociales del Sur. Y una buena barbacoa como esa es lo máximo que se puede acercar un sureño al comunismo.

Levanté una mano y la dejé en alto unos segundos, hasta que me vio.

Ella miró con nerviosismo al resto de la clientela mientras se acercaba a mi mesa. Tomó asiento.

—¿Cómo me ha encontrado?

—Tengo una investigadora muy buena.

—No debería hablar con usted —dijo.

—Yo también me alegro de verte, Sandy —contesté.

—Ya sabe a qué me refiero —añadió ella.

—No pasa nada. Tampoco creo que venga mucha gente de Buckstown hasta aquí por la barbacoa teniendo un asador en cada esquina.

Asintió, y luego dijo:

—Aun así, probablemente es mejor que sea breve. Este sitio está apartado, pero tampoco es íntimo, que se diga.

—No tardaremos. He pensado que teníamos que hablar —dije.

—¿De qué? —preguntó ella.

—Hay un par de cosas que me preocupan. La primera es que, cuando el fiscal te preguntó si conocías a alguna de las partes involucradas en el juicio, dijiste que no, y quiero saber por qué.

—Muy sencillo. No conozco a nadie. A usted no lo conozco. Le vendí un coche en cinco minutos. Ya está. Tampoco es que nos fuéramos por ahí juntos. Y no es por ofender —dijo.

—No me ofendo. Pero sí me conoces, por breve que fuera nuestro encuentro. ¿Por qué mentiste al juez?

—¿Fue una mentira? Simplemente no me pareció importante. No es como ahora, que ya formo parte del jurado y usted es abogado en el caso. Eso significa que no deberíamos vernos ni estar hablando —dijo.

Había una pregunta en el aire entre nosotros, como la lámpara que colgaba del techo desprendiendo un halo en el centro de la mesa. Dejé que la pregunta oscilara con el viento unos instantes mientras me reclinaba en el asiento y decidía si quería formularla. Sandy era lo bastante lista para saber de qué se trataba. Ella misma me la había puesto en bandeja. Y ahora veía la pregunta columpiándose hacia ella. Podría plantearla igual que yo. Y en ese momento me pareció que iba a hacerlo. La veía ahí, vadeando su sonrisa en la comisura de sus labios rojos.

Al final pensé que sería más educado tomar la iniciativa.

—Sandy, ¿quieres ganar algo de dinero?

Apretó los labios y clavó la mirada en mis ojos como las ruedas en una máquina tragaperras.

—Estoy en una situación inmejorable para cambiar el resultado de este juicio —contestó.

—En Alabama se puede imponer una condena y la pena de muerte con un veredicto mayoritario de diez jurados. No basta con un voto de no culpable.

—Pero es un comienzo —dijo.

—Desde luego. ¿Y qué costaría algo así?

Se quedó pensando. No quería poner un precio desorbitado, ni tampoco venderse demasiado barata. Aquello era un crimen. Un delito. Si la descubrían y condenaban, pasaría un tiempo en la cárcel. Para un riesgo como ese, la recompensa tenía que ser generosa.

—Veinte mil dólares —dijo.

—Uy, yo creo que podemos mejorar esa cifra. Dime, ¿te gustan los personajes de Disney?

41
BLOCH

Bloch aparcó enfrente de la Oficina del Sheriff. A la entrada había una fila de coches patrulla, ociosos y relucientes bajo la luz de las farolas.

Antes de ponerse en marcha, pensó en lo que iba a hacer.

El siguiente paso podía producir diversos resultados. Plantar cara al sheriff con pruebas de que había obstruido la justicia y cometido perjurio, entre otras cosas, podía ir de varias formas, la mayoría mal. Un hombre tan metido en la mierda pasaría por encima de un montón de cadáveres para ver la luz. Aunque también cabía la posibilidad de que simplemente levantara las manos y fuera lo bastante listo para acceder a declarar como testigo contra Korn. Eso era lo que Bloch esperaba. Que aún quedara en él un ascua de bondad para prender fuego a la casa de Korn y arrasarla. Y mejor hacerlo sola. Ella había sido policía, y sabía cómo hablar con policías.

Se bajó del coche, cruzó la calle y vio a dos agentes salir del edificio e ir hacia uno de los coches patrulla. No los reconocía. Era el turno de noche. Había algo distinto en ellos, pero al principio no supo qué era.

Entonces lo vio. Ambos lucían un brazalete en el bíceps derecho.

Al pasar a su lado de camino a la comisaría dijo:

—Buenas tardes, ¿a qué vienen los brazaletes?

Uno de los agentes dijo:

—En señal de respeto. La mujer del sheriff llevaba mucho tiempo enferma. Cáncer. Murió anoche.

—Vaya, no lo sabía. Estaba en el pueblo y se me ha ocurrido pasar a verlo. ¿Está dentro? Trabajábamos juntos, hace mucho —dijo Bloch.

Los dos agentes se pararon, miraron a Bloch y observaron su postura. La espalda recta, el pulgar metido en el cinturón, la cabeza alta y un aire relajado en presencia de ellos.

—¿Dónde? —preguntó el agente.

—Yo estaba en el Distrito 2 de Mobile. Un tipo se saltó la condicional, cometió un atraco a mano armada al pasar por mi territorio y acabó aquí. Lomax quería encontrarlo antes de que se le acabara el dinero y se le ocurriera empezar a robar a la gente de por ahí. Al final lo cogimos. Bueno, Lomax lo cogió.

Escucharon con atención todo lo que decía. Había más de cuatrocientos policías en Mobile, y nadie los conocía a todos. Bloch hablaba como una policía. No les dijo que era una expolicía que venía a por Lomax.

—Sí, le pega. Pero, bueno, no está aquí. Probablemente esté en su casa.

—Me gustaría darle el pésame —dijo Bloch.

—Podemos transmitirle el mensaje. Seguro que…

—En persona. Sería una falta de educación no hacerlo —replicó.

Los agentes se miraron, se encogieron de hombros y uno de ellos le indicó cómo llegar hasta allí. Ella les dio las gracias. Se habían tragado el numerito y, aunque tenían sus dudas sobre Bloch, en el caso de que estuvieran equivocados, pensaban que el sheriff podría arreglárselas perfectamente frente a una mujer.

Bloch daba por hecho que eran así de estúpidos.

Al llegar al coche metió la dirección en el navegador y el mapa solo mostró la zona al norte del pueblo. Se puso en marcha diciéndose que ya encontraría la casa una vez allí. Estaba un poco al sur de Devil's Creek, un arroyo estrecho y rápido que desembocaba en el río Luxahatchee.

Según se acercaba al punto rojo que señalaba el navegador, la carretera de dos carriles pasó a ser de uno solo, y al poco tiempo vio a su izquierda un hueco entre los árboles. Era un camino de tierra con un buzón a la derecha. Paró el coche y dio marcha atrás. El buzón tenía un nombre escrito con pintura blanca: LOMAX.

Retrocedió unos metros más y se metió por el camino.

Llevaba las luces de cruce encendidas, pero no penetraban los árboles. El camino avanzaba girando a izquierda y derecha, rodeando grandes robles, lo cual significaba que su campo de visión no alcanzaba más allá de la siguiente curva, que apenas sobrepasaba los quince metros. Entonces, de repente, llegó a una recta y allí, delante de ella, vio lo que parecía una antigua casa colonial. Sin embargo, estaba tan impoluta que tenía que ser una casa nueva construida al estilo antiguo. Era blanca, con un porche que rodeaba la casa. Bloch fue hasta la entrada y aparcó al lado del coche patrulla del sheriff.

Cuando se bajó del coche, la impresionó el estrépito de los grillos y las chicharras entonando sus canciones amorosas de medianoche.

El suelo estaba bastante removido por el paso de vehículos. Miró a su alrededor y vio marcas de neumático por la hierba, algunas incluso llegaban hasta la parte posterior de la casa. Las luces estaban encendidas. Al menos en la primera planta. Probablemente fueran la cocina y el salón. Bloch subió los escalones del porche con fuertes pisadas, golpeando el suelo de madera con sus botas para asegurarse de que su presencia no sorprendiera a nadie; en aquel pueblo no sería muy inteligente, en especial de noche y en una casa apartada, cuyo dueño iba armado. Y muy en especial cuando el dueño solo necesitaba una mínima excusa para dispararte a la cara con una escopeta.

Fue hacia la puerta de entrada. La parte superior era de cristal esmerilado. Detrás del umbral había unas cortinas, recogidas en un lazo con bastidor.

Una tabla del suelo crujió tan alto que sonó casi como un grito. Un paso más y estaría en la puerta. Levantó el brazo, cerró el puño y se dispuso a llamar.

Un golpe.

El segundo golpe coincidió con otro ruido.

El sonido de un disparo con un revólver del calibre 45.

42
LOMAX

Despertó en su cama, al cabo de un rato. Se había hecho de noche, y oyó ruidos en el piso de abajo. Eran pasos, o tal vez otra cosa. Lomax sacó su Sig Sauer del calibre 45 de la caja que tenía en el estante superior del armario, comprobó que estaba cargada, la preparó y fue sigilosamente al rellano de la escalera.

La luz de abajo estaba encendida. Bajó despacio, balanceando el cañón del arma hacia delante y hacia atrás, hasta que vio que había un hombre en su casa, con platos en la mano.

Randal Korn se limpió las manos con un trapo de cocina, apretó el botón de encendido del lavaplatos y lo cerró. Los platos sucios que habían dejado los asistentes al entierro ya estaban recogidos.

—Puedes bajar el arma —dijo, sin alzar la vista hacia Lomax, que seguía en las escaleras—. Pensé que te vendría bien un poco de ayuda para recoger. Me pareció lo mínimo que podía hacer.

Lomax no contestó. Bajó las escaleras tranquilamente, aunque sin soltar la pistola, mientras veía a Korn moverse por la cocina, rellenar de agua la cafetera, luego echar el café en grano, y encenderla.

—A Lucy no le habría gustado —dijo Lomax.

Korn volvió a abotonarse la chaqueta del traje, se apoyó contra la encimera y se cruzó de brazos. Durante unos instantes no dijo nada. La cafetera gorgoteaba y el olor a café recién molido se mezclaba con el tenue tufo a carne podrida que seguía al fiscal a todas partes.

—No le gustaría verlo en su cocina —dijo Lomax.

—Ya no es su cocina. Es tuya. Y siento tu pérdida, de verdad.

—¿Qué es lo que quiere? —preguntó Lomax.

—Darte el pésame, por supuesto.

—Pues ya lo ha hecho.

Korn se volvió hacia la cafetera, que empezaba a escupir líquido negro dentro de la jarra, y miró a Lomax de nuevo.

—He pensado que podíamos tomarnos un café. Y hablar.

—No hay nada de qué hablar.

—Uy, sí que lo hay. Tenemos que hablar de muchas cosas. El juicio empieza mañana. Entiendo que tienes tus prioridades, pero, después del funeral, te necesito en el juzgado. Tu testimonio es fundamental. Es tu obligación, y sé que cumplirás con ella. Eres un buen hombre. Siempre lo he dicho.

Lomax sabía que Korn no representaba ninguna amenaza a nivel físico. Y cualquier miedo que le pudiera tener se había anegado entre el dolor y la ola de rabia provocada por la carta de Lucy. Rabia hacia sí mismo y hacia el hombre que ahora estaba en su cocina, infectando el aire con su suciedad. El viudo dejó el revólver sobre la encimera de mármol, junto a un sobre marrón acolchado, que había preparado unas horas antes para enviarlo por la mañana. Korn miró el sobre fugazmente y sus ojos se iluminaron por un segundo. Luego los apartó. Lomax salió de la cocina y fue hacia el salón, se dejó caer en el sofá y hundió la cabeza entre las manos.

Respiró hondo, muy hondo, tratando de contener la emoción que lo recorría.

—Yo era un buen hombre. Y hace mucho que no lo soy —dijo.

Korn lo siguió cojeando y depositó una taza de café caliente sobre la mesa delante de Lomax. El sillón de la esquina tenía una mesita al lado. Se sentó en él, dejó su café y se inclinó hacia delante. Tenía las rodillas separadas y las manos colgando entre las piernas, con las yemas de los dedos tocándose. Podría parecer una postura contemplativa, pero resultaba forzada en el cuerpo de Korn. Casi como un insecto.

—Sé que esto ha sido un golpe. He hecho cuanto he podido por los dos. Me alegro de que tuvieras fondos para hacer todo lo posible por Lucy —dijo.

«Fondos» era una forma extraña de llamarlo. Korn le había dado dinero. Parte procedente de redadas y parte de su propio bolsillo. Era rico, sí. Desde que lo conocía, jamás le había visto repetir traje en un mismo mes.

—Colt, solo quiero que sepas que estoy aquí en estos momentos de necesidad —dijo Korn.

Nunca lo había llamado por su nombre. Al menos no lo recordaba. Debía de estar preocupado para rebajarse tanto.

—Yo no necesito nada. He perdido a mi mujer y no puedo hacer nada. Ojalá la hubiera escuchado, ojalá hubiera hablado más con ella mientras estaba aquí. A Lucy usted no le caía bien —dijo.

—Lucy vio el buen trabajo que hacíamos juntos, y tal vez por eso te tenía miedo. Verás, es imposible acabar con tantos asesinos y que nadie intente detenerte. Porque eso es lo que hacen. Te atacan. Hay que estar siempre preparado para aplastar al enemigo antes de que él acabe contigo. Al trabajar conmigo, tú estabas protegiendo a Lucy, y yo os protegía a los dos. Puede que ella no llegara a entenderlo.

—No era eso —dijo Lomax—. Lucy no quería que hiciese nada que pudiera dañar mi integridad. Y he hecho mucho más que eso. La he tirado a la basura. Eso es lo que hecho. Es lo que usted me ha hecho hacer.

—Eres un hombre libre. ¿Me estás diciendo que no aceptaste el dinero que te di como amigo, como socio?

—No debería haber aceptado un solo centavo.

—Pues entonces Lucy no habría tenido esta casa. Y ella adoraba la casa, ¿o no?

—Sí, pero me quería más a mí —contestó Lomax.

—¿Qué es lo que intentas decirme?

—Que lo dejo. Eso es lo que estoy diciendo.

Korn se reclinó en el sillón, llevándose un dedo a los labios, como si quisiera acallar su reacción. Atenuarla. Hasta poder endulzarla.

—No puedo perderte: eres un policía demasiado brillante. ¿Qué hace falta para que sigas? Evidentemente hay un funeral que pagar. Y si esta casa guarda demasiados recuerdos dolorosos, podrías mudarte. Podría darte doscientos de los grandes ahora mismo. Esta misma noche. Y hay más, si quieres.

—No es cuestión de dinero. Quiero librarme de todo esto. Que se sepa todo. Lo que hemos hecho. La gente a la que hemos hecho daño. Los hombres que hemos asesinado, el abogado al que disparé en la cabeza.

—Todo ha sido por una causa justa. La causa de Dios, Colt. Cody Warren y esa puta tenían un objetivo: dejar en libertad a asesinos. Y nosotros no dejamos que los culpables salgan a la calle. Los quemamos. Esa es nuestra misión.

—Tal vez sea la suya. Mire a Andy Dubois. Lo obligué a confesar porque teníamos que cerrar el caso rápido. Dejamos escapar al verdadero asesino. Y usted también lo sospecha, lo sé. Quedó claro en cuanto vimos las fotos de ese forense.

—Pero ¿no te das cuenta de que teníamos que aferrarnos a Dubois para conseguir una condena? Las fotos del forense creaban una duda razonable en el caso contra Dubois, y si realmente es inocente, su confesión daría duda razonable al asesino. Lo único que podemos hacer para ofrecer algo de paz a la familia de Skylar es conseguir que condenen a alguien. ¿Tú crees que es inocente? Todos los de su clase son iguales. De no haber sido por el caso de Skylar, en algún momento lo habrían acabado acusando de otra cosa. En realidad, es probable que estemos salvando vidas si acabamos con Dubois.

Así lo veía él. Esa lógica retorcida había logrado engañar a Lomax una vez, pero ya no. Tal vez se había dejado engatusar por las mentiras de Korn, pensó. Y esa idea no aliviaba su conciencia. Lomax sabía que Korn solo quería mandar a otro hombre a la silla eléctrica. Daba igual quién fuera, o si era culpable o inocente. Vivía para matar. Había tardado en verlo, pero ahora era evidente. Sabía lo que tenía que hacer.

—Ya no puedo hacer esto. Dubois no mató a esa chica —dijo Lomax.

Korn se quedó muy quieto, escuchando cada palabra que decía. Entreabrió los labios para hablar, y titubeó un instante, como si el pensamiento estuviera tomando forma, y finalmente cobró vida al decir:

—Fuiste tú, ¿verdad? Tú cogiste las grabaciones de la cámara de seguridad de la gasolinera.

—Necesitaba un seguro. Esos vídeos lo cambian todo. Voy a difundirlos. Hay que parar este juicio, y tiene que dejar en libertad a Andy Dubois. El verdadero asesino aparece en esas imágenes.

—No voy a perder este juicio, y tampoco te voy a perder a ti, Colt. Somos amigos. Yo estuve a tu lado cuando Lucy cayó enferma.

Lomax se limpió los ojos, y dijo:

—Cuando le dieron el diagnóstico, simplemente pensé: qué mala suerte. Fue nada más comprar la casa, teníamos algo de dinero ahorrado y no necesitábamos preocuparnos por nada. Y justo en ese momento, Lucy se pone enferma. Y lo pensé. Pensé que yo la había llevado a enfermar con todo lo que he hecho. Lo que se siembra, se cosecha, ¿sabe?

—No, no lo sé —contestó Korn.

Lomax miró fijamente a Korn y dijo:

—Pues ya lo sabrá. No se puede mandar a tanta gente a morir y que no le pase factura algún día.

—Ahí es donde te equivocas. Mi padre tenía dinero, y me lo dejó a mí. La gente piensa que la riqueza otorga poder, pero mi padre era más listo que todo eso. El verdadero poder reside en tener la vida y la muerte en tus manos.

—No dice más que sandeces. Habla mucho de matar, pero nunca se ha ensuciado las manos. No tiene cojones para hacerlo usted mismo: por eso le gusta enviar a esos chicos a Yellow Mama, verlos retorcerse y freírse. Está enfermo y es un cobarde.

Con eso dejó caer la cabeza y asintió levemente, como dándose la razón. Había tomado una decisión. Aquello tenía que parar. Había que parar a Korn. Por él.

Por Lucy.

Oyó que Korn se levantaba del sillón suspirando. Oyó sus pasos acercándose sobre el suelo de madera. Se detuvo delante de Lomax. Vio sus lustrosos zapatos de cuero hechos a medida reflejando su rostro deshecho.

—Siento haberte metido en todo esto —dijo Korn.

—Yo también. Simplemente no puedo seguir formando parte de ello —contestó Lomax.

Mientras miraba el suelo y el cuero brillante de los zapatos de Korn, Lomax creyó oír algo. La tabla que siempre crujía en el porche.

—Y siento la muerte de Lucy y tu pérdida. Aunque tienes razón en un par de cosas —dijo Korn.

—¿Sí? —preguntó Lomax, alzando la cabeza.

Sus ojos se abrieron de par en par al ver el cañón de la Sig Sauer que había dejado sobre la encimera en la mano de Korn, apuntándole a la cabeza. En la otra mano tenía el sobre con el lápiz USB. Debió de cogerlos de la encimera cuando él se dio la vuelta.

—La primera es que no me gusta ensuciarme las manos, aunque a veces no me queda elección. La segunda es que *no* puedes seguir formando parte de esto —dijo Korn.

43
BLOCH

Nada más oír el disparo, ocurrieron dos cosas.

La primera, Bloch se echó a un lado y se agachó al tiempo que giraba sobre el pie derecho, volviéndose con la espalda pegada a la pared de la casa, junto a la puerta.

Ya estaba a cubierto.

Y la segunda, desenfundó a Maggie con la mano derecha, y se preparó, con el cañón hacia el cielo.

No fue algo consciente. Los movimientos se produjeron prácticamente de manera independiente. Una mezcla de instinto y entrenamiento. Moviéndose unos centímetros hacia la izquierda, se alzó estirando las rodillas para asomarse por la ventana. Vio una cocina moderna, hecha como las cocinas de campo antiguas, pero con una encimera de mármol negro y armarios de color crema. No había nadie. Se asomó por la siguiente ventana y apareció el salón. Lomax estaba sentado en el sofá, con la cabeza doblada hacia atrás en el respaldo, por lo que no le veía la cara.

Tampoco hacía falta. La mancha de color rojo vivo sobre el sofá lo decía todo. Le habían disparado en la cabeza.

Bloch volvió a agacharse y fue hacia la entrada sin levantarse. Al llegar a la puerta, oyó el leve murmullo de un motor arrancando. Venía de detrás de la casa. Fue hacia allí, pegada a la pared, y notó que el ruido del motor cambiaba al aumentar las revoluciones, y después se hacía más tenue a medida que se alejaba.

Se asomó a inspeccionar la parte de atrás de la casa y descubrió que había otro camino, una entrada posterior. Allí vio unas luces traseras, a casi doscientos metros, alejándose con rapidez. Alzó el arma. Había tenido que aprender a empuñar el revólver, haciendo presión principalmente con la almohadilla del dedo índice y el dedo pulgar, y usando los antebrazos para apretar esos puntos de presión. Puso los pies a la altura de los hombros, flexionó ligeramente las rodillas, inclinó el cuerpo un poco hacia delante, y dobló ambos brazos. La primera vez que disparó a Maggie, la empuñó como de costumbre, bloqueando el brazo derecho y doblando el izquierdo, y a punto estuvo de romperse la muñeca y el hombro. La Magnum siempre tenía retroceso. Lo único que podía hacer era tratar de gestionar ese retroceso usando los músculos del antebrazo y el hombro para absorber el golpe.

Exhaló y apuntó con su ojo dominante, el derecho.

Para ella era fácil dar al coche desde aquella distancia. Aunque fuera con un arma que no estaba diseñada para disparar de lejos con precisión. La única incógnita era a qué parte del coche le daría. Desde esa distancia, estaba bastante segura de poder acertarle al motor y lograr que el coche se parara. La bala entraría a través del maletero, pasaría por el asiento de atrás, el delantero, por el salpicadero hasta alcanzar el objetivo. Pero una ráfaga de aire o demasiada tensión en el dedo del gatillo podían cambiar la trayectoria del disparo y hacer que la bala atravesara el maletero, el asiento de atrás, el delantero, *al conductor*, el salpicadero y el motor. No sabía quién iba al volante. Y tampoco parecía justo hacerle a alguien un agujero del tamaño de un balón de baloncesto sin haberse presentado.

Dejó caer a Maggie a un lado del cuerpo.

Entornó los ojos. La forma de las luces traseras era bastante distintiva. Las había visto hacía poco.

En el Jaguar de Randal Korn.

Bloch maldijo al ver desaparecer el coche entre los árboles, y regresó a la casa.

Antes de nada sacó unos guantes de látex de bolsillo. Se los puso y limpió la parte de la puerta que había golpeado al llamar. A continuación giró el pomo. Estaba abierta. Si había alguien más en la casa, no sería un recibimiento amistoso. Volvió a desenfundar la Magnum del cinto y la empuñó con el cañón hacia abajo mientras comprobaba el salón, luego la cocina, y todas las habitaciones de la casa.

Nadie.

No tocó nada, se movió lenta y sigilosamente. Las habitaciones estaban limpias y ordenadas, no había nada fuera de su sitio. Salvo en el dormitorio principal. Allí encontró una carta sobre la almohada. La leyó y volvió a dejarla en la cama. Era de la difunta esposa de Lomax, Lucy. Leer una carta así noquearía a un marido de luto como si lo golpearan en el estómago con una viga de acero. Bloch no conocía a Lucy ni a Lomax, y a él no le tenía demasiado aprecio, pero la carta la conmovió.

Al regresar al piso de abajo se quedó en el umbral del salón, tomándose su tiempo. Si se acercaba algún coche, lo oiría. Valía la pena arriesgarse.

Lomax estaba sentado en el sofá cuando murió. Tenía una pistola junto a la mano derecha, sobre el sofá. La empuñadura estaba a pocos centímetros de sus dedos. Como si simplemente hubiera abierto la mano dejándola caer en el cojín a su lado. Bloch se inclinó sobre el arma y aspiró de cerca la boca del cañón. Acababan de dispararla.

Se enderezó por encima del sheriff, miró el sofá detrás de él. Había sangre y restos en la pared, pero también en el sofá. De hecho, gran parte de las salpicaduras estaban en la base de su cuello. Tenía una herida de entrada en el centro de la frente.

Cualquiera que accediese a aquella escena diría que se trataba de un suicidio. Lomax acababa de perder a su esposa y había leído su carta. No era una carta agradable. Un policía ataría cabos y cerraría el caso como un suicidio. Muchos polis acababan comiéndose una bala de su propia arma. Y esta era otra historia de esas. O eso es lo que parecía.

Sin embargo, aunque Bloch no supiera que probablemente había otra persona en la casa cuando dispararon el arma, y que esa persona había huido a toda prisa, pensaría que era una escena preparada.

La bala entró en el cuerpo por la frente y salió por la base del cuello. La balística intracraneal no es tan complicada. Las balas suelen seguir una trayectoria concreta a no ser que las desvíe algo muy duro y resistente.

Bloch agarró a Lomax por los hombros y lo inclinó hacia delante. Entre la materia oscura sobre el sofá también había un agujero, con una trayectoria paralela a la herida de salida en su nuca.

Si Lomax se hubiera volado los sesos, se habría reclinado en el asiento, habría arqueado el cuello para mirar al techo, se habría puesto la pistola en la frente y habría apretado el gatillo.

No.

No fue así. Lomax estaba mirando hacia arriba, con el arma apuntándole hacia abajo cuando la dispararon. Si fue Korn, sabría perfectamente cómo funcionaba el laboratorio de criminalística local y limpiaría el arma antes de soltarla en el sofá al lado del sheriff.

Bloch volvió a colocar el cuerpo en el sofá, se apartó y fue hacia la salida.

Se detuvo en la puerta, cuando ya tenía el pomo en la mano.

Pensó en la carta del piso de arriba. Tal vez fuera útil. Se giró y subió para hacerle una foto con el móvil.

Una vez abajo, cerró la puerta de entrada con sumo cuidado, y miró atentamente hacia los cobertizos. Había uno grande, como una especie de taller, y otro más pequeño. Decidió empezar por el grande.

No tardaría mucho en registrarlo. Estaba cerrado con candado, pero tenía un ventanuco. Alumbró con la linterna y en una esquina vislumbró lo que a primera vista parecía un ataúd con la tapa levantada. Pero, claro, no era un ataúd, sino un congelador. Y en la capa de hielo que cubría la tapa había una mancha roja.

Ahí es donde habían escondido a Cody Warren. Probablemente también ocultaron su auto aquí.

Bloch regresó a su coche, encendió el motor y arrancó, y cualquier simpatía que pudiera haber sentido por Lomax ya había desaparecido.

44
KORN

Korn posó la aguja con suavidad sobre el disco. Unos rasguños que le resultaban familiares sonaron por los altavoces, y entonces comenzó su pieza favorita: la Sonata en do menor, op. 111, de Beethoven, interpretada por Jörg Demus en el piano Graf del compositor alemán. Era una grabación en directo de 1970, en Bonn, para conmemorar el bicentenario del nacimiento de Beethoven.

La primera vez que escuchó la obra tenía once años, y la odió.

El piano le sonaba metálico y raro. Un año después, cuando supo que Conrad Graf fabricó el piano expresa para Beethoven, empezó a escucharla con más atención. A esas alturas de su vida, Beethoven ya apenas oía, y Graf se esmeró en intensificar el sonido del piano, añadiendo una cuerda de más al registro superior. Partes de la pieza exigen tocar las teclas con enorme fuerza y rapidez. A Korn le gustaba pensar en Beethoven aporreándolas, en un intento desesperado por oír el mismo sonido que él escuchaba en el disco, sabiendo que al compositor le había sido arrebatada cruelmente la capacidad de experimentar su propio don.

Fue entonces cuando Korn se enamoró de la pieza. La misma música que a otros les generaba alegría, a Korn le evocaba la angustia y el dolor de Beethoven. Y se deleitaba con ello.

En ese momento se dio cuenta de que era distinto. Y no por influencia de su padre. En cierto modo tuvo suerte al saber quién era desde tan temprano. Nada le producía tanto placer como el dolor.

No tenía televisor. De vez en cuando escuchaba la radio del coche, pero tampoco mucho. A veces tenía la sensación de haber nacido en la época equivocada. Leía sus libros, escuchaba a Beethoven, Mahler y Wagner, y con eso prácticamente le bastaba.

Subió a su dormitorio. La oscura habitación solo tenía una lámpara que apenas iluminaba. Se quitó la chaqueta del traje y la guardó con sumo cuidado en el armario. Después la corbata. Depositó su camisa en el cesto de la ropa sucia junto con sus calcetines. Se quitó los zapatos y estuvo cinco minutos sacándoles brillo con un cepillo y un trapo, luego los dejó en su lugar dentro de su enorme armario.

Se sentó en la cama y empezó a respirar hondo. A continuación se tumbó sobre las sábanas, con las piernas colgando del borde mientras se iba preparando.

Se desabrochó los pantalones, se los bajó hasta lo alto de los muslos y paró. Se incorporó y, con delicadeza, siguió bajándose los pantalones hasta abajo y sacó los pies.

El olor lo golpeó al instante.

Se notaba a pesar del papel film transparente que se había puesto en el muslo derecho. A veces creía que la gente también lo olía. Aunque a él poco le importaba lo que pensara la gente.

Buscó el extremo del film y tiró. Notó un destello de dolor al soltarlo.

No: era demasiado doloroso quitárselo así. Cogió unas tijeras de la mesilla de noche y cortó el film, revelando el vendaje. El olor se hizo más fuerte. Cortó la venda, que estaba calada de sangre.

Tendría que volver a meter en lejía la liga de cuero que llevaba apretada alrededor del muslo. Estaba destrozada. Tenía otra en la caja fuerte, pero no le apetecía usarla. Aún no. No hasta que se le quitara la infección. Levantó la lengüeta, abrió la hebilla y empezó a despegarse muy lentamente la liga desde la parte posterior del muslo. Había que hacerlo centímetro a centímetro.

Por las tachuelas.

La llevaba tan apretada que tenía marcas en la piel. Las cinco tachuelas de acero incrustadas en la liga se habían coagulado dentro de los agujeros que le habían hecho en la parte delantera de su muslo. Tuvo que sacárselas una a una.

Los cinco agujeros de las tachuelas estaban al rojo vivo y claramente infectados. Si el olor casi le daba arcadas, el aspecto tampoco era mucho mejor. Sacó el yodo del armarito que tenía junto a la cama y se lo aplicó en las heridas, mordiéndose el labio y ahogando un grito con cada toque que se daba con el algodoncillo.

Una vez hubo acabado, se duchó, echándose más desinfectante en la pierna, y se tomó los antibióticos del día. Ya no sabía si le hacían efecto. Llevaba tanto tiempo tomándolos que quizá se había hecho inmune a ellos. Tal vez necesitaba aumentar la dosis o cambiar otra vez de medicamento.

Korn vivía solo. Siempre lo había hecho, desde que dejó el ático de su padre en el Upper West Side. El dolor era el único compañero que necesitaba. Y le iba muy bien. Lo estimulaba con ese pequeño impulso eléctrico cada pocos minutos, recordándole que seguía vivo.

Pensó en lo ocurrido aquella noche. Cuando iba camino de casa de Lomax, no esperaba tener que matarlo. Alguna vez tuvo sus dudas con él. Fue fácil de corromper. Dinero: así de sencillo. Algo que él siempre había tenido a raudales y que a tanta gente le faltaba. Empezó con algo insignificante, y, claro, Korn siguió envenenando sus oídos, recordándole la importancia de su misión. La justicia y la venganza para todas aquellas personas afectadas o asesinadas por el mal en este mundo. Al principio Lomax se lo tragó. Estaba convencido de que formaban parte de una misión para inclinar el sistema a su favor; ese sistema que favorece a los violadores y los asesinos, ofreciéndoles un abogado y presuponiendo su inocencia.

Todos son culpables.

Korn lo sabía. Y no le costó mucho convencer a Lomax.

Nunca le cayó bien a esa maldita esposa suya, eso era cierto. Y, aun así, logró desgastar a Lomax, dándole cometidos cada vez más serios para garantizar las condenas. De quedarse con dinero del narcotráfico o extraviar pruebas claves para la defensa, pronto pasó a ignorar a testigos que podían probar la inocencia de un acusado, incluso silenciarlos. El sheriff no tardó en sentirse en deuda con él. Lo había infectado con su corrupción, y no había yodo ni penicilina capaces de limpiar esa herida.

Cuando recordó el momento de matar a Lomax, lo sorprendió no haber sentido ninguna emoción al dispararle en la cabeza. Y entonces pensó en su padre, Nicholas. Capital e Inversiones Korn abrió en los sesenta, y para los años ochenta su padre tenía una fortuna obscena. Era astuto y sabía cómo moverse en el mercado, pero el secreto de su éxito radicaba en su vena despiadada. Estaba dispuesto a hacer lo que no harían ni los peores lobos de Wall Street.

Es imposible hacerse multimillonario sin dañar a la gente. En el mundo de las finanzas, no. Y Nicholas tenía muchos enemigos.

Korn recordaba un día de Navidad en el despacho de su padre, en que se bebió su whisky escocés con él a los dieciséis años. Estaba especialmente de buen humor aquel día. Él odiaba la Navidad, y no permitía que se decorara la casa. Las Navidades nunca habían sido un momento feliz en aquella casa, no desde la muerte de su madre, cuando Korn tenía diez años. Así que aquel día fue especial. Korn aún recordaba la sensación abrasadora que el whisky le dejó en la garganta, el olor del puro de su padre cuando lo sentó a explicarle el motivo de su buen humor. No tenía que ver con la Navidad.

El mayor rival de su padre se había declarado en quiebra un mes antes. El tipo lo cabreó y Korn padre jamás lo olvidó. Al cabo de un tiempo, se le presentó la oportunidad de comprar una empresa en la que su rival había invertido gran parte de su capital, una buena empresa de venta al por menor que había prosperado con la bonanza de principios de los ochenta. Korn padre compró a sus proveedores uno tras otro, y luego cortó la cadena de venta al por menor. Las acciones se desplomaron, y Korn adquirió la empresa con la promesa de reflotarla. Al día siguiente cerró el negocio. Le costó cerca de cien millones de dólares hacerlo, pero podía permitírselo perfectamente.

Aquello destrozó a su rival. El resto de sus inversiones dejaron de ser tan atractivas, y los demás inversores vieron que Korn le había puesto una cruz.

—¿Y dónde está ahora? —preguntó Randal—. ¿Planeando la venganza?

—Lo dudo —contestó su padre—. La semana pasada perdió su casa. Ese mismo día le dejó su mujer y se llevó a sus hijos con ella. Esta mañana me he enterado de que se ha tirado de lo alto de su antiguo edificio. El que compré la semana pasada. Ahora no es más que una mancha en la acera, hijo.

Randal no supo qué decir, pero en ese momento sintió algo; una chispa en el estómago, excitación.

—Verás, hijo: cualquier hijo de puta estúpido puede apretar un gatillo. Si quieres matar a tu enemigo, tienes que usar la cabeza, la astucia. No hay nada como la sensación de destruir por completo a alguien. Ver cómo se desintegra. Ver cómo va perdiendo poco a poco su dinero, su dignidad, su humanidad. Eso es poder, hijo mío. Eso es poder *de verdad*. Por eso quiero que trabajes para mí. Algún día podrías quedarte con el negocio. Dirigirlo en mi lugar. Lo llevas dentro, ¿sabes? Hay un asesino en ese corazoncito tuyo.

Randal recordaba la conversación perfectamente. Brindó con su padre, y se quedó observando cómo se reía del suicidio de su rival el día de Navidad. Pero eso no era lo que traía buenos recuerdos de aquel día. No era la inusual cercanía con su padre. Nunca estuvieron unidos. No, era otra cosa.

Korn comprendió entonces lo que quería hacer el resto de su vida. No le interesaba el dinero, y las finanzas lo aburrían. No quería tener que responder ante otros accionistas o inversores, y menos aún tener que lidiar con clientes.

No, él quería poder. Así de claro.

El poder que vio en los ojos de su padre aquella noche.

El poder sobre la vida y la muerte.

Tardó tiempo en asimilar ese deseo, pero lo sentía como algo natural. Cuando fue a la facultad de Derecho, dejó de luchar contra él. En ese momento supo que sería abogado de la acusación y luego fiscal. Pero para eso tendría que mudarse, porque en Nueva York no había pena de muerte.

Encontraría un condado pequeño, iría subiendo hasta convertirse en fiscal del distrito, y ahí ya tendría ese poder. Ese era el motor de su vida. Ese chute químico, emocional, hasta sexual, que le daba ver a un hombre temblando en la silla eléctrica; saber que él lo había puesto allí. Que lo había atado allí, que tenía el poder y las aptitudes para hacerlo otra vez. Y otra. Y otra…

Korn abrió su ordenador portátil, insertó el lápiz USB y vio las grabaciones. Volvió a cerrarlo y sintió un escalofrío de emoción. Dubois era inocente. La idea de que lo condenaran y ver su ejecución se hizo mucho más placentera. Si los vídeos en aquel USB llegaban a otras manos, sería su fin, y Dubois saldría en libertad. No podía permitir que eso ocurriera. Así que pensó en bajar al piso de abajo, coger un martillo de la caja de herramientas y hacerlo añicos.

Sin embargo, sabía que sería más astuto guardarlo. Ahora sabía quién mató a Skylar Edwards, y eso le daba poder para presionar. El Pastor era una especie de aliado. Y ahora podría convertirse en su arma, si jugaba bien sus cartas.

Apagó la lámpara de la mesilla y se tumbó en la cama. No había cenado y tampoco tenía hambre. Quería dormir. El juicio de Dubois comenzaba por la mañana.

Cuando empezaba a caer dormido, sonó su teléfono. Contestó.

—Tom, es tarde. ¿Qué pasa? —preguntó. Era su ayudante, Wingfield. Tal vez llamaba para darle la noticia del suicidio de Lomax.

—He estado vigilando a Flynn, como me pidió. Y, bueno, ha pasado algo.

—¿Qué?

—Lo he seguido hasta el asador de la carretera, de lejos, y he visto algo tremendo. Una jurado entró y se sentó con él. Han estado hablando.

—¿Una jurado del caso Dubois? —preguntó Korn, incorporándose.

—Y tanto. Sandy Boyette. La he seguido hasta su apartamento, después de la reunión, para asegurarme de que era ella.

—¿Crees que estaba intentando sobornarla? ¿Has visto si intercambiaban algo? ¿Alguna bolsa? ¿Paquetes?

—No, solo han hablado.

—Esto es importante, Tom: necesito que pienses con mucho cuidado. ¿Cómo se encontraron en el asador? ¿Llegaron sobre la misma hora?

—Él ya estaba allí, cenando con ese juez viejo y su compañera, Brooks. Ellos dos se fueron, y Flynn se quedó. Entonces llegó la jurado y fue directa a su mesa.

—¿Le hizo un gesto para que se acercara?

—No que yo viera.

—O sea, que, ¿simplemente entró y se sentó enfrente de él?

—Sí, pero empezaron a hablar al instante. Era como si la estuviera esperando.

—¿De qué hablaron?

—No pude acercarme lo suficiente para oír la conversación. Pero hablaron durante veinte minutos o así. Luego él se marchó.

—Con eso no basta —dijo Korn—. Por ahora solo tenemos que Flynn ha estado hablando con una jurado en un restaurante, en público; algo que no debería hacer, claro, pero no basta para acusarlo de coaccionar al jurado. Necesitamos más. Mucho más.

—¿Se lo va a decir al juez? Podría hacer que a ella la expulsaran del jurado y que el Colegio de Abogados reprendiera a Flynn.

—No, eso es poco. Podría mandar a la cárcel a Flynn durante mucho tiempo, y a la jurado también, pero necesitamos pruebas de que ha habido un intercambio de dinero. ¿Al menos, les has sacado alguna foto juntos?

—Sí. Si es un soborno, y tiene toda la pinta, puedo conseguir una orden judicial para vigilar las cuentas bancarias de ella.

Korn dijo:

—Flynn es demasiado listo para hacer eso. Será en efectivo. Nada que se pueda rastrear. Si tuviéramos el dinero en efectivo, podría ser suficiente, porque Sandy no podría explicar cómo lo consiguió. Sí, puede que con eso baste. Tú sigue encima de Flynn. Vigílalo. Tendrá que hacerle llegar el dinero…

Hizo una pausa.

Pasado medio minuto, Tom dijo:

—¿Sigue ahí?

—Sigo aquí. Estoy pensando. Hace falta que dos jurados voten no culpable para que Flynn consiga que lo declaren juicio nulo. Vamos a esperar un poco; si solo tiene a una jurado, el juicio no corre peligro inmediato. Pero no sabemos con seguridad cuándo la va a sobornar. Puede que espere a tener el veredicto, incluso unos meses, y luego le pague. Esa sería la manera inteligente de hacerlo.

—Pero ella, ¿estaría dispuesta a esperar tanto? ¿Puede fiarse de él?

—Es lo más seguro para los dos. Y supongo que, si al final no le paga, ella siempre puede ir a la policía y denunciarlo. Recuerdo su perfil: tiene mucho menos que perder que Flynn.

—Entonces ¿qué hacemos?

—Tú sigue con Flynn. El resto, déjamelo a mí. Dentro de cuarenta y ocho horas, Flynn volverá a la cárcel del condado y ya no saldrá más. Hay mucha mala gente ahí dentro. Los reclusos se apuñalan entre ellos constantemente…

45
EL PASTOR

El Pastor tamborileaba con su anillo sobre el volante mientras veía salir al profesor Gruber con Francis Edwards de la casa de este. Gruber abrió su coche, que estaba aparcado delante de la casa, se subieron y arrancaron. Iban a reunirse con gente de ideología afín. Concretamente, con Brian Denvir. El Pastor no se solía mezclar con personas como Denvir, pero tenían su utilidad. En realidad eran hombres simples, con la mente débil y un miedo extraordinario. Siguiendo la sugerencia del Pastor, Brian había organizado una manifestación a las puertas de los juzgados el día anterior. Aparte de ser sumamente influenciable, Brian era amigo de Gary Stroud, un joven igual de básico que él, que salía con Skylar Edwards. El miedo al cambio, y especialmente a la comunidad negra y a los inmigrantes, habían conducido a Brian a desarrollar un interés insano por las armas de fuego.

El racismo armaba mejor a los americanos de lo que jamás hubiera soñado la Asociación Nacional del Rifle.

El Pastor, sin embargo, no tenía miedo a nada. A veces se reía para sus adentros cuando pensaba en gente como Brian, que era incapaz de salir a comprar un dónut sin una pistola o un rifle colgado del hombro.

Eran hombrecillos. Simples. Seres a los que podía hacer apretar un gatillo inyectándoles odio y miedo. Sin embargo, Francis no estaba resultando tan fácil de moldear como el Pastor esperaba. Esa misma mañana habían hablado. Lo llamó Francis, preso del pánico.

—Llevo toda la mañana vomitando —le dijo.

—¿Por algo que has comido? —preguntó el Pastor.

—Sabe perfectamente que no. No puedo parar de pensar en ello. Usted mató a ese abogado, y llevamos el cuerpo de esa mujer hasta el coche. Y a ella también la mató…

El Pastor lo interrumpió.

—¿Quieres decir a ese abogado corrupto y su empleada, que trabajaban gratis para el hombre que asesinó a tu hija?

Francis se quedó callado, y el Pastor esperó mientras recuperaba el aliento.

—Eso no significa que ahora tenga que...

—Sí. ¿Es que no has aprendido nada estos últimos meses? Esto es una guerra, Francis. Tienes que elegir bando. No se trata de mantener la ley y el orden cuando el sistema está en contra nuestra. Tenemos que luchar contra todo. Plantarle cara. Tu hija fue una víctima de ello, y si eso no te impulsa a luchar, no sé qué puede hacerlo. De todos modos, no te queda otra. En el momento en que me viste matar a ese abogado y cogiste a Betty Maguire por los pies para meterla en el coche, en ese momento, te uniste a nosotros. Te has convertido en un soldado. Si es lo correcto, no es un crimen. Estamos construyendo algo mejor...

El Pastor estuvo una hora hablándole. Calmándolo, pero también dejándole bien claro que ahora era cómplice suyo. Si acudía a las autoridades, iría a la cárcel, y entonces ¿quién cuidaría de Esther mientras él estaba entre rejas? Una vez acabada la conversación, dudaba que Francis hablara con nadie de lo ocurrido aquella noche.

Sin embargo, también sabía que, a no ser que lo presionaran mucho, Francis sería incapaz de cumplir con su objetivo principal.

Solo quedaban dos días para el castigo.

Por eso estaba delante de su casa. Sabía que la única persona capaz de hacerlo despertar, de hacerle entender su destino, era su esposa Esther. El Pastor se quedó observando la casa de Francis desde el coche. Se veía una luz encendida por la ventana del salón. Esperaría un par de minutos más antes de entrar. No quería que pareciese que quería sacar a Francis de casa para hablar con ella en privado. Eso haría sospechar a Esther. Y no se llevaba demasiado bien con su mujer. Sabía que intuía algo oscuro en él. Hay gente que tiene ese don.

Cogió su bandolera, se bajó del coche y se la echó al hombro mientras iba hacia la casa. El timbre hizo sonar un carrillón en el interior y vio que las cortinas del salón se movían ligeramente. La puerta de entrada se abrió apenas unos centímetros y Esther se asomó. Llevaba una bata de felpa rosa y pantuflas a juego.

—No está aquí —dijo.

—Ah, creía que debía pasar a buscarlo —dijo el Pastor.

—Ha venido su amigo.

El Pastor se dio con la palma de la mano en la frente, sonrió y dijo:

—He tenido un día de locos. Siento haberla molestado. ¿Cómo está?

—El juicio contra el asesino de mi hija empieza mañana, ¿cómo quiere que esté?

El Pastor borró la sonrisa de amabilidad, recompuso sus rasgos en una expresión adusta, y dijo:

—Ya. No puedo imaginar lo que estarán viviendo ahora mismo. Esta tarde he hablado con el fiscal sobre el juicio.

Esto último hizo recular a Esther, que lo miró de arriba abajo. Teniendo en cuenta su trabajo, ella sabía que probablemente mantendría una estrecha relación con el fiscal. Era evidente, pero, aun así, parecía como si nunca lo hubiera pensado.

—Si quiere, puedo ponerla al corriente. A veces, los juicios no intimidan tanto cuando uno conoce el proceso y lo que sucede en el día a día. Puedo unirme a Francis dentro de un rato. No me importa —dijo.

Esther abrió la puerta un poco más, pero no dijo nada. Seguía pensando. En esos instantes, el juicio era el centro de su vida. Lo último que se podía hacer por su hija, y quería que su asesino pagara. Quería saberlo todo. Por su mente corrían los mismos pensamientos que tendría cualquier madre después de perder a un hijo, y el Pastor era consciente de ello.

—De acuerdo, si me cuenta lo que ha dicho el fiscal, se lo agradecería. ¿Quiere pasar un momento?

—Por supuesto —dijo el Pastor.

Esther lo llevó adentro, a través de la cocina. Apoyó la espalda contra la encimera y se cruzó de brazos, evitando su mirada.

—Bueno, ¿qué pasará mañana? ¿Se va a declarar culpable? He leído algo sobre eso en varios artículos sobre casos parecidos. Para evitar la pena de muerte, se declaran culpables y no hace falta que se celebre el juicio. Yo lo preferiría. No sé cuánto más voy a aguantar.

—Es posible. No me han comentado que esa sea la intención de Dubois, y yo tampoco apostaría nada. El señor Korn quiere que lo condenen a la pena capital. Y suele lograrlo. ¿Qué le parecería eso? Quiero decir, que Dubois fuera ejecutado.

Esther se encogió de hombros, sacudió la cabeza y dijo:

—No lo sé. Al principio, le deseaba la muerte. Eso sí lo sé. Pero no sé qué se conseguiría con eso. No sé cómo me sentiría. Puede que merezca morir, pero no sé si quiero pasar por ello.

—Sé que es duro. El juicio avanzará bastante rápido. El señor Korn es de esos abogados a los que le gusta finiquitar las cosas deprisa. Por las familias, claro. Algunos abogados hacen que estos juicios duren semanas. Él lo agilizará mucho más: no es un caso complicado.

—Me alegro.

Cogiendo el respaldo de una silla de la mesa de la cocina, el Pastor dijo:

—¿Le importa?

Ella sacudió la cabeza, de modo que separó la silla y tomó asiento.

—Hace tiempo que quiero hablar con usted, Esther. Sé que no está de acuerdo con algunas de mis ideas, pero le aseguro que no es mi intención ofenderla. He visto demasiado sufrimiento en este condado. Hace falta que gente como Francis se levante para dejar claro que no vamos a tolerar esta clase de violencia.

La expresión de Esther cambió. Sacudió la cabeza y miró por toda la cocina hasta que encontró un paquete de Camel detrás del azucarero. Cogió una cerilla del paquete junto a los fuegos, se encendió un cigarro y soltó una nube de humo hacia el techo sin decir nada.

—Francis es un buen hombre. Diablos, usted también es buena. Lo he visto tantas veces… Gente blanca que no se protege de personas que les pueden hacer daño.

Esther soltó una risa burlona que se convirtió en tos, y se cubrió la boca mientras se aclaraba la garganta. Entonces dijo:

—¿Quiere decir que la gente negra es una amenaza? A mí no me venga con sus sandeces. Francis está sufriendo, mucho. No está bien, y no quiero que ni usted ni sus amigos le llenen la cabeza de odio. ¿Es que no ha sufrido bastante?

—Sí, los dos han sufrido…

—Espere, espere un momento. ¿Por eso está aquí? ¿Ha venido a hablar conmigo? ¿Para usar el juicio por el asesinato de mi hija como excusa para convencerme de sus ideas?

—Esto no va con usted. Necesitamos a Francis. Esa es la verdad.

Los hombres como él son importantes para nosotros. Pero, ahora que lo dice, sí, he venido para hablar con usted. Necesitamos que ayude a Francis a entender que tiene que ponerse de nuestro lado y formar parte de esta causa.

—Pues no sé por qué se molesta. A mí no me va a convencer de que su mierda le va a traer nada bueno a mi familia.

El Pastor se levantó.

Esther dio otra calada al cigarro, levantó la cabeza estirando el cuello, y echó el humo por un lado de la boca.

—He venido porque necesitamos que ayude a Francis a estar donde queremos que esté. Yo no he dicho que quisiera convencerla a usted. Sé que eso es imposible. Francis solo necesita un empujoncito. Algo que le haga decidirse. Y su ayuda va a ser muy valiosa...

El Pastor soltó el puño derecho hacia adelante y hacia arriba y lo estampó contra la parte izquierda del cuello de Esther. Sonó como una bofetada fuerte. Ella se quedó boquiabierta, hincándose los dedos en el cuello mientras sus rodillas cedían. El golpe no fue lo bastante fuerte como para romperle la tráquea, pero sí para provocar un espasmo en su garganta, y empezó a toser y a moverse a cuatro patas tratando de coger aire, aterrorizada.

El Pastor cogió unos guantes de cuero de su bandolera, se los enfundó rápidamente y a continuación sacó una cuerda. Un extremo estaba anudado en forma de horca. Se colocó detrás de Esther, le puso la horca al cuello y la ajustó con fuerza.

Entonces hincó su rodilla izquierda entre los omóplatos de ella, obligándola a tumbarse boca abajo, y tiró de la cuerda. Su garganta se cerró por completo. El Pastor contempló cómo su cuello se iba poniendo rojo. Ella empezó a emitir un ruido, el que hace un ser humano intentando tomar aire cuando no le entra por la tráquea. Como si se atragantara y tragara con fuerza a la vez.

Esther se empezó a arañar el cuello, mientras el Pastor apretaba los dientes y tiraba. Quería acallar aquel ruido. Era incómodo. Para silenciarlo, recitó un padrenuestro. Todavía le infundía aliento, aunque lo hubiera recitado mil veces de niño en la caja oscura y asfixiante del patio trasero, sudando y medio inconsciente por el calor. Los versos de esa oración siempre lo habían reconfortado.

Para cuando terminó, Esther ya no se revolvía. El ruido había cesado, y su cuerpo yacía inerte. El Pastor soltó un poco la cuerda al notar algo húmedo en la rodilla que tenía apoyada en el suelo. Se levantó con una mancha en el pantalón, y vio que Esther se había orinado.

Rodeando su cuerpo, la atrapó por la cintura y la puso de lado. Entonces le cogió un brazo, y arrodillándose, se echó su cuerpo sobre el hombro. Fue hasta el recibidor, la dejó al pie de la escalera, cogió un extremo de la cuerda y subió al primer piso. Ató la cuerda al pasamanos de la barandilla, la pasó por uno de los postes, y la tensó.

Empezó a tirar. Aquello fue una auténtica prueba de fuerza, y la pasó con facilidad. La cuerda iba mordiendo el pasamanos de madera al subir el cuerpo, poniendo una mano sobre otra, hasta que Esther quedó suspendida a un metro del suelo. Entonces ató la cuerda y bajó las escaleras.

La barandilla rechinó mientras el cuerpo de Esther se mecía suavemente de lado a lado. Tenía el cuello muy hinchado, y la cara y los ojos llenos de sangre. El Pastor cogió su bandolera de la cocina y salió a toda prisa de la casa.

Gruber sabía que después de dejar a Francis de vuelta en casa, debía quedarse un rato. Tenía que estar allí cuando llegase la policía para consolar a Francis y asegurarse de que no hacía ninguna estupidez, como meterse una pistola en la boca.

Ver a su esposa ahorcada era exactamente lo que Francis necesitaba. Así se esfumarían sus últimas dudas. Ya no le quedaba nada por lo que vivir. Su única salida era unirse a su familia en la tumba.

«Perfecto», pensó el Pastor.

46

EDDIE

Estaba sentado en mi cama del Chanterelle escuchando a Bloch trastear con una radio de la policía que llevaba en su maleta. Kate también escuchaba mientras miraba las fotos que yo le había sacado a Farnesworth, y Harry estaba tumbado en la cama, con los ojos cerrados.

—¿Cómo se llamaba esa señora con la que hablaste, la de la campaña por la inocencia de Darius Robinson? —dije.

—¿Jane? No, ella no le ha contado a nadie lo de la conversación en la tienda de caramelos. La he llamado para comprobarlo —dijo Bloch.

—Entonces tuvo que ser la dependienta, Dorothy Majors —dijo Harry desde la cama.

—No, también la he llamado a ella —dijo Bloch.

—Bueno, pues alguien le ha chivado a Korn que teníamos algo potente que hizo a Lomax cambiar de idea. No hemos sido ninguno de los presentes en esta habitación, así que o es Dorothy o es Jane —dije.

—Yo creo que ha sido la carta —dijo Kate.

Bloch asintió.

Kate había comprado una impresora en la tienda de electrodomésticos de la calle principal y la tenía conectada al ordenador portátil, lo cual permitió a Bloch imprimir las fotos de la carta de la difunta esposa de Lomax.

—Creo que una carta así cambiaría a cualquiera —dijo Kate—. Piénsalo. Lomax quería a su mujer, que acaba muriendo de cáncer; él llevaba años cuidándola y, de repente, le suelta una bomba una vez muerta. Encaja.

—Puede ser —dije, mientras volvía a ojear la carta. Había algo importante en ella, pero aún no sabía qué.

—Vale, supongamos que el tipo cambia de idea. ¿Le diría a Korn que tenía intención de delatarlo? ¿Qué iba a confesarlo todo y a arrastrarlo consigo? ¿Por qué iba a decírselo?

—Yo creo que Lomax menospreciaba al fiscal y no sabía hasta dónde estaba dispuesto a llegar —dijo Kate.

Seguimos hablando hasta que Bloch encontró la frecuencia de la radio de la Oficina del Sheriff del condado de Sunville. Ella no había denunciado la muerte de Lomax, dado que había entrado ilegalmente en su casa y se había colado en la escena del crimen. Era demasiado arriesgado avisar a la policía, pero tampoco le parecía bien dejar de informar. Estaba segura de que alguien de la oficina iría a verlo, aunque fuera para darle el pésame, y quería saberlo en cuanto ocurriera.

Me senté en la cama junto a Harry, apoyé la barbilla en la mano, y, entornando los ojos, miré la foto que Kate había hecho al anillo de Ryan Hogg. Harry roncaba a mi lado mientras Kate deambulaba de un lado a otro de la habitación.

Aparte de escuchar su radio, Bloch estaba intentando prestar atención a nuestra conversación sobre la foto del anillo de Hogg.

—Puede que sean letras encima de la estrella; a ver, yo creo que ahí hay algo, pero no sé qué —dije.

Kate me quitó el teléfono de las manos, lo inclinó y dijo:

—Necesitamos una foto mejor. Déjame ver las que te dio Farnesworth.

—Yo no las he visto todavía —dijo Bloch.

Kate la miró asintiendo y dijo que se las pasaría en un momento. Tenía las fotos de la autopsia de Farnesworth en una mano, y su móvil en la otra, al lado.

—No sé —dijo Kate.

—Déjame ver —dijo Bloch.

Bloch observó la foto del anillo de Hogg primero, y luego las fotos de la autopsia. Nada más verlas, se le tensó la frente.

—¿Qué pasa? —dije.

—Lo viste mal, Eddie —dijo Bloch—. Las letras que tenía marcadas en la frente Skylar no son una «F» y una «C». La «C» es solo media marca. Las letras que hay encima de la estrella son «F», «O» y «P».

Kate se quedó boquiabierta.

—¿Cómo lo sabes? —dije.

—Porque ahora sé qué anillo llevaba el asesino. Estábamos equivocados, todos. La estrella de cinco puntos no tiene nada que ver con las ciencias ocultas. Es un símbolo policial. Esa estrella es un escudo. Los socios de la FOP no tienen tarjeta. Llevan anillos.

—¿Qué es la FOP? —preguntó Kate.

—Fraternal Order of Police, la orden fraternal de la policía —dije—. Un grupo de presión política formado por policías que representa a policías de todo el país. El hombre que mató a Skylar Edwards es policía.

—O lo era —dijo Bloch—. Y eso significa que tenemos otro problema. No es un anillo único. Puede que haya miles ahí fuera.

Nadie dijo nada. Teníamos la esperanza de que el anillo nos condujera hasta el asesino, pero por ahora solo nos daba sospechosos. Muchos sospechosos. Nadie habló mientras lo asimilábamos. El silencio se rompió con la voz nerviosa y urgente del controlador de la radio de Bloch:

«A todas las unidades, necesitamos refuerzos en un posible suicidio…».

Bloch asintió mientras escuchaba. Era la llamada para informar de lo de Lomax. Quería saber cómo daban parte, y si había alguna sospecha en torno a su muerte.

«… en el número 491 de Peachtree Avenue…».

Las cejas de Bloch se arrugaron, y dijo:

—Esa no es la dirección de Lomax. Es…

—La de Skylar Edwards —afirmó Kate.

Bloch ya estaba saliendo por la puerta cuando dije:

—Espera. Yo también voy.

Durante tres cuartos de hora, Bloch y yo estuvimos viendo a Francis Edwards sollozando en el asiento de atrás de un coche patrulla del sheriff del condado de Sunville. La llamada decía que se trataba de un posible suicidio. No costaba mucho deducir que era la esposa de Francis quien se había quitado la vida. A su lado, un hombre gordo con chaqueta de tweed le rodeaba los hombros con un brazo tratando de consolarlo. Francis era un tipo grande, y el coche temblaba con sus sollozos.

La forense estaba a punto de marcharse cuando un Jaguar llegó al lugar de los hechos. Korn se bajó del coche, se acercó a ella y mantuvieron una conversación en el jardín delantero de la casa.

—Vamos —dije.

Salimos del SUV y fuimos hacia Korn y la forense, la señorita Price.

—¿Les importa si echamos un vistazo dentro? —pregunté.

Korn giró su cuerpo espigado hacia mí. Tenía unas finas arrugas alrededor de los ojos por la falta de sueño.

—¿Qué es lo que quiere, Flynn? —preguntó Korn—. Esto es un caso distinto. No tiene nada que ver con su cliente.

—En eso se equivoca. Dubois no mató a Skylar Edwards. Lo hizo otra persona. Resulta sospechoso que su madre se suicide en la víspera del juicio de Dubois. Es posible que Esther Edwards se sintiera incapaz de soportar el sentimiento de culpa por matar a su hija e inculpar a un hombre inocente —dije.

Korn dio un paso atrás y la ira ahondó las arrugas de sus ojos.

—¿No estará sugiriendo que Esther Edwards mató a su propia hija? —dijo.

—Esa es la teoría de la defensa —dijo—. Ahora será mejor que nos deje pasar a la casa para poder recopilar pruebas con las que argumentar nuestro caso. Si no lo hace, tendré que despertar al juez y conseguir una orden judicial para entrar a echar un vistazo.

—Esto es in... —Pero no terminó de verbalizar su indignación. Por su expresión, era evidente que algo había hecho clic en su mente. Las arrugas de enfado desaparecieron, apretó los labios, pero las comisuras de sus labios dibujaron una sonrisa que intentaba *ocultar* por todos los medios.

—No hace falta despertar al juez —añadió—. Pasen. Diré a los agentes que pueden ver el lugar.

—Gracias —dije, y fui hacia la puerta de la casa. Oí que Korn le decía en voz alta al agente de la entrada que nos dejara echar un vistazo, pero que se asegurara de que estuviéramos acompañados.

En cuanto nos habíamos alejado lo suficiente para que no nos oyera, Bloch preguntó:

—¿En serio vas a plantear ese argumento en la defensa?

—Acusar a la madre de la víctima de su asesinato es lo peor que podríamos hacer. Especialmente si parece que se ha quitado la vida porque no soportaba la pérdida de su hija. Eso enajenaría al jurado. De hecho, nos odiarían por el mero hecho de plantearlo. Es una idea espantosa. Y Korn lo sabe. Por eso nos deja echar un vistazo. De lo contrario, no lo haría. La primera regla del derecho procesal es dejar que tu adversario cometa errores y luego sacarlos a la luz. Korn se cree muy listo permitiéndonos desarrollar esa teoría.

Bloch contestó:

—Para ser abogado, eres bastante listo.

El agente de guardia a la entrada de la casa se apartó al vernos cerca, e hizo un gesto a uno de sus compañeros para que nos siguiera adentro y se asegurara de que no tocábamos nada.

La espeluznante escena que nos encontramos nada más entrar era sobrecogedora y hacía comprensible el estado desquiciado de Francis Edward en el asiento de atrás del coche patrulla.

Esther estaba colgada mirando hacia la puerta. Un fotógrafo de escenas del crimen seguía haciendo su trabajo, lo cual explicaba que aún no hubieran movido el cuerpo. A juzgar por su cara, había muerto por estrangulamiento persistente. Tenía los ojos negros como bolas de billar del número ocho, la lengua se le había hinchado y le salía por la boca. Llevaba una bata rosa, que se le había abierto. Debajo tenía un pijama de seda del mismo color. Una mancha oscura le cubría la entrepierna y el estómago. Al acercarme, noté el olor. Se había orinado.

No había más señales de violencia. Un suicidio clásico. Salvo que no lo era, claro.

Bloch me lanzó una mirada elocuente. Por suerte para ella, eso se le daba bien, porque no le gustaba hablar y, en algunas ocasiones, como aquella, con un policía detrás y el fotógrafo de la científica delante de nosotros, lo mejor era no decir nada. Pero entendí perfectamente su mirada.

Ella también lo había visto. Cuando una persona muere, la vejiga y los intestinos se vacían poco después de relajarse la musculatura. Esther tenía una mancha de orina solo en el estómago y la entrepierna, el rastro no le bajaba por las piernas. Y la alfombra que tenía debajo estaba seca. Se había hecho pis estando tumbada boca abajo.

Vi que Bloch pasaba por delante de Esther y entraba en el salón. Yo subí al piso de arriba, con cuidado de no tocar la barandilla.

Al llegar a lo alto de la escalera, giré a la derecha y me fijé en la cuerda. Un nudo grueso, y dos vueltas al pasamanos y los postes de la barandilla del rellano.

Me levanté y revisé la barandilla. La cuerda había dejado una marca. Observé los quince centímetros de cuerda que había entre la barandilla y el nudo grueso. Las fibras tenían rastros de pintura blanca. Hice una foto de la marca en la barandilla, de los rastros de pintura y de la alfombra.

Ya había visto suficiente. Bajé la escalera, y Bloch me lanzó otra de sus miradas elocuentes. Esta vez asintió sutilmente.

—Hay un cigarro húmedo en el suelo de la cocina, y huele mucho a pis —dijo.

—Pensé que encontrarías algo así. La alfombra debajo del cuerpo está seca. Arriba hay una muesca de la cuerda en la barandilla y restos de pintura en el tramo de cuerda que va hasta el nudo.

Bloch asintió.

—¿Quién la mató? —pregunté.

—La misma persona que mató a su hija.

—¿Qué te hace pensarlo?

—Hace falta tener mucha fuerza para subirla por esas escaleras, y más aún para sujetarla con una mano mientras atas el nudo. Eso concuerda con la fuerza empleada en el asesinato de Skylar. La pregunta es: ¿por qué ha matado a Esther? ¿Y por qué esta noche?

EL SEXTO DÍA

Eran las dos y media de la madrugada y seguía despierto, con la mente acelerada, mientras Harry roncaba a todo trapo en la cama a mi lado.

Suele costarme dormir en la víspera de un juicio. Tampoco es que duerma mucho de todas formas, pero la idea de entrar en aquel juzgado a la mañana siguiente, con tan poca munición, y el jurado y el pueblo predispuestos en contra de Andy, me tenían angustiado. Me levanté, me vestí y bajé a la habitación de Patricia y Andy, que estaba un piso más abajo. Acerqué la oreja a la puerta y, al oír voces, supe que estaban despiertos antes de llamar.

Patricia me hizo pasar y volvió a sentarse junto a Andy en un lado de la cama. Había una lámpara encendida en el rincón.

Patricia rodeó a su hijo con sus brazos, y él empezó a mecerse hacia delante y hacia atrás, dando palmaditas sobre la mano de su madre, que parecía pegada a su hombro. Era su abrazo marca de la casa.

Me senté en una silla que había frente a la cama.

—¿Pesadillas? —pregunté.

Patricia respondió suavemente:

—Tiene miedo, y no paro de decirle que no hay nada que temer. Él no lo hizo, y Dios los hará entrar en razón.

Preferí no decir que Dios no suele hacer mucho acto de presencia en Alabama, y menos aún en sus juzgados de lo penal.

—He estado pensando en el caso. Todavía hay muchas cosas que no sabemos. Háblame de Skylar —le dije directamente a Andy.

—Era muy buena conmigo. Cuando empecé a trabajar en el bar, no sabía cómo se hacía nada. Ni cómo funcionaban las comandas, ni cargar el lavaplatos ni cómo iba la caja… Ella me ayudó. Ryan no quería tener nada que ver conmigo. Skylar fue quien me enseñó. Siempre estaba hablando de lo que iba a hacer cuando acabara la universidad. Quería irse a trabajar a Seattle, con una empresa de investigación. Da igual cómo estuviera, siempre sonreía.

—¿A veces estaba mal?

—Casi nunca. Reñía bastante con su novio, Gary. Yo siempre me daba cuenta de cuándo reñían porque, si estaba cabreada, le escribía mensajes con los dos pulgares.

—¿Qué tipo de móvil tenía Skylar? No estaba entre sus cosas cuando la encontraron.

—Creo que un iPhone. Era rosa, con piedrecitas con sus iniciales en la parte de atrás.

—¿Se peleaban muy a menudo?

—Solo discusiones. Él no era violento ni nada de eso. Sobre todo discutían de política. Verá, Gary es muy fan del presidente.

—¿Y Skylar no?

—Podría decirse así, sí. Ella lo veía tal y como es, y le cabreaba que Gary se lo tragara todo. Yo no le caía bien. A Gary, quiero decir. A veces me quedaba un rato con Skylar hasta que venían a buscarla. Si era Gary, siempre me miraba fatal.

—¿Sabes si Gary lleva un anillo?

Se quedó pensando unos segundos, y dijo:

—No, creo que no.

—¿Crees que él pudo matar a Skylar?

—Si le digo la verdad, yo sigo en shock. Es que no conozco a nadie que pudiera hacerle eso. Skylar era un encanto; no lo entiendo.

—Andy, sé que da miedo. Necesito que seas valiente. En cierto momento es posible que tengas que decirle al jurado que tú no mataste a Skylar, y que te obligaron a firmar esta confesión.

Abrí la carpeta donde estaba el documento.

—Me dijeron que, si la firmaba, todo iría bien. Que si no lo hacía, le harían daño a mi madre. Y a mí, más. Supongo que seguía estando atontado. Lomax no paraba de darme con la porra, me atizó en la cabeza y debí de quedarme K. O. Cuando desperté, me estaban presionando para que confesara y… Y es que no estaba pensando, no sé. Yo no quería firmarla. Sabía que no debía, pero estaba asustado.

Andy hablaba en voz baja, con tono sosegado y lleno de convicción. Tenía unos ojos grandes, que parecían crecer a media luz. Unos ojos llenos de miedo.

Quería decirle que todo iría bien. Que Harry, Kate y yo íbamos a ganar su caso. Que aquella pesadilla pronto habría pasado y podría volver con sus libros y su carrera, que conocería a una chica, estudiaría y haría que su madre estuviera orgullosa, que tendría la vida plena y gratificante que merecía.

Pero no podía. Siempre hay esperanza, pero, en ese momento, a ocho horas de que empezara su juicio, no podía ofrecerle consuelo alguno. Y no era por el sistema que, de todas formas, estaba predispuesto en su contra. Era por la policía, por el fiscal, por el juez parcial y por el jurado parcial. Soy capaz de sortear uno o dos de esos problemas, pero no todos.

Esta vez no.

48
EDDIE

Llegamos al juzgado antes de las ocho y media de la mañana. No había manifestantes fuera. Supuse que los chicos de los rifles y las banderas confederadas no se levantaban hasta el mediodía. Andy, Patricia, Harry y Kate entraron en fila a la sala y tomaron asiento.

Yo me quedé fuera, recorriendo el pasillo con las manos en los bolsillos.

Korn presentaría el caso ante el jurado, y luego yo expondría mis argumentos en respuesta. Tenía unos apuntes preparados el día anterior, pero no eran buenos. Recorrí el pasillo de un extremo al otro, haciendo resonar mis pasos sobre el suelo de piedra. A veces moverme me ayuda a pensar.

Pero hoy no estaba funcionando.

Confiaba en que Bloch encontrara algún diamante escondido. Las grabaciones de seguridad de la gasolinera seguían en algún sitio, o eso creía yo. Ella tampoco lo descartaba. Simplemente asintió y dijo que iría a buscarlos.

No le pregunté adónde iba.

Si algo estaba claro, era que no encontraría nada a tiempo para darme un argumento decente para mi intervención inicial ante el jurado.

Para que Andy fuera condenado, Korn necesitaba que diez miembros del jurado emitieran un veredicto de culpabilidad. En Nueva York hace falta un veredicto unánime. En toda mi carrera jamás había necesitado a más de un jurado a mi favor. Ahora necesitaba dos, y si fallaba, a mi cliente le esperaba una muerte atroz.

Normalmente se me ocurre alguna idea, una teoría para explicar el caso que puedo contarle al jurado al comenzar el juicio. Una intervención inicial no debería incluir argumentos, solo un indicio de aquello que las pruebas acabarán demostrando al jurado. Pero, en este caso, carecía de teoría alguna. Nada. Ni por asomo. Mientras me paseaba ante la puerta del juzgado, comprendí que tenía muy poco que decirle al jurado.

Skylar fue asesinada por otra persona, pero no sabíamos quién.

Ignoren las pruebas forenses que demuestran que había restos de piel de Andy bajo las uñas de Skylar y también las marcas de arañazos correspondientes en la espalda de él. Ignoren al testigo ocular que vio a Andy y Skylar discutiendo la noche de su desaparición. Ignoren la confesión de Andy al sheriff, y luego a su compañero de celda.

Pedir a un jurado que ignore tantas cosas es mucho pedir.

No. Ya sería bastante complicado de por sí cuestionar todas aquellas pruebas, aun teniendo un jurado abierto de mente e imparcial.

Necesitaba algo más. Algo gordo para conmover a las doce almas en aquella tribuna.

Mientras deambulaba de un lado para otro, una multitud había entrado en el juzgado a mi espalda. El pasillo estaba en silencio. Miré mi reloj.

Ya era casi la hora.

El caso no me estaba dando nada.

Decidí que lo mejor era centrarme en algo que no fueran las pruebas incriminatorias contra Andy.

Iba a gritar «¡Fuego!» en una sala llena de gente.

A veces, la mejor forma de enfrentarte a pruebas incriminatorias es no enfrentarte a ellas.

Una vez sentado el jurado, y mientras el público a nuestra espalda empezaba a callarse, Korn se puso en pie para hacer su intervención inicial. La mesa de la defensa estaba atestada, pero así tenía que ser. Harry y Kate flanqueaban a Andy. Yo estaba al lado de Kate. Patricia estaba en la primera fila del público, justo detrás de su hijo. Si se inclinaba hacia delante, podía tocarlo. Antes de que acabara el juicio, Andy necesitaría sentir su mano sobre el hombro.

Korn se levantó muy despacio y esperó a que el murmullo de la multitud cesara, dejando lugar a un respetuoso silencio.

Buena actuación. Imponente. Aquella era su casa. Nosotros éramos intrusos.

—Damas y caballeros del jurado, antes de nada, quisiera agradecer su servicio a este país y a la familia de Skylar Edwards. Miren ahí, en la primera fila, detrás de mi ayudante, el señor Wingfield —dijo, recorriendo con la mano los asientos del público detrás de la mesa de la acusación. Señaló a un hombre pelirrojo que rondaría los cincuenta años, llorando a lágrima viva y con el rostro hinchado. Era Francis Edwards. No quedaba sitio en la sala, aparte de la primera fila detrás de la mesa de la defensa, donde estaba Patricia. Y un asiento más: el asiento al lado de Francis.

—Skylar Edwards fue brutalmente asesinada por el acusado, el señor Dubois. La noche en que fue asesinada, su novio iba a pedirle matrimonio. Pero en su lugar, Skylar les fue cruelmente arrebatada a sus seres queridos por el acusado, Andy Dubois. El padre de Skylar, Francis, está aquí para ver cómo se impone justicia al hombre que golpeó y estranguló a su hija hasta la muerte. Y luego enterró su cuerpo. Él lo llevará consigo el resto de su vida. Habrán notado que la madre de Skylar no está aquí. Ha sido incapaz de soportar la pérdida de su hija y, por desgracia, hace veinticuatro horas se quitó la vida.

Algunos miembros del jurado asintieron. Ya se habrían enterado. Al fin y al cabo era un pueblo pequeño. Otros soltaron un grito ahogado.

—Francis ha venido en nombre de su esposa y de su hija. Ustedes, el jurado, pueden proporcionarle la dignidad y la nobleza necesarias para sobrellevar ese dolor condenando a Andy Dubois por el asesinato de Skylar. Eso es justicia, un escudo para ayudar a las familias a cargar con su peso. Créanme, haría cualquier cosa para poder ofrecer a Francis un momento de paz. Pero no puedo. No tengo ese poder.

Hizo una pausa, contemplando el rostro retorcido por el dolor de Francis Edwards. El jurado siguió su mirada. Korn mantuvo los ojos, y la mirada del jurado, clavados en Francis. Lo convirtió en el centro de atención de toda la sala. Quería que el jurado sintiera ese dolor. Que su sufrimiento los incomodara. Así es la naturaleza humana: la gente tiene una predisposición innata para ayudar a los necesitados. Korn estaba tirando del instinto más noble, amoldándolo a su propósito.

No fue una actuación teatral, ni mucho menos. Yo me habría creído hasta la última palabra que dijo, si me lo tomara al pie de la letra. Sin embargo, con todo lo que sabía, veía más allá de aquella máscara. No hay nada más rastrero que un hombre que utiliza el dolor de un padre para su propio interés. A Korn le daban igual Francis y su difunta esposa. Probablemente también le diera igual Skylar. Él quería ganar. Si para ello tenía que despellejar viva a aquella gente, lo haría.

—Solo ustedes, damas y caballeros del jurado, tienen el poder de ayudar a este hombre. Para eso deben prestar atención a las pruebas de este caso.

Había terminado de soltar el anzuelo emocional. A continuación pasó a las pruebas.

—El acusado, Andy Dubois, confesó haber cometido el crimen. Dos veces. Una, a su compañero de celda, John Lawson. Y otra, a la policía. Así es: Dubois admitió su culpabilidad ante la Oficina del Sheriff del condado de Sunville. Ustedes van a leer esa confesión. Ahora parece que ha cambiado de idea. Quiere retractarse de dicha confesión, aunque el juez haya denegado la moción para retirarla. Por eso podrán leerla y decidir si decía la verdad cuando confesó. Su elegante equipo defensor, venido desde Nueva York, intentará decirles que se coaccionó a Dubois para que firmara esa confesión. De ustedes depende decidir si eso es verdad.

»Bien, aparte de una confesión de asesinato, ¿qué otras pruebas señalan al acusado como autor de este espantoso crimen? Muchas. Él fue la última persona en ser vista con Skylar Edwards la noche en que murió. Se halló su sangre bajo las uñas de la víctima. Tenía un arañazo en la espalda que encaja con que la víctima lo agrediera, en un intento desesperado por zafarse de sus garras.

Una integrante del jurado, una mujer que llevaba una chaquetita beis sobre blusa beis, frunció los labios en un gesto de asco y confusión, y me miró con su cara beis. En realidad, ella no entendía por qué había que celebrar un juicio. Estaba claro, por Dios, ¡si el chico lo había confesado!

No era la única en la tribuna del jurado que me lanzó una mirada extraña y desagradable. Un tipo corpulento con camisa de cuadros también me miró mal. Era la misma expresión de desagrado que pondría a vendedores de seguros y visitas que se presentan en casa de repente. Todos estábamos haciéndole perder el tiempo.

—Quiero que escuchen los argumentos de la acusación, y que tengan en cuenta todo lo que he dicho. Pero, ante todo, tengan en mente al padre de Skylar. No permitan que les distraigan los argumentos sin fundamento de la defensa. El señor Flynn y sus compañeros del lujoso bufete neoyorquino sostendrán que es posible que Esther Edwards asesinara a su propia hija, y que se quitara la vida anoche porque no podía soportar el sentimiento de culpa. *Realmente* van a culpar a la difunta madre de la víctima, antes de que hayan dado sepultura a la pobre mujer. Y lo harán delante de su afligido esposo. Espero que traten ese argumento con el *desprecio* que merece.

El jurado al completo tenía la mirada clavada en nosotros. Hasta el último de ellos.

Harry se inclinó hacia mí y dijo:

—Este jurado quiere mandarnos a la silla eléctrica con Andy.

—Damas y caballeros —continuó Korn—, la justicia está en sus manos. De ustedes depende que se haga, en nombre de Francis Edwards. Háganlo, mandando al acusado a la cámara de ejecución. Háganlo, escuchando las pruebas, en vez de al sofisticado abogado de la defensa.

Se tomó otro segundo, y dejó que su mirada recorriera al jurado. Tenía oscuras ojeras y, sin embargo, estaba seguro de que se estaba quedando con todas y cada una de sus caras. Una vez que había dejado crecer lo suficiente el silencio, se volvió hacia el juez, asintió y regresó cojeando hasta su asiento.

El rostro del juez Chandler pasó de una expresión de respeto y admiración hacia Korn a un gesto de desaliento y sorpresa al mirarme. Como si fuera algo asqueroso que acababa de descubrir en la suela de su zapato.

—Señor Flynn, ¿quiere hacer su intervención inicial?

Sonó más a amenaza que a invitación.

Me puse en pie y dije:

—Sí, señoría, ¿puedo pedir un descanso de cinco minutos?

—Que sea rápido —contestó.

Se aplazó la sesión durante unos minutos. Fui directo al aseo de caballeros, me metí en un cubículo y lo cerré con pestillo. Me desabroché la chaqueta del traje, agarré el bolsillo del pecho de la camisa y tiré de él hasta que se desgarró de un lado, dejando un centímetro de forro al aire. Me volví a cerrar la chaqueta, me abrí el botón superior de la camisa y me solté un poco la corbata.

Ya estaba listo.

49
EDDIE

—Miembros del jurado, me llamo Eddie Flynn y soy un abogado de Nueva York. Esa parte de la intervención inicial del señor Korn es cierta. Pero gran parte de lo que les ha dicho *no lo es*. Por ejemplo, nosotros *no* sostenemos, ni hemos sostenido *en ningún momento*, que Esther Edwards asesinara a su propia hija. Él sabe perfectamente que nunca hemos defendido ese argumento. No hay ni un solo expediente judicial, ni un solo documento presentado ante este tribunal, que sugiera que vayamos a plantear algo por el estilo. Y si miento, el juez puede decírselo.

Esperé un instante, me volví y miré al juez. Lo que acababa de decir era cierto. Algunos abogados defensores dan indicios de sus argumentos a través de la revelación inicial de pruebas u otras mociones. Noté que Chandler apretaba la mandíbula. Quería contradecirme, pero no podía, claro. Había usado su fuerza para crear un vacío entre el fiscal y la verdad.

Volví a centrarme en el jurado.

—¿Lo ven? El hecho de que el señor Korn les haya dicho que nosotros íbamos a defender ese argumento no es más que una terrible mentira, y debería disculparse ante Francis Edwards por usar el suicidio de su mujer para intentar ganar puntos ante este jurado.

Asegurándome de estar de espaldas al jurado y del juez, le guiñé un ojo a Korn.

Había caído en la trampa que le dejé la noche anterior. Su rostro, normalmente casi cadavérico, se puso un poco rojo. Esta le había escocido. Ahora mismo el jurado tenía en mente que Korn podía intentar engañarlos. Si no se fiaban del fiscal, Andy tenía alguna posibilidad.

Aún no había terminado con Korn, y volví a dirigirme al jurado.

—En efecto, *soy* un abogado de la ciudad de Nueva York. Eso sí es verdad. Ahora bien, soy todo menos sofisticado. Crecí en Brooklyn, mi padre nunca tuvo un trabajo fijo y mi madre fue camarera toda su vida. Lo que el señor Korn no ha mencionado en su intervención es que él también es de Nueva York, aunque él creció en un apartamento de treinta millones de dólares en el Upper West Side. Su padre era un poderoso corredor de bolsa en Wall Street. Se sacó la carrera de Derecho en una universidad privada; yo, en la escuela nocturna. Miren al señor Korn. Bonito traje; tela italiana confeccionada a mano, y esa camisa de seda que lleva debajo es preciosa. Mis trajes también son italianos. Cada invierno me compro dos en los grandes almacenes Big Momo's de Nueva Jersey. Eso sí, no son de la misma calidad —dije, y me abrí la chaqueta para que el jurado viera la tela rasgada en el bolsillo de mi camisa.

—En esta sala solo hay un abogado *sofisticado* de Nueva York, y no soy yo.

Me sorprendió oír varias carcajadas entre el público, y hasta vi a uno o dos jurados sonreír.

Iba bien. Había hecho que el jurado pensara en Korn en vez de en Andy.

Las cosas estaban a punto de torcerse muchísimo.

Y yo contaba con ello.

—Pero este caso no trata de mí. Ni siquiera trata de Skylar Edwards. Y, desde luego, no trata de Andy Dubois. Este caso trata del fiscal del condado de Sunville, el señor Randal Korn…

Lo esperaba, pero, aun así, me sorprendió la velocidad con la que Korn se levantó a gritar «¡Protesto!».

—Protesta aceptada. Señor Flynn, no se le permite usar este tribunal para lanzar un ataque personal contra el fiscal de este condado, ¿queda claro? —dijo el juez Chandler, arrugando la nariz y afilando los labios de manera que se le veían los dientes amarillentos. Antes de centrar su ira sobre mí, echó un rápido vistazo al jurado. Quería tenerlos de su lado. Se supone que el juez debe guiar al jurado para que tome su propia decisión, justa e imparcial.

Estaba intentando callarme. Yo ya me lo esperaba, y ahora iba a dejar que lo hiciera, explicándoselo clara y llanamente, asegurándome con ello de que el jurado oía hasta la última palabra.

—Señoría, se me permite exponer el contexto de las pruebas

que se van a presentar en este caso. Es muy irregular que la acusación objete a la intervención inicial de la defensa. Que, por cierto, esa no es la única irregularidad en la carrera del señor Korn. En este caso demostraremos que Andy Dubois fue injustamente incriminado por este asesinato por el fiscal y el difunto sheriff, el señor Colt Lomax. Demostraremos que el señor Korn tiene la tasa más alta de condenas a la pena capital de la historia moderna, y que utiliza la administración de justicia como un arma para matar a quien le parece, para su disfrute personal. Randal Korn es un mal de este país, y ahora está pidiendo al jurado que sea cómplice de sus crímenes. Yo creo que el jurado tiene que oír esto, y si pretende evitar que alegue corrupción policial y fiscal en la defensa de un caso punible con la pena de muerte, *usted* también es parte del problema, señoría. Adelante, dígame que no puedo sostener ese argumento, y haré que lo crujan a usted y su decisión antes de que pueda sacar la cabeza del culo del fiscal.

Los calabozos en el sótano de los juzgados estaban impolutos. Desde luego, mucho mejor que las celdas del condado. También eran más luminosos, y no tenían ese tufo a desecho humano. Siempre es igual. Las celdas de un juzgado siempre están más limpias, porque el tufo viaja, y solo hace falta que un juez note olor a pis para que, en menos de una hora, metan a un equipo de limpieza a soltar pastillas de jabón.

Mi pícaro discurso no le sentó demasiado bien a Chandler, que al instante susurró algo al jefe de seguridad del juzgado. Me detuvieron en la misma mesa de la defensa y me sacaron de la sala.

Sabía que me había pasado un poco soltando tacos en el juzgado. Como norma, nunca lo hago, pero en esta ocasión me había calentado. Casi dos horas allí abajo habían sido suficiente para tranquilizarme.

Para ser una defensa, no era un mal comienzo.

Las había tenido peores.

En una celda hay poco más que hacer que pensar. Y yo tenía muchas cosas en la cabeza. Algo que me mantenía muy ocupado era Lomax. Había leído la carta de su mujer y cada vez estaba más convencido de que el tipo cambió de opinión. Imaginaba que su conciencia lo atormentaba tanto que, en vez de quedarse callado, acabó estallando ante Korn. Y ese fue su fin. Cualquier posibilidad de redimirse le fue arrebatada. La gente cambia. El camino puede tener giros inesperados antes de llegar al final. Alexander Berlin había aprovechado ese giro, enviándome a salvar a Andy Dubois. Sin embargo, Korn estaba demasiado enfermo como para cambiar. Él era la excepción. El dos por ciento. Una de esas personas que crece mal, o que se tuerce desde muy temprano y no es capaz de ver esa posibilidad de cambio, por no hablar de sentir la necesidad de hacerlo.

Oí una llave girar en la cerradura de la puerta de acero.

Kate entró, se sentó en al banco de hormigón pintado y esperó a que la puerta se cerrara antes de empezar a hablar.

El portazo metálico fue tal que hizo que me temblaran los empastes.

—¿Y bien? —dije.

Kate se llevó un dedo a los labios y esperó. Pasados unos segundos, oímos el tenue sonido de unas botas alejándose. Era el guardia volviendo a su puesto, decepcionado por no poder escuchar nuestra conversación. No había cámaras ni micrófonos en la celda. Ningún lugar donde esconderlos.

—No pinta bien. Cuando acabe la sesión de hoy habrá una vista para que Chandler decida qué hacer contigo. A ver, él no debería estar presidiendo este caso, pero tampoco he querido presionar demasiado. No como tú —dijo.

—Lo sé, lo siento. Me preocupaba que Chandler no reaccionara como necesitamos. Supongo que me pasé.

—Un poquito —dijo Kate.

—Aparte de eso, ¿todo bien?

—Bien, sí. Por hoy me encargo yo.

—¿Tienes tu discurso preparado?

—Sí.

Habíamos gritado «fuego» en un teatro lleno de gente. Y ahora había un auténtico incendio. De eso no cabía duda. Daba igual lo que dijera Korn, o las pruebas que sacara a escena. Si éramos capaces de convencer al jurado de que el edificio estaba en llamas, no escucharían ni una sola palabra de la obra.

—¿Qué tal llevas lo de interrogar a la forense, a Price?

Miró al techo, hinchó las mejillas de aire y dijo:

—Noto la presión.

No podíamos usar el informe de la autopsia de Farnesworth porque él no estaba dispuesto a testificar. Pero Kate y yo teníamos un plan para meterlo por la puerta de atrás. Resultaba arriesgado, y lo más probable era que no funcionase. Si fallábamos, Andy sería condenado con toda seguridad. Podía darnos una oportunidad, pero ahora todo estaba en manos de Kate.

—Podemos pedir un aplazamiento hasta mañana —dije—. Si no quieres hacerlo, lo entiendo. Es mucho pedir…

—Puedo hacerlo —dijo ella.

—Sé que puedes. Solo tienes que quitarte de la cabeza que la pena de muerte está ahí. Yo creo que esa responsabilidad hace polvo a algunos abogados. No dejes que te afecte. Tómatelo con calma.

—Soy de Nueva Jersey. Yo las cosas no las hago con calma —aseguró ella.

—Vale, entonces ¿cómo quieres abordar a Price?

Se llevó el dedo índice a los labios por unos segundos, mientras lo pensaba, y luego dijo:

—Pues creo que la voy a machacar.

50
KATE

Kate esperó a que la sala se quedara en silencio, y no tardó mucho. Notaba el mismo vuelco en el estómago que tenía siempre que intervenía por primera vez en un caso. Sin problema. Era normal. Si estuviera tranquila, sí se preocuparía. Necesitaba esa energía nerviosa. Ella la aprovechaba, transformándola en fuego dentro de sus entrañas para escupirla a sus adversarios.

Se puso en pie, estaba preparada.

El jurado había pasado casi una hora retirado en su sala, discutiendo lo que acababan de ver y oír, mientras Kate y Korn hablaban con el juez sobre qué pasaría con Eddie. Ese rato de los miembros del jurado a solas era útil. Eddie les había dicho que el fiscal y el juez eran corruptos y, a continuación, lo habían detenido por ello. No estarían pensando en las pruebas de ADN, ni en los arañazos en la espalda de Andy, ni tampoco en el testigo que vio a Andy y a Skylar juntos antes de desaparecer ella.

Estarían hablando de Eddie. Y de Korn, y del juez. Y Kate sabía que tenía que intentar que siguieran así.

—Señoras y señores del jurado: seré breve. La defensa sostiene que Andy Dubois ha sido injustamente acusado de este crimen. Que las pruebas contra él son falsas. Andy era un objetivo fácil para la policía, cuya única intención era realizar una detención rápida. Era un objetivo fácil para un fiscal que quería una condena. Esperamos que ustedes no lo vean como un objetivo fácil para una ejecución. Vamos a demostrarles que hay serios problemas con las pruebas que el fiscal pretende utilizar. Lo único que les pedimos es que mantengan la mente abierta. El señor Korn se presenta ante ustedes hoy como un hombre de récord. Ha enviado a más hombres al corredor de la muerte que cualquier otro fiscal en la historia de Estados Unidos.

Kate se tomó un segundo para calibrar la temperatura del jurado. Algunos no tenían ningún interés, y ya estaban de brazos cruzados, con las persianas bajadas. Varios miraron a Korn, y luego a ella.

—Yo no creo que el condado de Sunville sea más peligroso que otros lugares de este país. Y dudo que ustedes lo crean. Entonces ¿por qué manda este condado a más gente que cualquier otro al corredor de la muerte? Las estadísticas demuestran que no era así antes de que el señor Korn se convirtiera en fiscal del distrito. Pregúntense, ¿les hace feliz vivir en la capital estadounidense de la pena de muerte? Porque hoy, Andy Dubois está luchando por su vida. Y el señor Korn quiere que ustedes se la quiten. Este caso no trata solamente del asesinato de Skylar Edwards. La defensa sostiene que el asesino de Skylar sigue ahí fuera y que tienen ante ustedes a un hombre inocente. Un asesinato no venga a otro.

Uno de los jurados se enderezó en el asiento y buscó a Korn con la mirada. Parecía incómodo, como si le quemara la silla. Kate recordó su nombre al instante: era Taylor Avery.

—Señor Korn, ¿le gustaría llamar a su primer testigo? —dijo el juez Chandler.

—Sí, señoría, el pueblo llama a la forense del condado, la señorita Fiona Price.

Una mujer alta se levantó entre el público, empujó la puerta batiente, pasó por delante de las mesas de la acusación y la defensa, y se detuvo antes de subir al estrado. Todo en ella era cortante, pensó Kate. Lucía un largo abrigo negro de un material delicado sobre un vestido negro de seda. Sus labios de rojo oscuro parecían dos rubíes sin cortar colocados en el acantilado de alabastro que era su rostro. O llevaba una base de maquillaje muy pálida, o su piel carecía de color, como la nieve virgen. Su pelo era corto y rizado, y cada rizo rebotaba con el movimiento de su cabeza. A Kate no le gustó la expresión de sus ojos, grandes y redondos. Eran de un gris claro mortecino, con pequeños atisbos de azul. Ojos cadavéricos, llenos de venitas rojas serpenteantes. Casi le sorprendía que se movieran. Era como si hubieran reanimado a algo muerto.

Una mujer fría, que hacía una labor fría con los muertos. Kate no podía imaginar nada peor que morir y que la señorita Price fuera su última cuidadora.

La alguacil le tomó juramento.

La señorita Price le devolvió la Biblia como si fueran ascuas encendidas. Era evidente que no le gustaba sostenerla, por cómo entornó los ojos y apretó los labios carmesíes, que en ese rostro parecían dos trozos de hígado.

Kate se estremeció y escribió el nombre de Price en su cuaderno de notas. Ahora ya era su testigo.

Korn comenzó confirmando si era la forense del condado de Sunville, y si se había encargado de realizar la autopsia y el examen del cuerpo de la víctima.

Ella contestó con un «sí» simple a la par que autoritario.

El público estaba en silencio. Korn siguió con las preguntas de rigor y Price respondió con su rotundo «sí», que al levantar la voz sonaba como el hielo cuando se rompe. A Kate se le ponía la carne de gallina. Dejó el bolígrafo sobre la mesa y se frotó el brazo. El mero hecho de estar cerca de Price le helaba la piel.

Harry se acercó a ella y susurró:

—Para empezar, pregúntale a la señorita Price si sabe qué ha sido de los ciento un dálmatas desaparecidos.

Kate ocultó la sonrisa con la mano. Cuando volvió a mirar a Price, ya no se sintió tan intimidada. Su confianza había vuelto. A veces, los monstruos pierden su poder cuando los ridiculizas. Harry la miró asintiendo. Le había dado justo lo que necesitaba.

Miró hacia la testigo mientras Wingfield, el ayudante de Korn, sacaba una fotografía, ampliada, de la víctima tirada en el suelo junto a un gran agujero. Tenía el rostro cubierto de sangre de color vivo bajo las salpicaduras de tierra. El rojo casi iba a juego con su esmalte de uñas. Era una foto enorme, práctica a tamaño natural. Kate se quedó observando a Wingfield mientras montaba el atril y vio que llevaba un anillo de oro grande en el dedo. Estaba demasiado lejos para ver el dibujo exacto, pero tenía uno. Wingfield era un joven corpulento y muy fuerte. Tal vez fuera el trofeo de un campeonato o alguna especie de joya conmemorativa.

Harry le dio un golpecito en el dorso de la mano, se señaló el dedo y luego hizo el gesto hacia Wingfield. Él también lo había visto. Se levantó, se acercó al ayudante y le preguntó si quería que le echara una mano. El ayudante del fiscal dijo que no. Cuando Harry regresó a su sitio, escribió algo en su cuaderno de notas: «Es un anillo de la FOP. Debe de ser expolicía».

Los miembros de la FOP eran como los masones, pero en versión policía. Y a Kate tampoco la sorprendía haber visto a dos personas con ese anillo. Probablemente hubiera más, pero no se había dado cuenta. A partir de ahora estaría atenta.

En cuanto Wingfield terminó de montar la foto y la dejó colocada sobre el atril, Price pidió permiso al juez para acercarse a ella. Sacó un puntero telescópico del bolsillo del abrigo y lo abrió con habilidad ensayada. Señaló los brazos de la víctima y comenzó.

—Explicaré las lesiones de la víctima según las fui encontrando, señor Korn. Pueden observar las magulladuras en sus brazos. Aquí, aquí y aquí —dijo, señalándolos con el palo retráctil—. Esto indica que la fallecida asestó varios golpes con los brazos tratando de defenderse. Se revolvió. Si miran la mano izquierda, verán que el dedo meñique y el corazón están hinchados y deformados. El meñique estaba dislocado en la articulación interfalángica proximal y presentaba una fractura del cuello de las falanges proximales. El dedo corazón está dislocado en la articulación metacarpofalángica y hay fracturas en las falanges distal e intermedia. También tiene magulladuras y laceraciones en cabeza y rostro. Ninguna de estas heridas es letal.

Kate terminó de apuntar la respuesta de Price y alzó la vista para ver a Harry inmerso en sus pensamientos. Parecía como si tuviera algo que decir, pero, fuera lo que fuera, por ahora se lo estaba callando.

—¿Y cuál fue la causa de la muerte? —dijo Korn.

—Estrangulamiento. Resulta evidente por la hemorragia petequial en los globos oculares y alrededor de la cara, así como en las magulladuras en la garganta y el hueso hioides fracturado en la parte delantera del cuello.

—Señorita Price, por las heridas que ha visto, ¿podría resumirnos cómo se produjeron?

Kate quería levantarse y protestar, pero prefirió pasar. Necesitaba un poco de margen con el juez Chandler, que ahora mismo la miraba, esperando que protestase. Negó con la cabeza. Chandler arqueó una ceja, sus labios se fruncieron insinuando una sonrisa en la comisura de la boca, y volvió a centrar su atención en la testigo.

—Esta joven fue agredida, golpeada con severidad y posteriormente estrangulada hasta morir. Intentó defenderse, pero el agresor era demasiado fuerte, y al final pudo con ella.

—Gracias —dijo Korn—. No hay más preguntas.

Kate se levantó rápido, antes de que Korn tuviera tiempo para volver cojeando a su sitio, asegurándose de soltar su primera pregunta a la cara del fiscal.

—Señorita Price, como forense, usted está involucrada en todos los homicidios y muertes sospechosas que se producen en el condado, ¿no es así?

—Así es.

Korn llegó a la mesa de la acusación, pero no se sentó, sino que se agachó y extendió el dedo índice para tocar la madera, como si fuera a usarlo para levantarse a protestar.

—Hace dos días examinó también los cuerpos de Cody Warren y Elizabeth «Betty» Maguire. ¿Cuál fue la causa de la muerte en ambos casos?

Korn se irguió como una navaja al abrirse y quedarse encajada. Intercambió una mirada fugaz con Price y se dirigió al juez.

—Protesto, señoría. Irrelevante.

Kate quería llegar a esa pregunta rápido, antes de que Korn pudiera acomodarse detrás de su mesa y pensar con claridad. Había conseguido que soltara su protesta, pero con torpeza, dándole así la oportunidad que estaba esperando.

Antes de que Chandler decidiera si la aceptaba, Kate asestó un duro golpe directo a la acusación.

—Señoría, el asesinato de un abogado sumamente respetado, que practicaba ante este tribunal, exige un mínimo respeto por parte del fiscal. Cody Warren y Betty Maguire formaban parte de esta comunidad. El señor Korn no debería permitir que su animosidad hacia las víctimas anule el respeto por otros miembros de la profesión.

El juez Chandler levantó las palmas de las manos para calmar la situación antes de que nadie dijera nada más. Kate no podría presentar ninguna prueba de que Korn odiase a Cody Warren. No había testigos que pudiesen atestiguarlo, ni forma alguna de plantear esa afirmación ante el jurado. Sin embargo, acababa de hacerlo.

—Señoría, con mi protesta no tenía intención de…, quiero decir, que no albergo mala… —empezó a decir Korn, pero Chandler lo interrumpió.

—Creo que las cosas están un poco tensas. El tribunal entiende que no pretendía faltar al respeto a nadie.

Ignorando al juez, Kate se centró en el jurado. El granjero Taylor Avery y varios miembros más estaban mirando a Korn, y no lo hacían con admiración precisamente. Sus miradas estaban llenas de interrogantes.

Kate lanzó un cabo salvavidas, una concesión, en el barril de pólvora.

—Señoría, entiendo el fundamento de la protesta, pero puedo despachar este asunto con dos preguntas, y prosigo.

—Me parece razonable, pero permita que le pregunte: ¿qué relevancia tienen los difuntos señor Warren y señorita Maguire en este caso?

—El jurado lo entenderá enseguida —contestó Kate—. Estamos en un juicio punible con la pena capital; agradecería un poco de margen por parte del tribunal.

Chandler se reclinó en su silla de cuero, alzó la barbilla y meció el asiento de lado a lado, sopesando su decisión. Kate tragó saliva y se quedó muy quieta, con los dedos entrelazados delante del cuerpo. Necesitaba que cediera. Hay momentos en un caso en los que todo pende del filo de una navaja. Este era uno de ellos.

—Voy a permitir esas dos preguntas, pero luego prosiga —dijo Chandler.

Kate asintió y se volvió hacia la testigo.

—¿Cuál se determinó como la causa de la muerte de Cody Warren y Betty Maguire?

—Ambos recibieron un disparo en la cabeza con una pistola de calibre bajo.

—Y la última pregunta sobre este tema. Cuando el señor Warren y la señorita Maguire murieron, llevaban la defensa del acusado en este caso, Andy Dubois, ¿no es así?

—Así es —contestó la señorita Price.

—Gracias por su sinceridad; un segundo, por favor.

Kate asintió, se volvió y empezó a rebuscar entre unos papeles dispuestos sobre la mesa de la defensa. Las siguientes preguntas las tenía escritas, editadas, ensayadas ante el espejo del hotel y memorizadas. No le hacía falta mirar sus apuntes. Estaba ganando tiempo. Tiempo para que el jurado pensara en la última respuesta de Price. Para que decidiera por sí solo qué relación había entre el odio de Korn hacia Cody Warren, el asesinato de Warren y Betty, y su papel en la defensa de Andy Dubois. Algunos jurados no atarían cabos, pero otros al menos se lo preguntarían. Aguantó todo lo que pudo, hojeando los documentos sobre la mesa durante lo que parecieron minutos. Fueron menos de treinta segundos, pero bastaron. Cuando volvió a mirar al jurado, Taylor Avery estaba frotándose la barbilla, con la mirada muy lejos de allí, reflexionando.

—Señorita Price, en su informe de la autopsia de Skylar Edwards no hay ninguna mención de magulladuras y laceraciones en la cabeza y rostro de la víctima, ¿verdad?

—Me parecieron irrelevantes. Sí mencioné por encima varias laceraciones y magulladuras —dijo Price.

—O sea, ¿que sí vio laceraciones y magulladuras, pero no detalló su presencia ni ubicación exacta en el informe?

—Así es. Era evidente que no eran relevantes para la causa de la muerte.

A Kate se le secó la garganta. También la boca. Se humedeció los labios y pensó en formular la siguiente pregunta. No sabía qué contestaría Price, y eso era peligroso. Pero siguió adelante.

—Por la forma de esas laceraciones halladas sobre su frente, ¿había algún indicio de qué pudo causarlas?

Ya la había soltado. Y Price se quedó pensándolo. Kate no tenía ni idea de qué iba a pasar. Carecía de pruebas contradictorias que mostrar a Price, así que estaba a expensas de su respuesta, fuera la que fuera. Mientras esperaba, dio varios pasos atrás, hacia el jurado, para tener la mesa de la acusación a la vista. Vio que Wingfield se quitaba el anillo de oro y se lo metía en el bolsillo.

Price frunció el ceño y miró a Harry con gesto incómodo. Kate avanzó hacia la mesa de la defensa. Harry tenía una mano elevada acercándole un fajo de documentos. Ella los tomó y, acto seguido, Harry cogió las fotografías que el doctor Farnesworth había hecho a la frente de Skylar Edwards y se las tendió. Kate no intentó ocultarlas, dejó que Price viera que las tenía en la mano, y susurró un «gracias» a Harry.

—Señoría, puede que la testigo quiera tomarse un breve descanso —dijo Korn.

—Solo tengo un par de preguntas más. A nada que la señorita Price las conteste, podrá bajarse del estrado en unos minutos —dijo Kate.

Kate estaba segura de que Korn había pedido a Price que omitiera las magulladuras en su informe y que tampoco las mencionara al testificar, ya que sabía que el experto pericial de la defensa no se subiría al estrado. La había puesto en una situación difícil. Y ahora, con la abogada defensora preguntándole acerca de esas laceraciones con el informe de su experto en la mano, se estaba poniendo bastante nerviosa.

Kate insinuó una sonrisa en la comisura de los labios. Price tenía los ojos abiertos de par en par. Le estaba diciendo que sí llevaba una escalera y que, si ella intentaba tirarse un farol ahora, perdería hasta la camisa.

—¿Señorita Price? La veo algo perdida. Dígame, ¿ha preparado con la oficina del fiscal su testimonio para el día de hoy? —dijo Kate, y se tomó un momento para mirar las fotos, antes de volver a centrarse en ella.

Price tenía el labio superior cubierto con una fina película de sudor. Miró hacia la mesa de la acusación y contestó:

—Discutí el contenido de mi informe con el fiscal y su ayudante, el señor Wingfield.

—Entonces no tendrá ningún problema en recordar los resultados de la autopsia. Esas magulladuras tenían una forma concreta, ¿no es así?

—Si no recuerdo mal, puede que la tuvieran —dijo Price.

—¿Quiere decir que las magulladuras sí tenían una forma concreta? —insistió Kate.

Price dudó, tragó saliva y asintió.

—Para que conste en acta, es necesario que diga *sí* —dijo Kate.

Price miró a Korn y vio que tenía la mirada clavada en ella. Kate lo notó, y se preguntó si era de decepción u odio contenido. La forense estaba en tierra de nadie. No quería quedar como una mentirosa, pero tampoco le gustaba adónde la estaba llevando Kate. Apartó la mirada de Korn, miró al jurado y dijo:

—Sí.

—La piel tiene cierta elasticidad, ¿no es así?

—Sí.

—Y, si ciertas partes de la piel son golpeadas con fuerza, puede quedar una marca en la zona de contacto, ¿verdad?

—Es posible, pero insisto, no es relevante para la causa de la muerte en este caso —dijo Price, intentando mantenerse a flote.

Kate ignoró el intento, y siguió presionándola.

—La víctima tenía varios cardenales con forma de estrella en la frente. Están en fila, en una fila irregular, y todos miden alrededor de dos centímetros de longitud, ¿no es así? —preguntó Kate mientras cogía una página del legajo que tenía en las manos, como si fuera a usarla.

—No sé si era esa forma exactamente, pero se parecía.

—¿Es posible que esa forma quedara marcada en la frente de la víctima por un puñetazo si el agresor llevaba un anillo?

—Es posible.

Kate dio un paso decidido hacia delante, le entregó una hoja al juez y otra a la acusación.

—Señoría, dado que la testigo acaba de confirmar la forma de la magulladura, me gustaría incluir este documento como prueba de la defensa. Es una impresión de una página web que vende un tipo concreto de anillos. Quisiera preguntar a la testigo su opinión sobre ellos.

Chandler miró la hoja, aunque sin poner demasiada atención. Parecía aburrido y tampoco le gustaba hacia dónde se encaminaba todo aquello.

Kate y Eddie ya habían discutido la estrategia. Korn no se opondría. No querría que el jurado reparase en lo que su experta había omitido del informe de la autopsia. Ella ya había asegurado que no era relevante para la causa de la muerte y, cuanto más protestara Korn, cuanto más se quejara, más importancia le daría el jurado. No, él preferiría quedarse quietecito y callado. Y eso fue exactamente lo que hizo.

El juez admitió la prueba.

—Señorita Price, el anillo que venden en esta página web tiene una estrella en el centro. Por las dimensiones que aparecen aquí, parecería que encaja exactamente con el tamaño y la forma de las marcas halladas en la frente de la víctima, ¿no es así?

Kate le entregó la copia impresa para que pudiera verla de cerca.

—No puedo asegurarlo.

—Pero de forma parecen idénticas, y son del mismo tamaño, ¿no cree?

—No sé, tendría que ver detalladamente el anillo —contestó Price.

Sin darse cuenta, Price acababa de dejarse una ventana abierta y Kate decidió colar su argumento por ahí.

—Son anillos de la Fraternal Order of Police, anillos que suelen llevar agentes de policía en activo y ya jubilados. ¿Me quiere decir que nunca ha visto un anillo como este?

—No, no lo he visto.

—Curioso, pensaba que lo habría visto en la mano del ayudante del fiscal, el señor Wingfield, cuando hablaron sobre el informe de la autopsia.

Price tomó aire para responder, y se le quedó cogido en el pecho. La sala se sumió en silencio.

—No creo haberlo visto con ese anillo —dijo Price.

—Puede que se lo quitara y se lo metiera en el bolsillo, igual que ha hecho hace unos minutos.

Wingfield se reclinó en el asiento, se limpió el sudor de la frente y se pasó la mano por el pelo.

El juez Chandler intervino; ya tenía suficiente. Se dirigió al fiscal como si necesitara su ayuda para zanjar una pelea con un crío, en un tono despectivo e informal. No sabía que acababa de regalar el primer asalto a la defensa.

—Señor Wingfield, la abogada parece creer que tiene usted un anillo en el bolsillo. ¿Puede demostrarle que no es así?

Wingfield se levantó con la mano izquierda temblando ostensiblemente. Mentir a un juez es como jugar a la ruleta rusa con tres balas en la recámara. Solo pueden pasar dos cosas. Lo más seguro es no mentir. Siempre puedes dar cualquier excusa.

—No, señoría, no puedo —dijo Wingfield.

—¿Perdone? —dijo el juez—. Que no puede ¿qué?

—No puedo demostrarle que no es así —dijo Wingfield—. Tengo mi anillo de la FOP en el bolsillo, señoría.

Chandler se quedó casi tan pálido como Korn. Miró al fiscal alzando una mano, a modo de disculpa.

—Señorita Price —prosiguió Kate, aprovechando al máximo el momento para sacar petróleo—. Yo creo que omitió las magulladuras en la frente de la víctima al redactar su informe de la autopsia porque no eran convenientes para los argumentos del fiscal. Esas magulladuras probablemente fueron provocadas por un anillo como este, anillo del que no dispone la defensa, pero que sí tienen el ayudante de la acusación y la mayoría de los policías de este condado. ¿Correcto?

—No, no es correcto.

—No hay más preguntas —dijo Kate.

Se sentó al lado de Harry, y Andy se inclinó hacia ella y le susurró:

—Gracias, señorita Brooks. Gracias por luchar por mí.

Kate miró al jurado que, por primera vez, parecía intranquilo.

Era buena señal. Porque la cosa no volvería a pintar tan bien, ni mucho menos.

51
BLOCH

Bloch estaba sentada en un extremo de la última fila de asientos del juzgado, contemplando a Kate despellejar a la forense del condado.

Después de escuchar todo su testimonio, varios detalles que no terminaban de encajarle empezaron a parecer mucho más importantes. Las heridas que presentaba Skylar eran poco habituales. Al oír cómo hablaban de ellas en detalle, cobraron mucho más protagonismo en su mente. Price se bajó del estrado y volvió lentamente a los asientos del público, entre los murmullos de los presentes. Era un rumor breve y muy común en los juicios: mientras el juez y los letrados estaban en silencio, se permitía que el público hablara un poco en voz baja. Bloch se quedó estudiando a la gente sentada a su alrededor.

Y entonces lo vio.

Francis Edwards se levantó de la primera fila y fue hacia el pasillo. Tenía la mandíbula tensa, tratando de contener la rabia. El turno de repregunta de Price tenía que haber sido duro para él, especialmente al dar una descripción detallada de las heridas sufridas por su niña.

Al ver que Francis iba hacia la puerta, un hombre gordo y bajito se puso en pie. Era el mismo tipo de la chaqueta de tweed que lo estaba consolando en el asiento trasero del coche patrulla la noche anterior.

Sin decirle una sola palabra, lo rodeó con su brazo y se lo llevó de la sala.

Cuando pasaron a la altura de Bloch, esta se giró y preguntó la hora a la mujer que estaba sentada a su lado. Eran pasadas las cuatro.

Bloch esperó a que se cerraran las puertas, contó hasta cinco y fue tras ellos.

Una vez en el pasillo, los vio salir a la calle y girar a la izquierda, en dirección al aparcamiento. Los siguió a cierta distancia y se quedó a la entrada del edificio, escuchando. Cuando oyó las puertas de un coche cerrándose y el rugido gutural de un motor V8, fue hacia el aparcamiento justo a tiempo de ver a los dos hombres en el asiento delantero de una ranchera roja. Era nueva y parecía cara.

Bloch se metió en el SUV y arrancó, pero la ranchera seguía sin moverse. Encendió el móvil e hizo una llamada. Ella había sido policía hasta hacía poco, y luego había trabajado como asesora policial. Esencialmente daba cursos de entrenamiento para agentes, defensa personal no letal y conducción avanzada. En cuanto contestaron dijo su nombre, dio el número de matrícula de la ranchera, preguntó si tenía algún registro de detención, y colgó.

Menos de un minuto después, el móvil sonó y una voz femenina dijo:

—Xavier Gruber; los registros tardarán un poco, pero no tiene antecedentes... —A continuación, le dio la dirección y colgó. Era más fácil y más seguro para las dos que se dejaran de amabilidades. Directamente a los hechos.

Bloch escribió el nombre en el buscador del móvil y salió una imagen del hombre que acababa de ver. Era el profesor Xavier Gruber, director de la facultad de Ciencias Químicas de la Universidad de Alabama. Revisó el resto de los resultados de la búsqueda y encontró un comunicado de prensa, que comenzaba diciendo que Gruber estaba suspendido indefinidamente y pendiente de una vista disciplinar. Al parecer había pronunciado en un mitin político un discurso con tintes de supremacismo blanco.

Tras unos minutos, otra ranchera azul y mucho más vieja entró en el aparcamiento y se detuvo junto al vehículo de Gruber. El conductor se asomó por la ventana y mantuvo una conversación con él. Luego salió del aparcamiento, y Gruber lo siguió, con Francis en el asiento del copiloto.

Esperó a que ambos vehículos abandonaran el aparcamiento y empezó a seguirlos. No temía perderlos de vista. La ranchera azul llevaba una bandera confederada ondeando de la antena un metro y medio sobre la parte trasera descubierta. A esa no la perdería de vista. Poco después aparcaron en una calle del pueblo. Se bajaron de los vehículos y fueron hacia la puerta de un negocio llamado

Buckstown Insurance Services. Parecía llevar mucho tiempo cerrado. Bloch supuso que la puerta era una entrada independiente que conducía al piso que había encima de las oficinas de correduría de seguros, tal vez un apartamento. Se fijó en el conductor de la ranchera azul y lo reconoció. Lo había visto unos días antes. Su matrícula decía Brian Denvir. Esta vez no lucía chaleco antibalas ni un rifle al hombro, pero advirtió que llevaba una Glock en el cinturón. Gruber iba con una maleta negra y grande, y entraron en el edificio juntos.

Menos de un minuto después, Bloch vio luz en la ventana del piso de arriba. No había ningún punto cerca desde donde poder espiar lo que pasaba dentro, así que tuvo que quedarse donde estaba. Mientras vigilaba la puerta de entrada, hizo otra llamada. Continuaba aguardando a que su contacto llamara para decirle si existía algún registro bajo el nombre de Gruber, lo cual significaría que la policía lo tenía fichado. Ya le habían dicho que carecía de antecedentes penales, pero había documentos en alguna parte, y les estaba costando acceder a ellos. Cada vez más impaciente, Bloch estaba a punto de volver a llamar a su contacto cuando le sonó el teléfono.

—Hay cosas, pero no tengo autorización —dijo la voz, y a continuación, colgó.

El hecho de que Gruber hubiera sido suspendido en la universidad por supuestas ideas supremacistas, y que estuviera con Brian Denvir, le hacía sospechar que el profesor podía figurar en alguna lista de personas bajo vigilancia. Era un momento extraño para ser americano, pensó. Después del 11 de septiembre, la principal amenaza eran los terroristas extranjeros. Pero eso había cambiado. El FBI, el Departamento de Seguridad Nacional y otras agencias de inteligencia reconocían que la mayor amenaza para el país en la actualidad eran los grupos terroristas nacionales de supremacismo blanco. Cada vez estaban mejor organizados y financiados.

Bloch pensó en la navaja que encontraron clavada en el cuello de Cody, y el símbolo que tenía grabado en la empuñadura: los Caballeros de la Camelia Blanca. Sintió un cosquilleo en la garganta y se le hizo un nudo en el estómago. No le gustaba emocionarse. En su mente, los sentimientos no eran buenos compañeros de la razón y los hechos, que eran las herramientas de su oficio. Pero, por mucho que intentara combatirlos, a veces anegaban su pensamiento. Desde pequeña, desconfiaba de las emociones. Casi nunca las entendía. Eran complicadas, difíciles de controlar y jamás le parecían útiles. Aunque demostraba afecto a su familia, a su mejor amiga, Kate, y a alguna de las mujeres con las que salía, prefería mantener cierta distancia con los demás; poner barreras, tanto físicas como psicológicas. No se daba la mano con nadie, menos aún abrazos, y tampoco hablaba mucho.

Sin embargo, de vez en cuando, todas sus costumbres, sus barreras, su mentalidad crítica, todo se veía desbordado. Últimamente le pasaba más, desde que había reconectado con Kate y se había unido al bufete como investigadora. Eddie y Harry le caían bien. Y dejarlos entrar en su vida había hecho que le brotara con más frecuencia una emoción profunda.

La luz de la ventana se apagó, y al minuto siguiente Gruber, Denvir y Edwards volvieron a salir a la calle. Bloch oyó algo rechinar y miró el volante. Lo había doblado. Su primera reacción ante un grupo de racistas siempre era el asco y luego la rabia. Le empezaba a doler la mandíbula, y se dio cuenta de que estaba apretando los dientes. Soltó varias exhalaciones rápidas, giró los hombros varias veces e hizo crujir su cuello. Cuando el odio se filtraba en su cerebro, era incapaz de pensar, y no podía permitírselo.

En cuanto la parte analítica y dominante de su cerebro retomó las riendas, vio que Gruber ya no llevaba la maleta. La tenía Francis Edwards, que se subió al vehículo del profesor y la metió en el espacio para los pies. Gruber se puso en marcha. Denvir se quedó esperando un rato, luego arrancó, haciendo estallar el tubo de escape de su ranchera con el turbo al salir a toda velocidad.

Bloch se bajó del coche y fue hacia la puerta de la que acababan de salir. Tenía dos cerraduras, una de ellas con pestillo. Podía abrirla, pero no quería que nadie supiera que había entrado, así que fue hasta el final de la manzana, contando los locales que iba pasando, giró a la izquierda y buscó el callejón que iba por detrás de los edificios. Contaba mientras caminaba. Se detuvo delante de unas puertas dobles de acero, tan viejas como el edificio. La cerradura estaba oxidada. Los pomos estarían a unos veinte centímetros de distancia y los habían cerrado con una cadena de acero y un candado. Debía de ser una salida de incendios, y cerrarla desde fuera era ilegal, pero probablemente también la única manera de cerrar con seguridad la parte trasera de la propiedad, ahora que la cerradura estaba inutilizada.

El candado parecía tan nuevo como la cadena de acero. Había muchos modos de romper la cerradura o la cadena, pero no le hacía falta. Lo único que necesitaba para abrir el candado eran las tijeras de su navaja multiusos, una lata de gaseosa y saliva.

Encontró una lata de Dr Pepper en un contenedor cercano, cortó una tira de diez centímetros por dos y medio aproximadamente, e hizo un agujero en forma de U en el centro de la tira. Dobló ambos extremos de la tira de aluminio para hacer una cuña, la metió por la barra del candado y tiró con fuerza. Escupió en la base de la barra, deslizó la U por ella, y la metió en el agujero de la cerradura, entre la barra y la muesca. La barra se abrió sola. Quitó la cadena, cruzó la puerta y entró en un pasadizo cubierto que llevaba a unas escaleras de hierro pintadas de negro: la escalera de incendios del primer piso. En lo alto de estas encontró una ventana que estaba cerrada, pero no con candado. Se puso unos guantes de látex y la abrió de un empujón.

No era un apartamento. En algún momento debió de ser una oficina, pero era evidente que ahora tenía otra función. Había una bandera enmarcada encima de unos archivadores, lucía la misma flor que había visto en la empuñadura de la navaja que le clavaron a Cody Warren. Bloch empezó a abrir los cajones del mueble. El primero estaba vacío, el segundo lo encontró lleno de folletos. Todos tenían el mismo símbolo de la flor de fondo, y un eslogan impreso que decía:

SALVAD LA SEGUNDA ENMIENDA
SALVAD A VUESTROS HIJOS
SALVAD A LA RAZA BLANCA
UNÍOS A LA MARCHA DE LA CAMELIA BLANCA EN MONTGOMERY

El siguiente cajón estaba lleno de pilas y cables eléctricos, y en el de debajo, una caja llena de teléfonos móviles y cargadores. El último cajón contenía archivos, amontonados en filas ordenadas dentro de fundas transparentes.

Bloch cogió la primera, la abrió y vio que contenía una nota sobre una organización a favor de los derechos civiles con sede en Mobile, con los nombres de sus empleados, sus direcciones, sus alias en las redes sociales, sus números de teléfono y los nombres y direcciones de sus familiares. La siguiente era sobre un despacho de abogados de Montgomery, y también contenía información personal detallada de sus empleados. Bloch ojeó las siguientes y encontró nombres de compañías locales, miembros de la cámara legislativa, agentes de policía, jueces, políticos demócratas. Luego vio otra que le provocó un escalofrío. El título era una simple palabra: «Judíos». Dentro había notas sobre hombres y mujeres corrientes, funcionarios de correos, oficinistas, propietarios de negocios pequeños, y toda su información personal, a veces con fotos.

Había carpetas con títulos como «Negros», «Hispanos», «Homosexuales»...

La última funda no tenía etiqueta. Cuando Bloch la abrió, vio que contenía una lista de iglesias locales, y detrás de esta, artículos de prensa impresos. Todos trataban de la misma noticia: atentados fallidos con explosivos contra iglesias góspel afroamericanas fundamentalmente.

Bloch cerró el cajón con tanta fuerza que hizo tambalear el archivador. Estaba jadeando, con los puños apretados, los ojos fuera de sus órbitas.

Había un cajón más. No contenía ninguna carpeta. Solo un rollo de papel resistente. Bloch lo sacó y lo desenrolló. Al abrirlo vio que era un plano de una casa antigua e inmensa con cuatro columnas en la entrada. Era parte residencia y parte oficinas. Tenía dibujos y anotaciones, con letra pequeña y palabras como *Avenida Finley, salida 3, punto obligado de paso 2* y *sala de espera*.

Escribió los nombres de las calles en la aplicación de mapas en su teléfono y apareció una vista aérea de la ciudad de Montgomery, en Alabama. El lugar de la manifestación tenía acceso cercano a la carretera interestatal. Pensó que el edificio que figuraba en el plano debía de estar cerca de allí y, después de comprobar los monumentos de la zona durante varios minutos, lo encontró.

Bloch trepó por la ventana y salió del edificio del mismo modo que había entrado, asegurándose de cerrar. Se metió en el coche y regresó al juzgado a toda velocidad, saltándose varios semáforos, y pisando a tope el acelerador.

Tenía que sacar a Eddie de los calabozos, y asegurarse de estar con Andy y su madre en todo momento. Aquel grupo estaba bien organizado, tenía conexiones y también un plan.

Ella apostaría a que estaban planeando un atentado a gran escala. Lo que no sabía era con qué objetivo. Podía ser un asesinato, o un secuestro, o ambos. El edificio de los planos era la sede del poder del estado.

La mansión del gobernador.

52
EDDIE

Cuando el alguacil me llevó de vuelta al juzgado, ya estaba vacío. Solo quedaban Harry, Kate y el juez Chandler. Korn se había marchado con su ayudante, Wingfield. Me quitaron las esposas y me coloqué al lado de Kate que, por segunda vez, iba a ser mi abogada. Me moría por saber cómo había ido la vista.

—¿Qué tal con Price?

—Bien, hemos sacado la carta del anillo —respondió Harry.

Kate se inclinó hacia mí y dijo:

—Eddie, te voy a tener que empezar a cobrar.

—No te preocupes, es la última vez.

Chandler se aclaró la garganta y Kate empezó a hablar. Él agitó la mano, haciéndola callar, y dijo:

—Su falta de respeto hacia este tribunal acarrea una multa de mil dólares o diez días de encarcelamiento. ¿Puede pagar la multa, señor Flynn?

—¿En efectivo o con tarjeta, señoría? —contesté.

—Tengo la sensación de que esas celdas te gustan —dijo Harry.

—El caso es que me hace pensar —afirmé, poniéndome la chaqueta mientras salíamos hacia el aparcamiento—. No estoy seguro, pero tengo una teoría sobre las pruebas forenses del fiscal. ¿Dónde están Andy y Patricia?

—Bloch ha venido a llevárselos al hotel. Siguió a unos tipos al salir del juzgado, y me ha pedido que la llames en cuanto puedas para explicártelo. Dice que estamos metidos en algo muy gordo y quiere que llames a la caballería —dijo Kate.

—Que yo sepa, no hay caballería que valga —contesté mientras Harry me devolvía mi teléfono. En cuanto lo encendí, vi que tenía un mensaje de texto de Bloch: «LLÁMAME YA».

Hablé por teléfono con Bloch mientras regresaba al hotel. Me contó a quién había seguido y todo lo que había descubierto. Mientras ella continuaba hablando, aparcamos delante del hotel y subí las escaleras hacia la habitación de Andy.

—Es una amenaza inminente. Hay que avisar al FBI —dijo.

—Estoy en la puerta de la habitación, sal al pasillo y hablamos.

Bloch salió y cerró la puerta detrás de sí. Las paredes goteaban por el calor y la humedad como si el edificio estuviera sudando. Bajamos la voz a tono con la luz de los apliques, que ni siquiera alcanzaba el suelo.

—Tenemos que llamar a los federales —indicó Bloch.

—Voy a telefonear a Alexander Berlin. Si él quiere meter al FBI, fantástico. Nosotros no podemos luchar contra todos. Nuestra prioridad es Andy. Si conseguimos que lo absuelvan, puede que podamos ir a por Korn. Yo no he venido a batirme con los nazis —dije.

—Supremacistas blancos —puntualizó Bloch.

—Es lo mismo. No quiero que nadie salga malparado, y menos por esos gilipollas, pero si tienen al gobernador como objetivo inmediato, al menos eso significa un poco menos de presión sobre Andy. Lo único que tenemos que hacer es mantenerlos a él y a su madre a salvo hasta que termine todo esto. Luego me da igual que venga el FBI, Seguridad Nacional, la Agencia de Alcohol, Tabaco y Armas de Fuego, la Fuerza Delta o los mismísimos Vengadores a arrasar el edificio. No queremos demasiados frentes. Es posible que ellos mataran a Cody y a Betty, y te aseguro que quiero que paguen por ello, pero ahora mismo no podemos encargarnos de eso. Francis Edwards ha perdido a su hija y a su mujer, y lo está pasando mal. Es comprensible que se haya juntado con esa gente, y seguro que está a punto de perder la cabeza. Denvir, el tipo al frente de la manifestación del otro día, solo busca una excusa para pegarle un tiro a alguien. Y no conozco al otro, Gruber, el profesor de uni…

De repente caí. Prácticamente oí el clic en mi cabeza al atar cabos.

—Has dicho que Gruber era director del departamento de Ciencias Químicas en la Universidad de…

—Alabama… —contestó Bloch, y vi que su expresión cambiaba, la piel de su frente se tensaba y sus ojos empezaban a brillar, como si acabara de ver la estrella polar—. Skylar Edwards estudiaba Químicas...

—Probablemente la conocía —dijo Harry.

—Pero también conoce a su padre —añadió Kate—. Es posible que conociera a Francis Edwards por este grupo hace años, antes de que Skylar fuera a la universidad.

—No lo creo —señaló Harry—. Andy no nos ha dicho nada malo del padre de Skylar, y Francis lo llevaba a casa de vez en cuando. No creo que alguien metido en un grupo de ese tipo permitiera a su hija tener un amigo como Andy.

—O sea que, ¿crees que Francis se ha metido en este grupo a raíz del asesinato de Skylar? —pregunté.

Asintiendo, Harry se frotó la barbilla y dijo:

—Tendría sentido. Un hombre que está sufriendo tanto, que no puede soportar la muerte de su hija, a mí me parece la típica persona perdida y llena de rabia que reclutan los grupos de odio. Quizá le ofrecieron apoyo.

—Entonces ¿qué le pasó a su mujer? —preguntó Kate—. Tú dijiste que parecía un homicidio. ¿Crees que la mató él?

—No —contesté—. Lo vi en el asiento trasero de ese coche patrulla. Estaba totalmente hundido. Lloraba desconsolado; vamos, que el coche se movía. A mí no me pareció que fuera un numerito. Él no mató a su mujer.

—Entonces ¿quién? ¿Por qué la mataron? ¿Y por qué mataron a Skylar? —dijo Kate.

Harry y yo sacudimos la cabeza. Puede que Skylar fuera asesinada simplemente por ser una joven bonita que cayó en las garras de un monstruo. Esas cosas pasan, y no hay motivo ni lógica. Existe la maldad en los hombres. Hay gente que no está de acuerdo. Pero hay muchos motivos que pueden llevar a un ser humano a matar a otro: venganza, drogas, alcohol, enfermedades mentales, hasta el dinero. Sin embargo, a veces, es algo que va más allá de todo eso. En ocasiones, la gente mata porque lo disfruta. Y si eso no es maldad, no sé qué es.

Bloch estaba mirando la pared de enfrente, con la mente a miles de kilómetros de allí. Se encontraba a punto de descubrir algo; la pieza que faltaba, la que explicaba todo aquel desastre, se hallaba cerca. Esa estrella estaba casi a la vista en el cielo nocturno.

—Me quedo a hacer guardia en la puerta del hotel —dijo Bloch.

—Bajo a relevarte dentro de unas horas —dijo Harry.

—Quiero que todo el mundo duerma un poco esta noche —dije—. Es un triunfo haber llegado tan lejos, pero mañana Korn tiene todos los ases en su mano. Pruebas de ADN y una confesión del acusado son la evidencia más convincente que puede haber en un juicio penal. Cualquiera de las dos puede bastarle para que condenen a Andy. Tengo una idea para intentar tumbar la prueba de ADN, y aún estoy pensando en la confesión. No creáis que hemos ganado el juicio, ni de coña. Es posible que mañana nos pasen por encima y, si lo hacen, Andy es hombre muerto. Bloch, necesito que me hagas un recado mañana por la mañana. Si funciona como creo que va a funcionar, puede que tengamos alguna posibilidad.

Kate quería trabajar un poco más antes de dormir. Bajé a la calle y vi cómo Bloch tomaba asiento en la recepción del hotel, mientras seguía dándole vueltas a la cabeza. Respiré un poco de aire cálido y dulzón, y llamé a Berlin.

Sonaba cabreado.

—¿Cuándo pensabas contarme que Esther Edwards ha muerto? —dijo.

—Estoy llevando la defensa en un juicio por asesinato punible con la pena capital. Ando liado. ¿Cómo te has enterado?

—Trabajo para varias agencias de inteligencia de este país, Eddie.

—¿Sabes que Bloch ha descubierto una célula terrorista de supremacismo blanco esta tarde?

Berlin se quedó mudo un instante, y luego dijo:

—Cuéntamelo todo.

53
KORN

Era casi medianoche cuando Randal Korn se detuvo ante la tienda de ultramarinos de la calle Duke, detrás del coche patrulla de la Oficina del Sheriff. Se bajó del coche, abrió el maletero y sacó una abultada bolsa de deporte de cuero marrón. Al pasar por delante del coche patrulla, dio unos golpecitos en la ventanilla. El agente Leonard asintió.

Korn se acercó a una puerta al lado a la tienda. El telefonillo tenía tres botones. Apretó el del apartamento dos, y esperó. Miró a su alrededor y vio que no había nadie en la acera, solo algunos coches aparcados a varios cientos de metros, pero nada de movimiento. Llamó de nuevo. Esta vez se oyó una voz por el telefonillo.

—¿Sí?

—De la Oficina del Sheriff, abra —dijo Korn.

Sonó el timbre y Korn empujó la puerta. Delante de él había un pequeño y estrecho pasillo que conducía a un tramo de escaleras. Las subió y encontró otro pasillo con tres puertas. Dos a la derecha, que eran los apartamentos encima de la tienda de ultramarinos, y una a la izquierda. Fue hacia la izquierda y llamó a la puerta del apartamento número dos.

Sandy Boyette abrió la puerta apenas un centímetro, sin llegar a quitar la cadena del cerrojo, y lo miró.

—La policía está abajo. Asómese, vuelva aquí y abra la puerta. Está usted metida en un buen lío, señorita Boyette —dijo Korn.

Sandy no cerró la puerta del todo, pero dejó la cadena puesta. Korn oyó sus pasos acercándose a la ventana, el ruido de la persiana al cerrarse, y luego unos pies descalzos moviéndose a toda prisa, como si estuviera ordenando la casa. Volvió, quitó la cadena del cerrojo y la puerta se abrió.

—¿Qué quiere? —preguntó Sandy.

Korn entró en el apartamento y dijo:

—He venido a ver si puedo evitar que vaya a la cárcel, Sandy.

Llevaba un pijama de Minnie Mouse, y el pelo aún despeinado. Una lámpara en un rincón del apartamento iluminaba tenuemente la casa. Era un estudio, con una cama en una esquina, un lavabo y una cocina portátil en el otro. Había una puerta que daba a un armario donde Korn suponía habían habilitado el aseo y la ducha. Tenía una mesa baja y dos sillones a ambos lados, uno de cuero raído en la parte inferior, y el otro de tela verde con los reposabrazos y el cojín desgastados.

—Será mejor que te sientes —sugirió Korn, escogiendo el sillón de cuero.

Sandy se quedó de pie y, cruzándose de brazos, dijo:

—¿De qué va todo esto? Yo no he hecho nada malo.

Korn dejó la bolsa de gimnasia de cuero sobre la mesa, abrió la cremallera y reveló un montón de fajos apretados de billetes de cincuenta dólares.

—Es tarde, y mañana por la mañana tienes que ir al juzgado. Dejémonos de tonterías, Sandy. Sé que has estado hablando con Eddie Flynn, y que se ha ofrecido a comprar tu voto en el caso Dubois. No puedo permitir que lo hagas. Lo sé todo, menos cómo te va a pagar. Imagino que no quiere despertar sospechas, así que te mandará el dinero, ¿cuándo? ¿Seis meses después de que se emita el veredicto?

Sandy no contestó, pero Korn notó que se le estaba hinchando una vena en el cuello y la piel de alrededor se ponía roja.

—Esa sería la manera inteligente de hacerlo. Y Flynn es inteligente. Tú tienes la garantía de que puedes delatarlo si no te paga, y, claro, él tiene más que perder que tú. Así es como te lo ha vendido, ¿no?

—No es verdad —contestó, e iba a decir algo más, pero prefirió no hacerlo.

Ladeando la cabeza, Sandy apretó los labios. Korn pensó que estaba esperando a que terminase.

—No puedo esperar tanto para delatar a Flynn. Mira, te voy a decir cómo salir de este lío: cuando acabe el juicio, votas *culpable*. No creas que puedes ocultar el voto; después de que se emita el veredicto, puedo hacer que se revisen. Están registrados. En cuanto se declare culpable a Dubois, yo detendré a Flynn. Y tú prestas declaración diciendo que te sobornó con este dinero —dijo Korn, señalando la bolsa de gimnasia—. Cincuenta mil dólares. Más que suficiente para comprar tu voto. Eres una testigo que está cooperando con la oficina del fiscal y, a cambio de eso, no se presentarán cargos penales contra ti. Si te niegas, haré que te detengan ahora mismo. Te caerán quince, tal vez veinte años. No te voy a dar mucho tiempo para decidir, porque solo hay una decisión posible. Mi oferta caduca en cuanto salga por esa puerta, dentro de cinco segundos. Después de eso subirán los agentes y quedarás detenida. Piénsatelo.

Korn empezó a contar en voz baja. Sandy soltó una respiración nerviosa, se pasó las manos por el pelo, y luego se cubrió la cara con ellas.

—Tres —dijo Korn.

Sandy se cogió los brazos, asintió y dijo:

—Me va a detener por algo que no he hecho. Hablé con Flynn. Le vendí mi coche hará una semana. Quería saber por qué no le había dicho que lo conocía. Nada más.

—Veinte años, Sandy. Piénsalo. Es tu última oportunidad. Accede a prestar declaración. Di que Flynn te sobornó para que conste en acta, o se te ha acabado la vida.

Sandy dejó caer la cabeza, asintió y dijo:

—No quiero ir a la cárcel… Vale.

Los labios de Korn se entreabrieron en lo que podía pasar por una sonrisa.

—Chica lista. No me decepciones. Ahora va a subir el agente Leonard a hacer una foto de este dinero. Solo es para demostrar que lo tienes. Tú piensa que es como un seguro. Y ni se te ocurra contárselo a Flynn. Si no puedo mandarlo a él a la cárcel, tendré que conformarme contigo.

54
EL PASTOR

—¿Está listo todo el mundo? —preguntó Gruber.

—Todos menos Francis —contestó el Pastor.

—Este calor me está matando —dijo Gruber limpiándose la frente con un pañuelo antes de pasar con cuidado por encima de un tronco caído. La pequeña linterna que llevaba en la otra mano apenas iluminaba. Estaba intentando seguir el rastro de Denvir a través del bosque. Iba por delante, guiándolos. El Pastor iba el último, detrás de Gruber.

—¿Por qué nos reunimos aquí? —preguntó Gruber.

—Porque mañana es el séptimo día. El castigo ya casi está aquí. Todo está dispuesto, y no quiero arriesgarme a que nos vean juntos. A estas horas de la noche no hay nadie en el bosque. Ni cazadores ni pescadores. Tenemos que repasarlo todo. Asegurarnos de que estamos preparados —dijo el Pastor.

Un poco más adelante había un claro y, al pasar a través de los árboles, el terreno empezaba a subir hasta lo que parecía el borde de una ribera escarpada.

—El Luxahatchee pasaba por esta parte del bosque —dijo el Pastor.

Gruber no contestó. A él no le interesaba la tierra. Era algo que el Pastor nunca había entendido. Gruber era un hombre de ciencia. Le gustaban los números, las sustancias y las reacciones químicas, cosas predecibles con base en la evidencia. Y sus lecturas personales lo habían llevado a aplicar esa mente científica a algunas de las teorías sociales más infames: la eugenesia, el control de la población e, inevitable, a aquello que Gruber llamaba «la teoría racial radical». Aunque de radical tenía poco, en opinión del Pastor. Para él era algo evidente desde hacía dos mil años. La raza blanca era claramente superior, la raza dominante. No debería diluirse con la sangre de otras razas. Ya lo decía la Biblia. Para el Pastor, el día que Estados Unidos abolió la esclavitud fue un error. La Biblia no prohibía la esclavitud, ni tampoco decía que fuese pecado. Era el devenir natural de las cosas.

—Mira eso —dijo el Pastor, alumbrando con su antorcha una parte de la ribera.

Había un macizo de flores que crecía entre la hierba densa, tratando de sobresalir del cerco de las hojas verdes.

—Camelias blancas —añadió el Pastor—. ¿Ves cómo intenta ahogarlas la hierba? Caballeros, no podemos permitir que nos pase lo mismo. Tenemos que ser fuertes y buscar la luz del sol.

—¿Queda mucho? No veo a los demás —dijo Gruber.

—Están al otro lado —respondió Denvir desde el borde de la ribera, alumbrando el canal con su linterna.

—Pronto estaremos todos juntos —afirmó el Pastor.

Eran siete integrantes en la Camelia Blanca, incluido el Pastor. Brian Denvir, un intolerante y un fanático convencido de que había extraterrestres en Roswell; que los demócratas estaban orquestando una conspiración gubernamental masiva, donde el Estado profundo operaba una red de pedofilia desde la trastienda de una pizzería; y que los nazis tenían razón, pero se equivocaron en la manera de hacerlo. Después de Brian vino Gruber y tres más. Richard Barnes era un rico productor de cacahuetes que adoraba las armas, la bandera confederada, y que nunca había contratado a un afroamericano. Luego se unieron los hermanos Reed. Uno era médico y el otro abogado. Se criaron en Mobile y jamás les faltó de nada. Su padre alcanzó un cargo destacado en la policía local a base de trabajo duro, a pesar de su racismo abierto y manifiesto. Y los hermanos estaban cortados por el mismo patrón. Ricos e influyentes, habían financiado la causa en secreto.

El Pastor vio que Gruber alcanzaba lo alto de la pendiente y miraba el canal.

—¡Dios mío! —exclamó—. Pero ¿qué ha pasado?

El Pastor miró hacia el canal, donde yacían los cuerpos sin vida de Richard Barnes, Cole Reed y Seth Reed. Los tres tenían un disparo en el pecho y otro en la cabeza.

Gruber era inteligente, de eso no cabía duda. Sabía urdir una mentira, desarrollar un argumento convincente en torno a sus ideas y hasta fabricar un detonador, pero nunca había sido muy rápido.

Solo cuando Denvir sacó su Desert Eagle, comprendió lo que les había ocurrido al resto de los integrantes de la Camelia Blanca, ahora que ya no eran útiles. Alzó las manos en señal de rendición y cayó de rodillas, pero antes de que pudiera suplicar por su vida, Denvir disparó.

De una patada, lo hizo rodar hasta el fondo del canal, luego apuntó y le disparó dos veces más. Con el arma aún caliente en la mano, se quedó mirando los cadáveres y dijo:

—Y en cuanto deje de necesitarme, ¿me matará como al resto?

El Pastor negó con la cabeza y cogió el pico que había dejado a un lado de la ribera.

—No tienes por qué preocuparte, Brian. Ellos no eran como tú y yo. Nosotros sabemos lo que hay que hacer, y tenemos agallas para hacerlo. Gruber era capaz de diseñar una bomba, pero no tenía bemoles para detonarla. ¿No te has preguntado por qué no estallaron los artefactos en esas iglesias?

—¿Quiere decir que la cagó a propósito?

—Es exactamente lo que quiero decir. Entendía la necesidad de que hubiera derramamiento de sangre, lo defendía y hacía por facilitarlo, pero no estaba dispuesto a mancharse las manos.

—¿Y qué hay de la maleta que le dio a Francis?

—Eso está bien. Lo comprobé yo mismo. Funcionará. Gruber no tenía problema en preparar algo para que lo usara otro. En su mente, eso lo eximía de cualquier responsabilidad. Como te he dicho, nosotros somos los únicos caballeros *de verdad*. Sabemos que una revolución se hace con sangre. Los otros eran débiles. Y no puede haber debilidad en nuestras filas. Venga, trae esa pala y échame una mano —dijo el Pastor.

Denvir asintió y enfundó la pistola. El Pastor clavó la parte ancha y plana del pico en un tramo de tierra suelta que había en lo alto de la ribera, hizo palanca con el mango y tiró la tierra sobre los cuerpos de abajo. Denvir se agachó para coger la pala, pero entonces se paró de repente, se alejó un poco y volvió a agacharse, sin perder de vista al Pastor.

—He dicho que no te preocupes, Brian. A ver, ¿está todo listo para mañana? —dijo el Pastor, mientras seguía echando tierra sobre el canal.

—Todo listo —respondió Brian.

—¿Y sabes lo que tienes que hacer?

—Lo tengo claro. También tengo a algunos de los chicos preparados y listos para disparar. A la espera de mi señal.

—Hace mucho tiempo que sueño con esto: el castigo. Mañana se desata el infierno. Y luego recuperaremos nuestro país.

EL SÉPTIMO DÍA

55
BLOCH

Bloch dejó el SUV en el aparcamiento de un centro comercial, paralelo a una calle a la entrada del pueblo, poco después de las nueve de la mañana. Era un conjunto inusual de negocios, con una lavandería, una cafetería y un videoclub. Hacía tiempo que no veía un videoclub, aunque tampoco le sorprendió encontrar uno en Buckstown. Aquel lugar seguía anclado en los ochenta. Y algunos vecinos, en los años ochenta del siglo XIX.

Estaba haciendo el recado de Eddie. Tenía un presentimiento o, más bien, una teoría. Y Bloch creía que tal vez sí había dado con algo importante. Aquello sería la prueba de fuego.

Al otro lado de la carretera estaba el Salón del Condado, sede de su asamblea legislativa. Bloch cruzó la calle, agachando la cabeza al pasar delante de las cámaras de seguridad a la entrada del aparcamiento del edificio. No quería que su matrícula quedara registrada. Nada que pudiera despertar las sospechas de Korn.

Habría varias decenas de coches en el aparcamiento. Toda burocracia necesita a gente para mantener en marcha la maquinaria. La entrada consistía en unas puertas dobles de pino lacado. Una estaba abierta y la otra cerrada. Nada más entrar, Bloch vio una lista de departamentos en una tabla de plástico montada en la pared. Pequeños letreros sobre esta indicaban cómo llegar a cada planta y oficina. La que ella buscaba estaba en la primera planta, sala 5.02. Siguió los carteles hasta allí. Era una sala de espera pequeña con seis asientos y dos ventanillas. No había gente, así que se acercó al primer mostrador. Tampoco había nadie atendiendo, pero a través del plexiglás vio a una mujer sentada junto a una mesa al lado de la ventana. Bloch tosió tratando de llamar su atención. No funcionó. Un cartel decía que había que tocar el timbre para ser atendido. Bloch miró a su alrededor, pero no vio timbre alguno. Por fin, lo encontró en el otro mostrador, le dio un golpecito y esperó.

Una señora con un moño alto muy apretado y una chaqueta tejida a mano sobre una blusa de seda blanca chasqueó la lengua, se levantó de su mesa y se acercó lentamente. La carne rebosaba por los bordes de sus zapatos de tacón bajo, y llevaba las gafas sujetas al cuello por una cadena de oro. Al llegar al mostrador, Bloch notó un olor a sudor viejo bajo el perfume de señora.

—¿Puedo ayudarla? —dijo, de un modo que sugería que lo último que quería hacer era ayudar a nadie. Parecía una de esas personas que disfrutan clavando palos afilados a los gatos y culpando a los hijos del vecino.

—Sí, me gustaría ver el certificado de defunción de Colt Lomax, por favor —dijo Bloch, con una sonrisa educada.

La señora del mostrador se puso las gafas, miró a Bloch de arriba abajo, y se las bajó hasta la punta de la nariz como si no le gustara lo que veía.

—¿Y usted es…? —preguntó.

—Una clienta —dijo.

—¿Es pariente del difunto?

—Que yo sepa, en este condado no hace falta ser familia para ver un certificado de defunción. La única información que hace falta es la fecha de nacimiento y el nombre del difunto.

La señora apretó sus labios de color rojo vivo en una pelotita, succionando los carrillos, y le pasó un formulario a través de la bandeja de la ventanilla diciendo:

—Son doce noventa y cinco la copia.

Bloch puso trece dólares sobre el mostrador y los metió junto al formulario completo.

La mujer leyó el formulario y dijo:

—¿Este es su verdadero nombre?

—Creo que no tiene derecho a pedirme identificación.

Apretó aún más los labios y desapareció por el fondo de la sala. Un par de minutos después volvió a aparecer, con el cambio y un documento en la mano. Lo pasó por la bandeja de la ventanilla con el cambio encima.

—¿Es todo, señorita *Mouse*?

—No, un segundito —contestó Bloch. Leyó el certificado de

defunción. Decía que la causa de la muerte había sido un disparo autoinfligido. Suicidio. Bloch comprobó el apartado de cónyuges, y decía «Lucy Anne Lomax (Fallecida)», pero no su fecha de nacimiento.

—Me gustaría ver el certificado de matrimonio de Colt y Lucy Anne Lomax. Y, por favor, llámeme Minnie —dijo Bloch.

La señora estuvo a punto de borrarse el pintalabios por la fuerza con la que apretó la boca mientras se agachaba a coger otro formulario para dárselo a Bloch.

—Serán veinticinco dólares más.

Bloch rellenó el formulario y le dio el dinero. La mujer desapareció y volvió a los cinco minutos con una copia de la licencia matrimonial. Bloch la ojeó hasta encontrar la fecha de nacimiento de Lucy Lomax. A continuación le pidió un formulario de solicitud para ver el certificado de defunción de Lucy Anne Lomax, lo rellenó, pagó la tasa, y se quedó esperando mientras la mujer dejaba la mirada en blanco, se mordía los carrillos, y volvía a marcharse a por el certificado en cuestión.

Al volver, dijo:

—¿Algo *más*?

Bloch leyó el certificado de defunción, sonrió y contestó:

—No, no necesito nada más. Gracias.

56
KORN

Aunque estuviese en medio de un juicio por asesinato, una invitación a desayunar del sheriff en funciones Shipley en la taberna Blue Turtle no era algo que pudiera tomarse a la ligera. Habían quedado a las siete y media, pero Korn llegó casi a las ocho. Así podría tomarse un café rápido, luego ir al juzgado y tener una hora antes de que se reanudara el juicio.

Mientras el *maître* lo llevaba hasta la mesa, comprendió que no iba a ser un desayuno tranquilo. Era una mesa circular y estaba prácticamente llena. Al lado de Shipley se hallaba el gobernador Patchett. Junto a este estaba el agente Leonard, luego Ryan Hogg y el ayudante de Korn, Tom Wingfield. Korn tomó asiento a la izquierda de Tom y a la derecha de Shipley. Todos comían huevos con beicon y las famosas gachas del Blue Turtle de acompañamiento. En el centro había un plato de galletas, pero solo quedaban unas pocas. Todos dieron los buenos días a Korn.

Se sentó despacio, tomándose su tiempo para estirar bien la pierna derecha. Hoy sabía que necesitaría el dolor y se había apretado un poco más la liga. La pierna le estaba sangrando mucho, así que llevaba una venda extra y gasas para detener la hemorragia. Aun así, al venir de camino se había visto una mancha de sangre en la pernera de los pantalones azul marino. Pero casi nadie lo notaría, y tampoco tenía tiempo para volver a casa a cambiarse.

Desde luego, sus comensales no se habían dado cuenta. Ya estaban enfrascados de nuevo en la conversación, todos menos Shipley y Patchett.

—Me alegro de verlo, gobernador. Creía que se volvía directamente a Montgomery después de la reunión en la planta química...
—dijo Korn.

—Ese era mi plan, pero entonces me llamó el nuevo sheriff. Está hecho todo un general —dijo Patchett.

Shipley se aclaró la garganta y, dirigiéndose a Korn, dijo:

—Hemos recibido noticias de una amenaza viable. Parece ser que un grupo extremista ha estado planeando un asalto a gran escala a la mansión del gobernador. Su objetivo era secuestrar al gobernador y matar a todos los presentes en el edificio.

—¿Es fiable la fuente? —preguntó Korn.

—Al cien por cien —contestó Shipley.

—Tiene razón —añadió Patchett—. A las cuatro horas de llamarme Shipley, mi asesor de seguridad recibió una llamada del FBI diciendo que también se habían enterado por sus propios medios. Es verdad.

Korn se preguntaba cómo un sheriff en funciones podía haberse enterado antes que el FBI de un posible ataque terrorista contra una figura pública destacada.

—Jesús, ¿y saben quién está detrás?

Shipley estaba a punto de contestar cuando lo interrumpió el gobernador para decir:

—Claro, la izquierda radical. Probablemente alguna célula paramilitar dentro del movimiento Antifa. El país está bajo amenaza. Debemos estar dispuestos a combatir a este enemigo.

—Descuide, gobernador, eso es exactamente lo que vamos a hacer —dijo Shipley.

Korn se fijó por primera vez en que Shipley tenía los ojos de un marrón tan oscuro que parecía negro. Vio la llama de la velita que había en el centro de la mesa atrapada en ellos, como si su oscuridad hubiera capturado la llama, ahogándola.

—Yo creo que aquí estoy tan a salvo como en cualquier otro sitio. O más, viendo al nuevo sheriff —dijo Patchett—. Soy de este condado. Y además está el juicio y, por supuesto, el funeral de nuestro difunto sheriff dentro de unos días. Por ahora tiene más sentido quedarme aquí.

—Bueno, me alegro de que pueda disfrutar un poco más de nuestra hospitalidad. Corren tiempos peligrosos —dijo Korn.

—Y que lo diga —afirmó Patchett—. ¿Sabe que el presidente sospecha que los demócratas van a intentar amañar las elecciones del año que viene?

El padre de Korn había tratado con el vigente presidente hacía muchos años. Le parecía tonto del culo, como el resto de los neo-yorquinos.

—El presidente dice muchas cosas. Pero a mí no me preocupa él. De quien tenemos que preocuparnos es de usted... —Korn no acabó la frase.

—Ya no —interrumpió Shipley—. Mis hombres se asegurarán de que el gobernador esté a salvo, con todos los medios a nuestra disposición.

Aquella frase, *con todos los medios a nuestra disposición*, le sonó un poco amenazante a Korn. Puede que Shipley en el fondo deseara que se produjese el ataque contra el gobernador y así tener la excusa perfecta para poner en práctica sus métodos más draco-nianos.

—En fin, ¿qué tal va el juicio? —preguntó Patchett.

—No ha hecho más que empezar, pero sé que en este tenemos al jurado de nuestro lado —dijo Korn.

—Y tanto —señaló Wingfield—. El señor Korn está eufórico. Y hoy llega la caballería. El señor Hogg va a testificar. Por eso ha venido. Y hay dos testigos que dicen que Dubois confesó: su com-pañero de celda, Lawson, y tenemos al agente Leonard para dar fe de que Dubois firmó la confesión ante el sheriff Lomax, que en paz descanse. Hoy van a cambiar las cosas; Dubois está acabado.

Wingfield creía que estaba ayudando, pero Korn no pudo ocul-tar una mueca de dolor al oír lo de que las cosas iban a cambiar. Sabía que a Patchett no se le pasaría por alto.

—¿Cómo que van a cambiar las cosas? O sea, ¿que hasta ahora no ha ido muy bien?

—Ha estado un poco más disputado de lo que esperaba. Pero no pasa nada. Me gustan los desafíos —respondió Korn.

—El jurado oirá las confesiones hoy, y ahí acabará todo —sen-tenció Leonard.

—Eso es —dijo Shipley—. El jurado nunca entiende que al-guien confiese un crimen que no cometió. No les cabe en la cabeza, y Dubois no confesó una vez, sino dos.

Korn se sirvió café mientras observaba con atención a Shipley. Las venas hinchadas sobre el músculo de su antebrazo, el anillo de oro grueso que lucía y aquella inteligencia reptiliana ardiendo de-trás de sus pequeños ojos.

—¿Cuándo subo a testificar? —preguntó Hogg.

—Probablemente avanzado el día, pero no te preocupes. Será fácil y breve —contestó Wingfield.

—Yo solo quiero que acabe todo esto. Nunca debí contratar a Dubois —dijo Hogg.

—Mucha gente comete el mismo error —dijo Shipley—. Tarde o temprano se dan cuenta de que toda esa gente es igual.

Leonard asintió, pero nadie dijo una sola palabra. Korn sentía un desprecio inusual por la vida humana en general. Se decía a sí mismo que, en realidad, daba igual de qué color fueran las víctimas. Todos gritaban y morían igual. Sin embargo, ese racismo autoritario sureño siempre estaba allí. Lo había visto a lo largo de toda su carrera. Pero esta era la primera vez que lo oía decir abiertamente en una conversación en público, no entre dos conspiradores susurrando. Ahora estaba ahí fuera. El silencio que siguió a aquellas palabras no fue incómodo. De hecho parecía natural que se dijera en alto, dados los tiempos que corrían.

—Tú acaba con ese hijo de puta, ¿eh, Randal? —dijo Patchett, rompiendo el silencio.

—No le quepa duda: pronto estará atado a Yellow Mama —contestó.

Korn estuvo cinco minutos más terminándose el café y dejó a Wingfield, Hogg, Shipley, Leonard y Patchett acabando de desayunar. Mientras la camarera le traía su maletín, pensó en la habilidad que tenía el Pastor para esconderse a plena vista. Nadie imaginaría que uno de los hombres sentados a aquella mesa era un asesino múltiple.

Ahora tenía las grabaciones de seguridad, eso le serviría para presionar al Pastor. Y un hombre como él podía resultar muy útil. Eso sí, llegaría un momento en que acabaría siendo más una amenaza que un recurso, y cuando eso ocurriera, lo mataría, igual que había matado a Lomax.

57
EDDIE

Bloch se reunió con nosotros en el juzgado con los certificados de defunción. No me hizo falta leerlos para saber que ya teníamos el primer golpe de suerte en este juicio. Mi teoría era acertada. Pero eso no quitaba que nos quedaran doscientos kilómetros de arduo camino por delante. El golpe no era definitivo, sino solo un puñetazo. Nada más.

Y a veces, ni siquiera das en el blanco.

Bloch paseó la mirada por la primera fila de asientos del público y saludó a Patricia con la mano.

—¿Qué tal van? —me preguntó.

—Muy nerviosos. Llevan días sin dormir.

Fuimos juntos hasta la mesa de la defensa. Patricia estaba inclinada hacia adelante, con el brazo metido entre los respaldos de la primera fila, cogiendo la mano de Andy. Al menos, en el hotel estaba comiendo mejor, pero aquella camisa aún le quedaba inmensa. Patricia volvía a lucir su mejor vestido. Era de color azul oscuro, con pequeñas motas blancas y amarillas en toda la tela. Llevaba el pelo recogido, y lo que ella llamaba sus guantes de domingo, un par de guantes viejos de cuero que su madre le dio para lucir en la iglesia. Debieron de ser un regalo de juventud, porque ahora se veían degastados en sus manos.

—Hoy va a ser duro —dijo Patricia.

Bloch le sonrió, sin más. Era la primera vez que la notaba conteniéndose. Quería decirle algo para animar a su madre, algo esperanzador, pero sabía que hoy teníamos que escalar una montaña valiéndonos de una mísera cuerda. Así que, al final, se mordió el labio y le dio una palmadita en el hombro. Noté que Kate la observaba y disfrutaba viendo el intercambio. Ella conocía a Bloch mejor que ninguno de nosotros, y todos sabíamos que el único momento en que Bloch tenía contacto físico con alguien era para romperle un miembro importante. El hecho de poner su mano sobre el hombro de Patricia era muy significativo. Un pequeño milagro en un juzgado frío donde los milagros se producían muy de vez en cuando.

Y Dios sabe que necesitábamos uno pronto.

Mirando los asientos detrás de la acusación, Bloch dijo:

—¿Hoy no está Francis?

—No —dijo Harry—. No lo he visto. ¿Quieres ir a dar una vuelta, a ver si lo localizas?

Bloch asintió y se fue en el mismo momento en que el juez entraba en la sala. Luego entró el jurado. Y así arrancó el que sabía sería uno de los días más duros de mi vida en un juzgado.

—El estado llama a John Lawson —dijo Korn.

Fueron las primeras palabras que se decían en la sala esa mañana. Korn estaba un poco más erguido, más alto. Ya no iba encorvado, y tenía la mirada clavada en el jurado. Tal vez le había cogido el ritmo al juicio. Por mucha experiencia que tengas, el primer día siempre es tenso. Tardas en acostumbrarte, en posicionarte con el jurado, con las pruebas, y en encontrar tu camino.

Korn ya lo había encontrado. Su ayudante, Wingfield, estaba pensativo, algo inclinado sobre la mesa de la acusación.

Un hombre vestido con un traje marrón entallado empezó a avanzar desde el fondo de la sala. Llevaba una barba fina que seguía la línea de su mandíbula y se separaba sobre el labio superior. Parecía irreal; yo habría jurado que alguien se la había pintado con un rotulador. Tenía una ceja partida por una cicatriz, como una declaración *fashion*. El traje parecía caro, pero era evidente que no se lo ponía desde hacía mucho. Las mangas le quedaban apretadas y la tela se veía tirante sobre el pecho y los muslos. Era como si hubiera encogido, o más bien, como si Lawson hubiera crecido. No se lo había puesto porque estaba en la cárcel, y allí dentro no hay mucho que hacer, aparte de levantar pesas y leer.

Y pensar en cómo demonios salir de ahí.

Cogió la Biblia con la mano izquierda, besó la cubierta del libro como si fuera una reliquia, luego lo levantó y repitió el juramento. El juez le dio permiso para tomar asiento.

—Señor Lawson, ¿cuál es su dirección actual? —preguntó Korn.

—Ahora estoy en la cárcel del estado —dijo. Lawson tenía un acento extraño. Era sureño, pero no alargaba las vocales como el clásico deje. Hablaba muy deprisa y sus labios apenas se movían, de modo que las palabras salían masculladas, y sonó algo así como *ares-tin-lacar-celstao*. La taquígrafa del juzgado dejó de mecanografiar, se volvió y susurró algo al alguacil, que a su vez le dijo algo al juez.

—Señor Lawson, ¿podría hablar un poco más despacio y más claramente, por favor? La taquígrafa del juzgado tiene problemas con su acento —dijo el juez Chandler.

La taquígrafa movió los labios dando las gracias a Chandler.

Vi a la taquígrafa deslizando los dedos rápidamente sobre las teclas, y me dio una idea.

—¿Quiere decir que ahora mismo está cumpliendo condena? —preguntó Korn.

—Eso es —contestó Lawson, más despacio esta vez, procurando pronunciar las palabras mejor para la taquígrafa y el tribunal.

—¿Ha cumplido toda su condena en la cárcel del estado?

—No, estuve un tiempo en la del condado. Estaba en la misma celda que el acusado, el que está ahí —dijo, señalando a Andy.

—¿Durante cuánto tiempo compartió celda con el acusado?

—Puede que un par de semanas, no sé.

—¿Lo llegó a conocer?

—A ver, éramos compis, no hay mucho sitio, compartes litera. Estábamos todo el día encerrados ahí. Tienes que apañarte con el tío que te toca. Si no, se te pira.

—¿Podría decirse que se hizo amigo del acusado?

Lawson se limpió la boca con la mano, se pasó el dedo índice y el pulgar por el fino bigote, siguió la línea de la barba por ambos lados de la boca y hasta la barbilla.

—No, amigo no. No después de que me contara que mató a esa chavala.

—Señor Lawson, tómese su tiempo, y explique al jurado exactamente qué fue lo que le dijo el acusado.

Lawson suspiró, cerró los ojos y dijo:

—Estábamos en la celda, una noche, tarde, y le oí que estaba llorando. Él dormía en la litera de abajo, yo arriba. Pues le oí llorando abajo, y él nunca había estado en la trena. Yo le dije cállate, que no sirve de nada llorar. Que tienes que tirar *pa* adelante. Y él dijo que se merecía estar ahí. Que no debería haber matado a esa chica.

Cuando acabó de contestar, miró primero al jurado, y luego a Korn.

—¿Le preguntó a qué se refería?

—Sabía que era esa chavala a la que mataron en la parada de camiones.

—¿Contestó algo tras ese comentario del acusado?

—Solo le dije que no podía hacer nada más que confesar. Que le contara todo a la poli. Y me dijo que no, porque lo freirían en la silla.

La taquígrafa soltó un suspiro que sonó más bien como un grito de frustración. Seguía hablando demasiado rápido para ella.

—Gracias, señor Lawson. Solo una cosa más, ¿le ha prometido algo algún empleado de mi oficina a cambio de su testimonio ante el tribunal hoy?

—No, hombre. He venido a contar lo que pasó, tal cual.

—Gracias.

El juez Chandler me miró y arqueó las cejas como preguntándome si me atrevía a interrogar al testigo. Kate le susurró algo a Harry, y los dos se volvieron a hablar en voz baja con Andy. Este empezó a negar con la cabeza, más nervioso de lo que lo había visto en días. Cuesta mantener la serenidad cuando alguien se planta ante un tribunal y miente sobre ti.

Me levanté y rodeé la mesa de la defensa, ocupando mi lugar en el centro de la sala. Lawson ladeó la cabeza y me miró a los ojos. Parecía cómodo, como si yo fuera incapaz de inquietarlo.

—Señor Lawson, ¿hace cuánto que no se pone ese traje? —pregunté.

Lawson frunció el ceño, apretó los labios doblando las comisuras hacia abajo y sacudió la cabeza rápidamente hacia atrás. Parecía confundido, como si le acabara de preguntar cuál es la capital de Perú.

—Eh, no sé… ¿Seis años, puede ser?

—La última vez que se lo puso probablemente fue cuando le comunicaron su condena. ¿Me equivoco?

—No.

—O sea, que lleva cumplidos seis años de condena. ¿Por qué delito lo condenaron?

—Distribución de narcóticos —contestó Lawson.

—O sea, ¿que vendía droga?

—Sí, pero yo nunca he matado a nadie —dijo.

—No he dicho que lo hiciera. ¿Cuánto le queda por cumplir de su condena?

—Poco menos de ocho años.

—Y pasó seis de ellos en la cárcel del estado hasta que, por algún motivo, lo trasladaron a la cárcel del condado durante dos semanas, ¿no es así?

—Sí, así es —dijo. Empezaba a ponerse nervioso, y las respuestas le salían más rápidas.

—¿Le pusieron directamente en la celda de Andy Dubois?

—Sí...

—¿Y estuvo dos semanas allí?

—Más o menos.

—Ha dicho que el acusado confesó haber cometido el asesinato. ¿Cuándo informó usted a la policía de dicha confesión?

—Le dije al guardia que quería hablar con el sheriff.

—¿*Cuándo* se lo dijo al guardia?

—No sé, ¿la mañana después?

—¿Y cuándo habló con el sheriff?

—Ese día.

—¿Y cuándo lo trasladaron de vuelta a la cárcel del estado?

—Un par de días después.

—¿Por qué?

—Yo qué sé; yo voy adonde me dicen.

—¿Y no tiene ningún acuerdo a cambio de testificar hoy ante este tribunal?

Lawson se inclinó hacia delante y habló directamente al micro:

—No. —Alto y claro.

—¿No acordó verbalmente con el fiscal que le reducirían la condena si testificaba?

—No.

—¿Y tampoco ha firmado ningún acuerdo diciendo que se reduciría la pena a cambio de su testimonio?

—No.

Es una vieja historia. Un soplón de la cárcel dirá cualquier cosa para conseguir un acuerdo y que le reduzcan la condena, pero lo último que quiere un fiscal es que el jurado piense que el soplón miente. El fiscal quiere que crean que su testimonio no está comprado ni condicionado; que es la verdad sin adornos, nada más.

Solo hay un problema con eso.

Que es imposible.

No hay soplones honrados en la cárcel, y jamás los va a haber.

—Para que el jurado lo entienda, ¿está diciendo que no ha llegado *a ninguna clase de acuerdo* para acortar su condena a cambio de su testimonio aquí hoy?

—No, ninguno —dijo, con un tono casi triunfal.

—¿Por qué no?

—¿Eh?

—¿Por qué no ha llegado a ningún acuerdo?

Lawson miró a su alrededor e intercambió una mirada rápida con Korn. No sabía qué decir.

—Pues porque no —dijo, al fin.

—No tiene nada de malo. Se hace constantemente. A un recluso le llega información que podría ser útil a las autoridades, él muestra su disposición a cooperar y el fiscal le consigue un trato con la junta de libertad condicional. La junta quiere que los reclusos estén completamente rehabilitados antes de ponerlos en libertad. Cooperar con las autoridades para ayudar a resolver otros crímenes es buena muestra de que el recluso comienza a ser un ciudadano reformado. Por eso, insisto, ¿por qué no ha llegado a ningún acuerdo?

—Ya se lo he dicho, que no lo sé. Solo quería decir la verdad. A esa chica la mataron, y yo quería ayudar a la poli a trincar a este tío —dijo Lawson, hablando muy deprisa. La taquígrafa lo escribió aporreando las teclas mientras hacía muecas de dolor.

Di un paso hacia el testigo. Estaba nervioso y había olvidado que debía contestar despacio y claro. Tenía que apretarle un poco más.

—No le estoy pidiendo que revele ninguna información delicada ni confidencial, si no lo desea, pero me gustaría saber qué dijo su abogado cuando le contó que no había llegado a ningún acuerdo…

Otro paso hacia Lawson. Quería que sintiera que lo estaba acechando. No dejarle espacio.

—Es que no lo he hablado con mi abogado —afirmó.

Estaba a punto de dar otro paso más, pero me detuve. Sacudí la cabeza, confundido.

—Espere un segundo, sé que para la acusación todo queda mejor si no se ha llegado a ningún acuerdo. Un informante no tiene mucha credibilidad ante un jurado si solo testifica para salir de la cárcel. A veces, a la acusación no le interesa que el jurado sepa que existe un acuerdo. Porque de ese modo su testimonio es más creíble. Entiende que así es como suelen funcionar las cosas, ¿verdad?

Lawson tragó saliva y dijo:

—Sí.

—¿Ve a esa señora escribiendo mientras yo hablo?

Apretó la mandíbula al mirarla, y contestó:

—Sí.

—Es la taquígrafa del juzgado. Ella escribe cada palabra que se dice en este juzgado. Si hay algún desacuerdo sobre cualquier cosa que se haya dicho en esta sala, el acta decide. Su testimonio ya consta en acta. ¿Lo entiende?

—Sí.

—Bien. ¿Qué pasará si usted se presenta ante la junta de libertad condicional dentro de seis meses y le dicen que no saben nada de ningún acuerdo con el fiscal? Usted ha dicho, ante este juez, bajo juramento constando en acta, que no hay acuerdo alguno. Su abogado no sabe nada de ningún acuerdo, y tampoco hay documentos que lo acrediten. ¿Qué pasa si el señor Korn dice entonces que no hay acuerdo? ¿Confía en que la junta de libertad condicional creerá su palabra antes que la del señor Korn?

La sala estaba fresquita gracias a los ventiladores de techo, pero eso no impidió que gruesas gotas de sudor empezaran a escurrirse por la frente de Lawson y cayeran sobre sus ojos, sus mejillas y su barba. Lawson entornó los ojos y miró fijamente a Korn.

—Señor Lawson, yo soy abogado defensor. Sé lo que es enfrentarse con el fiscal del distrito, así que, por su bien, y solo por su bien, voy a preguntárselo otra vez: ¿le ofreció el fiscal algún trato a cambio de que testificara hoy aquí?

Dos jurados se echaron hacia delante, esperando la respuesta.

Lawson se humedeció los labios. Se secó el sudor de la cara.

—Para que conste *en acta*, señor Lawson, conteste a la pregunta, por favor —dije.

—Dijo que le hablaría bien de mí a la junta.

Los dos jurados que se habían echado hacia delante, Avery y

otro hombre, miraron inmediatamente a Korn. Seguí su mirada. Korn sonrió, sacudiendo la cabeza.

—O sea, que le ofreció un trato…

—Sí.

—Ya veo. Entonces, cuando ha dicho que no había ningún acuerdo, estaba mintiendo.

—No, me he expresado mal.

—Para que quede claro, ¿ha mentido a este jurado sobre un acuerdo con el fiscal, pero *no* ha mentido al decir que Andy Dubois confesó haber asesinado a Skylar Edwards?

—Sí, algo así.

—Cuando lo detuvieron por narcotráfico y fue condenado a prisión, ¿se declaró culpable o no culpable?

—No culpable.

—¿Y lo condenaron?

—Sí.

—Mintió al jurado en su juicio, ha mentido al jurado aquí presente diciendo que no hizo ningún trato con el fiscal, ¿y espera que lo crean cuando dice que Andy Dubois confesó el asesinato?

—Esto es una mierda, tío. Pero ¿me van a recomendar a la junta para que me suelten antes o no? —preguntó, mirando por toda la sala.

Me volví hacia el jurado, alcé las manos y dije:

—No hay más preguntas.

Korn se puso en pie, listo para sumergirse en el turno de repregunta y reparar daños.

—Señor Lawson, solo quiero aclarar algo al jurado y para que conste en acta: no llegamos a un acuerdo para que usted salga en libertad a cambio de testificar, ¿verdad?

Lawson se echó hacia delante, señalando con el dedo a Korn y sacando los dientes. Estaba a punto de lanzarse a por él, cuando el juez intervino.

—No creo que este testigo tenga credibilidad. Si está insinuando que el fiscal ha engañado al tribunal promoviendo un testimonio falso, podemos ignorarlo.

Korn vio que Chandler le estaba lanzando un cabo. Se aferró a él y Chandler ordenó a Lawson que abandonara el estrado. Pero eso no le hizo callar.

—¡Eh, teníamos un trato! —dijo mientras se lo llevaban dos funcionarios de prisiones.

El juez acababa de salvar a Korn, pero me daba la impresión de que tampoco estaba muy contento. Por primera vez lo miró como hasta entonces solo me había mirado a mí. O no le había gustado la chapuza de Korn, o tenía límites éticos y el fiscal los estaba sobrepasando.

El caso se le iba de las manos a Korn. Tomó asiento y revisó sus apuntes sobre la mesa. Vi que se agarraba el muslo derecho con fuerza. Tenía una mancha roja en los pantalones, justo encima de la zona donde se estaba pellizcando.

De pronto se soltó la pierna y dijo:

—La acusación llama al señor Buxton.

Buxton era el camionero que encontró el cadáver de Skylar. No era un testigo clave, y hasta entonces me preguntaba si Korn llegaría a llamarlo.

Kate se inclinó hacia mí y susurró:

—Está contra las cuerdas. Llama a un testigo fácil. Buxton no va a decir nada polémico. Esto es para recuperar el ritmo. Tenemos que rematarlo con Buxton.

—No —dije—. Sembramos las preguntas con Buxton. Y las contestamos más adelante. Si Korn lo está pasando mal, queremos que la cosa siga así. Darle algo más de lo que preocuparse.

Kate asintió, y dijo:

—Yo me encargo de Buxton.

58
KATE

Kate vio a Ted Buxton subiéndose al estrado. Llevaba camisa blanca, corbata azul y pantalones marrones. Era un hombre corpulento de cuarenta y tantos años, pelo moreno sin canas, peinado con la raya a un lado. Iba bien afeitado, y desprendía un olor a jabón y a crema de zapatos que se quedaba en la nariz al pasar. Se había puesto sus mejores galas de domingo para venir al juzgado.

En cuanto hubo prestado juramento, Korn se levantó con algo de dificultad para dirigirse al testigo. Antes de hacerlo, colocó un grueso libro de estatutos sobre la mesa de la acusación para que el jurado no viera la mancha de sangre mientras estaba en pie. Kate también se fijó y se preguntaba cómo se lo habría hecho. No llevaba nada en las manos cuando la pierna le empezó a sangrar, así que supuso que sería una vieja herida, aunque parecía como si él mismo se hubiera provocado la hemorragia, como si estuviera castigándose.

Algunos hombres poderosos son así. En su experiencia defendiendo a mujeres en demandas por acoso sexual había oído todo tipo de historias de las víctimas. Por lo general, todas se reducían a lo mismo: un hombre incapaz de hablar o comportarse como es debido. Nada más. Era eso. El resto eran solo detalles. Pero algunos de esos detalles salían una y otra vez en casos distintos. Los hombres poderosos a menudo fantaseaban con el dolor, o con la sensación de estar indefensos.

Tal vez el fiscal se hiciera daño a propósito, pensó Kate.

—Señor Buxton, ¿a qué se dedica?

—Soy camionero.

—¿Y dónde estaba usted la noche del 14 de mayo de este año?

—Estaba descansando en una parada de camiones en Union Highway.

—¿A qué se refiere cuando dice descansando?

—Estaba echando un sueñecito en la cabina del camión. Aquel día había conducido muchas horas y necesitaba un descanso. Preferí ahorrarme el hotel y dormir en el camión.

Kate pensó que Buxton le caía bien. Nada de tonterías. Parecía un hombre que estaba ahí para decir la verdad, y nada más.

—¿Ocurrió algo aquella noche?

—Nada.

—¿Qué hizo al día siguiente?

—Pues ya había entregado la carga en la planta química. Vivo aquí en el pueblo y mi calle es demasiado estrecha para meter el camión, así que lo dejé en el aparcamiento del bar, me fui a casa andando, pasé el día con los críos y por la noche mi mujer me llevó al bar para poner gasolina y cargarlo de nuevo.

De pronto, Buxton empezó a titubear. Tragó saliva, se aclaró la garganta para quitarse los nervios o los recuerdos emotivos, y volvió a hablar, con voz temblorosa y los ojos llenos de lágrimas.

—Estaba en el camión cuando vi algo moverse en la hierba al otro lado del aparcamiento. Fui a echar un vistazo y...

—Siga, por favor, señor Buxton.

—Y vi a las tortugas. Se hallaban apiñadas en un círculo. No sabía qué se estaban comiendo. Al principio no. Me acerqué a mirar, y entonces vi unos pies. Tenía las plantas de los pies mirando hacia arriba. Estaban azules con la luz de la luna.

—¿Y qué hizo entonces?

—Llamé al sheriff —contestó—. Había oído que la hija de Edwards había desaparecido, así que no me lo pensé.

—Gracias —dijo Korn, y volvió a sentarse.

Ted Buxton le caía bien al jurado. Atacarlo sería un error. Kate sabía que lo mejor era transformarlo en testigo de la defensa.

—Señor Buxton, ¿a qué hora llegó a la parada de camiones? —dijo Kate.

—Esa noche, sobre las diez y media, o así.

—¿Y se quedó todo el tiempo en el camión?

—Eh, sí, casi todo el tiempo. Tenía el táper en la cabina. Ah, bueno, creo que fui al baño de la gasolinera una vez. Nada más llegar. Y ya.

—¿Oía la música del Hogg's Bar desde el camión?

—Sí, sí. Después de cenar, me eché. La música me tuvo un rato despierto.

—¿Se despierta con facilidad?

—No mucha.

—Pero la música estaba lo bastante alta como para despertar-lo...

—Sí.

Kate miró rápidamente al jurado, y volvió a centrar su atención en el testigo. Cada vez era más partidaria de utilizar sutiles movimientos de lenguaje corporal. A su manera, acababa de decir al jurado: *esto es importante. No lo olviden. Ahora, miren esto.*

—Aquella noche, ¿oyó a una joven gritar o pedir ayuda en algún momento?

Buxton negó con la cabeza.

—No, para nada. Si lo hubiera oído, habría salido corriendo. Tengo una hija de esa edad.

—¿Y tampoco vio a la víctima esa noche, antes de encontrarla muerta?

—No.

—¿Y vio al acusado en algún momento de esa noche?

—No, que yo recuerde.

—Señor Buxton, la acusación defiende que Skylar Edwards salió del Hogg's Bar alrededor de la medianoche con el acusado, y que estaban discutiendo. Su argumento es que el acusado pegó a la víctima, asestándole varios golpes en la cabeza, que ella logró arañarlo en la espalda con las uñas de la mano derecha, y que en ese forcejeo la víctima se dislocó y rompió dos de los dedos de la mano izquierda. Que luego fue estrangulada hasta morir y en algún momento de esa noche, o el día después, la enterraron en el lugar donde usted la encontró. Comprende que ese es el argumento de la acusación, ¿verdad?

—Supongo que sí.

—Pero usted no oyó ningún grito ni ningún ruido como el que se habría producido en un forcejeo así, ¿verdad, señor Buxton?

—No.

—Gracias, señor Buxton. Nada más.

Korn no tenía más preguntas, y dejó que Buxton bajara del estrado. Chandler vio cómo se iba por el pasillo hasta salir por la puerta del fondo de la sala. Anunció un descanso, y en ese instante Kate creyó ver algo en la expresión del juez al levantarse del asiento. Era preocupación, y duda. Y todo ello apuntaba hacia el fiscal.

No quería hacerse demasiadas ilusiones, pero daba la sensación de que Chandler empezaba a creer que Andy Dubois tal vez fuera inocente. Kate intentó apartar esa idea de su mente para que no la distrajera, y pensó en los testigos de la acusación que quedaban por comparecer.

Eran Cheryl Banbury, la experta en ADN que relacionaba el ADN de Andy con el material hallado bajo las uñas de Skylar Edwards; el agente Leonard, que podía demostrar la confesión y dar fe de los arañazos en la espalda de Andy; Ryan Hogg, el propietario del Hogg's Bar y, por último, el padre de Skylar, Francis Edwards, para enternecer al jurado.

—¿Quién va ahora? —preguntó.

Eddie sacudió la cabeza, y dijo:

—Ni idea. Korn está sufriendo. Es capaz de hacer cualquier cosa. Aún quedan sorpresas en este caso.

59

EDDIE

Podíamos salvar la vida de Andy, y sabía que cuanto más arrinconado tuviéramos a Korn, más peligroso sería. Ese tipo de hombres siempre lo son. El poder de su cargo lo excitaba. Es más fácil ser un monstruo cuando tienes en tus manos la vida de una persona, sin nada que lo controle ni lo atenúe, sin nadie a quien rendir cuentas. Korn tenía dinero y una educación de primera, debería estar representando a países diminutos, sentado ante un escritorio de mármol en una oficina de dos mil metros cuadrados en Manhattan. Sin embargo, estaba en un pueblucho de mierda en Alabama, ganando cien mil dólares al año. Esto no era un fracaso para él. Korn había buscado este trabajo. Cuando lo aceptó ya era un monstruo. Lo que a él lo atraía era el poder.

Durante el breve descanso se había cambiado de traje. Ahora llevaba uno de raya diplomática azul marino y grueso, para ocultar la hemorragia de la pierna. O era una herida incurable o él no quería que se curara. Algunas personas no solo disfrutan causando sufrimiento, sino que gozan del dolor en sí. Si yo le diera un puñetazo directo en la herida, tal vez no lo disfrutaría tanto. Desde luego, no tanto como yo.

El juez y el jurado entraron en la sala, y Korn lanzó la bola al aire.

—Llamamos a la doctora Cheryl Banbury —dijo.

Una señora vestida con una chaqueta de color amarillo limón y pantalón negro avanzó hacia el estrado. Tendría cincuenta y tantos años, tal vez sesenta y algo. Su pelo moreno ya raleaba y lo llevaba recogido en una coleta. Su gesto era tenso, como si tuviera una pinza en la nuca, sujetando la piel de su cara y estirándola sobre el cráneo. Lo único que delataba su edad era la mirada vidriosa en sus ojos verdes y las manchas en sus manos.

Prestó juramento, miró con amabilidad a Korn y le expuso sus credenciales como testigo pericial cuando el fiscal se lo pidió. Parecía un número ensayado. Ya habían bailado esta canción muchas veces. Aquella familiaridad me hizo pensar en cuántos hombres habría ayudado a ejecutar la buena doctora.

La simple idea me hizo estremecer.

El sudor de la espalda se me empezaba a secar y tenía frío. Me venía bien. Debía estar especialmente agudo con aquella testigo. La doctora Banbury tenía tablas. Sería una adversaria formidable.

—Doctora, recibió dos pruebas para examinar y cotejar, ¿no es así?

—Sí, tal y como detallé en mi informe: fragmentos de uña y una muestra de ADN.

—Bien, sé que hay numerosos datos científicos en su informe, pero ¿podría explicar al jurado, en términos sencillos, el resultado de sus análisis?

—Por supuesto. Primero examiné las sustancias en la parte inferior de las uñas y tomé una muestra. Parte era sangre y piel. Partículas diminutas. Examiné esas partículas y logré extraer el patrón de ADN.

—¿Y qué es un patrón de ADN?

—Es como el código genético de un ser humano. Cada persona es distinta. Cada uno tiene su propio código.

—¿Qué hizo con la muestra de ADN que se tomó del acusado?

—Extraje el ADN de la muestra obtenida con el hisopo e identifiqué los marcadores, es decir, las secuencias de ADN que nos ayudan a determinar el código. Luego comparé los marcadores de ADN de la sangre y la piel hallados bajo las uñas con la muestra de ADN del acusado.

La doctora Banbury dejó la respuesta en el aire, e hizo una pausa mientras daba un trago de agua para que creciera la expectación del jurado. Era buena.

—Mi comparación dio como resultado que el ADN coincide científicamente.

—¿Coincide?

—Científicamente, sí.

—Para que el jurado lo entienda con claridad, ¿quiere eso decir que la sangre y la piel halladas bajo las uñas de la víctima eran del acusado?

—En lo que a la ciencia respecta, sí.

—¿Y qué probabilidad hay de que realmente sea el mismo ADN?

—Un noventa y nueve por ciento.

—Gracias —dijo Korn, sentándose con un atisbo de satisfacción en su rostro afilado. Yo sabía por qué estaba tan contento. El jurado se estaba tragando hasta la última palabra de lo que decía Banbury. Era un testimonio sólido. La ciencia indicaba que la víctima y Andy se enzarzaron en un forcejeo y ella le arañó la espalda, dejando rastros de su ADN bajo sus uñas.

Game over.

Noté una mano sobre mi brazo. Era Harry, tirando de mí para susurrarme algo.

—Es buena. Sujétala bien antes de apretar el gatillo. A nada que le des espacio para moverse, Andy es hombre muerto.

Tenía razón. Todo dependía de aquel momento. Si no dábamos la vuelta al testimonio de Banbury, todo habría acabado. Antes de levantarme para repreguntar, volví a mirar a Andy y a su madre. Ella tenía el brazo metido a través de la barandilla que separaba al público de la mesa de la defensa. Andy había girado su silla para que el juez no viera que estaba agarrando su mano.

Patricia conocía a su hijo. Por muchas pruebas que dijera tener Korn, ella sabía que Andy no era un asesino. Pero eso daba igual si nosotros no éramos capaces de salvarlo.

Había tenido tiempo para pensarlo, y creía tener algo de margen para atacar. La clave era Andy. Él me había dicho que la policía lo golpeó hasta quedar inconsciente. Y yo lo creía. Con las pruebas que habíamos descubierto en los últimos días, empezaba a verlo claro. Las piezas empezaban a encajar.

Ahora tenía que unirlas todas.

Respiré hondo y coloqué el primer clavo.

—Doctora Banbury, ¿es cierto que la Oficina del Sheriff le entregó dos muestras para su análisis?

—Sí, dos. Fragmentos de uña y una muestra de ADN del acusado.

—¿Cómo llegaron a sus manos?

—El sheriff, que Dios lo tenga en su gloria, vino a traerlas al laboratorio del condado, donde yo firmé un recibo y las guardé bajo mi custodia.

—¿Hace cuánto que trabaja como experta en ADN para el condado?

—Quince años.

—Tendrá una buena relación laboral con la policía, una relación forjada a lo largo de mucho tiempo, ¿no es así?

—Sí, podría decirse que sí.

—¿Qué prueba examinó primero?

—Los fragmentos de uña de la víctima.

—Y estaba examinando el material que había bajo las uñas, ¿no es así?

—Sí, así es. Me informaron de que el acusado tenía unos rasguños en la espalda que podían ser marcas de arañazos, y yo analicé las uñas de la víctima para ver si había piel, sangre o ADN del acusado bajo ellas.

—Entiendo. ¿Había alguna otra sustancia en esos fragmentos de uña, aparte del material genético?

—Sí, algunos compuestos químicos. Me enteré de que la víctima estaba estudiando Química en la Universidad de Alabama. Supongo que estaba en contacto con todo tipo de sustancias.

—¿Podría leer en voz alta la lista de materiales que encontró en los fragmentos de uña que no eran material genético?

Banbury miró al juez, y dijo:

—¿Puedo consultar mi informe?

—Adelante. Esto es un testimonio, no un examen de memoria —contestó Chandler.

Banbury sacó unas gafas de leer con montura fina de metal, se las colocó sobre el puente de la nariz y miró el informe, que tenía dentro de una funda de plástico. Pasó un par de páginas hasta encontrar el párrafo en cuestión y empezó a leer:

—Examiné los fragmentos de uñas aportados en bolsas de pruebas cerradas y etiquetadas como CL12, con los siguientes resultados: sangre, piel, detritus en general, residuos de polvo. Los residuos de polvo eran partículas de anticolinérgico (cuatro partes), sertralina (una parte), sulfato de morfina (cuatro partes) y fenotiacina (probablemente proclorperazina) (una parte).

—La sertralina es una droga, ¿no es así, doctora? Un ansiolítico, comúnmente conocido como Zoloft, ¿verdad?

—Así es.

—Veamos ahora los otros tres compuestos que encontró. Si no me equivoco, el anticolinérgico también es una droga. Se usa en el

Benadryl, un relajante muscular que ayuda con los espasmos estomacales, ¿no es así?

—Sí.

—El sulfato de morfina se puede tomar en pastillas para aliviar el dolor, ¿correcto?

—Correcto.

—Y la última sustancia, la proclorperazina, es un antiemético. Puede ayudar a controlar las náuseas, ¿no es así?

—Supongo, no soy farmacéutica.

—Tampoco lo era la víctima. Ella estudiaba Química, no Farmacia. ¿No le parece que es una combinación inusual de sustancias para encontrar bajo las uñas de una persona?

—Por mi experiencia, se encuentran muchas cosas inusuales bajo las uñas de la gente —contestó Banbury.

Tenía que apretar más. Poner más clavos.

—Permítame que se lo pregunte de otro modo. ¿Alguna vez ha encontrado esa combinación de sustancias bajo otros fragmentos de uña que haya examinado?

La doctora Banbury asintió muy levemente. Sabía que estábamos lidiando una batalla verbal, y acababa de apuntarme un punto. Pero no tenía ni idea de adónde quería ir a parar con aquello. Nadie lo sabía. Nadie más que Kate, Harry y Bloch.

—No —contestó—, no creo haber encontrado esa combinación de sustancias en fragmentos de uña, pero, claro, todas las muestras tienen características únicas.

La doctora creía que estaba esquivando otro golpe. Eso era lo que quería que creyese.

—Y las sustancias halladas bajo esos fragmentos de uña nos pueden ofrecer pruebas cruciales, ¿verdad?

Ahora ya parecía más recelosa, pero no le quedaba otra que confirmarlo.

—Sí, pueden contar una historia. Como quién arañó a alguien en la espalda.

La doctora estaba disparando a voleo. Por ahora tendría que ignorar esa bala. Yo me estaba centrando en la imagen completa, pero me apunté mentalmente aquella respuesta. Más tarde la recuperaría y se la lanzaría a la cara.

—Para que quede claro, usted analizó las sustancias halladas en las uñas, no las uñas en sí, ¿verdad?

—Correcto, no hacía falta examinar el ADN de las uñas en sí. El origen estaba claro y ya lo había determinado la cadena de custodia de pruebas del sheriff. Además, extraer ADN de una uña humana es un proceso mucho más difícil.

Era el momento de poner el dedo sobre el gatillo.

—El acusado, que niega ningún tipo de altercado con la víctima, no recuerda que lo arañaran. No sabe cómo le hicieron esos rasguños en la piel.

—A ver, ¿qué iba a decir? Para mí, está claro.

—Doctora, me gustaría mostrarle una fotografía de la víctima. Es la fotografía número dos de la acusación.

La alguacil metió la mano detrás de su escritorio y sacó una fotografía ampliada de la víctima tirada en el suelo detrás del coche de Hogg.

—Para empezar, me gustaría dar las gracias a la acusación por ampliar esta foto. Nos es muy útil. Doctora Banbury, mire las uñas de la víctima, por favor.

Banbury se quitó las gafas de leer, se giró y miró la imagen.

—La víctima llevaba esmalte de uñas rojo vivo. Doctora, en su examen de los fragmentos de uña de la víctima, no menciona esmalte de uñas entre los compuestos hallados aparte del material genético.

Banbury tragó saliva y dijo:

—Sí.

—¿Dónde están los fragmentos de uña ahora mismo?

—En mi laboratorio.

—Doctora, piense bien antes de contestar. En su opinión, los fragmentos de uña que examinó no tenían rastros de esmalte de uñas, ¿me equivoco?

Dudó, miró otra vez la fotografía. Estaba estudiándola, entornando los ojos para fijarse en las uñas.

—Es posible que el esmalte se desprendiera cuando se las cortaron —dijo.

—Espere un momento, retrocedamos un poco. ¿Está usted confirmando que los fragmentos de uña que usted examinó no tenían esmalte de uñas?

—Así es, pero como ya le he dicho, es posible que se desprendiera.

—Supongo que sí, pero ¿todo? ¿Sin dejar ningún rastro?

—Es posible —dijo ella.

Me estiré para coger tres copias de un documento que había sobre la mesa de la defensa, le entregué una a la acusación, y otra al juez.

—Señoría, a la luz de la respuesta ofrecida por la testigo, nos gustaría incluir este documento como prueba —solicité.

—Esto es irrelevante —dijo Korn.

—Señoría, su relevancia quedará demostrada por la testigo.

Chandler revisó el documento, tomándose su tiempo, leyendo cada palabra sobre la página.

—Yo no veo que sea relevante, y es posible que el jurado tampoco, pero voy a permitir la pregunta. Estamos en un juicio por asesinato punible con la pena capital —dijo. Había intentado restarle importancia al documento, para que el jurado pensara que no era de valor, y así tal vez no le prestarían demasiada atención.

Di una copia del documento a la testigo y le pedí que lo leyera. Así lo hizo. Al principio, la descolocó un poco que se lo estuviera mostrando, pero cuando llegó al pie de la página, su expresión cambió. Sus ojos se abrieron de par en par, se quedó boquiabierta, y al instante miró a Korn. Él ya no podía hacer nada al respecto.

—Doctora, cuando mencionó al sheriff Lomax hace unos momentos, dijo «que Dios lo tenga en su gloria». Entiendo que era usted buena amiga del sheriff.

—Nos conocíamos por el trabajo. Supongo que con el tiempo se creó cierta relación, sí.

Estaba tanteándola para sonsacarla. Que no fuera demasiado evidente. Pero ella no me lo ponía fácil, así que tuve que preguntárselo directamente.

—Por su experiencia, ¿era honrado el sheriff?

—Era un buen hombre, sí.

Bingo.

—Su esposa también lo creía —dije, y estiré una mano. Kate me puso tres copias de una foto en ella. Se las di al juez, a Korn y a la testigo.

—Quiero que se incluya esta fotografía como prueba.

—Señoría, ¿está pidiendo en serio el señor Flynn a este tribunal que permita que esta fotografía se considere una prueba? —saltó Korn.

El juez Chandler miró la foto, e hizo como si la estuviera pesando en la mano. Miró al techo, luego a Korn, y otra vez la foto.

Llevaba muchos años en el cargo. Más que Korn. Más que el sheriff. Tal vez me equivocara, pero creí ver un cambio en él. Chandler conocía a Lomax desde hacía mucho tiempo, desde antes de que Korn llegara al pueblo, y algo lo inquietaba.

—Esta foto, ¿es auténtica? —me preguntó.

—Lo es, señoría. Si cabe alguna duda, estoy seguro de que la Oficina del Sheriff tiene la original. Si hay alguna disputa sobre su autenticidad, podemos conseguirla —contesté.

—Prueba admitida —dijo el juez.

—Esto es indignante, señoría… —Korn empezó a protestar, pero no llegó a terminar.

—No, señor Korn, no lo es. Ya lo he decidido, y debe usted acatar mi decisión —dijo el juez ante la cara de incredulidad de Korn.

Me giré para mirar a Kate y a Harry. Estaban como si el juez acabara de sacarse un conejo blanco de la toga. Algo había cambiado en la sala. En la temperatura. Un buque de guerra como Chandler no cambia de rumbo radicalmente como acababa de hacer. Supuse que había visto algo en aquella fotografía que lo había removido a nivel personal. Había saltado un piloto dentro de él. Una alarma que no creía que tuviera.

Entregué una copia de la foto a la testigo.

—Esto es una fotografía de una carta. La escribió Lucy Lomax, la difunta esposa del sheriff Colt Lomax. Probablemente fue lo último que él leyó. Lo encontraron muerto poco después, y las autoridades creen que fue un suicidio. Le daré un momento para que la lea, pero es evidente que su esposa creía que era un buen hombre, pero que lo habían arrastrado por el camino equivocado.

Banbury leyó la carta.

—Bueno, yo tenía buena opinión de él —dijo.

—¿Sabía que la esposa del sheriff, Lucy Lomax, estuvo años luchando contra un cáncer antes de morir, hace unos días?

—Sí, lo sabía.

—El documento que tiene en la mano es el certificado de defunción de Lucy Lomax. Al pie de dicho documento, como es habitual en este condado, hay una lista de sus enfermedades conocidas en el momento de la muerte, así como una lista de la medicación que le prescribían. ¿Las ve?

—Sí.

—En el momento de morir, esta misma semana, Lucy Lomax

estaba tomando Benadryl, Zoloft, sulfato de morfina y proclorpe-razina. La misma combinación de sustancias que usted halló en los fragmentos de uña que examinó, ¿no es así?

Banbury asintió.

—Para que conste en acta, necesitamos que se le oiga decir *sí* o *no*.

—Sí, así es.

—También verá en la carta que dejó a su esposo, que le da las gracias por cuidar de ella. Cito: «Me encanta cómo me has cuidado durante esta enfermedad. Tus masajes de pies, los baños, cómo me lavabas la cabeza y hasta me desmenuzabas las pastillas y me las metías en el yogur cuando no podía tragarlas». Los fragmentos de uña que usted examinó no eran de la víctima, ¿verdad, doctora? Usted examinó fragmentos de uña del sheriff Lomax. Lomax arañó la piel del acusado después de que este quedara inconsciente por una paliza en su celda. Esa es la conclusión lógica, ¿no cree?

Banbury se sonrojó al contestar:

—Solo puedo hablar sobre las pruebas que hice. Yo no cogí las muestras.

—Hace un momento dijo que las sustancias que se encuentran bajo las uñas de una persona pueden contar historias, como quién arañó la espalda de alguien. En este caso es evidente quién hizo el arañazo, y *no* fue la víctima, ¿verdad?

La doctora Banbury miró al suelo, y se echó la coleta hacia atrás, quitándosela del hombro como si se estuviera apartando una conclusión que no quería afrontar.

—Yo examiné las muestras que me proporcionaron, y saqué mis conclusiones basándome en la información que el sheriff me dio.

—Para el sheriff Lomax fue demasiado tarde, pero puede que no lo sea para usted, doctora Banbury. Se lo volveré a preguntar, ¿cree ahora que los fragmentos de uña que analizó eran de la víctima? ¿O es posible que fueran del propio sheriff?

—A la luz de lo que he visto hoy, es posible que fueran del sheriff y no de la víctima —dijo Banbury.

El ruido es un elemento importante en un juzgado. Jamás se queda en silencio, aunque debería. Todo el mundo susurra, tose, murmura y chista. Constantemente. En ese momento, el único ruido que había en la sala provenía del jurado. Algunos se miraron entre sí. Otros lanzaron un grito ahogado, otros maldijeron entre dientes. Era justo la reacción que quería. La que esperaba. Las casi dos toneladas del peso que llevaba sobre mis hombros se movieron, aunque solo fuera un poquito. Sentí que mis pulmones se llenaban bien de aire por primera vez desde que Berlin entró en mi despacho y me habló de Andy Dubois.

Lomax había muerto porque quería redimirse. Estaba seguro de ello. El juez también lo había entendido. Probablemente recordaba al sheriff joven, al que Lucy describía en la carta a su marido. El joven que quería hacer el bien, que llevaba un amuleto, que quería marcar la diferencia. Puede que Chandler reconociera algo de sí mismo en aquella carta.

Las mujeres tienen la capacidad de detectar las mentiras con la agudeza de un cuchillo de acero caliente.

Le dije al juez que no tenía más preguntas para la testigo. No quería fastidiarlo. Había conseguido mucho más de lo que esperaba y a partir de ahora solo podía torcerse.

Me dieron ganas de pedir al juez que desestimara el caso directamente por mala praxis policial y fiscal. Pero sabía que no bastaba con eso. Aún no se había demostrado. Preferí guardármelo para mi discurso al jurado.

—Señoría, solicitamos un descanso para preparar a nuestros últimos testigos para mañana —dijo Korn.

El juicio se aplazó hasta el día siguiente. Mientras recogía sus papeles, Korn me lanzó una mirada que me produjo un escalofrío. Le habíamos asestado varios puñetazos en el estómago y estaba preparado para defenderse. Entonces miró a Andy, y vi esa sonrisa en sus labios.

Algo iba a pasar.

Algo malo.

Korn tenía un as. Una especie de seguro, y estaba a punto de tirar de él.

60
BLOCH

Bloch estaba sentada en el SUV con el aire acondicionado apagado y la ventana un poco abierta, vigilando por si algún coche se detenía delante del apartamento donde se había colado el día anterior.

Después de pasarse un par de horas recorriendo la ciudad y sus alrededores, aún no había encontrado a Francis Edwards. Su coche no estaba en la entrada de su casa, y no lo había visto en todo el día. Al final decidió ponerse a vigilar la oficina donde se reunía la Camelia Blanca.

Llevaba ya tres cuartos de hora allí sentada, sudando bajo el sol, observando la calle. Ninguno de los coches del día anterior había aparecido por allí, ni la ranchera con la bandera confederada, ni tampoco había vehículos aparcados delante del edificio. El pueblo estaba tranquilo bajo la luz de mediodía. Casi pacífico. Y, sin embargo, había algo amenazante en aquel aire húmedo; una sensación de maldad que Bloch no podía quitarse de encima. Hay pueblos americanos como Buckstown que tienen otra cara. Una cara oscura, empapada de historia sangrienta y de odio.

Abrió el tapón de la botella de agua fría que había comprado en la gasolinera y se bebió la mitad. Mientras volvía a colocarla en el compartimento para la bebida, notó algo en su visión periférica. Algo que podría habérsele escapado cinco segundos antes.

La puerta de la oficina se abrió. Un hombre salió por ella y la cerró detrás de sí. Llevaba la cabeza cubierta, traje gris claro y una bandolera al hombro. El sombrero ocultaba su cara en la sombra. No era Denvir ni Francis Edwards ni tampoco Gruber. A él no lo había visto en el edificio.

El hombre no se quedó mucho tiempo en la calle. Un SUV negro se detuvo junto a la acera y se subió al asiento del copiloto.

Bloch giró la llave de contacto y salió detrás de ellos, manteniendo la distancia. Llevaban cristales tintados, lo cual dificultaba ver el interior, pero le pareció que solo iban el conductor, el hombre del sombrero panamá y nadie más en la parte trasera.

El vehículo atravesó el pueblo y fue hacia las partes más pobladas, los suburbios mayoritariamente blancos. Bloch se había recorrido Buckstown y las cicatrices de las leyes de Jim Crow, que establecían la segregación racial en todas las instalaciones públicas, aún eran evidentes. Los afroamericanos, los latinos y las pocas familias asiáticas que había visto estaban al otro lado de la ciudad, en viviendas pobres. Muy pocos vivían en las casas grandes y modernas que había al oeste de la calle principal.

Sintió un cosquilleo de electricidad en el cuello al ver que el SUV negro giraba a la izquierda en Peachtree Avenue, frenaba y se detenía delante del 491.

Aquella era la casa de Edwards.

Sacó la cámara de la guantera, enfocó el SUV e hizo una foto de la matrícula. La comprobaría en cuanto tuviera tiempo. Entonces ajustó el zoom de la cámara para ver mejor al hombre que se estaba bajando del asiento del copiloto.

61
EL PASTOR

El Pastor se desabrochó la chaqueta, se descubrió y dejó la prenda sobre uno de los archivadores. La oficina no estaba ventilada, y tampoco quería abrir las ventanas, para así evitar llamar la atención en la calle. Cogió las carpetas que necesitaba del archivador, lo cerró, luego sacó los planos de la mansión del gobernador y se los metió en la bolsa junto con las carpetas.

Se tomó un momento para mirar a su alrededor.

Su visión había nacido en aquella habitación. Las grandes cosas que estaban por venir habían surgido de conversaciones en aquel lugar. Conversaciones secretas. Y ahora, dos hombres darían vida a sus sueños. Todo aquello por lo que había trabajado se reducía a lo que ocurriera hoy.

Se echó la bandolera al hombro, cogió el sombrero y se lo puso. Hacía un calor espantoso, capaz de rajar las aceras. Le recordaba a cuando estaba dentro de la caja. El sol era como un Dios abrasador, que despegaba la pintura negra de los tablones de madera, cociéndolo en la oscuridad mientras él suplicaba a su padre que lo dejara salir.

«Reza, muchacho. Pide perdón y te hará libre», era lo único que contestaba el padre en respuesta a sus súplicas.

Así que el Pastor rezaba. Pedía que su padre muriera igual que su madre, y lo dejara en paz.

El padre del Pastor acabó muriendo. Una muerte lenta. Él estaba en casa de visita después de su primer verano en la universidad. Aunque no tenía deudas gracias a la beca, tampoco le quedaba gran cosa para sobrevivir. Habían llegado ofertas para comprar la granja, pero el padre del Pastor se negaba a vender, diciendo que prefería morir en sus tierras antes que dejarlas en manos de un desconocido.

Cuando la policía encontró su cuerpo, estaba en la parte trasera de la casa, junto al tocón de cortar leña, que no era más que un trozo plano de roble. La base lucía cicatrices donde clavaban el hacha al terminar de cortar leña. El padre del Pastor estaba tirado boca abajo junto al tocón, con el pie izquierdo parcialmente seccionado. Al sheriff le pareció evidente que el hombre se había resbalado, se golpeó el tobillo con el hacha y se desangró rápidamente.

Pero el Pastor sabía que no fue así. Su padre tardó varias horas en desangrarse después de asestarle un hachazo en el tobillo. Podía haber puesto fin a su sufrimiento mucho antes. Solo hacía falta un hachazo en el cuello o en la cabeza. Sin embargo, lo que hizo fue atarle la pierna con un alambre fino y clavar el otro extremo al tocón. Su padre intentaría arrastrarse hacia la casa para llamar por teléfono, o incluso llegar al porche delantero y pedir ayuda desde allí. Pero si lo hacía, sería sin un pie.

Al final, el hombre pidió auxilio a su hijo, lloró y suplicó que lo soltara.

—¡Suéltame, por favor! —exclamaba.

—Rece, padre. Pida perdón —fue su única respuesta mientras lo veía morir.

Hacía calor aquel día. Igual que hoy: el Séptimo Día.

El día en que sus ángeles liberarían su fuego sobre la tierra, y llamarían a las armas a los hombres en la primera batalla de lo que creía iba ser una guerra santa. La oración no salvaba a nadie. Para eso había que actuar.

Al salir a la acera soleada, el Pastor miró a su alrededor, protegidos los ojos bajo la visera. Vio un SUV de color oscuro a lo lejos, demasiado para ver si había alguien dentro. Miró su reloj y esperó un poco. Entonces llegó un SUV negro y se montó. Denvir arrancó mientras él se abrochaba el cinturón y miraba por el retrovisor lateral.

El SUV de color oscuro se incorporó al tráfico detrás de ellos.

—¿Nos está siguiendo? —dijo Denvir.

—Puede —contestó el Pastor.

—¿Quiere que lo pierda de vista?

—No, no hará falta. Que nos siga. Puede que nos venga bien —dijo el Pastor.

Atravesaron el pueblo y entraron en los barrios blancos de clase media. Siguieron por Peachtree Avenue y se detuvieron delante de la casa de Francis Edwards.

—Ya sabes lo que tienes que hacer esta tarde cuando dé la señal, ¿verdad? —preguntó el Pastor, entregándole las carpetas que había cogido de la oficina.

—Creo que sí. Mis chicos están listos. Los tengo en alerta máxima. Con la armadura puesta, bien motivados y las armas cargadas en los coches. Solo tengo que dar la orden.

—Bien. Revisa otra vez las carpetas. Asegúrate de que no hay errores. Empieza con los judíos y luego seguid con el resto del pueblo.

Dicho eso, el Pastor se pasó la correa de la bandolera sobre la cabeza, se recolocó la gorra y bajó del coche. Subió por el camino que llevaba hasta la casa de Francis con sus llaves, entró, cerró bien la puerta y se puso unos guantes.

Sacó un portátil de la bolsa, lo colocó sobre la mesita baja del salón, lo abrió y lo encendió. Después sacó los planos de la mansión del gobernador y una funda de plástico, y los colocó sobre el sofá.

Mientras iba hacia la puerta de atrás miró el suelo de la cocina. Aún podía oír los ruiditos de Esther asfixiándose. Había una llave puesta en la cerradura de la puerta. La giró, pero cuando iba a abrir, vio una silueta saltando por encima de la valla al fondo del jardín y desaparecer entre la hierba alta.

El Pastor se agachó, apoyó la espalda contra la pared y sacó su arma. Apuntó la Glock hacia la ventana en la parte superior de la puerta.

En cuanto viera aparecer una cabeza, le metería una bala.

62
BLOCH

Había hecho varias fotos con el zoom, pero llevaba la cabeza cubierta y la cara quedaba oculta. En cuanto vio que la figura entraba en la casa, giró el volante, dio marcha atrás y fue hasta el final de la manzana. Con el móvil en la mano, llamó a su contacto, le leyó el número de matrícula, le pidió que contestara rápido por mensaje y colgó.

Un helicóptero sobrevolaba la zona. Era el segundo que había visto hoy.

La parte trasera de las casas daba a una arboleda que separaba la urbanización de la siguiente. Bloch avanzó entre los árboles hasta encontrar la valla del jardín de los Edwards. Mediría metro y medio y era sólida. Cogió carrerilla y saltó por encima. Hacía tiempo que no cortaban el césped. Tenían bancos aquí y allá, un cobertizo y una parte pavimentada con muebles de jardín junto a la entrada trasera de la casa. Fue hacia la puerta que suponía daba a la cocina, manteniéndose agachada y sin hacer ruido. No se veía a nadie por la ventana del salón.

Llegó a la puerta.

Tenía a Maggie en su mano derecha.

Levantó la mano izquierda por encima de la cabeza para agarrar el pomo.

Entonces se detuvo y pensó en asomarse por el cristal de la parte de arriba de la puerta.

Si no lo hacía, no sabría dónde se metía. Tal vez estuviera armado. Lo haría deprisa. Solo un vistazo.

Era el procedimiento policial estándar para entrar sin llamar. Si se puede echar un vistazo por una ventana y recabar algo de información sobre los ocupantes, es oro puro.

Su corazón había subido de ritmo. No tenía la respiración acelerada, pero la carga de adrenalina que recorría su cuerpo hacía que los pulmones bombearan con más fuerza. Gracias al entrenamiento y perfeccionamiento del agarre, la pistola no le temblaba en la mano. Esperó un poco. Cerró los ojos y trató de controlar la respiración.

Tenía miedo. Y era absolutamente normal. Todo policía tiene miedo antes de atravesar una puerta. Todos. El miedo te mantiene despierto, pero también te lleva a cometer errores. Es imposible detenerlo, lo único que hay que hacer es controlarlo. A ella le habían disparado estando de servicio. La salvó el chaleco antibalas, pero nunca lo olvidó. Por eso llevaba un cañón y sabía cómo usarlo. El entrenamiento y su instinto le otorgaban un segundo de ventaja sobre cualquier persona, en cualquier casa. Con eso bastaba para que Maggie disparase. Y no quería verse en una situación en la que no bastara con eso. Nunca más.

Especialmente hoy, que su chaleco de kevlar seguía dentro de la maleta, en el hotel.

Antes de asomarse, tiró con suavidad del pomo de la puerta. Se movió. No estaba cerrada con llave. No tendría que romper el cristal ni derribar la puerta. Podía colarse sin más, y eso le daría un par de segundos más antes de que el hombre que había entrado en la casa se diera cuenta de su presencia. Cada segundo contaba.

Bloch apoyó el peso sobre los talones y estiró las rodillas para asomarse.

63
EL PASTOR

El pomo de la puerta se empezó a mover.

Alguien estaba al otro lado. Ahora mismo.

No había tiempo para esperar a que asomase la cabeza por el cristal.

Disparó dos veces a la derecha del pomo y se hizo una grieta en el cristal justo encima. Aguzando el oído, oyó el ruido de un cuerpo golpeando contra el porche, seguido de un gemido y luego silencio. El Pastor se levantó y corrió hacia la entrada de la casa. Salió por la puerta, cerrándola de un portazo, se metió en el SUV y, sin decirle nada, Denvir pisó a fondo el acelerador y los neumáticos ya estaban echando humo.

—¿Qué ha pasado? —preguntó Denvir.

—Había alguien atrás. Le he dado. Estamos muy cerca, no podemos dejar que nada nos pare.

Miró su reloj.

—Tardarán en encontrar el cuerpo. La ambulancia y el sheriff no llegarán en menos de diez minutos, si es que sigue con vida. Y otra media hora hasta que emitan una orden de busca y captura para Francis. Demasiado tarde. Ya se ha ido.

—Joder, vamos muy justos —dijo Denvir.

—Mira, hay demasiada presión. No podemos arriesgarnos a que nadie flaquee. A estas alturas, no. Sé que íbamos a dejar que Hogg testificara, pero el fiscal va a tener que arreglárselas sin él. En cuanto me dejes, ve a por él. Mándale un mensaje al desechable y dile que quedáis en el bar. Está cerrado porque se supone que va a declarar en el juicio. Dile que no abra hasta que llegues tú…

—¿Y lo hago como dijimos?

—Sí, destroza un poco el local. Llévate lo que tengan en la caja y que parezca un robo.

—Vale.

El Pastor se descubrió y tiró el sombrero al asiento de atrás.

Era una gorra de béisbol.

64
BLOCH

Separó la espalda de la pared de la casa, pivotó sobre los pies y se colocó delante de la puerta. Máxima visión del interior y estaría lista para lanzarse al suelo y disparar en cuanto viera a alguien.

Iba a coger el pomo, y de pronto paró.

Desde aquel ángulo, justo delante de la puerta, vio dos agujeros de bala en la madera y una grieta en el cristal por encima de los orificios. Cuando entró después de que asesinaran a Esther Edwards, la puerta no estaba dañada. Esto tenía que ser posterior. Tras observar el porche, vio que había varias tablas astilladas.

Era reciente. Tal vez de hacía unas horas. O incluso menos.

Le llegó un mensaje de texto al móvil: «La matrícula que me has pedido es de Seguridad Nacional».

Bloch abrió la puerta y el hombre de la cocina se quitó el sombrero panamá y dijo:

—Me preguntaba cuánto tardaría en entrar.

Bloch pasó apuntándole con Maggie.

En ese momento lo reconoció, y soltó una enorme exhalación por la sensación de alivio, mientras sus hombros se relajaban y bajaba el arma.

—Señor Berlin —dijo Bloch—, no lo había conocido sin la...

—¿La gabardina? Sí, últimamente me he acostumbrado a llevarla.

—Eddie me dijo que usted informaría al FBI, pero no creíamos que viniera.

—Llegados a este punto, es inevitable que me involucre, señorita Bloch. Creo que me ha seguido desde la oficina que está usando la Camelia Blanca.

—Sí, eh...

—Estaba vigilando la casa. Vi a un hombre con una gorra de béisbol entrar por la puerta delantera, y yo vine por detrás. Me disparó dos veces desde el suelo de la cocina. Una la paró el chaleco, la otra casi me vuela los sesos. Se fue por la puerta principal. Registré la casa y luego volví a la oficina. Venga a ver esto.

Bloch acompañó a Berlin hasta el salón, vio un ordenador portátil abierto y los planos de la mansión del gobernador sobre la mesa baja. De repente se abrió la puerta de la entrada y Bloch iba a desenfundar, pero Berlin le sujetó la mano y dijo que se relajara. Un tipo rubio vestido con traje negro, camisa blanca y corbata negra entró. Llevaba gafas de sol y tenía un gesto inexpresivo.

—Este es el señor Anderson —dijo Berlin—. Seguridad Nacional. Es mi conductor.

Anderson asintió.

Bloch hizo lo propio y volvió a centrarse en los planos.

—¿Los ha cogido de la oficina? —preguntó.

—No, los dejó aquí el hombre de la gorra. Por eso volví a la oficina para comprobarlo. La han vaciado y han dejado los planos aquí. Y también este ordenador. Mire…

Pasó un dedo por el panel táctil, y la pantalla se encendió. Al acercarse, Bloch vio un chat abierto. Leyó por encima el título del foro y un par de comentarios. Era un chat de extrema izquierda, discutiendo planes para manifestaciones, ataques a grupos de extrema derecha y hablando de qué podía hacer Antifa para ayudarlos.

—¿Qué es esto? —preguntó.

—Lo han dejado aquí para que parezca que los comunistas han radicalizado a Francis Edwards.

—¿Radicalizado? ¿Por qué?

Nada más hacer la pregunta, cayó en la cuenta. Sacó el móvil y llamó a Eddie.

—Eddie, estoy en casa de Francis Edwards, con Berlin —dijo, y entonces le explicó lo que le había pasado a Berlin, y también lo que había encontrado. Eddie lo pilló al instante. No hizo falta darle explicaciones.

—Nos hemos estado haciendo la pregunta equivocada sobre el caso —dijo—. Joder, no entendíamos por qué nadie querría matar a Skylar Edwards, y es que ella no era el objetivo. Era Francis. Pero ¿por qué? ¿Por qué él?

—Por su trabajo —contestó Bloch.

—¿Porque es camionero? —dijo Eddie.

—No —dijo Bloch—, no es un camionero autónomo, y tampoco trabaja para una empresa de transportes. Trabaja para Solant Chemicals.

Se hizo el silencio.

Berlin le hizo un gesto para que le pasara el teléfono.

—Soy yo —dijo Berlin—. He estado hablando con Solant Chemicals. Francis se ha presentado a trabajar hoy por primera vez en varios meses, y ha salido cargado. Les he preguntado dónde está ahora mismo, y dicen que ha apagado el localizador. No quiero emitir una orden de busca porque no sé en quién puedo confiar dentro de la policía local. Aún no. He contactado con la oficina del gobernador y están en alerta máxima. Tengo al FBI y a Seguridad Nacional buscando con helicópteros el camión.

Eddie dijo algo, pero Bloch no pudo oírlo. Tampoco le hizo falta. Era lo mismo que habría preguntado ella.

¿Qué hay en el camión?

—Propileno —dijo Berlin.

Bloch maldijo, cerrando los ojos. Si un tanque lleno de propileno estallaba, podía provocar una BLEVE, es decir, una explosión por expansión del vapor de un líquido en ebullición. Cada pocos años se producía una en algún lugar del mundo. La mayoría no sabía qué era, y tampoco aparecía en las noticias, pero un profesor de ciencias químicas como Gruber debía saberlo. Una explosión BLEVE de un tanque de propileno podía arrasar una manzana entera de una ciudad como Manhattan.

Berlin seguía con el teléfono pegado al oído, pero sin dejar de mirar a Bloch mientras hablaba, como si se dirigiera a los dos.

—Edwards se ha radicalizado, pero no por la extrema izquierda. Lo ha captado la Camelia Blanca. Han ido a por él, lo han adoctrinado, y han destrozado su vida de manera sistemática. Un hombre lleno de rencor, con una misión y sin ninguna razón por la que vivir es extremadamente peligroso. Se va a inmolar. No tengo ninguna duda. La única pregunta es a quién pretende llevarse por delante.

Harry dejó el vaso vacío de bourbon sobre la barra y se pidió otro. Eddie había ido a comprar unos sándwiches y una botella de agua. O estaba tardando o la buena gente de Buckstown seguía siendo tan servicial como siempre. El camarero del Chanterelle era tan joven que probablemente aún no podía beber, y parecía contento de ello. Al servirle otro bourbon, lo miró como lo haría un parroquiano de esos que se sientan en primera fila en la misa de las ocho de la mañana del domingo y sabe que en el fondo es mejor persona que el resto de la congregación.

—Con este van seis —dijo el barman.

Harry se quedó mirándolo y dijo:

—¿Qué años tienes?

—Los suficientes para servirle una copa —contestó.

—Muy bien. Pues mientras sigas echando, nos vamos a llevar de maravilla.

—¿Cuántos planea tomarse?

—Los que hagan falta, chico. ¿Por qué?

—Por nada. No es bueno beber tanto, ¿sabe?

Harry se reclinó en el taburete, como si fuera a mejorar la situación alejándose del camarero.

—Eres el primer barman que he visto que no quiere emborrachar a la gente. Siento tener que decírtelo, pero puede que no estés hecho para este trabajo.

El chico sirvió el bourbon, deslizó el vaso hacia Harry y siguió sacando brillo a las jarras de cerveza con su trapo.

El pequeño bar del Chanterelle tenía una mesa redonda detrás de Harry, y unas puertas dobles que daban a la zona de recepción. Al lado de estas había una cristalera por la que el camarero podía ver a la recepcionista en todo momento. La pared a la izquierda de Harry estaba cubierta de fotos de viejas estrellas de Hollywood: Frank Sinatra, Dean Martin, Brigitte Bardot, Audrey Hepburn y otros. Harry notó que no había ninguna de Sammy Davis Jr. A su derecha había una ventana que daba a la calle.

Harry no le quitaba ojo. Estaba abierta, de modo que, si alguien entraba en el hotel o aparcaba delante, lo oiría. El bar no tenía televisión ni música. Era como una sala de aeropuerto, pero con menos ambiente.

De pronto, un camión pequeño se detuvo delante del hotel. Iba demasiado deprisa e hizo rechinar los frenos. Harry estiró el cuello para ver al conductor.

Era Francis Edwards.

Estaba muy sonrojado, con el pelo apelmazado por el sudor y respiraba con dificultad. Tenía un móvil en la mano. La pantalla se iluminó. Dio un toque sobre ella, miró el hotel, luego otra vez a la pantalla y le dio varios toquecitos más. Entonces se llevó el teléfono a la oreja.

Harry oyó un teléfono sonando. Hizo girar el taburete y dio un trago a su bourbon. El teléfono dejó de sonar cuando contestó la recepcionista. No podía oír lo que decía, pero asumió que estaba respondiendo con la frase habitual, y el mismo tono mortífero que parecía usar para todo.

Su expresión cambió de repente. Miró hacia la puerta del hotel.

Jamás había visto a alguien con un moreno tan oscuro. Su cara parecía una nuez, por la dureza también, pero en ese momento la vio palidecer. Colgó el teléfono bruscamente y miró a ambos lados, estirando las manos con las palmas hacia arriba. Estaba hablando sola.

Harry miró otra vez por la ventana y vio a Francis dejar el móvil e inclinarse hacia delante para ver mejor la entrada del hotel.

—¿Qué demonios está haciendo? —dijo el camarero.

Había dejado las jarras de cerveza y ahora miraba hacia recepción por encima del hombro de Harry, a través de la cristalera. Harry siguió su mirada de incredulidad, y vio que la recepcionista le hacía gestos para que fuese hacia allí, y luego empezaba a sacudir los brazos desesperadamente como si estuviera haciendo señales a un avión para aterrizar.

—Disculpe —dijo el camarero. Levantó la barra y salió del bar. La recepcionista lo agarró y se lo llevó fuera.

Francis vio cómo salían, hinchó las mejillas de aire y golpeó la cabeza contra el reposacabezas. Entonces sacó otro móvil, uno distinto al que tenía antes. Era un modelo viejo. Tal vez un Nokia, con pantalla pequeña.

De pronto sonó el teléfono de Harry. Era Eddie.

—Saca a Kate, Andy y Patricia ahora mismo del hotel. Yo estoy a unas manzanas de allí.

—¿Qué está pasando? —preguntó Harry.

—Es Francis Edwards. Él era el objetivo de todo el plan. Mataron a su hija y a su mujer para desmoralizarlo, y ahora le han dado un enemigo. Lleva un camión con suficiente propileno como para volar medio pueblo. No quiero brindarle un objetivo, así que hay que...

—Está aquí fuera. En el camión —dijo Harry.

—¿Cómo? ¡Ve a por Kate y los clientes, y sal de ahí!

—Llama tú a Kate —dijo Harry—. Está en su habitación.

—Harry, no sé qué pretendes hacer, pero quítatelo de la cabeza. Tú ve a por Kate y...

Harry colgó.

Dejó caer la cabeza hacia delante y pensó en su chaqueta, que estaba doblada sobre el asiento, con la Colt 1911 en el bolsillo.

Desde luego, la vida tiene sus momentos. Hasta cierto punto puede definirse por las decisiones que se toman en un instante. Y Harry había tenido unos cuantos. A los quince años decidió mentir sobre su edad en un formulario de solicitud para alistarse en el ejército siguiendo el consejo de su tutor en la escuela nocturna de que estudiara Derecho, sabiendo que el ejército le pagaría la carrera. Otro momento fue cuando decidió invitar a comer a un joven timador después de ver cómo conseguía irse de rositas a base de labia después de un accidente de tráfico.

Apuró la copa, se levantó y fue detrás de la barra. Cogió la botella de bourbon con una mano y dos vasos con la otra. Volvió a salir.

Dejó la chaqueta donde estaba, con la pistola en el bolsillo, abandonó el bar, atravesó la recepción vacía y salió a la calle. Francis no lo vio, estaba demasiado ocupado observando el pequeño móvil negro. Harry abrió la puerta del copiloto del camión y se subió sin decir una sola palabra.

—¿Qué coño hace? —dijo Francis.

Sus lágrimas se le mezclaban con el sudor. Tenía los ojos húmedos y enrojecidos. Harry vio un número en la pantalla del móvil. Era de esos teléfonos que tienen un botón con un icono de teléfono verde para llamar, y otro rojo para colgar. Francis tenía el pulgar sobre el botón de llamar. Harry sabía que en algún lugar del camión había otro teléfono desechable, que funcionaría como detonador en cuanto recibiera una llamada. Ese detonador activaría un circuito provocando una explosión lo bastante grande como para romper el tanque y prender su contenido.

Harry cerró la puerta, soltó un vaso en su regazo y empezó a servir bourbon en el otro. Uno doble, generoso. Puso el vaso medio lleno sobre el salpicadero delante de él, sirvió otro y lo dejó en el centro del salpicadero.

—¿Le apetece? —dijo Harry.

—Usted es uno de esos malditos abogados de Nueva York, los que han venido para que suelten al hombre que mató a mi hija. Yo no bebo con tipos como usted.

—Como guste —dijo Harry, bebiéndose la copa de un trago.

—No tiene ni idea de lo que está pasando —dijo Francis—. Será mejor que se vaya.

—Sé que este camión es una bomba —dijo Harry. Miró hacia abajo y, en el espacio que había entre sus pies y los de Francis, vio un maletín grande. Probablemente estaba lleno de explosivos, no los suficientes para causar grandes daños por sí solos, pero sí para reventar el tanque y prender su contenido. Y eso provocaría más daños de lo que Harry quería imaginar.

—Sé que puede detonar el artefacto que tiene a sus pies con solo apretar ese botón de llamada. También sé que he dejado una pistola en el bar, dentro de mi chaqueta. Una Colt 1911. Mi vieja arma de servicio. Esta noche he elegido. Sabía lo que hacía, Francis, y podría haberle metido una bala por el ojo desde el bar del hotel. Pero no lo he hecho. He venido con una botella, y no tengo intención de bebérmela solo.

A juzgar por su cara, Francis no sabía qué decir.

Harry sirvió otro trago y dijo:

—Mire, sé que está sufriendo mucho. Siento profundamente lo que le ha pasado a su hija y a su mujer. Por lo que he leído sobre Skylar, era una chica especial. Una buena persona. Eso no sale así, sin más. Yo creo que es usted un buen hombre, y que su esposa también era una buena mujer. El dolor, la tristeza, la injusticia... pueden cambiar a la gente.

Con la respiración pesada, Francis dijo:

—Todo el sistema está en contra nuestra. Contra los blancos. Antes no podía verlo.

—Sabe perfectamente que eso no es verdad. La gente que le ha metido esa idea en la cabeza, los que le han dado este maletín y ese teléfono..., a esa gente usted no les importa. Esa gente se alimenta de odio. Es lo único que tienen. Me cuesta creer que hubiera odio en su casa cuando Skylar era pequeña. Los niños no odian a los demás. Eso se enseña. Se aprende. Usted no le enseñó toda esa mierda a su hija. Ella se hizo amiga de Andy, y no le importaba de qué color fuera su piel. A usted tampoco debería importarle.

—Lo que importa es que la mató, y ustedes lo están ayudando —dijo.

Harry sirvió otro trago, y dijo:

—El otro día estuvo usted en el juzgado y seguro que, entre el fiscal, los periódicos y los telediarios, estará al corriente de cómo va el juicio. Ahora sabe que hay muchas preguntas sobre la noche del asesinato de Skylar que el fiscal es incapaz de contestar. Skylar no murió en ese aparcamiento; alguien habría oído el forcejeo. Y fue Lomax quien arañó la espalda de Andy. Lo que analizaron buscando la sangre de Andy fueron trozos de *sus* uñas, no de las de Skylar...

Interrumpiendo a Harry, Francis dijo:

—Lomax sabía que Dubois era culpable. Simplemente quería asegurarse de que no se iba de rositas.

Harry bajó la cabeza.

—Lomax vio una detención fácil. Le daba igual coger al verdadero asesino de Skylar: solo quería a alguien a quien condenar. Lomax tenía sus propios problemas: su mujer enferma, y un hombre venenoso comiéndole la oreja todo el día. Él también estaba sufriendo. Mire, la gente que sufre puede hacer dos cosas: o trata de asegurarse de que nadie más pase por lo que ellos están pasando, o intenta que todo el mundo sufra tanto como ellos. Usted sabe que solo una de esas dos opciones tiene futuro. Si hace sufrir a otras personas, será preso del sufrimiento toda su vida. Lo sabe. Por eso no se ha bajado del camión. Podría irse a un kilómetro de aquí y detonar este artefacto. Pero aquí está. Quiere acabar con todo. ¿No quiere saber la verdad de lo que le pasó a Skylar?

Por unos segundos, Francis miró el vaso de bourbon sobre el salpicadero. Luego volvió a mirar el teléfono que tenía en la mano.

—¿Por qué voy a creerlo? —preguntó, con los ojos llenos de lágrimas, y el pulgar acariciando el botón de llamada.

—Yo creo que sabrá cuál es la verdad en cuanto la oiga. Hay muchas cosas que no tienen sentido en este caso. No encajan con los argumentos del fiscal. Las marcas en la cara de Skylar provenían del anillo de un policía. Y eso no es un argumento que se haya inventado un abogado sofisticado; las marcas estaban allí, en su piel.

La respiración de Francis se aceleró todavía más, cerró los ojos con fuerza y dio un puñetazo sobre el volante.

—No es verdad, ¡me está mintiendo! —dijo, cogiendo el móvil con las dos manos.

—Puede, y puede que no. Eso depende de usted. Mire, no estaría aquí si no creyera que vale la pena salvarle la vida, Francis. Podría haberle pegado un tiro en la cabeza desde la ventana del bar. Ahora, o coge ese vaso, se toma una copa conmigo y le cuento lo que realmente le pasó a su hija, o aprieta ese botón. Depende de usted.

Nada más colgar Harry, llamé a Kate, le dije que cogiera a Andy, a Patricia y, si podía, a Harry, y que salieran pitando del hotel. Después llamé a Bloch, guardé el teléfono y eché a correr.

Mis pies golpeaban contra el asfalto. Estaba a cinco minutos del hotel. Había soltado los sándwiches y las bebidas en cuanto recibí la llamada de Bloch para volver corriendo al Chanterelle.

Un SUV enorme se detuvo a mi altura y vi que bajaban la ventanilla de detrás del copiloto. Era ella.

—Sube —dijo Bloch.

Crucé la calle corriendo y me monté. Berlin iba en el asiento del copiloto y un tipo al que no conocía al volante.

—Harry está intentando convencerlo de que no lo haga. Lo sé —dije.

—¿Por qué? —preguntó Berlin.

—Porque es viejo y estúpido y cree en el ser humano.

El conductor se salió de la calle principal a tal velocidad y en un ángulo tan cerrado que los neumáticos chirriaron en señal de protesta y el coche basculó hacia la izquierda, obligándome a agarrarme del asiento y empujar a Bloch con el hombro derecho mientras giraba la cabeza buscando el camión.

No tardé en verlo.

—Ahí delante —dijo Berlin, desde el asiento del copiloto—. Ve más despacio, pásale al lado para echar un vistazo.

El conductor redujo la velocidad y pasamos lentamente junto al camión. Harry estaba con Francis dentro de la cabina, y se estaba sirviendo una copa.

—Para el coche —dijo Bloch.

Berlin le hizo un gesto para que siguiera adelante.

—¡Para! Edwards sigue en la cabina. Harry está con él —dijo ella, tirando de la manija de la puerta. No se abría. Todas las puertas estaban cerradas y controladas por el ordenador de a bordo—. Déjame bajar —pidió Bloch.

Yo también tiré de la manija de mi puerta. No pasó nada.

—Espera. Anderson, da la vuelta. Vuelve y gira el coche para que vea lo que está pasando en la cabina de ese camión —ordenó Berlin.

El tal Anderson giró el volante y pasamos delante del camión, seguimos unos cien metros y entonces atravesó el SUV en mitad de la calle, con lo que detuvo el tráfico para que ningún vehículo pudiera acercarse.

Anderson sacó una pistola de la chaqueta de su traje.

—No hay ángulo de tiro —dijo Berlin—. Podrías romper el tanque.

—Hay que flanquearlo. Por el lado. Déjame bajar —exclamó Bloch.

Estaba nerviosa, hablaba más alto de lo habitual. Era la Bloch presa del pánico.

—Tranquilícese, Bloch —dijo Berlin—. No hay ángulo de disparo. Aunque flanquee a ese tipo y le meta dos balazos en la cabeza, la bala podría rebotar. Podría dar a Harry, o la bala podría rebotar dentro del cráneo de Edwards y hacer un agujero en la cabina y en el tanque.

—Déjeme bajar. Sacaré a Edwards de la cabina antes de dispararle.

Miré atentamente el interior de la cabina. Harry tenía un vaso de bourbon en la mano. Edwards, un teléfono móvil. Los labios de Harry se estaban moviendo. Edwards escuchaba.

—Está intentando convencerlo. Hay que darle una oportunidad —dije yo.

—Déjenme bajar y yo me ocupo de Edwards. Estamos perdiendo demasiado tiempo —insistió Bloch.

La voz de Berlin atravesó el coche.

—¡No! La verá venir y hará saltar el pueblo por los aires.

Bloch soltó un rugido y le propinó un puñetazo a la parte trasera del asiento.

Berlin tenía razón. No podíamos hacer nada. Por ahora, no. Si asustábamos a Edwards, sería el fin.

La boca me sabía a bilis, quería vomitar. No podía mirar y, sin embargo, era incapaz de apartar los ojos de la cabina. Harry seguía hablando. Parecía relajado. De repente vi que levantaba la botella de bourbon, se rellenaba el vaso y le daba un sorbo. Había otro vaso sobre el salpicadero entre Edwards y él. Estaba lleno, intacto.

Tragué saliva y oí mi corazón pataleando contra mi pecho.

—No debería haberlo dejado solo —dijo Bloch.

Francis Edwards tenía un teléfono en la mano. Un teléfono viejo. Desechable. Probablemente también hubiera un detonador. Con los ojos desorbitados, se mecía hacia delante y hacia atrás en el asiento, con el teléfono en la mano, enjugándose las lágrimas mientras lo miraba fijamente.

Harry seguía hablando.

Edwards echó la cabeza hacia atrás, con la boca muy abierta. Oí un grito. Un gemido, venía de su garganta. Intenté decir algo, pero era incapaz de proferir sonido alguno. No tenía aire. Gruñí y saqué las palabras a la fuerza.

—¡Tenemos que hacer algo! Va a activar el detonador.

67
KATE

Kate despertó de repente. Se había dormido sobre el tocador, con la cabeza apoyada en su antebrazo y un mar de papeles delante. Seguía con el traje puesto.

Su teléfono estaba sonando. Era Eddie.

—¿Sí? —dijo, con la voz aún espesa por el sueño.

—Hay un camión con una bomba a la puerta del hotel. Coge a Andy y a Patricia, salid por detrás ahora mismo, y alejaos del edificio. ¡No vayáis por delante! Si ves a Harry, sácalo, pero si no, ¡vete!

Colgó antes de que Kate pudiera procesar la información, y menos aún contestar. Miró a su alrededor. Sus carpetas y apuntes estaban desperdigados por toda la cama y la mesa. Los necesitaba. La defensa de Andy dependía de ello. Se levantó, diciéndose que debía mantener la calma. Intentó respirar hondo, pero no funcionó. El pecho se le estaba cerrando y notaba calambres en el estómago. El pánico empezaba a dominarla.

Dejó los documentos donde estaban, corrió al piso de abajo y comenzó a aporrear la puerta de Andy y Patricia. Andy abrió de inmediato. Estaba viendo la televisión con su madre.

Al principio se atragantó con las palabras, pero se apoyó en el marco de la puerta para tranquilizarse y dijo:

—Tenemos que salir de aquí ahora mismo. No estamos a salvo.

Andy volvió a entrar en la habitación, mientras Kate sostenía la puerta, y empezó a hacer la maleta.

—No hay tiempo para eso. Tenemos que irnos ya. Ahora mismo —ordenó Kate.

Patricia intentó levantarse de la cama, y soltó un grito de dolor al apoyar todo su peso sobre el tobillo hinchado. El día le había pasado factura, igual que todos los demás. Andy la levantó. Estaba en bata y pantuflas y él llevaba unos pantalones de chándal y camiseta.

Andy ayudó a su madre a ponerse en marcha, cargando con el peso de su lado malo. La agarró por un brazo con una mano y rodeó con el otro brazo para que no perdiera el equilibrio.

Con cada paso que daba, Patricia fue recobrando fuerzas y el tobillo se acostumbró al peso. Salieron de la habitación, Kate soltó la puerta y los condujo por el pasillo hasta las escaleras. No había más huéspedes en el hotel. Estaban en el primer piso, sin ascensor. Bajaron las escaleras lo más rápido que pudieron. Patricia se agarraba a la barandilla con una mano y a Andy por el lado malo.

Llegaron a la planta baja. El bar, el salón y la recepción estaban vacíos. La puerta de entrada se encontraba abierta de par en par. Kate oyó un motor grande encendido.

Eddie le había dicho que no salieran por la puerta delantera.

—No, no podemos ir por ahí —dijo, jadeando. No era por correr. Le faltaba el aliento porque estaba a punto de entrar en pánico. Y esto le mermaba las fuerzas y no la dejaba pensar.

Cerró los ojos con fuerza, soltó un taco y se clavó las uñas en las palmas de las manos. Necesitaba algo. Una sacudida. Un destello que la despertara de aquella energía nerviosa que comenzaba a dominar su cuerpo y su mente, nublándolo todo.

Funcionó.

—La cocina —dijo.

El Chanterelle solo servía desayunos, a elegir entre tortitas y huevos, o huevos y tortitas. Tenían las dos cosas. Los jueves había gofres con beicon. Se servía en el salón.

Kate echó a correr por el pasillo hacia una puerta con un cartel que decía SOLO EMPLEADOS. Giró el pomo y la puerta se abrió, revelando una cocina pequeña con la pared cubierta de azulejos blancos, amarillentos por la grasa, y una parrilla al otro lado de la isleta de acero inoxidable en el centro. Junto a la parrilla había una salida de incendios.

—¡Vamos! —dijo.

Andy y Patricia la siguieron por la cocina, rodearon la isleta y entonces vio que la barra de la salida de incendios estaba rota. La empujó, la golpeó con un hombro y la puerta terminó por abrirse. La aguantó mientras salían Andy y Patricia. Había un escalón entre la cocina y el aparcamiento de atrás.

Una vez fuera, Kate salió y la puerta se cerró de golpe a su espalda.

Andy y Patricia estaban allí de pie. Inmóviles.

—Tenemos que alejarnos del edificio. Hay…

No llegó a terminar la frase, mientras se unía a ellos. Se encontraban en una zona de almacenamiento en la parte posterior, llena de sillones, un viejo colchón y cajas de cartón en un espacio poco mayor que las habitaciones del hotel, y una parte cerrada con una valla metálica de tres metros de altura.

La valla tenía una puerta hecha de barras de aluminio y alambre, con un cerrojo de seguridad que atravesaba la barra de metal que formaba parte del marco de la puerta. El cerrojo tenía un candado.

—No podemos salir —dijo Patricia, casi sin aliento. En parte era por el cansancio, pero también tenía miedo.

El candado no era nuevo, pero parecía ser sólido y muy seguro. Kate buscó algo pesado a su alrededor, cualquier cosa con la que romper la cerradura. Había una vieja bombona de gas oxidada y pegada al suelo detrás de unas bolsas de basura, pero no se veía capaz de levantarla. También vio una vieja lata de pintura, pero no sería lo suficientemente pesada.

Arrimándose a la puerta de la valla, estarían a unos tres metros y medio del edificio. No era suficiente. Si la bomba estallaba, no estarían a salvo. Ni de broma.

Andy pasó corriendo por delante de ella y saltó hacia la valla. Trepó por encima y se dejó caer al otro lado. Allí había un callejón, con más basura y cajas viejas apiladas.

—¡Vete, Andy! Sal de aquí —dijo Patricia, con las lágrimas brillando en sus mejillas bajo la luz de la luna.

Andy miró a Kate. Luego a su madre. Se volvió y echó a correr por el callejón.

Kate respiró hondo, rodeó los hombros de Patricia con su brazo y miró hacia el hotel. Era un viejo edificio de madera. Se derrumbaría como una caja de cerillas.

La valla era demasiado alta para ella. Y aunque lograra trepar hasta arriba, lo cual dudaba, no estaba dispuesta a dejar a Patricia allí.

—Venga, vete tú también. Yo estoy bien —dijo Patricia.

—No pienso dejarla —contestó Kate.

Oyó un ruido en el callejón. Pasos. Algo se dirigía hacia ellas, muy deprisa.

Agarró a Patricia por los hombros, con mucha suavidad, y se apartaron de la valla. Tal vez era alguien de la Camelia Blanca, que venía a asegurarse de que no salían vivos del hotel.

Viendo la figura acercarse, Kate cogió una bocanada de aire tembloroso, y lo soltó con lágrimas.

Era Andy, con una tubería larga y gruesa sobre el hombro. La soltó en el suelo y, metiéndola bajo la parte inferior de la puerta, empujó hasta encajarla. Entonces empezó a tirar hacia arriba, usando las piernas y la espalda, con la tubería apoyada en su hombro y el otro extremo metido bajo la puerta.

Las barras de aluminio que formaban la estructura de la puerta empezaron a rechinar y a torcerse, escupiendo briznas de óxido por las bisagras.

Andy rugía por el esfuerzo, apretando las piernas, tratando de levantar más y más la tubería.

Pero la puerta no cedía.

68
HARRY

Harry cerró los ojos y oyó a Francis gritar. No era la primera vez que oía algo así. El ser humano es capaz de proferir un sonido que viene de muy adentro. Forma parte de nosotros. Harry creía que salía del alma. Es el ruido que hace un padre que acaba de perder a su hijo, y está cargado de angustia, dolor y algo más. Algo tan profundo que no hace falta explicarlo.

Francis dejó caer la cabeza sobre el volante y rompió a llorar, bombeando las lágrimas y los sollozos con los hombros.

—Ahora ya sabe la verdad —dijo Harry, guardando su teléfono. Le acababa de enseñar las fotos de los rastros de pintura sobre la cuerda que demostraban que Esther fue estrangulada antes de ser colgada—. Estaban empezando una guerra. Lo que le hicieron al cuerpo de Skylar tiene un significado para ellos. Dan mucha importancia a los símbolos y a las banderas porque así no tienen que pensar en una ideología de verdad. Es más fácil odiar cuando llevas el mismo uniforme y marchas bajo el mismo estandarte que otros. Intentaron volar varias iglesias de la zona, pero no lo consiguieron. Así que mejoraron la estrategia. Se dieron cuenta de que matar a gente inocente no ayudaría a su causa. Lo que ellos querían era tener legitimidad. Que la gente se manifestara por ellos. Los camiones que salen de esa planta química son catástrofes en potencia. Lo único que necesitaban era a alguien que estuviera dispuesto a morir. Gruber debía de dar clase a Skylar, y esa fue su manera de acceder a la planta, a través de usted. Una vez muerta Skylar, Gruber podía consolarlo, ayudarlos a usted y a su familia. Y luego envenenarlo y dejarlo sin ninguna razón para vivir.

—Pues lo han conseguido. Me he tragado todas sus mentiras. ¡Joder, mis pobres chicas!

—El ordenador y los planos hacían que usted pareciera su enemigo. Un comunista loco. Y lo iban a usar para captar a todos los idiotas de este pueblo. Ya han imprimido folletos para una manifestación.

Francis dejó de llorar y se enjugó las lágrimas con una mano mientras con la otra seguía sosteniendo el teléfono. Se reclinó en el asiento y respiró hondo.

—¿Y ahora?, ¿le apetece ese trago? —dijo Harry.

Edwards hinchó los mofletes, se pasó de nuevo la mano por la cara, se inclinó hacia adelante y cogió el vaso.

—¿Le ha echado algo? ¿Algo para dejarme fuera de juego? —preguntó.

—No me hace falta. Si bebe suficiente, esto lo tumba solo.

Francis se bebió el bourbon de un trago, sacudió la cabeza y cogió aire.

—No suele beber —dijo Harry—. Si quiere, le enseño.

—No, gracias —contestó. Y allí, en algún lugar de su rostro, apareció el reflejo de un hombre totalmente derrotado por la vida, por la pérdida, por la rabia—. Gracias —dijo Francis—. Gracias por contármelo.

Harry vio que su pecho volvía a agitarse rápidamente, llenándose y vaciándose. El pánico volvía a inundarlo.

—Hay una cosa que sí sé —dijo—. Me da igual lo que se diga de mí después. Ya no puedo vivir así. No quiero. Así que hágame el favor de bajarse del camión. Le doy cinco minutos para alejarse.

Harry estiró el brazo lentamente y puso una mano sobre su hombro fornido.

—Usted no quiere hacer esto —le dijo.

Francis sacudió la cabeza.

—Sí que quiero. Necesito hacerlo.

Volvió a poner el pulgar sobre el botón de llamada, con mucho cuidado. Harry se pasó una mano por la cara, sin perder de vista el teléfono.

—Váyase, aléjese de aquí —le ordenó Francis.

—No voy a ninguna parte —respondió Harry—. Tengo una botella de bourbon que no he pagado y nadie con quien beberla aparte de usted.

—No puedo seguir… —dijo Francis, mordiéndose el labio inferior. Empezó a jadear, y el sudor salía disparado sobre su boca como si fuera una ducha.

Gruñó, gimió y se obligó a decirlo.

—No quiero vivir en un mundo en que no estén ellas —añadió.

—No hay manera de superar ese tipo de dolor. Ahora mismo es inmenso. Lo tiene ahí delante cada minuto, cada segundo. Pero no será siempre así. Siempre estará ahí, sí, pero no lo sentirá todos los días.

Harry se quedó callado escuchando llorar a aquel hombretón. Le sirvió otra copa.

Francis empezó a asentir, como si comenzara a recuperarse. Se tomó otra copa. Volvía a respirar con normalidad, aunque era evidente que no estaba acostumbrado al bourbon.

—Creo que voy a vomitar —dijo. Con el teléfono aún en la mano, tiró de la manija de la puerta, y esta se abrió.

La boca me sabía a sangre. Por un momento me asusté. Entonces comprendí que me había mordido el labio. Y me empezó a escocer. Al principio creí que Edward iba a apretar el botón, pero luego vi que cogía el vaso del salpicadero, se lo bebía y empezaba a hablar con Harry.

Ahora parecía que se estaba poniendo nervioso otra vez. Que le entraba de nuevo el pánico.

Seguía con el móvil en la mano. ¿Por qué no lo soltaba?

Oí sirenas y, al volverme, vi dos coches patrulla de la Oficina del Sheriff pasar al lado del SUV. Shipley se asomó por una de las ventanillas y dijo:

—¡Atrás!

Entre los dos vehículos montaron una barricada en la calle, unos diez metros por delante de donde estábamos nosotros. Leonard y otros dos agentes se bajaron de los coches y se pusieron a cubierto detrás de ellos, desenfundando al instante y apuntando al camión. Shipley abrió su maletero y sacó un rifle semiautomático con mirilla.

—¡No disparen! —dijo Berlin, avanzando hacia ellos con su placa en la mano. Se puso a hablar con Shipley, pero no alcanzaba a oír lo que decían.

En ese momento se abrió la puerta del conductor del camión.

Shipley apartó a Berlin de un empujón, apoyó la escopeta sobre el capó del coche patrulla y apuntó.

Harry agarró a Francis del brazo. Tenía un pie fuera del camión cuando se volvió hacia él.

—Deme el teléfono —dijo Harry.

Francis bajó la cabeza y miró el aparato que tenía en la mano, como si no pudiera creer que algo tan pequeño pudiese provocar tanto daño.

Harry había visto llegar a la policía local. Probablemente se habían enterado por los federales y por la planta química. Berlin estaba discutiendo con Shipley.

Francis dejó el teléfono sobre el salpicadero. Harry lo cogió y lo agitó mostrándoselo a la policía.

—Quédese en el camión hasta que vengan a buscarlo —dijo Harry al ver que Shipley apartaba a Berlin y apuntaba hacia allí—. No le han disparado porque temen dar al camión. Quédese aquí —le pidió Harry.

—Gracias —respondió Francis—. Gracias por contarme lo que les pasó a Skylar y a Esther.

Los cuatro agentes del sheriff tenían al camión en su punto de mira. A Harry se le hizo un nudo en el estómago al ver que Francis ponía ambos pies en el asfalto. Él también había visto a la policía. Y Harry sabía que había tomado una decisión. La puerta del camión protegía la parte superior de su cuerpo de los rifles con los que lo estaban apuntando.

—Francis, vuelva aquí. Por favor —dijo Harry.

Francis sacudió la cabeza.

—¿Quién le ha hecho esto? ¿Quién lo ha metido en todo esto? —preguntó Harry, intentando que siguiera hablando por todos los medios.

Francis se agarró el pecho y dio un paso a un lado.

—Se hace llamar el Pastor... —contestó, pero si dijo algo más, quedó ahogado.

Harry se tapó los oídos con las palmas de las manos y apartó la cara. No podía mirar. De pronto, la tensión que se palpaba en el aire asfixiante se vio atravesada por disparos. A pesar de que cerró los ojos, no pudo escapar de lo que estaba ocurriendo. Su mente puso imágenes al sonido. Vio los agujeros de bala haciendo brotar rosas de sangre en el pecho y la cara de Francis. Cuando cesó el fuego, Harry dejó las manos sobre sus orejas para no oír su propio grito.

En ese momento se abrió la puerta de su lado de la cabina y Harry abrió los ojos. Berlin lo sacó del camión e inmediatamente Bloch lo agarró, lo abrazó y lo apretó con fuerza contra sí.

—Uf, estoy bien —dijo Harry.

Eddie colgó el teléfono, y al poco rato Kate salió corriendo por la entrada del Chanterelle, y se echó en los brazos de Bloch. Sus ojos se abrieron de par en par por la impresión, mientras se fundía en un abrazo con su amiga.

Eddie pasó por detrás del camión, se acercó a Harry y le dio un puñetazo en el brazo.

—¿Y eso a qué viene? —preguntó Harry.

—A que casi consigues que te maten. No vuelvas a hacerlo. Ese es *mi* trabajo.

Se quedaron mirando unos segundos, y la sensación de alivio dio paso a la tristeza.

—Ha bajado a que lo maten —dijo Harry—. Otra víctima.

Eddie asintió, pero no dijo nada. Al principio, no. Miró por encima del hombro de Harry, hacia Berlin, que estaba hablando entre susurros con el hombre que conducía el SUV, Anderson. Fuese lo que fuese lo que estaban diciendo, era mejor que Harry no lo supiera. Berlin era peligroso. Y viendo su aspecto, Anderson también. Harry se miró la mano izquierda. Estaba temblando, y en ese momento solo quería que dejara de hacerlo.

—Dile a Berlin que tenemos que hablar —dijo Harry—. Y a Kate y a Bloch también. Le he preguntado a Francis quién lo metió en esto. Y no fue solo Gruber. Me ha dicho un nombre. Creo que es el apodo del líder de la Camelia Blanca. Fingían tener una fundación cristiana y daban sermones en sus reuniones. Lo llaman el Pastor. No ha llegado a decirme su verdadero nombre. Hay que encontrar a ese hombre. Tengo una Colt en la chaqueta y me muero por usarla.

71
TAYLOR AVERY

Taylor Avery no podía dormir.

Estaba sentado en su porche, con un té en la mano, rodeado por el ruido de la noche de Alabama. Eran más de las doce y estaba cansado. La copia de *Matar a un ruiseñor* se le había caído de las manos hacía media hora al quedarse traspuesto y, sin embargo, sus páginas amarillentas seguían llamándolo desde los tablones de madera del suelo.

Donde antes encontraba solaz en aquel libro, ahora no había ninguno. Ya no era una historia sobre gente desconocida, sobre un lugar extraño. Era aquí, ahora. Y él formaba parte del jurado. Sabía lo que tenía que hacer. Las pruebas contra el chico Dubois apestaban. Y él vivía rodeado de mierda de animal. No hace falta ser abogado para detectar un tufo así; un granjero lo nota con la misma facilidad.

Oyó el rugido de un motor mucho antes de ver el coche. Las luces bañaron el lateral de la casa al girar y detenerse. El motor se apagó, se abrió la puerta y se cerró.

No oyó los pasos de Korn. Aquel hombre se movía como si fuera parte de la oscuridad. Subió al porche, llevando unos documentos en sus largos y finos dedos.

—Buenas noches —dijo.

Taylor asintió, pero no se levantó a darle la mano.

Korn estiró el brazo donde tenía los documentos. Taylor los cogió y, por un segundo, sus dedos rozaron los de Korn, notando su frío tacto.

—Es una solicitud de expropiación de terrenos. Incluye su granja —dijo Korn.

Taylor hojeó las páginas. Una compañía llamada Maxx Developments quería una finca de cuatrocientas hectáreas. Ofrecían la mitad de lo que valían las tierras.

La última página tenía un espacio en blanco para firmar.

—Maxx Developments quiere su granja, señor Avery. Yo me encargaré de que no lo consigan.

—Gracias —contestó Taylor—. Aunque es raro.

—¿Raro?

—Que presenten una oferta y esa solicitud justo ahora que formo parte del jurado.

Korn se inclinó hacia delante, apoyó las manos en los reposabrazos de la silla de Taylor, poniendo su rostro a escasos centímetros del de Avery.

—Soy accionista de Maxx Developments —dijo Korn—. Convencí a la junta de que era una buena inversión, y de que el condado estaría abierto a nuestra solicitud. Puedo pararlo cuando quiera. Usted consígame el veredicto de culpabilidad en el caso, y todo esto desaparece. Lo dejarán en paz. Sus tierras estarán protegidas. Pero no se engañe: si no colabora, en un mes está en la calle.

Korn se incorporó de nuevo, y Taylor notó otro olor extraño. No era a mierda. Pero olía mal, como a podrido.

Vio al fiscal marcharse sin mediar palabra. No tenía que decir nada más para convencerlo. Avery le tomaba la palabra. Decía la verdad. Sabía lo que pasaría si lo desafiaba, y también si colaboraba con él.

Dio un sorbo al té y miró el libro en el suelo del porche.

Era una decisión que nunca creyó que tuviera que tomar. Tener principios cuesta lo suyo y, aunque Taylor estaba dispuesto a pagar ese precio, no quería que su familia perdiera su casa por hacer lo correcto. Si eso hacía daño a su familia, entonces ¿qué era lo correcto?

Frotándose la frente, decidió que no tenía elección.

Conocía a los otros integrantes del jurado. Formaban parte de su comunidad y era evidente que lo escuchaban. Podía conseguir que todos votaran culpable. De eso no cabía duda.

Korn se había buscado a la persona perfecta. Si él votaba culpable, ningún jurado votaría en su contra.

Taylor cogió el libro, fue hacia la papelera del porche, lo tiró encima de las bolsas de basura y cerró la tapa.

Solo era un libro.

Esto era el mundo real. Alzó la vista hacia la ventana de la habitación de su hijo. La lámpara estaba encendida. Su hijo estaba allí ahora mismo, leyendo.

Avery maldijo, levantó la tapa de la papelera y cogió el libro.

72

Kate se había preparado el testimonio del agente Leonard. Cuando Korn lo llamó al estrado a las diez de la mañana, estiró la espalda, y abrió una página en blanco en su cuaderno, preparándose para anotar cada una de sus palabras. Leonard iba a decir que el sheriff Lomax reprodujo fielmente la confesión de Andy.

Sin embargo, Leonard se enfrentaba a un montón de problemas. Era evidente que Lomax había sacado la confesión de Andy a base de golpes antes de ver el informe de la forense. En la confesión firmada, Andy decía:

> Había terminado mi turno a medianoche, y seguí a mi compañera de trabajo, Skylar Edwards, hasta el aparcamiento. Conozco a Skylar. Llevábamos un tiempo trabajando juntos. Es guapa y me gustaba. Quería besarla, pero me rechazó. La agarré y la apreté contra mí. Ella se resistió y yo la hice callar. No quería hacerle daño. Dejó de revolverse y yo apreté con más fuerza. Luego me entraron remordimientos. Hay un tramo de marismas al otro lado del aparcamiento, la llevé allí y la enterré donde nadie pudiera encontrarla.

La forense afirmaba que el cuerpo de Skylar tenía quemaduras por el sol. Si Andy decía que la mató a medianoche y luego la enterró, no podría haberse quemado. O eso, o la confesión de Andy era falsa.

Kate estaba preparada, y se había anotado varias preguntas para enterrar a Leonard en sus propias mentiras. Se moría de ganas de verlo en el estrado.

Harry no tenía tan buen aspecto. Tampoco Bloch. Esa noche habían dormido poco, pero Kate ya estaba acostumbrada a pasar noches en vela. Yo me había puesto traje y corbata limpios y esa mañana la dirección del Chanterelle me había servido café recién hecho. Me preguntaba si serían tan generosos si supieran que Harry les había robado una caja de bourbon.

Probablemente no.

Patricia y Andy estaban reventados. Ninguno de los dos había pegado ojo y Andy parecía incluso más flaco con su traje grandote. Estaban cogidos de la mano, como siempre. Aunque esta vez noté que temblaban. No sabía si era Andy o Patricia.

Korn se puso en pie para dirigirse al juez. Se abrochó la chaqueta, levantando la barbilla y estirando la espalda. Como un hombre que se sabe ganador. Como si nada de lo que habíamos logrado le importara. Vi a su testigo, Leonard, moviendo las manos con nerviosismo en la primera fila, detrás de Wingfield y de él. Tenía ese aire intranquilo de alguien que está a punto de subir al estrado. Se había peinado y recortado el bigote, y llevaba una camisa que no le apretaba la tripa como si estuviese a punto de salirle un alien de ahí dentro.

—Señoría —dijo Korn—, el Pueblo llama a declarar al agente…

No terminó la frase. Nadie lo interrumpió. Su voz se esfumó simplemente al mirar hacia el jurado.

Yo hice lo propio y vi que uno de los jurados se había puesto en pie.

—Señoría, tengo algo que decir —dijo el jurado en cuestión. Era Taylor Avery, una de las mentes racionales y templadas con las que contábamos.

—Sí, ¿hay algún problema? —preguntó el juez.

—Pues, señor —dijo Avery, que estiró la mano hacia atrás, sacó unos documentos que llevaba plegados del bolsillo trasero de los vaqueros, y empezó a desdoblarlos—, lo he pensado mucho. No suelo hablar en público y no sé muy bien cómo decir esto…

—Señor Avery, el jurado no puede hacer comentarios. Tengo que pararlo ahora mismo, antes de que siga. ¿Entiende?

—¿No puedo decir nada?

—No, un jurado no puede decir nada en la sala. Si tiene alguna pregunta, el jurado puede formularla, pero se suele presentar por escrito para hacérmela llegar.

Avery cogió un bolígrafo del bolsillo de su camisa, anotó algo en las páginas e hizo un gesto a la alguacil para que se acercara.

Esta miró al jurado, luego al juez. Chandler le indicó que se acercara, que leería lo que había escrito.

La alguacil entregó los papeles al juez.

—Señoría, esto es sumamente irregular —dijo Korn.

Ahora ya no parecía tan confiado, y yo no tenía ni idea de qué estaba pasando. El juez Chandler ni siquiera reaccionó al comentario de Korn. Al·menos no en un principio. Leyó la nota del jurado, ojeó las páginas y las colocó sobre su mesa. Luego miró a Taylor Avery, y algo se dijeron con aquella mirada. Hubo una especie de entendimiento.

—Señor Korn —dijo el juez Chandler—, tiene razón; es muy irregular. Tengo una pregunta de este jurado. Es la siguiente: *«¿Por qué amenaza el señor Korn con quitarme mis tierras si no convenzo a mis compañeros del jurado* de que voten culpable en este caso?».

He visto muchas cosas en un juzgado, pero jamás algo así. Se oyó un grito ahogado colectivo entre el público.

Korn sonrió y agitó la mano restándole importancia como si fuera una insinuación absurda. La mirada del juez pasó de Korn a Avery, y de vuelta al fiscal.

—Es una acusación absurda. ¿Qué prueba tiene?

—Mi palabra. No tengo ninguna prueba, más que mi buen nombre —dijo Avery—. Digo la verdad, es lo que hay que hacer.

El juez Chandler asintió. Me daba la impresión de que creía a Avery, pero, sin pruebas, sería la palabra del granjero contra la del fiscal. Y ese pajarillo nunca llegaría a volar.

—Señoría —dijo Korn—, el agente Leonard acaba de poner cierta información en mi conocimiento. No lo he mencionado antes porque me he enterado hace poco y quería confirmarlo. Me parece que ha llegado el momento de tomar medidas al respecto. Pido a este tribunal que declare el juicio nulo y que los alguaciles detengan al señor Flynn.

Ese era el plan B de Korn.

Hasta ahora estaba confiado porque creía tener comprado al jurado. Pero Avery se había negado. Me daba la impresión de que al señor Korn nadie le decía que no. Y, sin embargo, aquella derrota, tan pública, tan vergonzosa, llevaba tiempo forjándose. La gente tiene un límite. Al final llega un punto en que alguien se acaba levantando. Avery parecía muy nervioso; estaba acojonado, y con razón. Pero allí estaba, diciendo lo que pensaba. Y no por él, sino por Andy.

Ahora que había fracasado su plan de asegurarse un veredicto de culpabilidad fundamentado en la coacción, Korn quería finiquitar el juicio. Y venía a por mí.

—Señoría —dijo Korn—, el único que ha intentado sobornar al jurado en este juicio es el señor Flynn. Y, a diferencia de la espuria acusación del señor Avery, yo sí tengo pruebas de ello y una testigo: la jurado a la que sobornó el señor Flynn.

El juez Chandler se quedó como si un tren de mercancías acabara de arrasar su juzgado.

—Señor Korn, esa es una acusación penal grave. ¿Qué jurado?

—Sandy Boyette —dijo Korn.

El juez se volvió hacia el jurado. Sandy tenía la cabeza agachada cuando el juez la llamó.

—Señorita Boyette, ¡levántese! ¿Qué tiene que decir al respecto? ¿Ha recibido algún soborno a cambio de su voto en este caso?

Sandy se levantó, alzó la cabeza y me miró con lágrimas en los ojos. Luego miró al juez y tragó saliva, intentando ganar tiempo para buscar las palabras adecuadas.

—¿Y bien? ¿Es cierto? ¿Han intentado sobornarla? —exclamó el juez.

—Sí, señoría —contestó Sandy.

—¡Alguaciles, detengan a Flynn! —gritó Chandler.

Dos alguaciles vinieron hacia mí.

—Señoría, ¿me concede un segundo? Creo que ha habido un malentendido —dije.

—¿Cómo es posible que haya habido un malentendido? —contestó Chandler.

—Señoría —interrumpió Korn, sacando un sobre de su bolsillo y abriéndolo—, tengo fotografías del señor Flynn hablando con la jurado en un restaurante a las afueras del pueblo. Fueron tomadas por mi ayudante, el señor Wingfield. Para que no quede ninguna duda sobre la situación, aquí tiene una foto de una bolsa de cuero llena de dinero en el apartamento de la jurado. Cincuenta mil dólares en efectivo. El agente Leonard hizo la foto.

La alguacil le pasó las fotos a Chandler. Este las examinó una a una.

Kate me dio un teléfono. Yo se lo di a la alguacil, dándole instrucciones para que el juez viera las fotos y el vídeo. Chandler lo cogió y empezó a pasar el dedo por la pantalla. Mientras miraba el teléfono, se oyó el audio amortiguado del altavoz del móvil.

—¿Qué significa esto? —preguntó.

—Pregúnteselo a la jurado, señoría —contesté.

—Puedo explicarle exactamente lo que pasó —dijo Sandy—. El señor Korn vino a verme a casa y dijo que quería hablar del juicio. Dijo que podíamos ayudarnos el uno al otro. Yo tenía miedo y no sabía qué hacer, así que hablé con el señor Flynn, le conté lo que había pasado, y él me dijo que me protegiera y tuviera cuidado si alguien me ofrecía dinero. Su investigadora me dio un pijama de Minnie Mouse con una pequeña videocámara en uno de los botones. También hizo la foto que tiene ahí, en el teléfono. Es el señor

Korn, entrando en mi apartamento con esa bolsa en la mano. El agente Leonard también estaba metido. Señoría, yo no quería dinero. Solo quería cumplir con mi obligación. Grabé el vídeo de la conversación con el señor Korn y se lo enseñé al señor Flynn. Me dijo que no hiciera caso, que simplemente diera un veredicto sincero, y que, si me preguntaban sobre el tema, que se lo contara al tribunal y accediera a testificar contra el señor Korn.

Chandler miró la foto que yo le había dado. Estaba clara como el agua. Bloch había hecho la foto personalmente. Ahí estaba Korn, delante de la casa de Sandy, con la bolsa de cuero llena de dinero en la mano. Y el vídeo era perfecto. Aparecía Korn en el apartamento de Sandy, soltándole su discurso para tenderme una trampa. En los casos de divorcio que Kate había llevado, la cámara pijama de Minnie Mouse de Bloch les había dado más pruebas incriminatorias de las que jamás necesitaron.

Acabábamos de dar la vuelta al guion.

—Señor Korn… —dijo el juez Chandler, pero el fiscal ya estaba de espantada.

—Señoría, mi ayudante, el señor Tom Wingfield, puede confirmar mi versión de los hechos.

Wingfield se levantó a su lado para dirigirse al tribunal.

—Señoría, me temo que no tengo ni idea de lo que habla el señor Korn. Es la primera vez que oigo todo esto.

Korn se quedó como si lo acabaran de apuñalar. Boquiabierto. En el vídeo, Wingfield no aparecía en el apartamento de Sandy, y ahora estaba distanciándose de Korn porque sabía que su barco se iba a pique.

—Señoría, yo… —Las palabras se ahogaron en la garganta de Korn.

Sandy había estado perfecta. Habíamos engañado a Korn para que intentara tenderme una trampa. Casi me daba pena.

—Señor Korn, no quiero oírle decir ni una palabra más. Alguaciles, detengan al señor Korn y al agente Leonard.

Al principio, Korn se echó hacia atrás, pero luego se rindió. Leonard se resistió a los alguaciles, pero un codazo en las costillas le quitó las ganas de seguir haciéndolo.

—Antes de que se vaya, señor Korn —dijo el juez Chandler—, quiero que oiga esto. Voy a desestimar este caso contra Andy Dubois, por clara conducta dolosa por parte del fiscal. Señor Dubois, puede marcharse. Y, por favor, acepte mis disculpas. Ha tenido que enfrentarse a un juicio injusto. Lo lamento profundamente.

Los alguaciles se llevaron a Korn esposado por la puerta lateral del juzgado, que conducía a los calabozos. Él los siguió cojeando y, al pasar a mi altura, vi su verdadero rostro.

El tajo que tenía por boca estaba retorcido de la rabia, y sus ojos abrasaban. Volví a notar su olor. Olía a carne podrida.

Aparté la cara asqueado y, Kate, Harry y yo vimos a Andy y Patricia fundiéndose en un abrazo que duraría una vida entera.

74
BLOCH

El señor Anderson paró delante del número 224 de Calabasas Road.
Era una casa de estuco destartalada con la pintura descascarillada
y los marcos de las ventanas podridos. El césped de la entrada estaba muy crecido, y había juguetes tirados entre la hierba, quemados
por el sol, como si nadie los hubiera usado en mucho tiempo.

La radio local no paraba de hablar del atentado terrorista fallido
que había protagonizado Francis Edwards la noche anterior. Las
noticias confirmaron que fue abatido allí mismo, y que la policía
local lo estaba investigando. Otra noticia relevante, aunque eclip-
sada por el tema del atentado era que el Hogg's Bar había sufrido
un atraco y su propietario, Ryan Hogg, había muerto de un disparo, cuyo autor salió del bar supuestamente con un arma automática.

Posiblemente era un fusil tipo AR-15.

Berlin y Bloch tenían la sensación de que el Pastor estaba haciendo limpieza. La madre del profesor Gruber había denunciado
su desaparición. Hacía dos días que nadie lo veía.

Berlin fue el primero en adentrarse por el camino de gravilla
que conducía hasta la casa. Se colocó a la izquierda de la entrada,
Anderson a la derecha y Bloch un poco retrasada. Berlin llamó a la
puerta.

—Esto es allanamiento de morada. Estoy armado y pienso de-
fenderme y defender mi propiedad con armas letales. ¡Lárguense
ahora mismo!

—No suena muy amigable —dijo Berlin y, alzando la voz, contestó—. Señor Denvir, le habla Seguridad Nacional. Por favor, deje
cualquier arma de fuego en el suelo y salga de la casa.

Silencio.

—Son intrusos. ¡Váyanse de mi propiedad! Voy a contar hasta tres y empiezo a disparar.

—Señor Denvir, será mejor que hablemos. Por favor. No está detenido.

—¡Uno! —gritó Denvir.

—Conteste a mi pregunta y lo dejaremos en paz. Me da igual Hogg y a quién más haya matado. Díganos lo que queremos saber y es hombre libre.

O no recordaba qué número venía después del uno, o no quería hablar, porque de pronto agujereó la puerta con una ráfaga de disparos de ametralladora. Los tres se tiraron al suelo.

Berlin miró a Anderson y asintió.

Anderson no dijo nada. Se arrastró hasta una ventana que había a la derecha de la puerta, se asomó rápidamente, volvió a agacharse y sacudió la cabeza.

Bloch se arrastró hasta la ventana a la izquierda de la puerta, alzó la cabeza un segundo y se agachó. Al instante comprendió la negativa de Anderson. Era peligroso hacer un asalto frontal dada la distribución de la casa. Tenía recibidor grande, con una sala de estar diáfana a la derecha y un comedor a la izquierda, lo cual quería decir que Denvir podía haberse colocado al pie de la escalera y tener toda la fachada en su ángulo de tiro.

Llevaba protecciones antibalas en el pecho, las piernas, y los brazos. Y un casco de combate.

Oyeron ladridos de un perro grande.

A la entrada de la casa había un cartel que decía CUIDADO CON EL PERRO, y los laterales estaban protegidos por una valla de más de dos metros de altura. Sería difícil llegar hasta la parte de atrás y el perro alertaría de inmediato a Denvir, lo cual anulaba el factor sorpresa por ese flanco, eliminando esa opción.

Anderson se asomó por la ventana que quedaba por encima de él, disparó cuatro veces en apenas un segundo, y se agachó de nuevo.

Denvir respondió a nuestra pregunta con una ráfaga de disparos contra él. Bloch comprobó la ventana de su lado.

Anderson, el hombre tranquilo, no tenía pinta de fallar mucho. Por cómo empuñaba la Glock, era evidente que sabía lo que hacía. Una bala de esa pistola daría en la diana. Volvió a disparar.

Bloch se asomó por su ventana y vio que una bala rebotaba en el casco de Denvir. El resto acertarían en el objetivo, pero sin llegar a herirlo. Denvir iba demasiado protegido.

Bloch sacó su móvil, abrió la aplicación de la cámara y lo colocó en una esquina de la ventana, apoyando la base en el alféizar, para poder ver a Denvir en la pantalla. Solo necesitaba unos segundos, y apenas veía unos centímetros del teléfono. Levantándose sobre una rodilla, sacó el arma.

Miró el teléfono y se asomó otra vez por la ventana para ubicarse con relación a la posición de Denvir.

Maggie pesaba. Hacía una semana que no practicaba, y lo notaba. Había elegido esa arma porque solo necesitaba disparar una vez a su objetivo, pero en este caso calculaba que le harían falta tres disparos.

Uno para calibrar.

Otro para apuntar.

Y otro para dar al objetivo.

Apretó el gatillo y una nube de humo del tamaño de un balón de baloncesto salió del cañón de la Magnum. Anderson y Berlin se giraron a mirarla, sorprendidos. El ruido fue ensordecedor. Bloch veía a Berlin y a Anderson con su visión periférica. Estaba centrada en la pantalla de su móvil, y la nube de polvo, madera y trozos de moqueta detrás de Denvir. Había hecho un agujero en el enlucido lateral de la casa, y otro en la escalera, unos treinta centímetros a la derecha de la pierna izquierda de Denvir.

Calibrada.

Bloch volvió a apuntar y apretó el gatillo de nuevo.

Esta vez el agujero en la pared estaba más abajo, pero cerca del primero, y un poco a la izquierda.

Denvir gritó.

Solo había necesitado dos disparos.

Bloch miró la pantalla del móvil. Denvir estaba tirado de espaldas, con el fusil de asalto en el suelo, a su lado. Se oyó un ruido de cristales y, acto seguido, vio a Anderson caer encima de él.

Bloch cogió su teléfono y siguió a Berlin a través de la ventana que había roto Anderson.

Denvir yacía en el recibidor, gritando de dolor, dando patadas en el suelo con el pie derecho, y clavando el talón en las tablas de madera, con los puños apretados. Su pie izquierdo estaba a dos metros y medio, en el salón. Con la bota aún puesta.

Había una estantería con rifles de asalto y dos bolsas llenas de munición junto a la puerta. En cuanto vio que Anderson había apartado el arma de Denvir de una patada, Bloch le quitó una pistola que llevaba en el cinturón y guardó la Magnum. La sangre estaba calando el suelo. Anderson cogió el lazo de las cortinas e hizo un nudo alrededor del muslo derecho de Denvir, apretándolo bien.

Berlin se acercó a Denvir.

—Podemos hacer que llegue una ambulancia en dos minutos o en veinte. Depende de usted. Yo no creo que le queden veinte minutos, señor Denvir. Tendrá suerte si vive cinco, aun con un torniquete. Ahí veo un par de arterias bombeando sangre. No le queda mucho tiempo, así que dígame quién es el Pastor y puede que sobreviva.

—¡Esto es ilegal! ¡Es terrorismo de Estado! —exclamó Denvir.

—No, es legal porque yo lo digo. ¿Adónde iba con todas esas armas, señor Denvir? Veo una lista encima de esa bolsa. ¿Son sus objetivos? —preguntó Berlin.

—Que le jodan —dijo Denvir.

—Señor Anderson, córtele el torniquete. El señor Denvir no quiere cooperar…

—¡No! —gritó.

Anderson se agachó, abrió una navaja fina y larga y la acercó al lazo de la cortina. Era lo único que impedía que se desangrara.

—Es su última oportunidad, Denvir. ¿Quién es el Pastor?

—Si se lo digo, me matará —contestó, apretando los dientes.

—Y si no lo hace, lo hará el señor Anderson. Usted decide cuál de las dos amenazas es más inmediata.

—No pienso decir nada. Me da igual quién sea.

Berlin se volvió y fue hacia la entrada. Mientras lo hacía, dijo:

—Señor Denvir, es absurdo que siga vivo. Échele una mano, por favor, señor Anderson.

Bloch se apartó y siguió a Berlin por la puerta. En cuanto salió, oyó las sirenas de policía.

—Vamos al juzgado —dijo Berlin.

El señor Anderson cerró la puerta de entrada detrás de sí, abrió el coche con el mando y mientras iba hacia él, tiró el lazo de la cortina entre la hierba.

—Me da la sensación de que te gusta este sitio —dijo Berlin.

—Eso decís siempre Harry y tú —contesté.

Estábamos bajando hacia los calabozos de los juzgados de Buckstown una hora después de que los alguaciles se llevaran esposado a Korn. Kate y Harry volvieron al hotel con Andy y Patricia para huir de las multitudes y los periodistas en el juzgado. Y del FBI, que había inundado el pueblo desde que saltó la noticia del atentado fallido. Tenían puntos de control por todo Buckstown y sus alrededores.

Berlin nos guio por las escaleras de piedra, con Anderson, el hombre tranquilo, detrás de él, luego yo y Bloch detrás de mí.

—¿Ha dicho algo Denvir? —pregunté.

—Me temo que no. Con tiempo y algo más de intimidad, habría sido distinto.

—No me gusta cómo suena eso —dije.

El funcionario de prisiones que estaba de guardia era un tipo grande con pinta de haberse comido a un hombre más menudo.

—¿Otra vez por aquí, señor Flynn?

—No me canso de este sitio —contesté—. Queremos hablar con Korn, por favor.

—¿Es su abogado? —preguntó él.

—Depende. Primero tiene que contratarme. Déjenos pasar.

El funcionario cogió las armas de Bloch y Anderson, nos cacheó, y nos llevó por el pasillo hasta la celda. Korn era el único ocupante de los calabozos hoy. Y solo había un funcionario de guardia.

—Avísenme cuando terminen —dijo, y nos encerró en la celda con Korn.

El fiscal se incorporó en el banco, apoyó los codos en las rodillas y metió la cabeza entre las manos. Al hacerlo, vi que tenía una mancha de sangre en el muslo derecho.

—Señor Korn, mi nombre es Alexander Berlin, este es el señor Anderson, y creo que ya conoce al señor Flynn y a la señorita Bloch.

—¿Quién es usted, señor Berlin? —preguntó él.

—A ver, hoy estoy con Seguridad Nacional porque ellos nos ponen el coche. Mi cargo en el gobierno no es de su incumbencia. Lo que sí es de su incumbencia es el motivo que me trae aquí.

—Berlin llevaba una tablet bajo el brazo. La sacó, tocó la pantalla para abrir un documento, y se la pasó a Korn, que empezó a leer.

—Esto dice que si confieso conducta dolosa como fiscal me caerán cinco años. Me temo que no puedo firmarlo. Yo no he hecho nada mal. Y no lo conozco. ¿Qué autoridad tiene para ofrecerme nada?

Berlin marcó un teléfono en su móvil. Quienquiera que estuviera al otro lado de la línea contestó, y Berlin dijo:

—Dígale a este hombre que tengo la autoridad necesaria para hacer un trato —dijo, y le pasó el teléfono a Korn.

—¿Quién es?

—El fiscal general —contestó Berlin.

Sus ojos se abrieron de par en par al decir:

—¿Tiene al fiscal general de Alabama en marcación rápida?

—No —dijo Berlin—, es el fiscal general de Estados Unidos.

Korn se acercó el teléfono al oído y escuchó. Un minuto después se lo devolvió a Berlin.

—Disculpe, tenía que asegurarme de que posee autoridad para plantearme una oferta.

—Lo comprendo. Debería pensarlo.

—Ya lo he hecho. E insisto en que no he hecho nada malo.

—Verá, su rival en las últimas elecciones a fiscal del distrito está preparándose para presentarse otra vez. He conseguido que varias personas influyentes y ricas le aseguren la victoria. Usted ni siquiera podrá presentarse a la reelección. Primero, la buena noticia. Él está a favor de la pena de muerte. La mala es que puede que el señor Wingfield esté dispuesto a cooperar conmigo a cambio de inmunidad, y eso significa que se le acusará de fraude y obstrucción a la justicia, y probablemente del asesinato de Colt Lomax.

Dejó que esa última frase quedara suspendida en el aire.

—Hay una testigo que lo vio saliendo de la propiedad inmediatamente después de que se produjera el disparo que lo mató.

—¿Qué testigo? —preguntó Korn.

—Ella —dijo Berlin, señalando a Bloch.

Bloch saludó a Korn con la mano.

—¿No creerá que he traído a la señorita Bloch y a su abogado para divertirme?

Aunque pareciera imposible, Korn se quedó todavía más pálido. La nuez subía y bajaba por su cuello. Estaba calculando. Matar a un sheriff acarreaba una pena especial.

—No hace falta que entre en detalles, señor Korn. Imagíneselo, el nuevo fiscal del distrito se queda con su puesto y, en menos de cinco años, lo sienta en Yellow Mama.

Korn era muchas cosas; desde luego, cobarde, pero tonto no era. Vi que se erguía en el asiento. Tenía un último as en la manga.

—No pienso admitir conducta dolosa en mi trabajo. Yo conseguí esas condenas. Esos hombres fueron ejecutados mientras ejercía mi cargo y estoy orgulloso de mi historial. No voy a admitir nada que ponga en peligro mi legado. Pero sí puedo ofrecerles información que ha llegado a mis manos sobre la verdadera identidad del asesino de Skylar Edwards. Es el líder de una célula supremacista blanca. Lo llaman el Pastor. Yo sé su verdadero nombre, y puedo demostrarlo ante un tribunal.

Berlin me miró. Dependía de él, pero sabía lo mucho que me preocupaban todos los hombres que estaban esperando a ser ejecutados en el corredor de la muerte por las trampas y las mentiras de Korn.

—¿Qué pruebas tiene? —preguntó Berlin.

—Un vídeo, con grabaciones de seguridad de la gasolinera. Demuestran que el Pastor participó en el asesinato de Skylar Edwards.

Aquella pequeña celda de cemento pareció quedarse sin aire.

—¿Y qué quiere a cambio de eso? —preguntó Berlin.

—Inmunidad total. Y redactamos ahora mismo el acuerdo, con el juez como testigo. No me fío de usted, señor Berlin, pero sí del juez Chandler. Así lo hacemos oficial. En cuanto esté firmado, yo les entrego al Pastor, y ustedes me dan mi libertad.

Iba a decir algo, pero Berlin ya había decidido.

—De acuerdo. —Se me adelantó.

Berlin tardó media hora en modificar el acuerdo, y Chandler bajó a los calabozos. No dijo ni una palabra, ni a Korn, ni a mí ni a Bloch. Habló exclusivamente con Berlin y a continuación puso su firma en el acuerdo de inmunidad con un lápiz digital, justo debajo de la de Korn.

Cuando estaba saliendo de la celda, se volvió hacia mí y dijo:

—Usted y la señorita Brooks son poco ortodoxos, pero buenos abogados.

—Me lo tomo como un cumplido.

La puerta de la celda se cerró en cuanto salió. Nos quedamos en silencio, y Berlin le metió prisa a Korn.

—Bueno, ¿dónde está ese vídeo? —dijo Berlin.

—En un lápiz USB dentro de mi maletín, que tiene el funcionario ahí fuera, con el resto de mis pertenencias.

Bloch golpeó la puerta de la celda y pidió al funcionario de prisiones que nos trajera las cosas de Korn. El teclado que iba conectado a la tablet de Berlin tenía un lector de USB. Lo metió y vimos la grabación juntos.

—¿Cuándo me puedo ir? —dijo Korn.

Él había tenido aquel vídeo en su poder mientras trataba de que condenaran a Andy por cometer el crimen; lo sabía y, lo que era peor, había intentado que lo condenaran a muerte. Era incapaz de mirarlo. Salí de la celda, junto con Bloch y Berlin.

—Eh, tenemos un trato —dijo Korn.

—Sí, lo tenemos. Nos ha dado información para identificar al Pastor a cambio de su libertad —dijo Berlin. Entonces miró a Anderson.

Cerró la puerta de la celda, dejando a Anderson a solas con Korn, y dijo:

—Un trato es un trato. Señor Anderson, libérelo.

Bloch evitaba la mirada de Berlin, y en ese momento, no entendí por qué. Pero me hice una idea viendo la sombría expresión de la cara de ella. Sospechaba que Korn saldría de aquellos calabozos en una bolsa para cadáveres.

—¿Van a coger a ese tipo? —pregunté.

—Por supuesto —dijo Berlin—. En cuanto termine el señor Anderson, haremos una visita al sheriff.

76

EL PASTOR

Buckstown pasó a toda velocidad por la ventanilla del Pastor. Su conductor iba a más de sesenta kilómetros por hora, pero a ellos no los pararía la policía.

No en el coche del gobernador.

Además, el sheriff Shipley viajaba en el asiento trasero, al lado del Pastor. Evidentemente no lo conocía por ese nombre. Él lo llamaba gobernador Patchett. Necesitaba a Shipley para la foto en la rueda de prensa, aparte de la seguridad adicional. Todo aquello por lo que había trabajado estaba a punto de dar sus frutos. Miró su reloj. Eran casi las cuatro.

La rueda de prensa era a las seis. En Montgomery.

Quedaba tiempo de sobra para llegar, pero, aun así, el gobernador quería estar antes. Llevaba uno de sus mejores trajes. El azul marino liso que le había confeccionado un sastre en Mobile. Le quedaba bien, y la tela le dejaba respirar a pesar del calor. Completaban el atuendo una camisa blanca, corbata azul claro y una flor en la solapa.

Era una camelia blanca.

En realidad, daba igual que Francis Edwards no hubiera detonado el camión. Todo el pueblo se sintió amenazado. Y lo veían como un terrorista; un terrorista de la mejor clase para sacar rendimiento político en ese momento: un terrorista muerto. Edwards había infundido el terror de Dios entre el pueblo de Alabama, y eso era todo lo que Patchett necesitaba de él.

Al incorporarse a Union Highway, el coche empezó a decelerar.

—¿Por qué vas más despacio?

—Parece que el FBI ha puesto controles más adelante —contestó el conductor.

Patchett se volvió hacia Shipley y le dijo:

—¿Qué se siente?

—¿A qué se refiere?

—Ya sabes a qué me refiero. ¿Qué se siente siendo el héroe que salvó a Buckstown de volar por los aires?

Shipley soltó una risilla nerviosa.

—No está nada mal.

—Con eso tienes asegurado el puesto de sheriff —dijo Patchett.

—Puede que solo me dure unos meses. Quiero decir, que aún tienen que celebrarse elecciones.

—Tú no te preocupes. Sé que Korn ayudó a Lomax. Ahora que el fiscal está metido en un lío, harán falta cuantos hombres buenos podamos conseguir. Te puedo garantizar casi con toda seguridad que nadie se presentará a esas elecciones. Al menos no seriamente. Puede que presentemos un rival, para la galería, pero luego haremos que retire su candidatura a pocos días de las elecciones. Así parecerá más justo. Bueno, cuando estemos en la rueda de prensa, quiero que sonrías y te pongas a mi lado, pero tú no intentes responder a ninguna pregunta de los periodistas. Ese es mi trabajo, ¿entendido?

—Entendido.

Patchett miró por la ventanilla y vio que apenas habían avanzado y estaban prácticamente parados. Empezó a jugar con su anillo de la FOP. Era una costumbre que tenía cuando estaba nervioso.

—Oye, ¿por qué no pones la sirena? —dijo.

El conductor dijo:

—Sí, gobernador. —Encendió la sirena y las luces del SUV oficial, y se salió al arcén para empezar a adelantar a los vehículos embotellados.

—Bueno, ahora dadme un minuto. Quiero revisar mi discurso otra vez —dijo Patchett.

Tenía las páginas del discurso sobre el regazo. Era el discurso más importante de su vida y había escrito varios borradores. Ahora ya estaba perfecto. A las seis lo pronunciaría en directo por televisión, y no quería cometer el más mínimo error. Se puso las gafas y empezó a leer.

El 21 de mayo de 1961, John Patterson, gobernador de Alabama, dio un discurso televisado en el noticiario de WSB-TV, en respuesta a unos activistas de otro estado que habían entrado en Alabama con el único propósito de alentar la desobediencia civil y la violencia. Entre esos activistas estaban el reverendo Martin Luther King Jr. y John Lewis. Lewis formaba parte de los llamados Freedom Riders. Hombres y mujeres, negros y blancos, que se aprovecharon de la decisión del Tribunal Supremo de prohibir la segregación racial en el transporte interestatal. En aquella época seguían vigentes las leyes de Jim Crow en Alabama, y esos hombres y mujeres vinieron juntos hasta Montgomery con el único objetivo de incitar a la violencia en una ciudad pacífica. Pero encontraron resistencia. El gobernador Patterson apareció en televisión y habló abiertamente contra Martin Luther King Jr. y los llamados Freedom Riders que estaban instigando a la agitación.

Como saben, anoche un activista intentó destruir Buckstown. Se llamaba Francis Edwards, y según he sido informado por la policía, tenía planes de atentar a gran escala contra la mansión del gobernador. Gracias a los heroicos esfuerzos del sheriff de Buckstown aquí presente, Edwards fue detenido antes de llevar a cabo su plan, que habría destruido hogares y negocios, provocando cientos, si no miles de víctimas. Edwards formaba parte de un grupo de izquierda radical asociado con Antifa, una organización terrorista empeñada en destruir este país.

Yo fui policía durante cinco años, así que conozco la presión a la que están sometidas nuestras fuerzas de seguridad. Por eso, dada la amenaza sin precedentes que representan estos grupos, me inspiro en las acciones de John Patterson aquel día de 1961. Esta noche voy a decretar la ley marcial en el condado de Sunville. Aparte de la Guardia Nacional, que brindará su apoyo a la policía local, he reclutado una pequeña milicia táctica; ciudadanos de a pie, gente de nuestro estado que derribarán puertas, encontrarán a los activistas y traidores y lidiarán con ellos por la fuerza. Son los ángeles de Alabama. Ellos protegerán nuestros hogares como lo haría el mismo arcángel san Gabriel.

No les quepa duda de que yo, como su gobernador, tomaré todas las medidas que sean necesarias para que nuestro estado sea seguro, y que sea grande de nuevo.

El coche volvió a frenar y Patchett levantó la vista de su discurso.

—Están parando coches en el punto de control —dijo el conductor.

Una fila de vehículos y agentes con chalecos del FBI bloqueaba la carretera, para inspeccionar cada coche. El conductor siguió frenando hasta detenerse delante de un agente que les estaba haciendo señales.

Antes de que el agente pudiera decir nada, dos hombres se acercaron al automóvil. Uno era alto, llevaba traje oscuro y camisa blanca. El otro era mucho más bajo. Se quitó el sombrero panamá para abrir la puerta del copiloto y se subió.

—Me llamo Alexander Berlin, Seguridad Nacional. Buenas tardes, gobernador —dijo.

—¿Qué está pasando? —lo interrogó Patchett.

—Hemos recibido información sumamente creíble sobre una amenaza de asesinato. Nosotros lo escoltaremos a partir de aquí. Mi compañero, el señor Anderson, lo llevará hasta Montgomery.

En ese momento se abrió la puerta del conductor y el hombre de traje negro esperó a que se bajara el conductor de Patchett, que lo miraba confundido. Anderson se instaló, cerró la puerta y cogió el volante. La barrera del control se abrió, y los coches del FBI empezaron a apartarse para dejar paso al vehículo del gobernador.

—No hace falta… —dijo Patchett, pero se obligó a callar. No podía restar importancia a la amenaza. Contaba con ella.

—Mi conductor es bueno, y tengo al sheriff conmigo, para más seguridad. No necesito…

—Sí que lo necesita —dijo Berlin, mirando hacia el asiento trasero. El sheriff Shipley estaba detrás de él, y Patchett, detrás de Anderson.

—¿Qué tal, sheriff? —dijo Berlin.

Shipley apretó los dientes.

—Usted no tiene autoridad aquí, señor Berlin.

Este se volvió un instante a mirar la carretera, y vio que estaba vacía, sin coches a su alrededor. El tráfico seguía detenido en el punto de control del FBI. No dejarían pasar más vehículos durante al menos media hora, siguiendo sus propias órdenes.

Se giró de nuevo en el asiento, miró a Shipley y le dijo:

—Que yo sepa, ya estamos fuera del condado. Si algo tengo claro, es que quien no tiene autoridad es *usted*. Venga, deme su arma. Despacio.

Patchett notó un escalofrío en la espalda al ver que Berlin lo apuntaba con una pistola por encima del asiento.

—Está de coña… —dijo Shipley.

—Cualquiera puede ser una amenaza, Shipley. Hasta usted podría ser el asesino. Ahora, entrégueme el arma.

Shipley se desinfló de repente, como si lo hubiera vencido la burocracia de las agencias de seguridad federales y acabara de perder el concurso de mear más lejos con Berlin. Sacó la pistola de su cartuchera y se la pasó. Berlin cogió el arma, la dirigió a su cara y esparció sus sesos por la ventana de atrás.

—¡Dios! —exclamó Patchett.

—Cálmese, Patchett —dijo Berlin, mientras bajaba su arma y lo encañonaba con la de Shipley. En ese momento, algo llamó su atención. Iba sentado hacia atrás en el asiento del copiloto, con las rodillas flexionadas y de espaldas al parabrisas. Y desde esa posición, lo vio.

Con la mano que tenía libre, buscó el hueco entre el asiento y la consola central del coche y sacó un iPhone rosa.

Era el móvil de Skylar Edwards, el que Patchett no había encontrado entre su ropa ni en su bolso después de darle una paliza y estrangularla.

—Casi lo consigue, ¿eh? —dijo Berlin—. Solo quería informarle de que Denvir está muerto. La gente de su lista negra está a salvo, por ahora. Esto es lo que va a suceder: nos hemos pasado por la Oficina del Sheriff de Buckstown y hemos cogido las pruebas recabadas en casa de Francis Edwards. Ni usted ni nadie va a usar este caso para apoyar su causa. La prensa hablará de su muerte como una tragedia derivada del sufrimiento, que hizo que se derrumbara. Nada más. No habrá lectura política que valga. A ver, lo de Shipley es distinto. El FBI encontrará un montón de artículos supremacistas en su casa. Y también una lista de objetivos. Usted está en ella. Dentro de tres minutos o así, este coche se precipitará al río por el puente Luxahatchee. No se preocupe, que no se va a ahogar. Ya estará muerto. Lo habrá asesinado Shipley, un supremacista blanco. Gobernador, va a ser usted un mártir de los derechos civiles. ¿Cómo se siente?

Patchett se abalanzó hacia él, tratando de arañarle la cara.

Hubo un disparo, y otro, y otro.

Y luego silencio y oscuridad.

77
EDDIE
A la mañana siguiente

La cafetería de la calle principal estaba bastante vacía cuando entramos Harry y yo. El tipo corpulento detrás de la barra, Gus, nos vio nada más atravesar la puerta.

No noté ninguna hostilidad en él, aunque tampoco amabilidad. Apenas podía mirarnos y, a juzgar por su expresión, no era por animadversión hacia nosotros. Los medios locales habían informado de que el juez Chandler había desestimado el caso contra Andy Dubois. Chandler era un capullo de primera categoría, sin duda, pero el hecho de que se hubiera disculpado con Andy fue fundamental para que muchos cambiaran de idea.

Ya no creían que Andy fuera un asesino. Pero la gente como Gus jamás pediría perdón. Se moría de vergüenza, y eso ya era demasiado para él.

Cogimos una mesa junto a la ventana, con cuatro sillas.

Pedí a la camarera unas tortitas y café. Harry pidió lo mismo.

—Empieza a gustarme este pueblo —dijo Harry.

—¿Quieres venirte a vivir aquí? Adelante. Ya es hora de que te jubiles de verdad.

—No pienso jubilarme. Aún no. En este sitio queda trabajo por hacer, pero creo que pueden resolverlo solitos.

Sonó la campanilla que había sobre la puerta, Bloch y Kate entraron y se unieron a nosotros. Una camarera cuyo rostro me resultaba conocido se acercó con una jarra de café y cuatro tazas. Sandy sirvió el café y preguntó a Bloch y a Kate qué querían comer.

—¿Ya te han pagado el dinero del que hablamos? —pregunté.

—Sí, gracias. Significa mucho para mí —contestó Sandy.

Berlin me había dado acceso a quinientos mil dólares para la fianza de Andy, y otros cincuenta mil para Sandy.

Los periódicos estaban plagados de noticias del juicio, de la muerte del gobernador a manos del sheriff Shipley, y del suicidio de Randal Korn. Lo habían encontrado muerto en su celda de los calabozos. El departamento penitenciario publicó un comunicado diciendo que Korn llevaba escondida una correa de cuero, y que lo habían descubierto ayer con la correa apretada alrededor al cuello. Se había estrangulado en algún momento de la tarde.

Yo tenía bastante claro a qué hora fue.

Del medio millón de dólares que Berlin me dio para la fianza de Andy, al final solo habíamos sacado ciento veinticinco mil, para entregarlos en la oficina del juzgado, haciéndolo pasar por quinientos de los grandes.

Eso nos dejó trescientos setenta y cinco mil dólares en la cuenta, que yo había hecho transferir anoche. Bloch se había ocupado de ello. El dinero fue a parar a una organización benéfica que costeaba apelaciones para presos en el corredor de la muerte. Una señora muy simpática llamada Jane era la vicepresidenta. El primer caso en su lista era una apelación póstuma en el caso de Darius Robinson.

Desayunamos prácticamente en silencio y nos fuimos de la cafetería. El café y las tortitas me supieron a gloria.

Fuimos en coche a los juzgados, donde nos esperaban Andy y Patricia. Parecían nerviosos.

—Creía que había acabado el caso, Eddie —dijo Patricia.

—Y ha acabado, solo queda un poco de papeleo —contesté.

Entramos en las oficinas de los juzgados, y Harry fue a hablar con la encargada, Agatha. Volvió con dos papeles en la mano.

—La encargada dice que ya la ha llamado el banco —dijo Harry—. Parece ser que cuando hizo el depósito de medio millón en efectivo para cubrir la fianza, ellos solo contaron ciento veinticinco mil.

—Qué raro… Menuda cagada de la oficina, perder más de trescientos de los grandes —dijo Kate.

—Eso es lo que yo le he dicho —dijo Harry, levantando uno de los dos papeles—. Porque aquí tengo el recibo por valor de quinientos mil dólares.

—Cierto —dijo Bloch.

—¿Y qué es ese otro papel? —pregunté.

—Su número de teléfono. Le gusto. Ya ha hablado con el juez y le ha comentado mi teoría sobre el dinero desaparecido. Le he dicho que el difunto fiscal del distrito, Randal Korn, aparentemente tenía mucho dinero para sobornar al jurado y que tal vez él cogiera dinero de la fianza de la caja fuerte de la oficina. El juez va a archivar la desaparición de los trescientos setenta y cinco mil dólares, aduciendo que probablemente los robó Korn.

—Venga, vamos al banco —dije.

Fuimos al banco, aparcamos y entramos en sus oficinas.

Me acerqué a la caja junto a Patricia y Andy y dije:

—Esta buena gente quiere abrir una cuenta conjunta a nombre de Dubois.

La cajera les cogió los datos, mientras Patricia me miraba con incredulidad. No entendía qué estaba pasando.

—Necesitaremos un depósito en la cuenta —dijo la cajera.

Harry me dio el recibo y yo se lo entregué a la cajera.

—Aquí tiene una orden judicial para que se paguen quinientos mil dólares de los fondos del tribunal a nombre de Andy Dubois. Es la devolución del dinero de su fianza. Con eso bastará para el depósito.

Al salir del banco, Andy tuvo que sujetar a Patricia. No estaba cojeando. Se había desmayado delante de la cajera.

Para cuando llegamos al coche, ya estaba mucho mejor.

Una vez en el avión, rumbo a Nueva York, pensé en todo lo que había sucedido en los últimos días. Lo cerca que habíamos estado. La suerte que habíamos tenido. Berlin se quejaría de que no devolviéramos el medio millón de la fianza, pero seguro que podría esconder la desaparición en algún lugar de sus libros. Se le daba bien esconder cosas.

Antes de salir hacia el aeropuerto, Kate se aseguró de que el fiscal en funciones, Wingfield, retirara los cargos contra Damien Green, el empleado de la gasolinera, por distribución de narcóticos. También habló con Taylor Avery y lo puso en contacto con un abogado inmobiliario que se aseguraría de que conservara su granja.

Taylor Avery.

Al final no importó ninguno de nuestros ardides judiciales. Nosotros simplemente dijimos la verdad. Andy era libre gracias a

Taylor Avery. Ese hombre lo escuchó y se levantó para darle voz. Defendió a una persona porque era lo correcto. No por motivos políticos, ni tampoco por dinero.

Hizo lo correcto, por mucho que pudiera costarle.

Si alguna vez me necesitaba, allí estaría.

Para defenderlo a él.

NOTA DEL AUTOR

Entre enero de 2018 y agosto de 2020, cincuenta y siete personas fueron ejecutadas en Estados Unidos.

Cinco de ellas murieron en la silla eléctrica.

En ese mismo tiempo, diez reclusos en el corredor de la muerte fueron exonerados.

En los estados donde sigue vigente la pena de muerte, dicho castigo se reserva para los crímenes más graves. Los fiscales del distrito solo tienen jurisdicción para solicitar la pena capital en tales casos. La mayoría no lo hacen, salvo que se trate de crímenes realmente atroces. Sin embargo, algunos la solicitan siempre que pueden. Mientras escribía esta novela encontré el trabajo de *The Fair Punishment Project* («Los cinco fiscales más letales de Estados Unidos» o cómo personalidades demasiado apasionadas impulsan la pena de muerte), el cual había descubierto que solo cinco fiscales eran responsables de cuatrocientas cuarenta condenas a la pena capital, cifra que supone un quince por ciento del total de la población del corredor de la muerte en todo el país. Estos fiscales del distrito estaban tan obsesionados con la pena de muerte que a veces violaban los mismos principios de justicia que habían jurado defender, simplemente para enviar a alguien allí.

En el momento en que escribí este libro, el FBI y Seguridad Nacional consideraban a los grupos supremacistas blancos como la mayor amenaza para la seguridad estadounidense.

Los Caballeros de la Camelia Blanca fue un grupo real que cometió una serie de atrocidades entre 1867 y 1870. Cuando el gobernador John Patterson proclamó la ley marcial en Montgomery, Alabama, señaló a los Jinetes de la Libertad, los Freedom Riders, y al reverendo Martin Luther King Jr., como los causantes de la violencia. La policía de Montgomery contempló impasible cómo jóvenes afroamericanos y blancos, hombres y mujeres, eran golpeados con martillos y tuberías por miembros del Ku Klux Klan y ciudadanos de a pie de Alabama. En diciembre de 2019, el diputado John Lewis, gran activista en pro de los derechos humanos y uno de los trece jinetes que fundaron los Freedom Riders para protestar contra la segregación racial en el Sur, dijo: «Cuando ves algo que no está bien, que no es justo, tienes la obligación moral de decir algo».

Al proclamar la ley marcial en el telediario de la WSB-TV el 21 de mayo de 1961, John Patterson, gobernador de Alabama, lucía una flor blanca en la solapa.

AGRADECIMIENTOS

Gracias, como siempre, a mi mujer, Tracy, porque sin ella no existiría ni este libro ni ninguno de los anteriores. Tracy es una parte fundamental del éxito que puedan tener mis novelas, y si os ha gustado este o cualquiera de mis libros, sé que vosotros también querréis darle las gracias.

Gracias a Shane Salerno y a toda la gente de Story Factory por su trabajo y su orientación. Puedo decir con toda confianza que Shane es el mejor agente del mundo, y me considero afortunado de conocerlo y contar con su representación y su amistad. Mi familia también se lo agradece, cada día.

Gracias a Francesca Pathak y a todo Orion por su paciencia y su trabajo en la edición.

Gracias a Ali Karim por su asesoramiento técnico en lo relativo a las explosiones BLEVE. Ali es muy conocido entre la comunidad de la novela policiaca de todo el mundo y hace años que me sigue. Me alegro de conocerlo y contar con su experiencia y su amistad. Gracias, Ali.

Y tengo que daros las gracias a vosotros, los lectores. Tengo mucha suerte de teneros y creo que es importante reconocer vuestra aportación. Eddie Flynn sigue vivo gracias a vosotros. Y él os lo agradece tanto como yo.

Gracias por leer mis libros. En serio.

Espero que lo mejor esté todavía por llegar.